Le secret brisé

DU MÊME AUTEUR AUX ÉDITIONS MIRA

La Manipulatrice

JASMINE CRESSWELL

Le secret brisé

Roman

MIRA

Titre original :
SECRET SINS
publié par MIRA®

Traduction de l'américain par PIERRE FRANÇOIS REIGNIER

Mira® est une marque déposée par le groupe Harlequin

Photo de couverture
Ombres féminines : © PHOTODISC / GETTY IMAGES

83/85 boulevard Vincent Auriol 75646 PARIS CEDEX 13.
ISBN 2-280-85550-X — ISSN 1765-7792

Ce livre est dédié à la mémoire d'Allison Claire Stange.
Avec toute mon affection.

Prologue

Cleveland, Ohio — 9 décembre 1969

Gene Zajak était flic depuis trente ans, c'est dire s'il avait vu sa part de cadavres — y compris dans des véhicules accidentés. Mais parbleu ! Un carambolage comme celui-là, ça lui coupait le sifflet. Huit voitures, dont une retournée et cinq tellement écrabouillées qu'on ne pouvait même plus en ouvrir les portières. Au moins quatre morts — les ambulanciers n'avaient pas encore terminé le décompte des victimes. Des éclats de verre et des débris de toutes sortes éparpillés sur la chaussée verglacée. L'odeur pestilentielle du sang et du plastique fondu, mêlée à celle de la peur, moins palpable mais tout aussi bouleversante. Une cohorte de badauds abasourdis et de rescapés ensanglantés. Oui, vraiment, ce carambolage lui coupait le sifflet.

La Ford Mustang qui avait provoqué l'accident avait tout à coup échappé au contrôle de son conducteur. Dérapant sur le verglas, elle avait franchi la double ligne jaune de démarcation entre les chaussées et semé la panique dans le flot de voitures qui arrivaient en sens inverse. Vu la densité du trafic en cette fin de journée, les automobilistes n'avaient eu aucun moyen d'éviter les collisions en série.

L'accident s'était produit depuis à peine un quart d'heure et, déjà, la circulation était bloquée sur près de trois kilomètres dans les deux sens. « Si tout se passe bien, sans anicroche, le boulevard Van Aken sera *peut-être* dégagé et rouvert dans deux heures. Saleté de vendredi soir ! » songea Gene en grimaçant.

Deux heures d'immobilité contrainte dans le froid ! La plupart des automobilistes piégés dans les embouteillages auraient du mal à supporter une telle situation. Déjà, ça se voyait, les esprits commençaient à s'échauffer. Shaker Square était bien le pire endroit de la ville pour un accident pareil. Gene décida que, dès que ses agents auraient interrogé les derniers blessés, il en chargerait quelques-uns de tenir à l'œil les automobilistes et la foule des curieux. Il faudrait aussi essayer, dans la mesure du possible, de dévier la circulation vers les boulevards Chagrin ou Shaker. En espérant qu'il ne se créerait pas un nouvel embouteillage à cause des voitures dont les moteurs grippés par le froid n'arriveraient pas à redémarrer !

Il faisait un froid à vous congeler la moelle des os. Gene releva le col en fausse fourrure de sa veste et longea la file des voitures accidentées, essayant de déterminer si les équipes de secours avaient besoin de renfort, s'assurant qu'aucune victime n'était oubliée. Il savait d'expérience que lorsqu'une douzaine de flics et de pompiers de deux secteurs rivaux travaillaient ensemble, les risques de cafouillages étaient élevés. Mais Dieu merci, jusqu'ici tout semblait fonctionner à peu près.

Une femme affolée par le drame demeurait immobile sur la chaussée. Il la pria de s'écarter, tandis que les pompiers achevaient d'extirper trois adolescents de la banquette arrière d'un vieux break Plymouth. Leurs jeunes vies ne tenaient de toute évidence qu'à un fil, mais si les ambulanciers réussissaient à les maintenir sous respiration artificielle jusqu'à l'hôpital Saint Luke, ils avaient une chance de s'en tirer. Le gosse qui avait tenu le volant de la voiture n'avait pas eu autant de veine, en revanche. Il gisait sur le bitume, recouvert d'une toile en plastique. Il comptait parmi les quatre morts déjà déclarés.

Gene tira son col par-dessus ses oreilles. Pour tenir trente ans dans le métier, il fallait avoir les tripes bien accrochées. Mais une catastrophe pareille, ça donnait la nausée, même à un vieux de la vieille comme lui. Il arriva près de la voiture qui bouclait le chapelet des véhicules accidentés, une Chevrolet Impala dernier modèle. Le conducteur, qui devait avoir entre trente et quarante ans, était avachi les bras en croix sur le volant — mort, sans l'ombre d'un doute. A côté, les pompiers s'échinaient à extraire de l'habitacle la femme piégée sur le siège passager en évitant que les débris de verre et les tôles déchiquetées ne lui déchirent le torse. Manifestement, sa tête avait traversé le pare-brise. Tout le côté gauche de son visage était en charpie, et son œil, crevé. Elle respirait encore, mais Gene estima que ses chances de survie étaient quasi nulles. Ni elle ni l'homme n'avaient leur ceinture de sécurité. Comme la majeure partie de la population, d'ailleurs — malgré les nombreux appels à la raison lancés par les forces de l'ordre ! Qu'on le traite de cynique si on voulait, mais Gene se disait souvent que les poules auraient des dents avant que les Américains soient assez futés pour se rendre compte que mourir, perdre un membre ou devenir tétraplégique, c'était beaucoup plus ennuyeux que de boucler une simple sangle autour de soi une fois en voiture.

La femme rendit son dernier souffle. Elle était morte pour de bon, mais les pompiers ne semblaient pas vouloir renoncer à la sauver. Gene détourna la tête. Il en avait vu assez ; ce spectacle macabre lui tordait le ventre.

L'impact avait été si violent que l'avant de la Chevrolet était totalement encastré dans la camionnette qui la précédait, mais l'arrière n'était pas endommagé. Gene effleura la carrosserie du plat de la main. La peinture bleu argenté, aux reflets un peu irisés, brillait sous le halo du réverbère. « Pauvres bougres, songea-t-il. On dirait bien qu'ils sortaient tout juste cette voiture de chez le concessionnaire. En tout cas, ils n'ont plus à se soucier de payer leurs traites. La mort a ses avantages. »

Il s'apprêtait à revenir sur ses pas lorsque, soudain, il aperçut quelque chose sous la Chevrolet, juste contre la roue arrière. Il se figea, se pencha en plissant les yeux et poussa un grognement de surprise. Ce quelque chose, c'était un pied. Un tout petit pied, chaussé d'un après-ski. Un pied qui remuait doucement.

Gene s'accroupit, tordant le cou pour regarder sous la voiture, saisi d'anxiété à l'idée de ce qu'il risquait d'y trouver. Bientôt, cependant, il poussa un soupir de soulagement. Recroquevillé contre la roue, il y avait un jeune enfant — non seulement bien vivant, mais qui ne paraissait même pas blessé. L'espace d'un instant, Gene se sentit au bord des larmes. Il ne s'était pas rendu compte, jusqu'alors, à quel point tous ces morts, toute cette souffrance, l'avaient bouleversé.

— Coucou, murmura-t-il d'une voix éraillée.

Il se racla la gorge, songeant qu'il devait parler d'un ton aussi rassurant que possible. Le gosse semblait mort de peur.

— Je m'appelle Gene. Gene Zajak. Et toi, tu me dis ton nom ?

L'enfant, âgé de quatre ans tout au plus, le fixa dans un silence hébété, les yeux écarquillés. Il s'agissait apparemment d'une petite fille, mais Gene ne pouvait en être certain, vu qu'elle était tout emmaillotée dans une espèce de combinaison de ski. « Seigneur Dieu, songea-t-il. La femme à l'œil crevé est sûrement sa mère. Et le type empalé sur le volant, ça doit être son père. »

Il hésitait à lui agripper la main pour la tirer jusqu'à lui. Malgré les apparences, rien ne prouvait que, sous son costume de bibendum, elle ne fût pas blessée.

— Il fait drôlement sombre sous la voiture, tu ne trouves pas ? J'imagine que ça a quelque chose d'effrayant pour toi. Si tu sortais de là, nous pourrions aller dans un endroit plus confortable. Et voir si tu n'as pas mal quelque part. Qu'est-ce que t'en dis ?

Les paupières de la fillette papillotèrent, prouvant qu'elle l'avait entendu et compris, mais elle ne fit pas un geste. Peut-être avait-elle les jambes cassées ? En ce cas, comment diable s'était-elle fourrée là-dessous ?

— Je suis policier, expliqua-t-il. J'ai l'habitude d'aider les enfants qui sont blessés.

A peine eut-il fait le geste de se rapprocher que la petite fille recula sous la voiture comme un chat effarouché, en se poussant sur les mains. Elle se trouva bloquée dans sa fuite par une barre en acier tombée du châssis. Etirant le bras, Gene réussit à lui agripper le pied avant qu'elle ne disparaisse derrière l'essieu sous une forêt de tôles déchiquetées.

Si elle réussissait à se mouvoir aussi vite et avec autant d'aisance, elle n'avait sans doute pas de blessure grave, ce qui était déjà réconfortant. Vu que sa combinaison lui protégeait tout le corps, Gene la tira avec douceur sur le sol gelé, jusqu'à ce qu'il puisse la hisser dans ses bras. Elle ne cria pas — en fait, pas le moindre son ne sortit d'entre ses lèvres. Mais tandis qu'il la serrait contre lui et la portait vers le trottoir, il la sentit se raidir comme sous l'effet d'une immense frayeur. Il l'étreignit plus fort pour la rassurer, lui faire comprendre qu'elle n'avait rien à craindre et qu'on allait désormais prendre bien soin d'elle. Il était disposé à y veiller personnellement. Pour toute réaction, la terreur qui se lisait dans le regard de l'enfant ne fit que s'intensifier.

Gene avait deux fils mariés et trois petits-fils. Il ne manquait donc pas d'expérience en matière de gosses, et considérait la plupart du temps que ceux-ci étaient aussi plaisants à vivre que des serpents à sonnette. Mais pour quelque raison incompréhensible, cette petite chose au nez minuscule et à la bouche en cerise le toucha droit au cœur. Fort, très très fort. Un macabre coup du sort voulait que la catastrophe de ce soir coïncide avec le second anniversaire du décès de sa femme. Ainsi, peut-être cherchait-il à se persuader qu'il n'y avait pas dans l'existence que la souffrance et le chagrin. Cette petite fille qui avait survécu à l'accident, c'était un peu sa preuve à lui que les miracles existaient tout de même, que parfois la vie parvenait à résister aux griffes de la mort.

Il dénoua la capuche de la fillette et examina rapidement son crâne. Ni bosse, ni plaie, ni ecchymose. Juste une petite tache d'huile de moteur sur sa joue et quelques mèches rebelles qui s'échappaient de ses deux nattes. Gene ne s'y connaissait guère en matière de coiffure enfantine, d'accord, mais il trouvait que ces tresses austères n'allaient guère à cette petite fille. Repoussant une boucle de cheveux derrière sa délicate oreille, il lui sourit et la contempla. Sa gorge se serra d'émotion. Cette gosse-là n'était pas seulement mignonne, elle était belle comme un cœur. Il lui chatouilla gentiment le bout du nez. Combien de temps se passerait-il avant que sa famille ne vienne la récupérer ? Gene espérait qu'elle avait des grands-parents, des tantes, des cousins, toute une tribu de personnes aimantes qui sauraient compenser la disparition de ses parents.

— Tout va bien se passer, ma jolie. Je te le promets. Tu veux me dire ton nom, maintenant ?

Comme elle ne répondait pas, Gene essaya de jouer aux devinettes.

— Voyons voir… Est-ce que tu t'appelles Linda ? Ou bien… Debbie ? Ou alors, c'est Lisa, peut-être…

Le visage de la petite demeura figé dans une expression impénétrable. Cela n'avait rien d'étonnant vu qu'elle était à l'évidence en état de choc. Cependant, il y avait quelque chose, au fond de ses grands yeux écarquillés, qui troublait un peu Gene. Il comprit soudain ce que c'était. Outre la peur, son regard exprimait une profonde, une terrible méfiance à son égard.

Mais bon, n'était-ce pas là une réaction tout à fait normale ? Cette enfant venait de réchapper d'un accident traumatisant, et qui la secourait ? Un inconnu. Elle avait toutes les raisons du monde de manifester de la peur, de la suspicion, et même de l'hostilité à son égard !

— D'accord, ma jolie, murmura-t-il. Si tu n'en as pas envie, ne me parle pas ; tu n'y es pas obligée.

A présent, il devait la faire examiner par un médecin, au cas où elle aurait des lésions internes. Il longea la Chevrolet Impala, marchant en crabe de façon à cacher à l'enfant le spectacle abominable de ses parents morts. Mais tout à coup, elle gigota pour regarder par-dessus son épaule, en direction de la voiture.

— Ne gesticule pas tant, ma chérie, sinon tu vas me glisser entre les bras. Tout va très bien se passer, tu verras.

Gene se rendit compte avec dépit qu'il avait adopté cette voix faussement enjouée que prennent les grandes personnes pour mentir aux enfants.

— Je suis policier, souviens-toi, et je suis là pour m'occuper…

— Lâche-moi ! cria-t-elle.

La fillette se mit à hurler comme si tous les démons de l'enfer étaient à ses trousses. Ses petits poings frappèrent le cuir de la veste de Gene avec toute la force qu'elle pouvait puiser dans sa terreur.

— Lâche-moi ! Lâche-moi, je veux ma maman ! Ma maman !

« Bon. En tout cas, ses cordes vocales ne sont pas blessées, songea Gene. Et elle ne manque pas de souffle pour hurler. » Il lui attrapa les mains et les serra contre sa poitrine pour l'empêcher de le taper. Un pompier s'avança à leur rencontre.

— Que se passe-t-il ? demanda-t-il d'un ton las.

— Il faudrait examiner cette petite fille, répondit Gene.

— Je peux m'en charger, si vous voulez.

— Merci.

Gene tendit la fillette au pompier.

— Je ne crois pas qu'elle ait de blessure sérieuse, expliqua-t-il. En fait, je pense même qu'elle n'a pas de blessure du tout. Faites-lui un examen rapide, s'il vous plaît. Moi, je vais essayer de découvrir son identité. Peut-être même l'adresse de sa famille, qui sait ?

Devant le regard interrogateur du pompier, Gene donna un discret coup de menton en direction de la Chevrolet.

— Ses parents sont là-dedans, ajouta-t-il.

Il n'eut pas à préciser dans quel état ils se trouvaient. Le pompier renifla, l'air dépité, et emporta la fillette vers la camionnette des soins d'urgence. Gene retourna vers la Chevrolet. Il découvrit là deux ambulanciers en train d'installer le cadavre de la mère sur une civière, avant de l'envoyer droit à la morgue. Un pompier et un jeune policier s'escrimaient pour leur part à extirper de l'abdomen du père la colonne de direction.

— Comment ça se passe ? demanda Gene en tendant la main à travers la vitre brisée de la portière passager. Il essaya d'ouvrir la boîte à gants, mais la serrure en était bloquée.

Dans l'habitacle, le jeune policier, couvert de sang, avait le teint verdâtre de celui qui est à deux doigts de vomir.

— Nous allons peut-être devoir scier le volant pour le sortir de là, répondit-il.

— Les pompiers ont le matériel nécessaire, dit Gene. Laissez-les se charger de ça. Et trouvez-moi quelqu'un pour ouvrir cette boîte à gants. Il nous faut l'identité de ces gens le plus vite possible, parce que j'ai leur gamine sur les bras. Pouvez-vous atteindre la poche intérieure du conducteur pour attraper son portefeuille ?

— Pas moyen. Il est comme qui dirait soudé au volant. Mais nous avons trouvé ceci, déclara le policier.

Il lui tendit un sac à main complètement déformé.

— C'était coincé aux pieds de la femme, reprit-il. Dedans, il y a les papiers de la voiture. C'est un véhicule de location. Il y a aussi des billets d'avion. J'ai l'impression que ces pauvres gens arrivaient tout droit de l'aéroport. Drôle de façon de finir le voyage, hein ?

— Comme vous dites, marmonna Gene.

Il ouvrit le sac à main. Les billets d'avion, des allers simples New York-Cleveland, avaient été utilisés le jour même. Les voyageurs se nommaient Rudolph et Elena Pazmany, et l'enfant inscrite sur le billet à tarif réduit s'appelait Jessica Marie Pazmany.

Voilà, il tenait le nom de la fillette. Jessica Marie Pazmany. Une famille hongroise. Des Hongrois, il y en avait pas mal à Cleveland, surtout des réfugiés qui avaient fui leur pays après le soulèvement de Budapest contre les Rouges, en 1956. Peut-être ces gens étaient-ils venus rendre visite à leur famille ? Gene inspecta avec précaution le contenu du sac : un porte-monnaie avec cinq billets de un dollar, un paquet de mouchoirs en papier et un carnet de notes relié par une ficelle à un petit stylo-bille. Ni photographie, ni aucun autre objet personnel, à l'exception notable d'un permis de conduire récent, soigneusement glissé dans la poche intérieure du sac, qui indiquait une adresse dans le quartier de Queens, à New York. Feuilletant le carnet, Gene y trouva pour toute inscription les coordonnées à Cleveland d'une certaine Magda Mizensky.

Mizensky. Encore un nom à consonance hongroise. Gene poussa un soupir de soulagement. Par chance, il avait dégoté le nom d'une personne résidant à Cleveland qui serait à même de lui indiquer comment joindre la proche famille de Jessica. Qui sait, peut-être Magda Mizensky elle-même appartenait-elle à cette famille ? En tout cas, une poignée de coups de téléphone et quelques déplacements suffiraient à Gene pour retrouver le cousin ou la tante qui accepterait de prendre la petite fille en tutelle. Ce qui était sûr, c'était qu'il refusait de la voir échouer entre les griffes de l'assistance sociale. Il connaissait les centres d'hébergement temporaire pour mineurs — des lieux relativement propres, d'accord, mais c'était bien là tout ce qu'on pouvait dire en leur faveur.

Quand il retourna à la camionnette des soins d'urgence, Jessica était assise sur les genoux du pompier, en train de boire un verre de jus de fruits vitaminé.

— Alors, pas trop de problèmes pour l'examiner ? demanda-t-il.

— Aucun, répondit le pompier. Elle est en pleine forme. Je lui ai trouvé deux ou trois ecchymoses, mais rien de grave. Ses organes vitaux n'ont pas été touchés. Aucun symptôme de traumatisme crânien, ni de lésion interne. Cette petite demoiselle a eu bien de la chance.

« Ouais, songea Gene. Une chance du tonnerre. » Si l'on exceptait le fait que ses parents venaient d'être rayés de sa vie en un clin d'œil, on pouvait sûrement se dire que Jessica était née sous une bonne étoile.

— Où va-t-elle, maintenant ? demanda le pompier. Je peux l'envoyer à l'hôpital en observation, si vous avez besoin de temps pour retrouver sa famille.

Gene haussa les épaules.

— Je vais l'emmener au poste avec moi. Si nous ne trouvons pas de solution rapidement, elle passera la nuit à mon domicile. Ma belle-fille adore les gosses, et elle a l'autorisation légale d'en héberger dans les cas comme celui-ci.

— Entendu. Je vous la laisse, alors.

Le pompier déposa l'enfant à terre et alla rejoindre ses collègues.

Gene s'accroupit de façon à pouvoir regarder Jessica Marie dans les yeux. Elle lui jeta un regard mi-intrigué, mi-soupçonneux.

— Tu veux venir chez moi, ce soir ? demanda-t-il. Il y a deux petits garçons qui ont des jouets épatants. Ce sont mes petits-fils. Ils s'appellent Todd et Matt. Et leur papa et leur maman s'appellent Barbara et Frank. Ce sera chouette, tu verras.

Gene se dit qu'il s'exprimait comme un animateur de jeu télé annonçant le gagnant du gros lot. Mais comment parlait-on à une gosse dont la maman était en route pour la morgue et le papa encore vissé au volant de sa voiture de location ?

Après un long moment de silence, la fillette demanda d'une voix sourde :

— Est-ce que tu vas m'emmener voir ma maman ?

Gene s'efforça de garder un visage impassible. Sale question. Il faisait tellement froid qu'on ne sentait plus le bout de son nez, mais lui, il trouvait le moyen de transpirer. Il inspira une grande bouffée d'air glacial saturé de gaz d'échappement.

— Ecoute, Jessica, je ne crois pas que c'est une très bonne idée. Plus tard, peut-être.

Les paupières de l'enfant papillotèrent, et elle le gratifia de nouveau de son regard curieux et méfiant à la fois. Soudain, elle parut très effrayée.

— Ma maman… elle est morte ?

Cette question-là noua les entrailles de Gene. Il prit la fillette dans ses bras et la serra fort, lui tenant maladroitement la tête au creux de son épaule. Ses petits-fils n'étaient pas du genre câlin ; il s'apercevait qu'il avait oublié comment cajoler un enfant.

— Je suis désolé, ma chérie, vraiment désolé, mais c'est vrai, ta maman est morte. J'aimerais bien te dire le contraire, mais… mais je ne peux pas.

Il songea qu'il aurait peut-être dû aussi lui parler des anges, du paradis et de la vie éternelle avec le petit Jésus, mais il ne put se résoudre à prononcer des paroles auxquelles il ne croyait pas.

La fillette redressa le menton et le dévisagea intensément. Gene eut le sentiment angoissant qu'elle s'efforçait de deviner s'il lui mentait ou non. Finalement, elle parut décider qu'il disait la vérité. Sa lèvre inférieure trembla et elle se mit à pleurer, de grosses larmes silencieuses roulant sur ses joues roses. Pour la millième fois, Gene se demanda comment le destin choisissait ses victimes et pourquoi la vie éprouvait le besoin de se montrer si cruelle. Il tapota le dos de Jessica, marmonnant quelques phrases qu'il aurait voulu réconfortantes mais qui lui semblèrent désespérément creuses et maladroites.

Lorsque la fillette cessa de pleurer, elle ne posa pas de question au sujet de son père — sans doute parce qu'elle n'aurait pu supporter une autre mauvaise nouvelle. Trouillard comme il l'était, Gene ne put s'empêcher d'être soulagé à l'idée de n'avoir pas à lui révéler que sa mère n'était pas la seule victime de l'accident. Il lui sécha les yeux avec un mouchoir.

— Voilà, maintenant ça va aller mieux, dit-il d'une voix rauque, en se dirigeant vers sa voiture. Tu es prête à venir chez moi ?

Elle hocha la tête. Et, comme elle n'ajoutait rien, il combla le silence en bavassant.

— Ma maison te plaira beaucoup. Derrière, il y a un grand jardin avec deux très vieux érables. Matt et Todd adorent jouer là.

Jessica suçota quelques instants le pompon qui ornait le lacet de sa capuche.

— Ils ont quel âge, Matt et Todd ? demanda-t-elle.

— Todd a sept ans, et Matt, quatre. Et toi, quel âge as-tu ?

— Quatre ans, répondit-elle.

Elle ôta sa mitaine gauche et leva quatre doigts.

— J'ai tout ça, reprit-elle. Je suis une fille.

— Tu as le même âge que Matt. Il adore les cookies mouillés avec du lait. Et toi ? Tu as faim ?

« Quelle question crétine ! » songea-t-il aussitôt.

Jessica ne répondit rien, se contentant de fourrer son pouce dans sa bouche, image poignante d'une petite fille épuisée, terrifiée, traumatisée. Elle s'agita nerveusement tandis qu'il l'installait sur le siège passager, à l'avant. Elle lui agrippa la main.

— Tu vas pas casser la voiture, hein ? Pas comme… pas comme… avant.

Elle déglutit, des larmes baignant de nouveau ses paupières.

— Ils sont morts, murmura-t-elle d'une voix étrange. Je voulais pas. Je voulais pas !

— Je vais conduire en faisant très attention, répondit Gene.

Il se pencha pour attacher la ceinture de sécurité, puis tapota le genou de Jessica en souriant.

— Maintenant, je t'emmène à la maison, dans ma famille. Là-bas, il y a cinq personnes. Il y a moi, mon fils Frank et sa femme Barbara, et aussi Matt et Todd, leurs enfants, dont je t'ai déjà parlé.

Il énonçait ces prénoms comme une sorte de litanie de la normalité, pour tenter d'adoucir les horreurs de la soirée et placer la petite dans la perspective d'un groupe d'individus qu'elle pourrait identifier comme une famille semblable à celle qu'elle venait de perdre.

Il tira un petit coup sur la ceinture pour s'assurer qu'elle était bien enclenchée.

— Voilà, ma chérie. Tu ne risques rien, maintenant.

Les yeux bleus de Jessica semblaient trop grands et trop tristes pour une si petite frimousse.

— La ceinture, c'est la sécurité, murmura-t-elle. Ma maman, elle dit toujours ça.

— Vraiment ? Eh bien, c'est… c'est parce qu'elle tenait beaucoup à toi, Jessica Marie.

Dommage que cette maman-là n'ait pas suivi ce sage précepte pour elle-même, se dit Gene avec colère. Si elle avait attaché sa ceinture, elle aurait pu être en vie, à l'heure qu'il était, au lieu d'être allongée sur une table de la morgue ! Gene referma la portière passager et alla s'asseoir derrière le volant.

Liliana observa le policier tandis qu'il faisait le tour de la voiture. Elle avait des gargouillis dans le ventre ; elle se sentait toute bizarre. Devait-elle lui dire qu'elle s'appelait Liliana, et non Jessica Marie ? Non, elle avait trop peur. Maman lui avait dit que personne ne devait découvrir son vrai nom, sinon papa la retrouverait. Et elle ne voulait pas que papa la retrouve. C'est pour ça que tonton Ralph et tatie Lena l'avaient emmenée, pour échapper aux policiers que papa allait envoyer après elle. Est-ce que Gene était un des vilains policiers de papa ? Il l'emmenait dans sa voiture, mais il n'avait pas parlé de papa. De toute façon, ça ne semblait pas une très bonne idée de lui dire qu'elle s'appelait Liliana. Si elle disait la vérité, Gene déciderait peut-être quelque chose qui lui ferait du mal. Encore plus de mal que ce qui était arrivé à maman.

Gene s'assit à côté d'elle et lui sourit. Elle eut encore plus de gargouillis dans le ventre. Les sourires de Gene étaient doux et gentils, pas méchants et tordus comme les sourires de papa.

N'empêche, tatie Lena et maman n'auraient pas voulu la voir avec un policier. Elle se tortilla nerveusement sur le siège.

— Tu es prête, Jessica Marie ?

C'était bizarre, de s'entendre appeler avec ce nom-là, mais tatie Lena avait dit que c'était le meilleur moyen de la protéger. Et maman avait dit qu'elle voulait la protéger à tout prix. Alors Liliana hocha la tête et regarda droit devant elle, sans rien dire. Elle laissait Gene l'appeler Jessica Marie parce que c'était ce qu'il fallait pour que papa ne la retrouve pas. Mais dans son cœur, elle savait qu'elle était Liliana. Toujours, toujours, elle resterait Liliana, même si elle devait laisser la terre entière l'appeler Jessica Marie.

Liliana. Elle se répéta son prénom dans sa tête des tas de fois tandis que la voiture démarrait. *Liliana, Liliana, Liliana…*

Elle n'oublierait jamais son véritable prénom. Jamais.

1.

Denver, Colorado — 24 mai 1996

Pendant tout le déjeuner, Jess essaya de se résigner à répondre positivement à la demande en mariage de Timothy Macfadden. Elle réussit à faire entendre ses exigences au sujet de la maison qu'ils envisageaient d'acquérir et admit qu'elle aussi voulait deux enfants. Mais chaque fois qu'elle tentait de prononcer les mots décisifs — *Oui, j'accepte de me marier avec toi* —, ils se bloquaient dans sa gorge, y formant un nœud d'angoisse irrépressible. Aussi, lorsque la serveuse apporta le café, choisit-elle de renoncer : elle avoua à Timothy qu'elle était vraiment désolée, mais ne l'épouserait pas.

Tim se montra serein et compréhensif, comme à l'ordinaire, ce qui mit Jess encore plus mal à l'aise. Il termina son café — Tim n'était pas homme à laisser passer une excellente tasse de café sous prétexte que la femme avec laquelle il sortait depuis onze mois venait de l'éconduire —, puis il replaça la bague de fiançailles en diamant dans l'élégant écrin de chez Tiffany, avant d'affirmer qu'il la considérerait toujours comme une excellente amie. Le pire, ce fut qu'elle ne douta pas un instant de sa bonne foi.

Jess se maudissait. Et elle se fit carrément horreur quelques instants plus tard en se sentant si soulagée de voir Tim déposer d'un geste précautionneux sa cuiller à café sur la soucoupe, prendre l'addition et s'éloigner, sans doute pour toujours. Un salaire annuel de près de cent mille dollars, une solide carrière d'architecte et le chien le plus adorable de Denver. Jess n'y comprenait rien. Si cela ne lui suffisait pas, que diable attendait-elle de plus ? En tout cas, l'angoisse s'était enfin dissipée et elle n'avait plus de crampes à l'estomac. Elle était folle d'avoir refusé de l'épouser, d'accord, mais son système nerveux semblait réellement allergique aux multiples perfections de Timothy Macfadden.

Comme si le fait d'avoir rompu avec l'un des célibataires les plus convoités de Denver ne suffisait pas, les problèmes s'accumulèrent tout l'après-midi. D'ordinaire, Jess adorait son travail de directrice adjointe du Département du Tourisme et des Congrès du Colorado. Mais pas aujourd'hui. Vers 15 heures, elle apprit que le syndicat des constructeurs en bâtiment avait choisi pour son séminaire annuel la ville de Jackson Hole, dans le Wyoming, au lieu de Denver. Et à 17 h 30, elle reçut la pire des nouvelles possibles : en l'an 2000, la Société Internationale de Podologie fêterait en grande pompe le nouveau millénaire à… Genève ! En Suisse, par tous les saints ! Si ces types avaient envie de montagnes et de paysages enchanteurs pour discuter d'orteils en marteau et d'oignons, pourquoi le Colorado ne leur convenait-il pas ?

Tandis qu'elle éteignait son ordinateur et rangeait son bureau pour la nuit, elle poussa un soupir de lassitude. Son boulot, qui consistait à attirer vers le Colorado en général et vers Denver en particulier les entreprises, associations de professionnels et organisations touristiques du monde entier, devenait de plus en plus difficile. La compétition entre les régions, et même entre les pays, était tellement pointue que Jess avait la certitude qu'elle dépasserait bientôt les limites de la planète Terre : les premiers astronautes qui atterriraient sur Mars se verraient sans aucun doute gracieusement servir un cocktail de bienvenue par un petit homme vert portant l'uniforme immaculé de l'Office du Tourisme Martien.

Elle verrouilla son classeur métallique en soupirant. Comme elle aurait aimé pouvoir rentrer à son appartement et végéter devant une série télé quelconque en dévorant une plaquette de chocolat ! Refuser le mariage avec un homme comme Tim Macfadden, cela suffisait à excuser n'importe quel péché de gourmandise. Malheureusement, sa journée de travail n'était pas terminée. Elle devait retoucher son maquillage, plaquer un sourire avenant sur ses lèvres et rassembler ses forces pour briller à la soirée du gouverneur. Une délégation d'hommes d'affaires japonais sondait les possibilités d'investissement dans le Colorado. Et Jess était contrainte de faire acte de présence.

Une heure plus tard, elle arrivait à la réception. Elle y avait assisté à tant d'événements mondains, depuis deux ans qu'elle était installée à Denver, qu'elle se dirigea vers la salle à manger sans un regard pour les élégants salons de réception lambrissés, ni pour la rotonde à colonnade ornée de statues d'inspiration grecque, ni pour le sublime piano à queue qui y trônait. Jetant un bref coup d'œil vers son reflet dans l'un des immenses miroirs du hall, elle comprit que pour se montrer avenante elle avait grand besoin d'un rafraîchissement. Et ce soir, pas question de Perrier. Même un triple whisky ne suffirait peut-être pas.

Elle approchait du buffet dressé dans la salle à manger lorsqu'elle vit Dan Stratton venir à sa rencontre d'un pas résolu. Le découragement l'envahit d'un coup. Après avoir repoussé Tim Macfadden et perdu le congrès des podologues contre Genève, elle aurait juré que le sort ne pouvait rien lui réserver de pire. Mais la présence de son ex-mari prouvait hélas qu'elle n'était pas au bout de ses misères. Cette journée entrerait dans les annales comme une des plus terribles de toute son existence.

Dan, comme d'habitude, était époustouflant. Dans un univers doté ne serait-ce que d'un brin d'ordre et d'équité, cet homme serait devenu chauve et aurait pris du ventre. Mais comme d'habitude aussi, l'ordre cosmique avait prouvé sa défaillance. Depuis trois ans que Dan et elle étaient séparés, il était devenu encore plus charmant, plus fascinant, plus sexy que le jour où elle l'avait plaqué.

Avec un mélange d'amusement et de sourde résignation, elle l'observa qui louvoyait en souplesse entre les serveurs, les invités, les journalistes — et leur hôte ! Il fallait une dose certaine de culot pour snober ainsi le gouverneur du Colorado, mais bon : le culot, Dan en avait toujours possédé en abondance.

Il s'immobilisa tout près d'elle, avec aux lèvres ce petit sourire suave qu'elle connaissait si bien. Ses épais cheveux bruns luisaient sous les feux du lustre de cristal, tandis qu'une lueur espiègle brillait dans ses magnifiques yeux gris-vert.

— Bonsoir, Jess.

Sa voix profonde, veloutée, enveloppa Jess telle une invite discrète. Et son sourire semblait dire : « Si tu succombes à mon charme, je te promets que tu connaîtras la plus merveilleuse expérience sexuelle dont tu puisses rêver. » Deux années de vie conjugale avec Dan Stratton auraient certes dû suffire à vacciner définitivement toute femme intelligente. Dans le cas de Jess, le remède avait échoué. Rien qu'en le regardant, elle se sentait fondre ; elle avait presque de la peine à ne pas haleter en respirant.

Jess se demanda si c'étaient ses hormones qui débloquaient, ou si elle était totalement crétine. Au déjeuner elle avait repoussé l'honorable Tim, et voilà qu'elle s'abêtissait devant l'innommable Dan. Avait-elle perdu la tête ? Comment pouvait-elle oublier un seul instant ce qu'avait été l'horreur de vivre avec un homme qui mettait une telle application à attendre que le cinéma révèle en lui la star méconnue qu'il n'avait jamais le temps de s'occuper des menus détails de la vie ? Laver ses chaussettes, par exemple, ou ranger l'appartement, ou encore trouver un boulot temporaire afin d'être en mesure d'acheter à manger en attendant le salaire mensuel de son épouse.

Deux années, deux longues années passées à se nourrir de thon en boîte et de spaghettis. Jess retint une grimace. Ce souvenir suffisait à lui mettre du plomb dans la tête. Elle se redressa de toute sa hauteur, offrant à son ex-mari le sourire qu'elle réservait aux hommes d'affaires vieillissants dont les mains devenaient un peu trop baladeuses.

— Bonsoir, Dan. Tu as bonne mine.

Il ignora son sourire glacial et plongea son regard dans le sien, lisant certainement dans ses yeux bien plus qu'elle ne voulait lui en laisser voir.

— Tu es splendide, dit-il simplement. Tu m'as manqué, Jess.

Sa capacité à faire de telles déclarations avec une sincérité désarmante était une des raisons pour lesquelles Jess avait toléré le thon et les spaghettis pendant deux ans. L'unique autre raison étant son talent pour la faire rire. Pendant les douze premiers mois, elle avait même considéré leurs rigolades continuelles comme une compensation valable pour les chaussettes sales et l'échec absolu de Dan à assumer sa part de responsabilité financière dans leur couple. Par chance, elle était aujourd'hui non seulement plus mûre, mais aussi plus sage. Aussi agréable fût-il, un compliment ne remplaçait jamais les marques de sollicitude les plus simples et les plus honnêtes. A toujours prendre la vie comme une vaste plaisanterie, on oubliait facilement que certaines choses ne sont pas drôles.

— Qu'est-ce que tu fais à Denver ? demanda-t-elle d'un ton sec. Je ne pense pas que tu fasses partie de la délégation des hommes d'affaires japonais.

— Non, répondit son ex-mari. Je suis venu te voir. Il faut que je te parle, Jess…

— Désolée, Dan, mais je ne suis pas d'humeur à ressasser nos vieux souvenirs. Je te prie de m'excuser, j'ai du travail.

— C'est important, insista-t-il. Dans combien de temps seras-tu libre ? Nous devons absolument trouver le moyen de parler seul à seule.

— Nous n'avons strictement rien à faire ensemble, Dan. Moi, par contre, je suis ici pour travailler. Je dois expliquer à tous ces gens les avantages exceptionnels qu'il y a à investir dans l'Etat du Colorado. C'est comme ça que je gagne ma vie…

— Faisons un marché, l'interrompit-il. Je t'aide à vendre les merveilles du Colorado à la délégation japonaise, et en échange tu acceptes de dîner avec moi.

Jess secoua résolument la tête. Elle savait pourtant qu'en y mettant du sien, Dan était capable de convaincre les habitants de l'Alaska d'acheter de la neige dans les montagnes Rocheuses.

— Non, merci. Au revoir, Dan. Et n'insiste pas, ou j'avertis la sécurité que tu es entré ici sans y être invité.

Elle tourna les talons pour s'éloigner, mais Dan la retint par le bras.

— Comme toujours, tu supposes le pire à mon sujet. Alors au risque de te décevoir, sache que je suis invité à cette réception.

Elle eut une moue narquoise.

— Stupéfiant. Bravo.

— Cesse de faire ta mauvaise tête, Jess, répliqua-t-il d'un air agacé. Il ne s'agit pas de nous. C'est Matt qui m'envoie. Il faut que tu écoutes ce que j'ai à te dire, et de préférence dans un endroit où nous ne serons pas dérangés.

Elle fronça les sourcils, alarmée par son ton sérieux.

— Qu'y a-t-il ? Il est arrivé quelque chose ? Ma famille... ?

— Ta famille va très bien. Désolé, je ne voulais pas t'affoler.

— Maintenant que j'y pense, il y a plusieurs semaines que je ne les ai pas eus au téléphone. Tu es sûr qu'ils vont tous bien ?

Il acquiesça du menton.

— Ils sont en pleine forme. Le week-end dernier, Matt et Nancy ont organisé un pique-nique familial, et tout le monde m'a paru en excellente santé.

— Tu leur as rendu visite ? A Cleveland ?

Dan était un New-Yorkais pur crin. Le voir ici à Denver — qui plus est après un détour par Cleveland ! — c'était un peu comme d'imaginer le Père Noël et ses rennes sur une plage de Floride.

— C'est Matt qui m'avait invité, répondit Dan. Tu sais que nous sommes toujours copains.

Oui, elle savait. Elle attribuait d'ailleurs cette situation à une grave erreur de jugement de la part de son frère adoptif.

— Je ne vois pas pourquoi Matt t'utilise comme messager, bougonna-t-elle. S'il veut me parler, il n'a qu'à décrocher le téléphone.

— Pas ce coup-ci.

Cette fois, plus de doute possible : une note inquiétante teintait la voix de son ex-mari. Jess crispa les doigts sur la sangle de son sac à main.

— Je t'en prie, Dan, si un membre de ma famille a un problème, dis-le-moi tout de suite.

— Il y a bien un problème, en effet, mais pas du genre que tu crois.

— Papa et maman vont bien ? Je sais que le médecin s'évertue à persuader papa d'arrêter de fumer en lui décrivant les pires horreurs qui menacent ses artères.

Dan sourit. Son sourire était franc et sincère, au grand soulagement de Jess.

— Et il a réussi ! déclara-t-il. Ton père n'a pas touché une cigarette depuis cinq semaines, et on a déjà l'impression qu'il a dix ans de moins que la dernière fois que je l'ai vu.

— Formidable. Et maman ?

— Ta mère est remontée à bloc contre le nouveau directeur de l'école, et elle envisage de poser sa candidature au conseil d'administration. Tes neveux et nièces sont eux aussi en pleine forme. Par contre, je ne suis pas sûr de pouvoir en dire autant au sujet de Todd et de ta belle-sœur. Ils avaient l'air carrément nerveux.

— Eux ? Le couple le plus placide de la terre ? Qu'est-ce qui leur arrive ?

— C'est à cause de Kelly, répondit Dan avec un large sourire. Ta nièce a décidé de porter un anneau dans la narine, et son petit ami a un crâne de pirate dessiné dans le cuir chevelu. Todd craint de ne pas survivre aux trois années de lycée que Kelly a encore devant elle.

Jess rit de bon cœur en imaginant son frère aîné, un homme plutôt conformiste, en arrêt devant le nez percé de sa fille.

— C'est ça le bonheur d'avoir des adolescents, ironisa-t-elle. Je n'aimerais pas être à leur place dans les années qui viennent. Et les garçons de Matt ? Je ne les ai pas vus depuis Thanksgiving, en novembre dernier.

— Les jumeaux sont… pleins de vitalité. Je crois que c'est la façon la plus polie de les décrire.

— C'est terrible à ce point ?

Dan pouffa.

— Pire encore ! Mais il faut avouer que si on fait abstraction du vacarme, ce sont des gamins vraiment géniaux. J'ai aussi revu toute une flopée de tantes, d'oncles et de cousins qui étaient venus chez Matt rien que pour me jauger. J'ai l'impression qu'ils s'attendaient à me voir transformé en satyre, du fait que tu m'avais quitté.

— Tu aurais dû leur dire que c'était déjà le cas bien avant le divorce, rétorqua-t-elle.

Pendant quelques instants, Dan parut accuser douloureusement le coup, mais Jess décida de ne pas lui présenter ses excuses. Il avait beau être un apollon vivant, il n'en avait pas moins été un mari ignoble, dont l'égoïsme et l'indifférence frisaient la cruauté. Et cela, avant même qu'il ne commence à la tromper.

— Je suis tout prêt à te prier de me pardonner, finit-il par répondre d'un ton ferme. Mais je suis certain que tu n'as pas envie d'entendre ça.

— Exact. Tes regrets et tes remords, je les connais par cœur. Et sous des formes multiples. Alors si tu veux bien m'excuser, maintenant…

— Jess, je t'ai dit que je ne suis pas ici pour ressasser le naufrage de notre mariage. Il s'agit de toi uniquement. Quand j'ai annoncé à Matt que je venais à Denver, il m'a fait promettre de te joindre pour te parler d'un problème qu'il a rencontré récemment. Donne-moi une chance de t'expliquer la situation comme il le désire. Ecoute ce que j'ai à te dire.

Jess sentit son estomac se nouer.

— Si tu essaies de me terrifier, Dan, tu as gagné, marmonna-t-elle.

— Loin de moi cette idée. C'est même tout le contraire dont il s'agit. Ecoute, fais ce que tu as à faire, et allons ensuite dîner dans un endroit tranquille. D'accord ?

A la décharge de Dan, il fallait bien dire que jamais il n'aurait inventé un faux prétexte pour l'inviter à dîner. S'il disait que Matt avait un problème, il ne mentait pas. Et de toute évidence, il avait une mauvaise nouvelle à lui annoncer. Jess songea un instant à insister pour qu'il s'explique immédiatement, puis se ravisa. Dan avait raison. La réception chez le gouverneur n'était ni le lieu ni le moment pour évoquer une crise familiale. D'autant qu'elle-même se trouvait là pour travailler, et non à titre privé.

— D'accord, acquiesça-t-elle. Dînons ensemble si tu veux. Mais d'abord, il faut que je discute un peu avec les membres de la délégation.

Tandis qu'elle œuvrait pour le bien du Colorado, elle ne put s'empêcher d'être soulagée d'avoir Dan à son côté. Lui qui n'avait pas dû passer plus de quelques semaines dans la région de toute sa vie, endossa le rôle de représentant de l'Etat avec un enthousiasme communicatif. Avec tant d'enthousiasme, en fait, que l'un des vice-sous-secrétaires-adjoints de la délégation prit rendez-vous avec Jess pour négocier un éventuel programme de charters hebdomadaires destinés à des vacanciers japonais. Ensuite, ce fut l'attaché commercial de l'ambassade du Japon à Washington qui lui réclama une visite guidée des bases militaires désaffectées depuis peu et susceptibles d'intéresser des projets immobiliers ou industriels. Tout à fait le genre d'opportunités qui pouvaient déboucher sur des investissements très lucratifs pour le Colorado.

Autrefois, le talent inné qu'avait Dan à remporter de tels succès de pacotille aurait rendu Jess folle de rage. Ce soir, cependant, elle s'inquiétait trop au sujet de Matt pour éprouver un autre sentiment que de la reconnaissance envers son ex-époux.

— On y va ? demanda-t-il alors que la délégation japonaise s'apprêtait à aller dîner chez le maire.

Elle hocha la tête.

— Tu es en voiture ?

— Non, je suis venu en taxi.

Jess l'emmena au Cajun Kettle, l'un de ses restaurants préférés, qui avait en outre l'avantage d'être situé près de la propriété du gouverneur. Comme le chef était originaire de La Nouvelle-Orléans, son menu était de nature à épicer les soirées les plus moroses. Non pas que Jess craignît de s'ennuyer, loin de là : avec Dan, jamais elle n'avait manqué de distraction.

Ils commandèrent un plat de fruits de mer aux tomates et aux poivrons. Le serveur ouvrit pour eux la bouteille de vin, déposa une corbeille à pain sur la table, puis s'éclipsa en silence, percevant probablement qu'ils n'avaient pas l'intention d'échanger des politesses avec lui.

Très vite, Jess s'aperçut que le simple fait d'être assise en face de Dan réveillait en elle des souvenirs qu'elle aurait préféré garder enfouis au fond de sa mémoire. Désireuse de passer le moins de temps possible avec lui, elle alla droit au but :

— Qu'est-ce qui arrive à Matt ? demanda-t-elle d'un ton sec.

Une certaine hésitation se peignit sur le visage de Dan. Il s'écoula quelques secondes avant qu'il ne réponde.

— Nancy et lui ont décidé de mettre la maison de ton grand-père en vente. Ils veulent s'installer à la périphérie de la ville, et ils ont déjà pris une option sur une grande maison de style colonial, à Bay Village.

Jess leva les yeux au ciel.

— Cette ritournelle, je la connais ! Ça fait des années qu'ils parlent de déménager. Je n'y croirai que quand je verrai la signature de Matt sur les contrats de vente.

— Cette fois, je pense que c'est sérieux. Nancy et lui ont déposé une annonce chez un agent immobilier. Ils ont aussi élagué les arbres et repeint la façade en blanc. Devant la maison, il y a maintenant une pancarte « A vendre » montée entre deux piquets.

Dan se racla la gorge.

— Ils ont même passé toute une semaine de congé à trier les affaires du grenier, ajouta-t-il. C'est un vrai capharnaüm.

Dan gesticula nerveusement sur la chaise, comme s'il s'apprêtait à révéler que Matt avait le fisc sur le dos pour une fausse déclaration de revenus. Il saisit son verre et y fit tournoyer le vin, sans le porter à ses lèvres. Puis il se racla de nouveau la gorge.

— D'après ton frère, reprit-il, il y avait là-haut des malles et des caisses bourrées de vieilleries dont certaines remontent au début du siècle.

— Ça, je veux bien le croire, répondit Jess, songeuse. Autrefois, quand il pleuvait, on montait jouer dans le grenier. C'était beaucoup plus drôle que la cave, qui empestait la moisissure. Je me rappelle qu'il y avait des valises pleines de vieux vêtements. Et des meubles qui doivent être assez anciens aujourd'hui pour mériter le titre d'antiquité.

— C'est exactement ce que Matt m'a dit. La plupart de ces trucs sont partis à la décharge. Mais Nancy a gardé une magnifique commode et quelques robes de soie qui me paraissent un peu trop rapiécées, mais qui ont paraît-il leur valeur.

— Nancy est une vraie magicienne de la couture, commenta Jess. Elle sait de quoi elle parle.

Elle regarda Dan lever son verre pour une longue gorgée de vin, tandis que de sa main libre il pétrissait nerveusement un morceau de pain. Pourquoi ne disait-il pas enfin ce qu'il avait à dire ? Pourquoi, par tous les saints, évoquait-il le grenier de leur vieille maison de famille ? Jess sentit tout à coup un frisson glacial la saisir. D'expérience, elle savait que Dan ne manquait pas de cran pour annoncer les mauvaises nouvelles. Il avait eu l'air bien moins gêné, autrefois, pour lui annoncer qu'il avait dépensé l'argent du loyer dans un billet d'avion à destination de Los Angeles — où il espérait passer une audition pour une série télé ! Et il avait paru *nettement* moins inquiet ce dimanche matin mémorable où il était entré d'un pas nonchalant dans l'appartement en déclarant qu'il venait de coucher avec Shanna Ryan sous prétexte qu'elle pourrait peut-être lui décrocher un rôle de figurant dans un obscur théâtre de la périphérie de Broadway.

Jess refoula ces douloureux souvenirs avec la belle efficacité qu'elle avait acquise au cours des trois années passées à lutter contre elle-même pour se sevrer de Dan Stratton.

— C'est fou ce que tu me rends nerveuse, marmonna-t-elle. Cesse de prendre des gants et viens-en au fait. Qu'a donc découvert Matt au fond de ce fichu grenier ?

Forçant un sourire, elle tenta d'évacuer sa peur avec une plaisanterie.

— Non, attends ! Laisse-moi deviner, reprit-elle vivement. Il a trouvé des documents prouvant que nos ancêtres sont arrivés en Amérique avec des faux papiers, ce qui fait que nous sommes tous des immigrants illégaux. C'est ça ?

Dan resta de marbre.

— Pas tout à fait, répondit-il, mais c'est un peu dans ce goût-là. Parmi les affaires de ton grand-père, Matt a effectivement déniché des documents… étonnants.

Dan ouvrit son attaché-case. Jess songea que c'était bien la première fois qu'elle le voyait ainsi adopter un sérieux tout professionnel. Il en sortit deux grandes enveloppes en papier kraft, dont il lui tendit la plus épaisse.

— Matt a trouvé ça caché dans les papiers personnels de ton grand-père, expliqua-t-il. Jettes-y un coup d'œil.

Jess ouvrit l'enveloppe et en sortit une liasse de documents. Le serveur posa à cet instant leur commande sur la table, mais elle n'y prêta aucune attention.

— Prends ton temps, ajouta Dan en poussant son assiette de côté pour faire de la place sur la table. Nous avons toute la nuit devant nous, s'il le faut.

Jess passa rapidement en revue les papiers et les photographies découverts par son frère dans le grenier de la vieille maison des Zajak. Tous concernaient Elena et Rudolph Pazmany, ses parents biologiques, décédés dans un tragique accident de voiture quand elle avait quatre ans. Elle connaissait déjà la plupart de ces pièces, car les Zajak s'étaient toujours efforcés de lui fournir autant de renseignements que possible au sujet de sa famille d'origine. A l'époque de la catastrophe, Gene Zajak, déjà veuf, était trop âgé pour recevoir la garde d'un petit enfant. C'était donc son fils et sa belle-fille qui avaient déposé une demande d'adoption officielle. Frank et Barbara Zajak avaient été les parents de substitution les plus merveilleux qu'une orpheline pût désirer, et Jess les aimait de tout son cœur, tout comme elle adorait Matt et Todd, ses frères adoptifs.

Puisqu'on n'avait retrouvé aucune famille proche aux Pazmany, hormis une poignée de cousins piégés dans la Hongrie communiste, la procédure d'adoption avait été rapidement expédiée. Et une fois cette affaire réglée, les Zajak avaient veillé à ce que Jess puisse en savoir le maximum au sujet de ses « vrais » père et mère. Frank s'était même rendu à l'assistance sociale de New York pour y récupérer les effets personnels des Pazmany, conservés par les autorités depuis que leur appartement du quartier de Queens avait été vidé.

Pour compléter les documents légaux, Papy Gene avait rempli un calepin avec des coupures de journaux relatant les événements de cette nuit d'hiver glaciale où il avait découvert Jessica Marie sous la voiture déchiquetée qui renfermait les cadavres de ses parents. Par crainte de lui causer du chagrin, il avait attendu qu'elle ait terminé ses études universitaires pour lui montrer ces articles, mais bien que louable, cette attention était en fait superflue. Dans l'esprit de Jess, ses parents biologiques représentaient des entités tellement floues, vagues, distantes, que leur mort n'avait presque plus aucune signification. Elle avait toujours aimé écouter Papy Gene lui raconter — même si c'était en des termes plus qu'édulcorés — comment il l'avait trouvée sous les roues de la voiture et ramenée dans sa famille. Que ses parents aient connu une mort atroce ne lui avait jamais paru aussi important que le fait que Gene l'ait confiée à Barbara et Frank, ses nouveaux père et mère, et que Matt et Todd soient devenus de véritables frères pour elle.

Parmi les documents, elle trouva deux photographies familières, restaurées et agrandies bien des années plus tôt par Papy Gene, et pour lesquelles elle avait toujours eu une affection particulière. La première montrait Elena et Rudolph Pazmany le jour de leur mariage, devant la mairie de Queens. Jess avait grandi avec une reproduction de ce cliché posée, dans un cadre argenté, sur sa table de nuit. Sur l'autre photo, dont les couleurs étaient passées, on la voyait dans les bras d'Elena. Bébé Jessica dormait paisiblement, tout emmaillotée dans les langes, une de ses minuscules mains apparaissant entre les plis du tissu. Jess aurait aimé se souvenir davantage de sa mère naturelle. Hélas, elle n'avait jamais ressenti le moindre lien affectif avec la femme représentée sur la photographie, et encore moins avec le nourrisson endormi. Néanmoins, elle appréciait de pouvoir se dire que maman Elena et bébé Jessica semblaient beaucoup s'aimer.

Jess retourna la photo et lut au dos l'inscription qu'elle connaissait bien : *Jessica Marie Pazmany, notre adorable bébé !* Elle eut un sourire mélancolique. Ces mots avaient encore le pouvoir de lui provoquer un petit pincement au cœur. Curieusement, d'ailleurs, ils avaient toujours eu plus de sens à ses yeux que la photo elle-même — sans doute parce qu'ils confirmaient qu'Elena avait été une mère aimante.

Posant les clichés sur la table, Jess passa en revue les derniers documents contenus dans l'enveloppe. Une copie du certificat de baptême d'Elena Pazmany mentionnant son nom de jeune fille :

Korda. Une copie des formulaires d'immigration de Rudolph Pazmany. Leur certificat de mariage. Son propre certificat de naissance — née au New York Hospital le 11 novembre 1965, à 21 h 35 ; poids : 3,370 kg. Et, enfin, les certificats de décès de Rudolph et d'Elena Pazmany, datés du 9 décembre 1969.

Jess éprouvait une légère tristesse à l'idée que jamais elle n'aurait l'occasion de mieux connaître les gens qui lui avaient donné la vie. Mais cette tristesse, elle la connaissait par cœur. Depuis sa plus tendre enfance, elle avait appris à faire le deuil de ses parents naturels. Son chagrin avait en outre été tempéré par l'amour sans réserve que lui portait la famille Zajak. Aujourd'hui, elle pouvait passer des semaines d'affilée sans même se souvenir qu'elle avait eu d'autres parents à une époque lointaine. Et quand quelqu'un faisait remarquer que ses traits n'évoquaient pas ceux de la famille Zajak, l'idée qu'elle était une enfant adoptée lui revenait abruptement, la laissant presque étonnée.

Elle leva les yeux vers Dan.

— Je peux garder ces papiers ? En fait, je crois que Papy Gene m'avait déjà donné des copies de la plupart de ces documents, si l'on excepte les coupures de journaux et les certificats de décès de mes parents. Merci en tout cas d'avoir pris sur ton temps pour me les remettre en mains propres, mais il me semble que Matt s'est fait du souci inutilement. Il n'y a rien là de traumatisant.

L'expression de Dan demeura étrangement lugubre.

— J'ai autre chose à te montrer, Jess. Tiens. Il faut que tu voies ça.

Il poussa en travers de la table la seconde enveloppe de papier kraft. Elle était beaucoup plus mince que l'autre.

Adressée à M. Eugene Zajak, elle avait été postée à Cleveland. Jess en extirpa le contenu avec des gestes précautionneux : une lettre, rédigée dans une écriture compacte sur une unique feuille en papier pelure, une photographie et un certificat de décès portant l'estampille de la ville de New York. En tête de ce dernier document, un nom : *Jessica Marie Pazmany*. Jess eut soudain la gorge sèche. Elle retourna le certificat d'un geste brusque, pour que ce nom — *son* nom — cesse de lui heurter le regard. Qu'est-ce que cela signifiait ? Qui diable était mort ? S'agissait-il d'une mauvaise plaisanterie ? D'une main tremblante, elle dégrafa la photographie de la lettre et l'examina, interloquée.

Sur le cliché, on voyait un couple avec un très jeune enfant, une petite fille. Jess reconnut sans hésitation Elena et Rudolph Pazmany, mais qui était la gamine ? C'était une de ces photos que les grands magasins offraient à l'époque aux clients pour les fêtes de fin d'année. Devant un décor évoquant Noël, avec faux sapins et décorations multicolores, les Pazmany, assis sur un banc de bois, offraient un sourire figé à l'appareil. La petite fille était installée sur les genoux d'Elena. A première vue, elle ne devait pas avoir plus de deux ans. Elle avait les yeux noisette et ses cheveux châtains étaient attachés en deux petites nattes ridicules ornées d'immenses rubans à motif écossais. Elle portait une robe de velours écarlate, des chaussettes blanches et des souliers noirs vernis. Si les vêtements d'Elena et de Rudolph avaient manifestement connu des jours meilleurs, ceux de l'enfant paraissaient non seulement neufs, mais aussi relativement coûteux.

— Mais où je suis, moi ? s'exclama Jess avec stupéfaction.

Tandis qu'elle contemplait la petite fille assise sur les genoux d'Elena Pazmany, une sensation nauséeuse l'envahit.

— Tu as vu cette photo, Dan ? demanda-t-elle. Qui est-ce ? La petite fille, je veux dire. Oh, Seigneur ! Ça doit être ma sœur !

C'est ça ? Pourtant elle ne me ressemble pas du tout ! Tu es en train de me dire que j'ai une sœur que je n'ai jamais connue ?

Son cœur se mit à palpiter d'espoir et d'enthousiasme.

— Elle est vivante et elle essaie de me retrouver, c'est ça ? Oh, ce serait tellement merveilleux !

— Non, ce n'est pas ça.

Dan la regardait maintenant droit dans les yeux.

— Lis la lettre, reprit-il avant de boire une nouvelle gorgée de vin.

Pour le moment, Jess n'était pas du tout sûre de vouloir réfléchir. Il était plus facile d'obéir à Dan. Du plat de la main, elle lissa la lettre, qui était datée du 19 septembre 1980. Elle dut la lire deux fois de bout en bout avant de commencer à seulement comprendre ce qu'elle signifiait.

Cher Inspecteur Zajak,

Avez-vous souvenir de moi ? Je m'appelle Magda Mizensky. Il y a onze années, vous venez chez moi poser beaucoup de questions sur Rudolph et Elena Pazmany, qui sont morts sur la route en venant me rendre visite. Comme je vous dis alors, je connaissais Rudolph jeune homme, quand nous étions dans le camp de réfugiés à Vienne. Il était gentil, son cœur était bon et généreux. Elena était aussi gentille. Elle était une bonne épouse pour Rudolph. J'étais triste comme s'il était mon fils quand je vais à la morgue et je vois leurs corps.

Quand nous parlons ensemble, vous avez demandé au sujet de Jessica, leur petite fille, ma filleule. Maintenant je dois vous dire pourquoi j'écris aujourd'hui, parce que je vais mourir bientôt. Comme le prêtre dit, Dieu veut les cœurs légers et les âmes pures. Autrefois, vous demandez si Rudolph et Elena ont une fille, et je réponds oui. C'est la vérité. Rudolph et Elena avaient une fille. D'abord, je ne comprends pas votre question, alors je dis oui, l'en-

fant s'appelle Jessica Marie et elle a quatre ans environ. Je dis la vérité, je ne voulais pas mentir. Mais après, quand je lis le journal je comprends mon erreur. Vous croyez que Jessica Marie est encore en vie, mais c'est impossible. Jessica Marie était morte sept mois avant votre visite chez moi. Je suis certaine, car je pleure beaucoup avec Rudolph au téléphone quand il m'annonce la terrible nouvelle. Elle est morte par la leucémie dans un hôpital à New York, mais aujourd'hui je ne connais plus le nom de l'hôpital.

Maintenant, vous me demandez sûrement pourquoi je ne viens pas vous prévenir autrefois quand je comprends mon erreur. Pourquoi je ne dis pas que Jessica Marie Pazmany est morte plusieurs mois avant l'accident de Rudolph et Elena ? Je peux seulement répondre que je passe quatre années dans le camp de concentration nazi, et quatre années aussi dans le camp des communistes qui volent mon pays après la guerre. Avec ma vie, vous apprenez à ne jamais donner à la police les réponses qu'elle ne demande pas. Quand vous venez chez moi, vous demandez si Rudolph et Elena ont une fille. Vous ne demandez pas si la petite est morte, alors je ne le dis pas. Après, quand j'apprends que vous croyez que l'autre petite fille est Jessica Marie, je ne corrige pas votre erreur. J'ai trop peur. Peur que vous me punissez parce que je ne réponds pas la vérité exacte la première fois.

J'envoie ici la dernière photo que j'ai de Rudolph, sa femme et ma petite filleule, Jessica Marie Pazmany. Rudolph et Elena étaient de bonnes personnes. Je ne sais pas pourquoi ils viennent à Cleveland, mais ils me disent au téléphone, avant l'accident, que c'est une raison très importante. Je ne sais pas pourquoi ils viennent avec un enfant qui n'est pas leur enfant. Je ne connais pas le nom de l'enfant. Je sais seulement qu'elle n'est pas Jessica Marie Pazmany, et je le jure devant Dieu.

Magda Mizensky.

Jess acheva de lire la lettre pour la seconde fois. L'odeur des fruits de mer imbibés de sauce épicée lui donna soudain des haut-le-cœur. Craignant de vomir, elle repoussa son assiette d'un geste violent. Dan se pencha vers elle et prit ses mains dans les siennes. Elle regarda fixement ses propres doigts engourdis, que son ex-mari massait doucement avec les pouces, avec la sensation qu'ils étaient tout ce qui lui restait de tangible dans la vie. Même le reste de son corps s'était volatilisé, terrassé par les coups de semonce du stylo de Magda Mizensky.

— Sur… sur la photo de Noël, ça doit être Jessica Marie, balbutia-t-elle d'une voix presque inaudible. La vraie Jessica Marie.

Elle jeta un coup d'œil très bref vers le cliché. Il lui semblait qu'elle n'avait pas le droit de s'introduire ainsi dans le bonheur de la famille Pazmany.

— Elle est mignonne, tu ne trouves pas ?

— Très mignonne, répondit Dan d'un ton neutre. C'est triste de penser qu'elle est morte si peu de temps après que cette photo a été prise.

Jess saisit la photographie où l'on voyait Elena Pazmany tenant le nourrisson emmailloté et compara ce dernier à l'enfant de la photo de Noël. Le bébé ne ressemblait pas particulièrement à la petite fille. Mais bon ! Il n'avait pas davantage ses propres traits. Les nouveau-nés ont tous la même tête ou presque.

— J'ai toujours aimé cette photo, mais ce bébé, ce n'est pas moi, hein ? murmura-t-elle. C'est la vraie Jessica Pazmany, pas moi.

— Je suppose, répondit Dan. Bien que ce soit difficile à dire, avec un si jeune enfant.

Jess déchira la photo en son milieu, d'un coup sec. Puis elle écarquilla les yeux avec horreur en prenant conscience de son geste.

— Oh mon Dieu ! bredouilla-t-elle. Je… je ne voulais pas… je ne voulais pas.

Dan saisit les deux moitiés du cliché et les glissa dans sa poche de veston.

— Ce n'est pas grave, Jess, affirma-t-il d'un ton apaisant. Pas grave du tout.

— Pourquoi est-ce qu'il ne m'a rien dit ? Pourquoi est-ce que Papy Gene m'a caché ça ?

Ses paroles semblaient jaillir du recoin le plus sombre, le plus désespéré de son âme. Elle frappa du poing sur la lettre de Magda.

— Cette femme lui a écrit en 1980, il y a seize ans ! reprit-elle d'une voix tremblante. Treize ans avant qu'il ne meure. Il n'avait pas le droit de me cacher ça si longtemps !

— C'est vrai, acquiesça Dan. Mais rappelle-toi que, quand il a reçu la lettre, tu n'avais que quinze ans et tu étais encore au lycée. Tu faisais partie intégrante de la famille Zajak depuis onze années pleines. Crois-tu vraiment que cela t'aurait fait plaisir d'affronter ce genre de nouvelle à cette période de ta vie ? Réfléchis-y en profondeur. Souviens-toi des problèmes auxquels les adolescents doivent faire face. Ton grand-père a dû juger que tu n'avais pas besoin d'une crise d'identité en plus de tout le reste. Je suis certain qu'il a agi avec les meilleures intentions.

— Ce n'est pas mon grand-père, répliqua-t-elle tristement, le cœur gonflé de chagrin. Je ne sais pas qui est mon grand-père.

— Mais bien sûr que si ! insista Dan avec ferveur. Barbara et Frank sont tes parents depuis vingt-six ans. Gene Zajak était ton grand-père, et Matt et Todd sont tes frères. Rien n'a changé.

— Tout a changé, au contraire, rétorqua-t-elle platement. Qui suis-je ? D'où est-ce que je viens ? Pourquoi je me trouvais dans la voiture des Pazmany ? Pourquoi mes vrais parents ne sont-ils pas venus me réclamer ? Est-ce qu'ils se fichaient que j'aie disparu ? Est-ce qu'une fille mère désespérée et sans le sou m'a confiée aux Pazmany en remplacement de Jessica Marie ? Ou bien est-ce que les Pazmany m'ont kidnappée parce que la mort de leur fille leur avait fait perdre la tête ?

— Nous n'avons pas encore de réponses à toutes ces questions. Mais nous les trouverons, Jess. Todd est policier, il saura comment entamer les recherches…

Dan fronça les sourcils.

— Qu'y a-t-il ? Ça ne va pas ? demanda-t-il d'un ton inquiet.

— Jess, marmonna-t-elle, avant d'élever la voix. Tu viens à l'instant de m'appeler Jess. Mais ce n'est pas mon nom ! Ce n'est pas mon nom, tu entends !

Elle jeta de nouveau un regard vers la photo de Noël. Le sentiment de jalousie infantile qu'elle éprouva lui fit honte.

— C'est son nom à elle, reprit-elle en désignant la petite fille. Jessica Marie Pazmany. Et elle est morte !

— Ce n'est pas comme ça qu'il faut envisager les choses, affirma Dan. Depuis vingt-six ans tu es Jessica Marie. Je crois que tu as gagné le droit de considérer ce nom comme le tien. Eh ! Après tout ce temps, on peut même dire qu'il t'appartient plus qu'à elle !

Jess sentit soudain se réveiller au plus profond de sa mémoire des vieilles peurs, des souvenirs qu'elle ignorait avoir. Elle frissonna, saisie par une poussée de terreur violente, comme elle n'en avait pas connu depuis... ce jour terrible de décembre. Et, pour la première fois depuis des années et des années, elle entendit le hurlement des freins, le froissement des tôles, elle sentit l'odeur âcre du plastique en combustion mêlée à celle de l'essence enflammée. Avec une stupéfiante netteté, elle vit alors un homme se pencher pour regarder sous le pare-chocs de la voiture. Il faisait brutalement irruption dans sa cachette ! Bien qu'elle sût aujourd'hui que son visage était celui de Papy Gene, elle le considéra avec les yeux pleins de frayeur de l'enfant qu'elle avait été. Instinctivement, elle recula sous la voiture, prit la fuite, essayant désespérément de ne pas être démasquée.

Les images du souvenir s'évanouirent, mais les tentacules du passé continuèrent de se tendre, lui envoyant un ultime et menaçant avertissement, lui criant qu'elle ne devait jamais dire la vérité, sinon quelque chose de terrible se produirait.

Avec rage et obstination, Jess ignora cet avertissement. Après toutes ces années, le moment était venu d'affronter le passé, de retirer les bandages de l'oubli qu'elle avait si précautionneusement enroulés autour de la blessure douloureuse de ses angoisses. Elle releva les yeux et plongea son regard dans celui de Dan.

— Je m'appelle Liliana, déclara-t-elle sans hésitation, bien qu'après tant d'années d'oubli ce nom lui semblât totalement étranger à sa personne. Je ne suis pas Jessica Marie Pazmany. Je m'appelle Liliana.

2.

Liliana ? Où diable Jess avait-elle pêché ce nom ? Stupéfait, ne sachant que répondre, Dan regarda fixement la jeune femme qui avait été son épouse durant deux années. Au fil des mois qui avaient suivi leur divorce, il avait réussi à se convaincre qu'elle était en réalité moins désirable que dans ses souvenirs. Hélas, dès l'instant où il avait posé les yeux sur elle à la réception du gouverneur, il avait pris conscience qu'il s'était menti à lui-même. Et depuis, un intense désir physique aiguillonnait irrésistiblement ses sens, faisant palpiter son cœur, étouffant même le ressentiment qu'il éprouvait contre Jess.

Mais à cet instant précis, la stupeur avait pris le pas sur le désir. Dan réussit enfin à recouvrer sa voix.

— Tu t'appelles Liliana ? Qu'est-ce que ça signifie ? De quoi parles-tu, Jess ? Jamais je ne t'avais entendue utiliser ce nom-là !

Elle se recroquevilla sur elle-même, au point de paraître soudain petite, fragile, désemparée. Baissant les yeux vers les documents étalés sur la table, elle les fixa d'un regard vide.

— Je ne sais pas, répondit-elle d'une voix douce, teintée de perplexité. Je ne sais pas ce que ça veut dire. Ce nom m'est venu à l'esprit, tout simplement…

Elle tapota d'un geste absent la lettre de Magda Mizensky, la fit glisser sur la table, la saisit et la retourna entre ses mains plusieurs fois, comme si le fait de la voir sous tous ses angles pouvait lui permettre de mieux en comprendre le contenu.

— C'est bizarre, reprit-elle. Tout à coup, j'ai eu comme un flash. Je me suis revue le soir de l'accident. J'ai eu l'impression que j'étais de nouveau sous la voiture, avec l'odeur d'essence, les sirènes des ambulances, le va-et-vient des policiers et des pompiers.

— Jamais tu n'avais pu te souvenir de l'accident, n'est-ce pas ?

— Pas avant ce soir, en tout cas.

Jess s'agita nerveusement sur sa chaise. Dan devina qu'elle évitait aussi de croiser son regard.

— Ce soir-là, j'avais peur, terriblement peur. C'était la première fois que je prenais l'avion, et rien que pour ça, j'étais déjà terrifiée. Mais il y avait autre chose qui m'effrayait. Je me souviens que nous sommes allés à l'aéroport en bus. Nous étions assis tout au fond, à l'écart des autres passagers. Ralph et Lena m'ont répété plusieurs fois que la police me cherchait, et ils m'ont fait promettre de ne dire à personne que mon vrai nom était Liliana. Il fallait faire croire que j'étais leur fille, sinon quelque chose de grave risquait de m'arriver. Quelque chose d'horrible, même. Mais je ne me souviens pas quoi.

Dan nota que Jess avait appelé Rudolph Pazmany *Ralph*, et Elena, *Lena*. Il décida de ne pas lui faire remarquer ce détail troublant — en tout cas pas pour le moment —, de peur de freiner le flot de ses souvenirs. Prenant ses mains, il recommença à lui masser les doigts avec douceur, conscient qu'elle n'aurait sans doute pas accepté ce réconfort de sa part si elle n'avait eu l'esprit totalement paralysé par le choc de sa découverte. Elle était à ce point bouleversée qu'elle n'avait même pas la force de protester.

— A ton avis, pourquoi les Pazmany t'ont-ils demandé de ne pas révéler ton vrai nom, Jess ? demanda-t-il. Quelle est cette chose horrible qui risquait de t'arriver ? Te souviens-tu pourquoi tu devais faire semblant d'être leur fille ?

Elle releva le menton. Dan avait toujours adoré ses grands yeux bleus. Mais ce soir, ils semblaient encore plus larges, encore plus lumineux que d'habitude sur ses joues de porcelaine. Elle était si belle que le simple fait de la regarder lui coupait le souffle.

— Je me cachais, je devais échapper à mon papa, répondit-elle d'une petite voix — une voix de fillette qui donna le frisson à Dan. Il ne fallait pas que mon papa me retrouve. Mon papa était méchant !

— Pourquoi devais-tu échapper à ton père, Jess ? demanda-t-il gentiment. Pourquoi les Pazmany pensaient-ils qu'il était méchant ? Il t'avait fait du mal ?

Elle eut une moue enfantine. Puis elle secoua la tête, et son visage redevint celui d'une adulte perplexe et désemparée. Elle sembla s'arracher aux griffes du passé au prix d'un violent effort de volonté.

— Je ne sais pas, admit-elle. Mais il n'y avait pas que Ralph et Lena qui voulaient me protéger de mon père. Moi aussi, je voulais lui échapper.

« Une querelle entre parents en instance de divorce pour la garde de l'enfant, songea Dan. C'est peut-être de ça qu'il s'agit. » Une querelle classique qui avait pris un tour tragique et inattendu à cause de l'accident.

— Et ta mère ? relança-t-il. Te souviens-tu d'elle ?

Sous les yeux de Dan, Jess rentra en elle-même et regarda fixement ses souvenirs, essayant de retenir ceux qui n'avaient pas déjà pris la fuite.

— Je ne la vois pas, finit-elle par répondre. Je ne me rappelle pas ma mère. En ce qui la concerne, je ne vois qu'un trou noir.

Etrange. Si elle était capable de se souvenir que son père était un homme méchant, n'aurait-elle pas dû aussi se souvenir de sa mère ?

— Ne peux-tu pas sonder un peu ce trou noir, Jess ? Maintenant que tu sais où chercher, tu réussiras bien à retrouver quelques bribes supplémentaires de ton passé.

— Mais non, je ne sais pas où chercher, protesta-t-elle. Je n'ai strictement aucun souvenir de ma vie avant l'accident !

Elle se renversa contre le dossier de la chaise, obligeant ainsi Dan à lui lâcher les mains, puis elle se mit à tirer un fil dans l'ourlet de sa serviette.

— Peut-être les Pazmany m'aidaient-ils à échapper à de mauvais parents. Si je ne me souviens pas de ma mère et si mon père était un monstre, cela implique sans doute qu'ils étaient l'un et l'autre plutôt moches, non ? Peut-être est-ce la raison pour laquelle les Pazmany m'ont sommée de mentir sur mon prénom. Ils ne voulaient pas qu'on me retrouve.

— S'ils t'ont emmenée sans autorisation, c'est quand même un kidnapping aux yeux de la loi, répliqua Dan. Aussi cruels et indignes que tes parents aient pu être.

— Juridiquement, tu as raison, je suppose, acquiesça Jess. Mais je suis certaine que les Pazmany étaient des gens bien, Dan. Je ne les vois vraiment pas comme des ravisseurs.

Elle planta sa fourchette dans une crevette, mais sans la porter à ses lèvres.

— Oui, c'étaient des gens bien, reprit-elle avec conviction. Chaque fois que j'ai un flash à leur sujet, j'éprouve comme une sensation de bien-être. Et je me sens protégée, aimée.

Dan comprit alors que Jess refusait de renoncer à l'image qui l'avait accompagnée toute sa vie durant, celle de parents aimants et de citoyens honnêtes et responsables. Son regard revenait sans cesse vers la Jessica Marie de la photographie de Noël, vers cette inconnue qui venait de faire irruption dans son existence, bouleversant tout sur son passage. Dan la sentait au bord des larmes. Aussi, sachant à quel point elle détestait laisser paraître ses émotions, remplit-il leurs verres et en profita-t-il pour glisser le cliché sous un autre document. Jess ferma les yeux quelques instants, signe qu'elle lui était reconnaissante de cette attention. Quand elle les rouvrit, elle souriait avec un enthousiasme contraint.

Dan réprima un soupir. Il avait toujours détesté ces sourires faux, qui le tenaient à distance de son ex-femme. Il regrettait de n'avoir plus le droit de prendre sa main, de l'emmener dans l'intimité d'une chambre d'hôtel et, là, de la tenir dans ses bras pour qu'elle pleure tout son soûl et se purge de son chagrin. Perdre les Pazmany en tant que parents biologiques, cela devait être aussi traumatisant que d'apprendre la mort d'un être proche. Dan aurait donné cher pour la réconforter. Hélas, il savait que s'il osait un seul geste en ce sens, elle pouvait aussi bien lui renvoyer un coup de poing à la figure que se mettre à sangloter sur son épaule. Ficher en l'air sa relation avec cette femme avait décidément été la pire bêtise de sa vie !

Posant les coudes sur la table, il se pencha vers Jess. Rien ne servait de ressasser le passé. Pour le moment, il devait lui parler avec assurance et fermeté. C'était ce qu'elle attendait de lui. Jess avait toujours cru qu'il était sain de mettre ses émotions en boîte. Et plus l'émotion était gênante et douloureuse, plus il fallait une boîte compacte, propre et nette.

— Ecoute, Jess, commença-t-il. Tu ne devrais pas accorder trop d'importance à tes souvenirs, même s'ils te semblent évidents et crédibles. Tu ferais peut-être bien aussi de consulter un psychologue spécialiste de ces questions, qui serait capable de t'aider à prendre du recul…

Dan se tut en constatant qu'elle ne l'écoutait pas. Son expression prouvait qu'elle était de nouveau rentrée en elle-même pour affronter son passé.

— Je me souviens que j'étais assise à l'arrière de la voiture, expliqua-t-elle d'une voix monocorde, après quelques secondes de silence. J'avais un coussin sur les genoux. La ceinture de sécurité était enclenchée. Après l'accident, je l'ai détachée moi-même et je suis sortie toute seule de la voiture. Il faisait un froid horrible. Comme j'avais peur, je me suis glissée sous le pare-chocs et je me suis calée contre la roue. Là-dessous, je me sentais en sécurité. Et quand Papy Gene m'a demandé de venir vers lui, j'étais tellement terrifiée que je ne pouvais plus faire un seul geste…

— Pourquoi ? Gene avait un visage avenant et rassurant. N'étais-tu pas contente qu'on vienne à ton secours ?

— Il… il m'a dit qu'il était policier, marmonna Jess.

— Et ça t'a fait peur ?

Elle fronça les sourcils.

— Oui, je crois… Ralph et Lena m'avaient dit de ne jamais parler aux policiers et de ne révéler mon vrai nom à personne. Mais j'ignore pourquoi ils m'avaient fait ces recommandations.

— On peut envisager une bonne demi-douzaine de raisons à cela, déclara Dan avec sérieux.

Le regard de Jess se voila. Sur la table, ses doigts tambourinaient nerveusement sur le certificat de décès de Jessica Marie.

— Papy Gene portait une veste de cuir. Quand il m'a prise dans ses bras, les flocons de neige accrochés sur son col en fausse fourrure m'ont chatouillé la joue. Il avait aussi le bout du nez tout rouge, et il sentait le tabac. C'était la même odeur que le tabac de tonton Ralph…

Elle poussa un petit rire nerveux.

— Tu as entendu ça ? *Tonton Ralph !* C'est comme ça que je l'appelais. Je ne disais ni Rudolph, ni même tonton Rudolph, mais tonton Ralph. Pas étonnant que ça m'ait toujours fait si bizarre de penser à lui comme s'il était mon père. Quelque part au fond de moi, je savais que ce n'était pas vrai.

Dan était perplexe. La plupart des hommes se faisaient appeler *tonton* de façon tout à fait légitime. Mais certains autres, des pervers, des détraqués sexuels, invitaient les petites filles à utiliser ce terme pour les mettre en confiance et abuser d'elles. Rudolph Pazmany avait-il été de ceux-là ?

— Comment t'adressais-tu à Elena Pazmany ? demanda-t-il.

Jess réfléchit quelques instants.

— Tatie Lena ! annonça-t-elle enfin d'un air triomphant. Oui, c'est ça, je l'appelais tatie Lena !

Elle lui offrit un sourire si radieux qu'en dépit de ses réserves, Dan ne put s'empêcher de sourire à son tour. Il était content de la voir remporter cette victoire sur elle-même car il savait qu'elle avait toujours souffert de ne pas réussir à retrouver les souvenirs de sa petite enfance. Et cela, il le savait en dépit du fait qu'elle avait toujours rechigné à lui confier ses peurs et ses inquiétudes

— même au début de leur histoire, quand elle avait encore un peu confiance en lui.

Dan soupira discrètement. Ce petit capital de confiance s'était bien vite dissipé, laissant place au mépris, et les rares confidences que son ex-femme s'était parfois autorisées avaient disparu derrière un mur de silence obstiné et dédaigneux. Jess ne pardonnait pas à un homme d'échouer dans la carrière qu'il convoitait, et encore moins de patauger lamentablement dans son spleen. Elle considérait qu'avec une attitude positive et optimiste, on pouvait régler n'importe quel problème. Détermination et enthousiasme étaient ses maîtres mots. Si votre cœur se brisait ou si vos illusions volaient en éclats, elle attendait de vous que vous enfiliez une chemise propre et arboriez un sourire joyeux pendant que vous ramassiez les morceaux de votre vie. C'était une philosophie éminemment pratique, mais elle avait eu un revers terrible au cours de leur mariage : tout à sa volonté de perfection, Jess avait été incapable de voir le gouffre d'angoisse où s'épuisait le talent créatif de Dan et qui l'empêchait de prendre son existence en main. Et elle n'avait jamais cherché à le comprendre.

Dan avait longtemps attendu que son ex-femme admette qu'une armée de doutes était tapie derrière la façade impeccable de sa belle assurance. Mais paradoxalement, il espérait à présent que la lettre de Magda Mizensky ne ferait pas voler en éclats ce vernis que Jess avait si durement acquis au fil de sa vie.

La jeune femme tendit une main tremblante vers son verre d'eau.

— C'est bizarre, tu ne trouves pas ? marmonna-t-elle. Hier, ou plutôt il y a encore deux heures, j'étais certaine que Rudolph et Elena Pazmany étaient mes parents biologiques. Maintenant, je me rappelle avec certitude que je les appelais tonton Ralph et tatie Lena. Pourquoi est-ce que je ne me suis pas souvenue de ça plus tôt ?

— Tu connais déjà la réponse, je pense. Si tu t'étais autorisée à t'en souvenir, tu aurais été forcée de remettre en question tout ce que ta famille adoptive t'a appris sur toi-même.

— Mais comment ai-je pu croire à ce que je savais faux ?

— Rappelle-toi qu'à l'époque de l'accident, tu étais une fillette terrifiée et déboussolée, répondit Dan. Tu avais toutes les raisons de ne pas bien comprendre ce qui t'arrivait. Les Zajak t'ont accueillie chez eux, ils t'ont entourée, t'ont redonné les bases d'une existence stable. C'est normal qu'il t'ait été beaucoup plus facile d'éliminer tes propres souvenirs que de t'interroger sur les circonstances qui avaient précédé ton arrivée dans la famille de Frank et Barbara.

Jess esquissa une moue dubitative. Au même instant, le serveur reparut.

— Le dîner ne vous convient pas ? demanda-t-il, déçu de trouver leurs assiettes encore pleines.

— Si, il est parfait, assura Dan. Je suis désolé, mais nous nous sommes rendu compte après coup que nous n'avions pas très faim. Je crois que vous pouvez débarrasser la table. D'accord, Jess ?

— Oui, s'il vous plaît, répondit-elle en levant la tête vers le serveur.

Dan l'observa avec attention. Elle avait apparemment recouvré toute sa maîtrise. Bien que bouleversée au plus profond de son être, elle s'était déjà recomposé une parfaite image.

— Je suis désolée de rater ce repas, ajouta-t-elle avec un sourire agréable. Je suis certaine qu'il était excellent, comme toujours.

— Aucun problème, répondit le serveur avec une politesse appuyée en récupérant les assiettes. Désirez-vous un dessert ? Personne ne résiste à notre navarin au chocolat…

Jess lui présenta un visage souriant, mais ne répondit rien. Cela confirmait, comme Dan le soupçonnait, que sa contenance était aussi fragile qu'une feuille de papier à cigarette.

— Un café, peut-être ? suggéra Dan.

Jess le considéra avec une infinie gratitude. Il se tourna aussitôt vers le serveur.

— Deux cafés, s'il vous plaît. Noirs, sans sucre.

— Bien, monsieur. Tout de suite.

Jess ne fit aucun commentaire sur le fait qu'il s'était rappelé sans aucune hésitation comment elle prenait son café. Elle était sûrement aussi soucieuse que lui d'éviter toute référence à leur vie conjugale, aussi anodine fût-elle, qui risquerait de les entraîner sur le périlleux chemin de la réminiscence. Leur ancienne vie commune n'était pas un sujet à aborder à la légère. En comparaison, même tonton Ralph et tatie Lena, ex-parents idéaux transformés par un méchant coup du sort en kidnappeurs potentiels, semblaient inoffensifs.

Jess prit le certificat de décès de Jessica Marie et le leva à la lumière, les yeux plissés.

— Tu sais, quelque chose me vient juste à l'esprit, observa-t-elle. Qu'est-ce qui nous prouve que ce truc est authentique ?

Elle passa le doigt sur le tampon administratif garantissant que le document était un duplicata officiel délivré par la ville de New York.

— Peut-être Papy Gene a-t-il enquêté sur la lettre de Magda Mizensky et a-t-il découvert que toute cette histoire était fausse, reprit-elle. Peut-être est-ce la raison pour laquelle il ne m'en a jamais parlé…

— C'est possible, admit Dan. D'ailleurs, tes parents envisageaient de mener une enquête de vérification avant de te montrer cette lettre. Je les ai convaincus que tu avais le droit de savoir ce que cette femme avait écrit, même s'il s'agissait d'une mauvaise blague.

— Tu as eu raison. Merci, Dan. J'aurais été furieuse d'apprendre qu'ils me l'avaient cachée. J'ai déjà assez de mal à accepter que mon grand-père ne m'en ait rien dit !

— Il a agi ainsi pour ton bien, Jess, insista-t-il. Tu sais comme il voulait te protéger…

— Oui, je sais, répondit-elle en soupirant. Toute la tribu Zajak a toujours voulu me protéger. Et j'ai beau me démener pour faire mes preuves, personne dans cette famille ne veut croire que je suis capable de m'occuper de moi-même. Je ne comprends pas pourquoi ils ont tant de mal à admettre que j'ai les reins solides et un système nerveux en béton armé.

Le fait qu'elle ressemblait physiquement à l'héroïne fragile d'un roman victorien expliquait sans doute que toute la famille Zajak s'échinât à dresser des barrières de protection entre Jess et la réalité. Mais Dan préféra ne pas mentionner cette hypothèse. Jess détestait qu'on lui rappelle son apparence de poupée de porcelaine.

— Pour le moment, commença-t-il, tout ce que nous pouvons dire au sujet de la lettre de Magda, c'est qu'il s'agit peut-être d'une escroquerie. Mais il est tout à fait possible qu'elle soit le strict reflet de la vérité. Maintenant, si nous voulons procéder à une vérification, nous devons cesser de nous perdre en conjectures inutiles et commencer à rassembler des informations concrètes.

En nous répétant une règle essentielle : « pas de conclusions hâtives ». Il ne faut pas aggraver les erreurs qui ont déjà été commises dans le passé en y ajoutant les nôtres.

Il marqua une pause pour s'assurer que Jess l'écoutait, avant de reprendre :

— Ce que nous savons de façon certaine, c'est que Rudolph et Elena Pazmany sont morts dans un carambolage et que tu as été retrouvée sous les roues de leur voiture. C'est tout, Jess, nous ne savons rien de plus.

Jess le toisa soudain d'un regard aigu.

— *Nous* devons cesser de nous perdre en conjectures ? *Nous* ne savons rien ? répliqua-t-elle. J'apprécie ton offre, Dan, mais sache que je n'ai pas besoin de ton aide. Quand avons-nous décidé que tu enquêterais toi aussi sur les zones d'ombre de mon passé ? D'ailleurs, qui te dit qu'il faut vérifier les affirmations de Magda Mizensky ? Pas moi, en tout cas !

— Tu ne comptes tout de même pas ignorer cette lettre ? protesta-t-il avec fermeté. Même pour toi, Jess, c'est pousser le bouchon de l'aveuglement volontaire un peu trop loin.

— Ça te va bien de faire des remarques pareilles, Dan, maugréa-t-elle, les joues rouges de colère. Tu hausses les épaules quand je me plains que mon grand-père ait conservé à mon insu ces documents terribles pendant treize ans, mais lorsque je dis qu'il est trop tard pour mener l'enquête, tu m'accuses de refuser de faire face. Venant de toi, ça ne m'étonne pas.

Elle poussa un soupir exaspéré.

— A mon avis, ça ne sert à rien de chercher à savoir si cette lettre dit la vérité ou non, reprit-elle un ton plus bas. Si on m'a effectivement attribué une fausse identité, c'est une erreur qui remonte à vingt-six ans. Toute ma vie, ou presque, j'ai été Jessica

Marie Zajak. Quelle importance que je sois née sous le nom de Jessica Marie Pazmany, ou Liliana Quelque chose, ou même Liliana X ?

— Bien sûr que ça a de l'importance ! rétorqua-t-il.

Dan s'efforça de refouler le sentiment de frustration qui l'envahissait — et qu'il ne connaissait que trop bien, puisqu'il était suscité par l'attitude de Jess. Les vieux démons qui avaient perturbé leur mariage resurgissaient de plus belle. Une fois de plus, sous prétexte de bon sens et de réalisme, elle tournait le dos aux émotions douloureuses qu'elle craignait d'explorer.

— Je me rends bien compte que cette nouvelle ne te fait pas plaisir, Jess, ajouta-t-il d'une voix radoucie. Mais je ne pense pas que tu puisses te permettre de l'ignorer.

— Bien sûr que si ! C'est une nouvelle dépassée, sans rapport avec ma vie actuelle. Il y a prescription, Dan, tu comprends ?

— En es-tu vraiment sûre ? Moi je crois au contraire que tu aurais mille raisons de mener une enquête. Par exemple, si la lettre dit vrai, pense à tes véritables parents, l'homme et la femme qui t'ont donné la vie. Depuis vingt-six ans, ils souffrent le martyre d'avoir perdu leur fille. N'estimes-tu pas que tu as le devoir de les retrouver, de leur parler ? Au moins de leur faire savoir que tu es vivante ! Non, Jess, tu sais très bien que tu ne peux pas te contenter d'ignorer cette lettre comme si tu ne l'avais jamais vue.

Le sang reflua des joues de Jessica, et son visage prit une teinte fantomatique. Quand elle but une gorgée d'eau glacée, ses dents cliquetèrent contre le verre. Puis, sous les yeux de Dan, elle se recomposa une expression impassible et réussit à esquisser un haussement d'épaules presque convaincant. C'était un des traits qu'il avait toujours le plus admirés — et haïs en même temps — chez cette femme : son incroyable capacité à encaisser les coups du sort sans l'aide de quiconque, surtout pas celle qu'il était susceptible de lui offrir… Leur mariage avait été le théâtre sordide de sa propre incompétence, et seule l'hyper-compétence de Jess avait rendu leur cohabitation vivable. Ce qui, bien entendu, n'avait eu pour conséquence que de le rendre, lui, encore plus médiocre et encore plus jaloux de la réussite de son épouse.

Il décida d'ignorer le poids mort de leur passé. Cette fois, il était déterminé à forcer Jess à regarder les choses en face, ne serait-ce que pour son bien à elle.

— Pour l'amour du ciel, ne tire pas un trait sur tes sentiments, insista-t-il. Pas cette fois, Jess ! Tu dois découvrir si la lettre de Magda est vraie. Tu te le dois à toi-même !

Une lueur d'incertitude passa dans les yeux clairs de Jess. Puis elle se barricada derrière un sourire enjoué.

— Je prends ce conseil en considération, Dan, répondit-elle d'une voix pleine de chaleur. Et je tiens à te dire en toute sincérité que j'apprécie beaucoup que tu m'aies apporté ces documents en personne. Tu as tout à fait raison, je n'aurais pas aimé entendre ce genre de nouvelles au téléphone. Mais maintenant que tu m'as montré la lettre et que tu m'as tenu la main pendant que je craquais, ta mission est terminée. Merci de ta compréhension, et merci encore d'avoir pris le temps de venir ici.

Il renifla.

— J'en déduis que tu as fini de « craquer », comme tu dis, et que tu te prépares à reconstituer illico le modèle standard de la Jessica Zajak efficace et sûre d'elle-même ?

— On ne peut pas indéfiniment ressasser le passé, répondit-elle, ignorant la pique. La vie continue.

— Je vois. Après des années passées dans le grenier de Gene Zajak, la lettre de Magda Mizensky va désormais échouer dans ton grenier à toi. Décidément, quand il s'agit de toi, tout ce qui est déplaisant est relégué aux oubliettes, c'est ça ?

— A peu près. Tu me connais : je considère qu'il ne sert à rien de réveiller le chat qui dort si l'on n'a pas une excellente raison pour cela. C'était autrefois un de mes traits de caractère que tu trouvais les plus exaspérants, n'est-ce pas ?

Dan s'ordonna de rester calme. Rien n'avait changé depuis leur divorce. Même quand ils se disaient les pires horreurs, Jess s'exprimait d'un ton poli, presque amical. Il n'avait jamais pu la pousser à ces éclats de voix purificateurs dont il avait eu tant besoin, qui lui auraient permis de se libérer de la frustration de n'avoir aucune prise sur elle.

Elle prit une profonde inspiration, refoulant son irritation, reprenant le contrôle d'elle-même. Dix secondes lui suffisaient pour remettre la bride à ses émotions récalcitrantes.

— Je te le répète, Dan, poursuivit-elle avec un faux sourire, je te remercie d'être venu à Denver. Et à ce propos, je souhaiterais te rembourser ton billet d'avion. C'est si gentil de ta part de t'être déplacé que j'aimerais trouver un moyen tangible de te manifester ma gratitude.

Pendant quelques instants, Dan éprouva une telle fureur qu'il en eut le souffle coupé. Mais lorsqu'il réussit à se ressaisir, il se rendit compte qu'il était surtout blessé dans son orgueil car Jess supposait qu'il se trouvait au bord de la faillite et avait besoin d'être remboursé des cinq cents dollars du billet d'avion. Qu'aurait-elle pu imaginer d'autre, puisqu'elle ignorait tout de la vie qu'il menait à présent ?

Par chance, le serveur apporta le café avant qu'il ait donné libre cours à sa colère et se soit ridiculisé en agitant l'étendard de sa réussite post-maritale au visage de Jess. Il se répéta qu'il se fichait éperdument de ce qu'elle pensait de lui. Il était venu à Denver par pure compassion, et le fait qu'il la trouvât éminemment attirante ne prouvait rien. Cela ne signifiait en tout cas nullement qu'il voulait renouer leurs liens sentimentaux. Entrer dans l'intimité de Jess, c'était un peu comme chercher à câliner un porc-épic. Or, Dan avait perdu le goût de se faire larder. Désormais, il réservait ses gentillesses à de lisses et soyeuses minettes dépourvues d'épines.

Le temps que le serveur achève de disposer les tasses à café sur la table, Dan fut de nouveau capable de converser poliment. Enfin presque.

— Merci de me le proposer, Jess, répliqua-t-il d'une voix tendue, mais je suis en mesure de payer mon billet d'avion.

Il vida son café d'un trait, espérant s'ébouillanter la bouche et ne plus être en mesure de prononcer un seul mot.

Hélas, Jess refusa d'en rester là.

— En ce cas, laisse-moi t'inviter à dîner. Je t'en prie, Dan. Tu n'as aucune raison de payer un repas auquel je n'ai même pas touché.

Il posa la tasse sur la soucoupe avec un geste précautionneux.

— Non, Jess, j'insiste, répondit-il d'un ton crispé. C'est moi qui t'ai invitée. Considère cette soirée comme une compensation pour toutes les fois où j'ai été incapable d'apporter ma part du loyer à notre ménage.

Il aurait dû la planter là, pendant qu'il lui tenait la dragée haute. Leur conversation rouvrait un gouffre insondable bordé de sables mouvants. Ils se regardèrent fixement, chacun guettant avec inquiétude les réactions de l'autre. Puis, d'un même mouvement, ils battirent tous deux en retraite avant de s'enliser dans le piège. Jess attrapa son sac à main d'un geste gauche, pendant qu'il sortait son portefeuille de sa poche de veston. Il en sortit une de ses nombreuses cartes de crédit, dont chacune pesait plusieurs milliers de dollars. Eh oui ! se dit-il avec une ironie amère. Maintenant qu'il n'avait plus sa femme pour l'entretenir, il réussissait à engranger un revenu annuel qui frôlait déjà le million de dollars.

Jess rompit le silence la première.

— Me laisseras-tu au moins te raccompagner à ton hôtel ? A cette heure, tu risques d'avoir du mal à trouver un taxi.

— Oui, je veux bien, si ça ne te fait pas un trop long détour. Je suis descendu au Brown Palace.

Dan éprouva une pointe de fierté infantile et parfaitement stupide à lui annoncer qu'il résidait dans l'un des plus anciens et des plus luxueux hôtels de la ville. Puis il ressentit de la colère contre lui-même. Que diable lui importait son avis !

Quoi qu'il en soit, Jess ne lui donna pas l'occasion de se vanter. Elle ne demanda pas comment il pouvait s'offrir une chambre au Brown Palace, et elle ne cilla même pas lorsque le serveur rapporta sa carte Gold avec le ticket de caisse — chose qui aurait pourtant tenu du miracle pendant leurs années de mariage. Ayant rassemblé tous les documents étalés sur la table, elle les glissa dans sa sacoche de travail, puis se leva. C'était le signe du départ. Tandis qu'ils quittaient le restaurant, Dan ne se força même pas à lui faire la conversation. Les politesses de circonstance, c'était son truc à elle, pas le sien.

La brise qui soufflait des Rocheuses rendait la nuit anormalement fraîche pour cette fin de mois de mai. Lorsqu'ils arrivèrent sur le parking, Dan s'aperçut que Jess frissonnait. Elle essaya de boutonner sa veste, mais son sac à main et sa sacoche entravaient ses mouvements.

— Attends, laisse-moi faire, dit-il en posant son attaché-case par terre.

Il tendit les mains vers la veste de Jess. Comme elle écartait les bras, il effleura du bout des doigts, sans le faire exprès, les rondeurs voluptueuses de ses seins. La jeune femme se figea. L'air se chargea d'électricité. Dan inspira entre ses dents, le bruit de son souffle résonnant comme un soupir de plaisir dans le silence nocturne. Sous le halo ambré du réverbère, les yeux de Jess pétillaient, et ses joues luisaient dans leur douce perfection, réminiscence poignante de la chaleur dorée de son corps.

Il lui aurait été relativement facile de faire comme si rien ne s'était passé, d'oublier que sa respiration devenait hachée et que Jess rougissait. Il savait qu'il aurait dû marmonner un mot d'excuse quelconque et s'éloigner. Mais il resta planté là, à la couver d'un regard brûlant, tandis que sa main s'enveloppait autour de son sein et que son pouce en caressait de façon délibérément provocante la pointe durcie.

Les lèvres de Jess s'entrouvrirent ; son regard s'embruma. Elle ne fit aucun geste pour le repousser. Une sensation étrange envahit Dan, à mi-chemin entre le désir et le dégoût. Il opta pour le désir. Sans réfléchir aux conséquences de son acte, il inclina la tête vers elle. Le souvenir de leurs baisers, du goût de sa bouche, lui brûlait soudain le palais.

Elle détourna le visage, mais ne recula pas.

— Non, murmura-t-elle d'une voix étranglée.

Un instant, il faillit ignorer sa protestation et la prendre dans ses bras avec fougue. Puis il se força à se ressaisir. Comme tout le reste dans leur mariage, leurs relations sexuelles étaient passées subitement de l'union spectaculaire à la désastreuse étreinte. Et aujourd'hui, à trente-quatre ans, Dan était trop mûr et trop blasé pour parier sur le retour du spectaculaire. Il s'attendait plutôt à un cataclysme atroce.

— Désolé, marmonna-t-il.

Il boutonna la veste de Jess, puis s'écarta d'elle.

— Je crois qu'avec toi il me serait trop facile de retomber dans les vieilles habitudes.

— J'espère que non.

Elle s'enveloppa dans la cape protectrice de son sang-froid, y carrant bien les épaules, puis le toisa avec une indifférence calculée qui lui déchira le cœur. Il se rappela soudain la dernière fois qu'il avait vu cette expression : ce dimanche affreux où il était revenu à leur appartement, l'estomac déjà rongé par un regret acide, en annonçant avec un détachement feint qu'il avait passé la nuit avec Shanna Ryan. Qu'il avait fait l'amour avec elle de la façon la plus torride, la plus sexy, comme il ne l'avait pas fait depuis des mois avec sa femme. C'était vrai qu'il avait couché avec cette femme. C'était désespérément faux qu'il y avait pris plaisir. Seigneur ! Comment avait-on jamais pu croire qu'il était un mauvais acteur ? Pour ce coup-là, il aurait mérité un Oscar.

Après que Jess avait obtenu le divorce, il avait mis des mois à comprendre pourquoi, au juste, il avait choisi cette manière vicieuse, douloureuse, de mettre fin à leur mariage. Aujourd'hui encore, il ne se pardonnait pas d'avoir délibérément blessé Jess en essayant de recouvrer sa fierté d'homme. Et la nuit, parfois, quand il était allongé seul dans le noir, il redoutait que la blessure de son échec conjugal ne se cicatrise jamais.

L'idée de se retrouver enfermé avec son ex-femme dans sa petite Toyota Celica lui parut soudain insupportable. Il l'accompagna jusqu'à la voiture et lui tint la portière ouverte.

— J'ai décidé de rentrer à pied, annonça-t-il. J'ai besoin d'exercice.

Elle lui jeta un regard un peu inquiet.

— Il fait froid. Tu…

— Je marcherai vite, l'interrompit-il avec un sourire forcé. Il n'y a qu'un ou deux kilomètres jusqu'à l'hôtel. Adieu, Jess. Prends bien soin de toi. J'ai été content de te revoir.

Elle esquissa une moue un peu triste.

— Tu as toujours été un piètre menteur, Dan.

Elle monta dans la voiture, démarra et quitta rapidement le parking, le laissant seul dans la nuit froide du Colorado.

Lorsqu'il se rendit compte qu'il fixait d'un regard hébété l'endroit où Jess s'était tenue un instant plus tôt, Dan soupira, tourna les talons et se mit à marcher à grands pas en direction de la 17e Rue. En effet, il était toujours un piètre menteur, surtout quand il s'agissait de ses sentiments pour Jess. Mais il travaillait très dur pour améliorer encore sa capacité à se mentir à lui-même. Bientôt, très bientôt, il arriverait à se convaincre qu'il était content, fichtrement content qu'elle ait demandé le divorce. Et il se pouvait même que d'ici à son centième anniversaire il décide qu'il n'avait plus envie de faire l'amour avec elle !

Il n'aurait pourtant pas parié cher là-dessus.

3.

Merton House,
Centre de soins psychiatriques de long séjour,
Durham, Caroline du Nord — Vendredi 24 mai 1996

Le Dr Edgar Foster, directeur de Merton House, observa le dos de Raymond Hill tandis que le garçon de salle l'entraînait hors du bureau : le patient avait les épaules voûtées, la démarche hésitante. Ed soupira. Dès que la porte se referma sur les deux hommes, il décrocha le téléphone et composa le numéro des cuisines de la clinique. La séance thérapeutique de ce matin ne s'était pas bien passée. Raymond était persuadé d'être un androïde dont le cerveau possédait un modem informatique directement connecté à la voix de l'archange Gabriel. Ce dialogue intime à caractère angélique faisait généralement de Raymond un patient joyeux et affable, certain qu'il était d'avoir pour lui l'attention de Dieu en personne. Mais aujourd'hui, Raymond se trouvait dans un état lamentable.

Depuis la veille, l'archange Gabriel lui manifestait un violent courroux, sous prétexte que Raymond ne l'avait pas prévenu qu'il n'y aurait pas d'œufs à la coque au petit déjeuner. Comme les corn flakes proposés en échange n'avaient hélas pas calmé l'émissaire divin, Raymond avait passé l'après-midi à escalader des meubles et à se jeter dans le vide en agitant frénétiquement les bras, espérant rentrer dans les bonnes grâces de Gabriel en apprenant à voler.

Ce matin les choses ne s'étaient pas arrangées. Non seulement l'archange exigeait encore des œufs à la coque, mais il voulait aussi que Raymond continue d'apprendre à voler. Ed avait eu beau tout essayer pour apaiser son patient, la séance avait été catastrophique. Au milieu de la conversation, Gabriel avait ordonné à Raymond de se vider de tout poison en se jetant par la fenêtre pour absorber l'air purificateur de Dieu. Ed avait dû faire appel à deux robustes garçons de salle pour l'en empêcher.

Les cuisines répondirent enfin. Il demanda que deux œufs à la coque soient immédiatement apportés dans la chambre de Raymond — servis séparément, un pour Raymond, l'autre pour l'archange Gabriel. En vingt-cinq ans de pratique psychiatrique, Ed avait appris qu'il était parfois plus astucieux de se montrer concret que de s'acharner à combattre les hallucinations d'un patient. Si Raymond et Gabriel voulaient des œufs à la coque, Ed ne voyait aucune raison de ne pas leur en fournir.

Il raccrocha le combiné avec ce sentiment de frustration qui le tenaillait chaque fois qu'il constatait son incapacité à remettre de l'ordre dans l'univers mental de certains malades, et ce en dépit des merveilles de la pharmacologie moderne. Raymond se trouvant par ailleurs être le frère jumeau du célèbre présentateur de télévision Chad Hill, Ed ne pouvait s'empêcher d'être encore plus démoralisé lorsque, comme ce matin, il percevait un peu du charme de Chad au milieu des délires paranoïdes de Raymond.

Quoi qu'il en soit, Ed avait encore toute une liste de patients à voir ce matin. Il n'avait pas le loisir de réfléchir indéfiniment aux problèmes de Raymond. Il informa sa secrétaire par l'Interphone qu'il était prêt pour la séance suivante, puis se leva et s'approcha de la fenêtre pour tenter de faire le vide dans son esprit en admirant les jardins de Merton House. Ici, en Caroline du Nord, le printemps avait déjà la saveur de l'été : les peupliers noirs portaient de belles feuilles chargées d'eau par l'averse de la nuit, les magnolias étaient en fleur, et le léger voile de brume qui blanchissait le ciel annonçait de la chaleur pour l'après-midi. C'était une journée idéale pour tester son nouveau catamaran.

L'humeur maussade d'Ed s'évanouit devant la perspective de passer deux heures sur l'eau, seul avec le ciel, la mer et son bateau. En tant que nouveau directeur de Merton House, il avait consacré beaucoup de temps, durant le mois qui venait de s'écouler, à amadouer les notables locaux, à répondre aux questions idiotes de bureaucrates pinailleurs et à essayer de ne pas perdre son calme face à des responsables de compagnies d'assurances qui ne connaissaient rien de rien à la schizophrénie paranoïaque. Et pendant tout ce temps, il était resté stoïque ; en de rares occasions il avait même réussi à sourire. Il méritait bien un après-midi de liberté sur son bateau.

Deux mois plus tôt, quand il avait accepté le poste de Merton House, il était au bord de la dépression. La mort de sa femme, foudroyée par un cancer du sein, l'avait terrassé, vidé de toute énergie psychique. Après vingt années passées à travailler à Los Angeles avec des délinquants juvéniles, le décès de Rosemary l'avait privé de toute capacité à donner de sa personne. Il était épuisé de devoir lutter en permanence pour trouver des subventions, et il s'était alors promis de ne plus jamais s'impliquer dans cette quête désespérée qui consistait à résoudre les problèmes d'une ville sans ressources.

Merton House s'était révélé être le havre de paix dont il avait besoin. Le simple fait de quitter la Californie et de s'installer dans un nouvel Etat lui avait permis de recharger ses batteries. A sa plus complète surprise, il s'était rendu compte qu'il prenait plaisir à diriger une institution gorgée d'argent. Ici, il n'aurait jamais à mendier des fonds. Il savourait pleinement la liberté de n'avoir aucune contrainte financière. Les tarifs astronomiques pratiqués dans cette clinique permettaient d'offrir aux patients des soins psychiatriques de premier ordre, ainsi que toutes les activités thérapeutiques imaginables, depuis l'informatique jusqu'aux cours de broderie. Non, vraiment, les pensionnaires de Merton House n'étaient privés de rien.

Il retourna vers le bureau, baissant les yeux sur son agenda. Son prochain patient était une patiente. Constance Howington Rodier, cinquante-deux ans, souffrait de dépression très grave, avec des épisodes hallucinatoires et des accès de panique à l'approche de l'hiver. Ed se souvenait d'elle comme d'une femme maigre, effacée, au visage marqué par le temps. Pendant leur première séance, elle s'était montrée si dysphorique que Ed n'avait rien pu faire d'autre que de prendre note de son état léthargique et de son absence quasi totale de réaction face à ses questions.

L'Interphone bourdonna. Au même instant, un léger tapotement se fit entendre contre la porte. La patiente arrivait. Ed s'assit derrière son bureau.

Le battant s'ouvrit sur Constance, qui entra dans la pièce en traînant les pieds, le regard vide, la démarche mal coordonnée, les bras ballants. Elle s'immobilisa, frottant la moquette avec la pointe de son chausson, puis se laissa installer par l'aide-soignante dans un fauteuil à côté du bureau.

Quelque chose tomba par terre. Un étui à lunettes. L'aide-soignante le ramassa avec un sourire compréhensif, et le tendit à Constance en lui tapotant l'épaule.

— Voilà, Constance, rangez donc ces lunettes dans votre poche, ou vous risquez de les perdre encore. C'est bien… oui… comme ça. Mettez-les tout au fond, pour qu'elles ne tombent pas.

Elle parlait en élevant un peu trop la voix, comme si la patiente était sourde, ou alors stupide. Même dans une institution aussi luxueuse que Merton House, où la formation du personnel était rigoureuse, les soignants avaient tendance à traiter les malades comme des débiles. Il s'avérait difficile de les convaincre que psychose et QI élevé n'étaient pas incompatibles — sauf peut-être quand des années et des années d'enfermement en asile avaient paralysé les cerveaux des malades.

Constance ressortit les lunettes de sa poche.

— Rangez-les, Constance, insista l'aide-soignante avec une pointe d'agacement. Ce sont vos lunettes pour voir de près. Vous n'en avez pas besoin maintenant. Et n'oubliez pas de les remporter quand le Dr Foster aura terminé. Il vous les faut pour votre cours.

Constance releva le menton. Une faible lueur d'excitation brillait au fond de ses yeux bleus.

— On est vendredi ? Peggy va venir ?

— Oui, Peggy va venir, répondit l'employée en la gratifiant de ce sourire condescendant que les sains d'esprit réservent aux malades mentaux. Vous aimez ça, hein ? Vous en prenez du bon temps à votre cours de sculpture, hein ?

Constance baissa la tête, regardant fixement l'étui à lunettes posé sur ses genoux.

— Mmm, marmonna-t-elle. Mmm…

L'aide-soignante ne parut pas le moins du monde étonnée par son manque d'enthousiasme. Elle lui tapota de nouveau l'épaule.

— Si vous voulez, docteur Foster, je reviendrai la chercher à la fin de la séance, annonça-t-elle. Mais elle est aussi tout à fait capable d'aller seule jusqu'à la salle des arts plastiques, si vous n'y voyez pas d'inconvénient.

Ed regarda attentivement Constance. Ayant enfin remis l'étui à lunettes dans la poche de son sweat-shirt trop large, elle se concentrait maintenant sur une nouvelle tâche : tirer un fil de l'ourlet de sa jupe plissée couleur moutarde. Sa tenue dépareillée, triste comme la pluie, rappelait les pires journées de l'hiver. N'avait-elle pas remarqué l'arrivée du printemps ?

— Voulez-vous que Teresa revienne pour vous accompagner à la salle des arts plastiques, Constance ? demanda-t-il doucement.

Elle continua de dévider avec application le fil de sa jupe.

— J'irai seule.

En dépit de l'intonation traînante, apathique, de la dernière syllabe, elle parlait avec les accents veloutés d'une femme élevée dans la haute société. Rien d'étonnant à cela. Les tarifs annuels de Merton House n'en autorisaient l'accès qu'aux fous des meilleures familles.

Ed fit un signe de la main à l'aide-soignante.

— Merci, Teresa, nous n'aurons probablement plus besoin de vous. Je vous biperai si Constance change d'avis.

La porte se referma derrière Teresa, et un lourd silence tomba aussitôt sur la pièce, interrompu par les seuls bruissements des ongles de Constance sur le tweed de sa jupe.

Ed se carra dans son fauteuil.

— Je suis content d'avoir de nouveau l'occasion de bavarder avec vous, Constance. Comment vous sentez-vous, ce matin ?

— Bien.

— Tant mieux. Pas de problème pour manger ou pour dormir ? Pas de nausée à cause des médicaments ?

Elle secoua la tête.

— Parfait, poursuivit Ed. Y a-t-il un sujet en particulier dont vous aimeriez me parler, Constance ? Si vous avez quelque chose sur le cœur, je suis prêt à vous écouter.

— Non. Rien. Je vais bien.

Elle cassa le fil qu'elle avait tiré de sa jupe et commença à en faire une petite pelote entre ses doigts, l'air complètement absorbé dans cette tâche.

Ed lui posa une série de questions routinières destinées à évaluer son humeur, mais pour toute réponse, il n'obtint que quelques monosyllabes. Si aucun des pensionnaires de Merton House n'aimait regarder ses interlocuteurs en face, Constance, elle, était passée maître dans l'art d'éviter tout contact oculaire avec son entourage. Pendant les quinze minutes où Ed parla pour ainsi dire tout seul, elle ne quitta pas une seule fois sa jupe des yeux. Elle n'offrit pas non plus la moindre information volontaire sur elle-même, mais finit toutefois par admettre — très mollement — qu'elle n'avait pas entendu de voix ces derniers temps, qu'elle ne croyait pas que quiconque lui voulût du mal et qu'elle n'avait que « parfois » envie de se suicider.

— Qu'allez-vous faire ce matin à la salle des arts plastiques ? demanda-t-il. Vous apprenez la sculpture, c'est cela ? J'ai ici une note de votre professeur disant que vous avez réalisé de très belles œuvres au cours des derniers mois.

— J'aime la sculpture.

Elle n'avait pas levé les yeux, mais sa voix s'était légèrement raffermie.

— Et qu'allez-vous sculpter ce matin, Constance ?

— Un tamia.

— Un tamia ?

— Un écureuil rayé.

Cette fois, Ed fut étonné par la précision de sa réponse.

— Vous aimez les tamias ? demanda-t-il, dissimulant sa perplexité.

— J'aime les tamias. J'aime les animaux.

D'une pichenette indolente, elle fit tomber la petite boule de fil sur la moquette et la regarda d'un air de fascination morose.

Deux phrases complètes, le maximum qu'il ait réussi à tirer d'elle de toute la séance. En outre, elle avait d'elle-même déclaré qu'elle aimait les cours de sculpture et les animaux. Par rapport au reste de leur conversation, c'étaient là deux révélations de premier ordre. Ed leva les yeux de ses notes et observa sa patiente.

— Aimez-vous les animaux plus que les humains, Constance ?

— Bien sûr ! répondit-elle d'une voix profonde. Je suis folle, pas stupide.

La main d'Ed sursauta, et son stylo à bille laissa une griffure d'encre sur le buvard de son sous-main. Il fixa avec stupeur la silhouette ratatinée de Constance, qui s'était remise à tirer nerveusement un fil à l'ourlet de sa jupe.

Ed songea alors qu'il avait dû imaginer la pointe d'autodérision qu'il avait perçue dans la réponse de sa patiente. Oui, c'était forcément cela. S'il y avait bien une chose qu'il pouvait presque affirmer au sujet des dépressifs chroniques, c'est qu'il n'y avait quasiment aucune place pour l'ironie dans leur esprit perturbé.

— Regardez-moi, Constance, ordonna-t-il gentiment.

Alors qu'il s'attendait à ce qu'elle l'ignore, elle leva la tête et lui jeta un long regard tourmenté avant de baisser le menton. Puis elle commença à balancer lentement le torse d'avant en arrière, symptôme comportemental classique du psychotique.

Elle avait des yeux immenses, d'un gris-bleu superbe, bordés de longs cils. L'espace d'un instant, Ed avait eu l'impression d'y voir une immense tristesse ; puis ils s'étaient de nouveau voilés, vidés de toute vie. Il fut surpris de la déception qu'il éprouva à l'idée que ce bref sursaut de conscience se soit si vite évanoui. Désireux de le ressusciter, il revint au seul sujet qui semblât capable de provoquer chez elle une réaction, si minime soit-elle.

— Pourquoi aimez-vous les animaux plus que les humains, Constance ? demanda-t-il. Les humains vous auraient-ils déçue ? A un moment où vous aviez besoin de leur aide, peut-être ?

Elle haussa les épaules.

— Non. Je veux m'en aller. C'est l'heure du cours de sculpture, Peggy n'aime pas que je vienne en retard.

Trois phrases. Complexes, qui plus est. La plus longue réponse qu'il eût jamais reçue de sa part. Et derrière ses intonations languissantes, il avait nettement senti une pointe de frayeur.

— Il faut que nous parlions encore quelques minutes, affirma-t-il. Quand avez-vous été déçue par les humains, Constance ? Que s'est-il passé ?

— Je ne me souviens pas.

Le rythme de ses va-et-vient s'accéléra. Ed posa son stylo et se renversa contre le dossier du fauteuil. Il avait le sentiment croissant d'un élément incohérent dans le cas de cette malade. L'attitude de Constance ne collait pas avec ses réponses.

— Chacun de nous a le souvenir d'un moment où un ami ou un membre de sa famille l'a déçu, expliqua-t-il. Mais il faut savoir que c'est humain de faire des promesses que l'on ne peut pas tenir. Peut-être votre mère ou votre père vous ont-ils promis un cadeau particulier qui n'est pas venu, Constance ? Peut-être une personne que vous aimiez ne vous a-t-elle pas aidée quand vous aviez besoin d'elle ? Peut-être que quelqu'un en qui vous aviez confiance vous a trahie… ?

Ed se tut, guettant la réaction de Constance. Mais elle ne sembla pas éprouver le moindre besoin de combler le silence en lui confiant les déconvenues de son passé. Elle continua de se balancer d'avant en arrière, le menton baissé sur la poitrine, les bras croisés sur le ventre, image désolante de la solitude psychique, de l'enfermement d'un esprit en lui-même. Portrait parfait, à vrai dire, d'une patiente souffrant de grave dépression.

Et brusquement, elle se leva. Elle vacilla d'abord sur ses jambes, puis recouvra son équilibre, s'approcha du bureau et tourna vers elle le petit réveil qui y était posé.

— Regardez, il est 10 h 55, marmonna-t-elle. Peggy est arrivée. Elle m'attend. Je dois aller au cours de sculpture. Nous n'avons qu'une heure de travail avant le déjeuner.

Ed jugea que sa conduite relevait de l'anxiété chronique plutôt que d'une réelle volonté de rébellion. Constance n'essayait même pas de quitter la pièce, par exemple, alors que rien ne la contraignait à y rester. Pas étonnant que le personnel de la clinique lui prête si peu d'attention, se dit-il. Avec trente ou quarante cas comme Raymond qui essayait de s'envoler par la fenêtre pour plaire à l'archange Gabriel, les infirmières et les aides-soignantes avaient toutes les raisons de laisser Constance en paix. « Sauf que j'ai peine à croire qu'elle est aussi docile et placide qu'elle en a l'air », songea-t-il. Pourquoi diable avait-il le sentiment de se faire manipuler ? Pourquoi avait-il la désagréable impression que Constance Howington Rodier n'était pas aussi folle qu'elle le paraissait ?

Ed écoutait toujours son intuition. Et celle qui le taraudait maintenant méritait à son avis d'être prise très au sérieux. D'accord, certains psychopathes étaient parfaitement capables de tromper leur psychiatre et de l'entraîner dans leur folie. Plus ils sombraient dans leur délire, plus ils devenaient rusés et habiles. Cependant, les notes consignées dans le dossier de Constance n'indiquaient pas d'autre diagnostic possible que la dépression chronique — autrement dit, elle ne relevait pas de la catégorie des patients qui tendaient à manipuler leurs médecins. Mais alors, pour quelle raison voulait-elle donner l'illusion d'être plus folle qu'elle ne l'était en réalité ? Ed soupira intérieurement. Le hic, c'était que cette question n'avait justement aucun sens pour une personne qui était certifiée malade mentale.

Ed se leva, fit le tour de son bureau et s'assit sur le coin, tout près de Constance. Elle se ratatina sur elle-même, apparemment terrifiée par cette soudaine promiscuité. Sans lui accorder le moindre répit, il se pencha vers elle.

— Vous pourrez vous rendre à votre cours de sculpture dès que vous aurez répondu à quelques questions, déclara-t-il. Savez-vous pourquoi vous vivez à Merton House ?

— Je souffre de dépression chronique, avec des crises hallucinatoires, des accès de panique et des tendances suicidaires.

Rien de surprenant dans cette réponse. Contrairement à la croyance populaire, nombre de patients psychotiques connaissent parfaitement leur maladie et prennent même plaisir à en exposer les symptômes cliniques à leur entourage.

— Est-ce là ce qu'on dit de vous, Constance, ou bien êtes-vous d'accord avec ce diagnostic ?

— Tout le monde est d'accord là-dessus, répondit-elle d'un air ennuyé.

— Y compris vous ? insista-t-il.

— Oui, marmonna-t-elle, puis elle ajouta après une seconde d'hésitation : Y compris moi.

— Pourquoi êtes-vous si dépressive, Constance ?

— Parce que je souffre de dépression chronique, avec des crises hallucinatoires, des accès de panique et des tendances suicidaires.

Ed se redressa. La rumination et la répétition d'une même idée, pour soi ou pour son interlocuteur, étaient un des principaux symptômes d'une mauvaise santé mentale. Mais pourquoi avait-il de nouveau le sentiment que Constance Rodier se jouait de lui ?

— Merton House est un établissement pour les fous, déclara-t-il avec une dureté délibérée. Etes-vous folle, Constance ?

Elle garda le silence plusieurs secondes.

— Oui, répondit-elle finalement. Je suis folle. Ma place est ici.

— Comment savez-vous que vous êtes folle ? demanda-t-il. Vous m'avez dit tout à l'heure que vous n'entendez pas de voix, que vous n'avez pas d'hallucinations, que vous ne pensez pas que quiconque en ait après vous. Comment en êtes-vous arrivée à la conclusion que vous êtes folle et que vous deviez être enfermée ici ?

Cette fois, elle resta silencieuse si longtemps qu'il crut qu'elle ne répondrait pas. Puis elle releva enfin la tête et le fixa avec une telle expression de haine contre elle-même qu'il en frissonna.

— J'ai assassiné ma fille et j'ai caché son cadavre de façon que personne ne puisse le retrouver. Même moi, je ne sais plus où elle est. Est-ce que cela satisfait votre définition de la folie, docteur Foster ? Cela correspond à la mienne, en tout cas !

Le Dr Foster marmonna quelques mots que Constance n'entendit pas. Elle baissa subitement la tête, horrifiée par la rudesse de sa propre voix. Seigneur ! se dit-elle en tremblant. Elle avait dévoilé le pot aux roses. Ce psychiatre n'était pas comme les autres — même si ses questions paraissaient à première vue aussi banales que celles de tous les spécialistes qu'elle avait rencontrés. Il la regardait vraiment, au lieu de voir *à travers elle* comme la plupart de ses collègues. Il faisait réellement attention à elle, et il percevait les moindres nuances qui teintaient les réponses qu'elle lui donnait. Dix jours plus tôt, déjà, lors de leur première rencontre, elle avait eu envie de tout lui dire. Elle avait même imaginé avoir une conversation normale avec lui, une discussion simple et rationnelle concernant les perspectives de paix au Moyen-Orient ou la question des pluies acides dans le nord de l'Amérique. N'importe quoi, en fait, pourvu que cela relève du monde des gens sains d'esprit ! Elle avait jusque-là résisté à la tentation, mais elle se sentait encore menacée par son propre désir de rompre le mur de silence dans lequel elle était enfermée depuis si longtemps.

Désormais, elle devrait se montrer encore plus prudente. Peut-être même prendrait-elle ses médicaments ce soir. Dieu savait l'effet que ces pilules lui faisaient ! Quand elle les avalait, elle n'avait même plus à faire semblant de regarder le monde à travers un brouillard ; elles la plongeaient dans un état d'hébétude totale.

D'ici à l'heure des médicaments, néanmoins, elle devait rester doublement sur ses gardes. Elle se composa l'expression à la fois absente et impénétrable qu'elle maîtrisait maintenant à la perfection — elle avait eu pour cela des années de pratique ! —, et laissa son regard se perdre dans une brume d'ivresse.

Le Dr Foster lui parlait de nouveau.

— La police sait-elle que vous avez tué votre fille ? demanda-t-il.

« Evidemment qu'elle le sait ! songea-t-elle. Pourquoi pensez-vous que ma famille s'est démenée pour me faire jeter dans cette ruche de cinglés ? »

— La police ?

Constance veilla à prononcer ce mot d'une voix grasse et hésitante, comme si elle ne se souvenait plus très bien de ce qu'il signifiait. Elle trouva aussi un nouveau fil à tirer dans l'ourlet de sa jupe. Tant mieux ; cela complétait idéalement le tableau de la malade mentale.

— Je… je ne sais pas, marmonna-t-elle.

Le fil cassa, laissant un petit jour apparaître dans le tissu. Constance fut ennuyée de ne plus rien avoir pour s'occuper les mains. Un petit grognement de frustration s'échappa d'entre ses lèvres, la surprenant sûrement plus qu'il ne surprit le Dr Foster. « Voilà ce qui arrive quand on apprend à copier les bizarreries de ses copensionnaires », se dit-elle, désabusée. Après un quart de siècle d'internement, il lui arrivait souvent de ne plus très bien savoir si elle jouait encore la comédie ou si son comportement de folle était devenu naturel. Dieu la préserve de la folie, mais tirer sur les fils de sa jupe lui procurait un réel réconfort !

— Parlez-moi de votre fille, ordonna le Dr Foster. Comment s'appelait-elle ?

— Liliana.

Le prénom avait jailli de sa bouche malgré elle. Constance sentit les larmes lui monter aux yeux. Elle déglutit douloureusement.

— Liliana ? C'est un prénom magnifique. J'aimerais que vous m'en parliez.

Constance ne sut que répondre ; l'émotion qui l'étreignait était trop forte. Le psychiatre insista gentiment.

— Dites-moi tout ce que vous voudrez. Etait-elle jolie ?

Jolie ? Liliana n'était pas jolie, elle était tout simplement la plus belle des enfants qu'elle eût jamais vues. Et ce n'était pas là juste l'a priori d'une mère. Des gens l'arrêtaient parfois dans les rues de Manhattan — *Manhattan*, comme cette époque était loin ! — pour s'extasier devant ses immenses yeux bleus et ses bouclettes blondes. Mais il n'était pas question qu'elle révèle cela au Dr Foster. En fait, Constance se demandait pourquoi elle avait été assez bête pour lui avouer le prénom de sa fille. Elle n'avait parlé de Liliana à personne depuis des années, et pour cause ! Les souvenirs de sa vie avec son enfant étaient un trésor qu'elle conservait secrètement au plus profond d'elle-même. Les images et les scènes de cette vie, elle se les repassait indéfiniment dans la solitude de sa chambre, les reliant les unes aux autres comme des perles précieuses sur le fil fragile et effrayant de l'existence qui était la sienne dans cette clinique psychiatrique de haute sécurité.

Bien que le meurtre remontât à plus de vingt-cinq ans, Constance était à peu près certaine que des employés de Merton House se souvenaient de l'affaire jusque dans ses détails les plus sordides. Cependant, connaître un événement et en parler étaient deux choses différentes, et avant que le Dr Foster ne vienne s'installer là, au début du mois d'avril, des années s'étaient écoulées sans que personne n'évoque le drame qui avait précédé son internement. A l'exception de Victor, bien sûr. Quand il lui rendait visite, une fois l'an, il ne manquait jamais de la tourmenter en lui remettant à la mémoire l'horrible crime qu'elle avait commis. Et elle lui donnait toujours satisfaction en succombant à un terrible accès de terreur dont découlaient délires, cauchemars nocturnes, et crises de hurlements aussi désespérés qu'irrépressibles.

Constance frissonna. Victor ne viendrait pas avant six mois — ses visites avaient lieu vers la fin novembre —, mais la simple idée de le revoir la plongeait déjà dans l'effroi.

Le Dr Foster refusait hélas de respecter son silence.

— Aimiez-vous votre fille, Constance ? demanda-t-il.

Pourquoi n'arrêtait-il pas de poser des questions ? C'était exaspérant ! Elle décida de l'ignorer. Puis, soudain, elle prit conscience avec horreur qu'elle était de nouveau en train de se balancer d'avant en arrière, mais cette fois malgré elle, en crispant les bras autour de sa taille comme pour retenir en elle les réponses qu'il lui demandait. A force de jouer au fou, on finissait par perdre la tête pour de bon.

— Aimiez-vous votre fille ? insista le Dr Foster.

Il y avait encore quelques petites choses à propos desquelles Constance ne pouvait pas se résoudre à mentir. Celle-là en faisait partie. Elle ferma les yeux, le cœur gonflé de tristesse.

— Oui, murmura-t-elle. Je l'aimais.

— Alors pourquoi l'avez-vous tuée ? demanda le psychiatre.

— Je ne sais pas.

Et, Dieu la préserve, c'était là la vérité absolue. Elle avait tué sa propre fille, son enfant chérie, mais elle ignorait pourquoi. Elle ne savait même pas comment elle s'y était prise. Avait-elle commis ce meurtre abominable pour protéger la petite de Victor ? Se pouvait-il qu'elle eût été assez folle pour croire que seule la mort sauverait Liliana ?

— Constance, vous pleurez, observa le Dr Foster. Regrettez-vous d'avoir tué votre fille ?

— Oui ! Allez au diable ! Oui !

Elle se leva et se précipita vers la porte.

— Je ne veux pas parler de ça ! cria-t-elle. Je ne veux pas, et vous ne me forcerez pas à le faire. Je suis folle, vous vous souvenez ? Je suis cinglée !

A cet instant, Constance se sentit intensément heureuse d'avoir été jugée folle, car cela signifiait qu'elle n'était pas responsable de ses actes. Elle était aussi irresponsable maintenant qu'elle l'avait été par le passé. Oui, voilà ce que voulait dire être folle : elle n'était pas responsable de la mort de Liliana.

Aveuglée par ses larmes, elle ne réussit pas à trouver la clenche de la porte. Elle fit courir ses mains contre le battant. Il fallait absolument qu'elle sorte du bureau !

Elle n'entendit pas le Dr Foster traverser la pièce. Tout à coup, elle se rendit compte qu'il se trouvait à côté d'elle et lui offrait un mouchoir sans dire un mot. Un mouchoir, pas une injection de tranquillisant ? Constance se figea. Le regard de cet homme débordait de bonté. Et de perspicacité, ce qui n'était pas bon signe. Elle se sécha les yeux, se moucha, puis se dirigea vers la corbeille pour y jeter le mouchoir. Elle prit alors une profonde inspiration, tirant un rideau aussi épais que possible sur ses douloureux souvenirs, rassemblant ses forces, oubliant la présence du Dr Foster. Après tout, cet homme n'était qu'un ennemi sans visage de plus, un intrus à ignorer.

— Je veux aller à mon cours de sculpture, déclara-t-elle d'un ton sans conteste.

— Mon prochain rendez-vous n'est que dans dix minutes, répondit-il calmement. Je vais vous accompagner.

Elle se renfrogna. Une poussée de colère infantile l'envahit ; elle s'en servit comme d'une barrière supplémentaire contre la sollicitude discrète du Dr Foster.

— Je veux y aller seule ! grogna-t-elle.

Il ouvrit la porte, ignorant sa mauvaise humeur, lui fit signe de sortir la première et lui emboîta le pas. Constance dut se résigner. A moins de piquer une crise, ce qui lui vaudrait de recevoir un sédatif et d'être ramenée à sa chambre, elle était contrainte de le laisser l'escorter.

— Je n'ai pas encore fait la connaissance de Peggy, expliqua-t-il sur le ton de la conversation amicale. J'essaie de rencontrer peu à peu tous les professeurs extérieurs qui collaborent avec Merton House, mais il y en a tellement ! Travaillez-vous avec Peggy depuis longtemps ?

— Cinq mois.

Elle se mordit la langue. Zut ! Sa réponse était trop précise ; elle risquait d'éveiller les soupçons du psychiatre. Constance avait remarqué que la plupart des pensionnaires de la clinique n'avaient qu'une notion très floue du temps. Les veinards ! Pour eux, au moins, les journées ne passaient pas avec une lenteur insupportable — et débilitante.

— Cinq mois, ce n'est pas beaucoup, observa le Dr Foster. Est-ce parce que Peggy n'est là que depuis janvier, ou parce que vous ne vous intéressez à la sculpture que depuis peu ?

— Elle est là depuis janvier, répondit Constance.

La simple idée de retrouver Peggy suffisait à la mettre de meilleure humeur, même dans l'état de stress où elle se trouvait en ce moment. Après l'enseignant gâteux qu'ils avaient eu pendant les six dernières années, l'arrivée de Peggy à Merton House lui avait fait l'effet d'une supernova explosant dans le ciel obscur de son univers confiné.

— Peggy est le meilleur professeur que j'aie jamais eu, ajouta-t-elle. Elle est très douée, et très patiente.

Avant même de terminer sa phrase, Constance se rendit compte qu'une fois de plus elle en avait trop dit. Pis ! Elle avait laissé sa voix reprendre un débit et une intonation naturels. Les pensionnaires de Merton House, assommés de médicaments, réussissaient rarement à s'exprimer de façon normale. Constance soupira en son for intérieur. Le problème, c'était que le Dr Foster l'avait tellement secouée qu'elle avait perdu de vue ses barrières de protection habituelles.

Elle sentit qu'il la dévisageait avec intérêt. Mais il ne fit aucune remarque, ce qui la mit encore plus mal à l'aise. La seule présence de ce psychiatre à son côté suffisait à exacerber sa nervosité.

— Voilà la salle des arts plastiques, marmonna-t-elle.

Et, sans attendre de réponse, elle poussa les portes matelassées et inspira avec délice les odeurs familières de peinture acrylique, de colle, d'argile et de raphia qui imprégnaient la pièce. Les rayons du soleil filtraient à travers les larges fenêtres, inondant plusieurs petits groupes de femmes absorbées dans la fabrication de sets de table ou de chapeaux de paille.

Bernie Schulyer, vêtu d'une tenue de chirurgien et de chaussons jetables, se trouvait à sa place préférée, au coin de la salle, devant une grande toile installée sur un chevalet. Il peignait avec enthousiasme, plongeant par instants son pinceau dans des coupelles en plastique emplies de peinture à l'eau, reculant parfois d'un pas pour admirer les progrès de son œuvre. Peggy se tenait à côté de lui, l'encourageant, lui suggérant quelques améliorations. Elle n'émettait bien sûr aucun commentaire sur le fait que Bernie doublait chaque coup de pinceau normal d'un trait vigoureux sur sa propre personne. Son torse aussi bien que ses cheveux ou son visage étaient couverts de peinture !

Lorsque Constance s'approcha de lui, il s'arracha à sa concentration en sursautant.

— Salut, Constance ! J'suis en train de peindre mon père, expliqua-t-il.

Sa bouche essaya de sourire, mais sans grand succès. Constance s'approcha davantage et étudia sa production avec un intérêt sincère.

— C'est bien, observa-t-elle.

Bernie peignait systématiquement son père — avec des résultats étonnants. Aujourd'hui, M. Schulyer Père était une masse informe vert pâle, cernée de taches d'un vert plus sombre, décorée d'entrelacs marron et rouges.

M. Schulyer avait tendance à changer de couleur avec les saisons ; aujourd'hui, il évoquait sans doute possible le printemps. Mais comme toujours, la toile renfermait quelque chose d'inquiétant, de menaçant, qui donnait la chair de poule à Constance.

Bernie ajouta une dégoulinade jaune dans le coin supérieur gauche du portrait puis, tout en se barbouillant la bouche, examina d'un air songeur l'effet produit par cette nouvelle adjonction.

— Pourquoi avez-vous peint la bouche de votre père en jaune ? demanda le Dr Foster.

Constance se tourna vers lui, incapable de cacher sa surprise. Elle ne s'était pas rendu compte qu'il l'avait suivie dans la pièce, et sa question la stupéfiait. Depuis deux ans qu'elle regardait Bernie peindre, elle n'avait jamais pensé à établir un lien entre les coups de pinceau destinés à la toile et ceux qu'il se donnait sur le corps. A sa connaissance, du reste, Peggy elle-même n'avait pas non plus fait ce rapprochement.

Le regard de Bernie passait tour à tour du psychiatre à sa peinture.

— Les mensonges, finit-il par marmonner en se badigeonnant la bouche de jaune avec une vigueur redoublée. Le jaune, c'est les mensonges.

— Ah bon ? Je l'ignorais, dit posément le Dr Foster. Merci de me l'avoir expliqué. Et que signifie le ventre vert ?

Bernie secoua la tête, mâchouillant le bout de son pinceau. Sa capacité de réflexion semblait épuisée.

— Son ventre est vert, répondit-il. Le vert, c'est le ventre de mon père.

— C'est un portrait magnifique, déclara le Dr Foster. Accepteriez-vous que je l'accroche dans mon bureau, quand il sera terminé ?

Bernie pesa longuement cette requête.

— Non. Il est à moi, pas à vous.

— D'accord. Mais un jour, ça me ferait très plaisir d'avoir un de vos tableaux chez moi, Bernie. Votre travail est très intéressant.

Bernie lui décocha un de ses sourires avortés. Le Dr Foster le salua poliment du menton, puis se dirigea vers le groupe de femmes qui faisaient de la vannerie, laissant Bernie fixer son œuvre d'un air perplexe, comme s'il ne savait plus quelle couleur y ajouter maintenant qu'elle avait été admirée par le directeur de Merton House.

Constance fut soulagée de constater que le Dr Foster n'avait pas l'intention de rester auprès d'elle pendant qu'elle sculpterait. Il s'assit avec les femmes et les complimenta chaleureusement sur les divers sets de table et chapeaux qu'elles réalisaient, leur posant à chacune des questions destinées à les mettre en valeur. Parfois, il s'adressait aussi à l'aide-soignante chargée de surveiller le groupe — et, surtout, de s'assurer que les petites querelles susceptibles d'éclater entre les malades mentaux ne dégénéraient pas en bagarres et en crises.

Peggy lui tapota le bras.

— Bonjour, Constance, comment ça va aujourd'hui ? Etes-vous prête à travailler ?

— Oui, je suis prête, répondit Constance.

Elle sourit à Peggy sans cacher sa joie.

— Vous êtes bronzée, observa-t-elle avec chaleur.

— J'ai passé tout mon samedi dans le potager, répondit Peggy en rougissant un peu. Si toutes les graines que j'ai plantées poussent, je serai en mesure d'approvisionner la région entière en légumes.

Constance gloussa.

— D'après ce que vous m'avez raconté sur vos talents d'horticultrice, les supermarchés de la région n'ont pas trop de souci à se faire.

— Hélas, c'est vrai, répondit Peggy avec une pointe d'autodérision. Je suis une piètre jardinière. Enfin ! Mettons-nous au travail.

Tandis que Peggy sortait un couteau du petit coffre-fort encastré dans le mur du fond, Constance ouvrit un placard muni d'un simple cadenas à chiffres où elle rangeait tout son matériel de sculpture et son travail en cours. Puis, après avoir tourné sa chaise de façon à profiter idéalement de la lumière naturelle, elle s'assit devant la table et se dégourdit les doigts en contemplant les membres de la famille Tamia qu'elle avait déjà fabriqués.

Pour cette œuvre, elle avait idéalisé une scène de sa propre enfance dont elle conservait un souvenir diffus : le thé à 17 heures. Grand-père Tamia, à la digne corpulence, était assis dans un large fauteuil, les mains croisées sur sa veste de tweed. Grand-mère Tamia, très élégante dans sa robe anglaise à fleurs, emplissait les tasses avec une théière joufflue. Le sourire aux lèvres, une soubrette à tablier de dentelle distribuait de minuscules biscuits sur un plateau, et deux petites filles tamias gloussaient ensemble, têtes rapprochées, comme si elles échangeaient des messes basses. Pour le plaisir, Constance avait ajouté à ce tableau de famille plusieurs invités choisis parmi les pensionnaires et le personnel de Merton House. Il y avait deux médecins et Raymond Hill, dont les petits yeux de tamia étaient tournés vers le paradis tamia d'où lui parvenait — du moins on le supposait — un message de l'archange-tamia Gabriel.

Bien que n'ayant prévu ni mère ni père tamia dans son projet initial, Constance s'était laissé convaincre la semaine précédente par Peggy de les ajouter à son tableau de famille. Elle avait bien entendu pleinement conscience que la suggestion de son professeur était motivée par des considérations autant thérapeutiques qu'artistiques, mais pour couper court à toute tentative d'analyse psychologique, elle avait décidé de fabriquer les parents tamias en produisant des images stéréotypées. Malheureusement, ses doigts avaient refusé de lui obéir. Au lieu d'une maman type, mère tamia était devenue une créature élégante, au sourire dédaigneux et aux yeux froids. Aujourd'hui qu'elle s'apprêtait à créer le père tamia, elle craignait déjà que ses mains ne répondent pas à sa propre volonté.

Le corps fut relativement facile à modeler — c'était un tamia commun, ni gros ni maigre, ni grand ni petit, avec une queue dressée de façon peut-être un peu trop fière. Constance fit ensuite deux ou trois tentatives pour le visage, mais sans réussir à trouver la bonne expression. Etait-ce parce qu'elle avait délibérément effacé de sa mémoire le défilé de beaux-pères qui avaient traversé son adolescence ? Pour quelque raison obscure, il lui sembla tout à coup très important de ressusciter ces souvenirs étouffés. Elle redoubla de concentration, se donnant toute à son travail, au point d'en oublier son entourage. Elle sculpta délicatement les lèvres, l'arrondi des yeux, l'arête du nez, modelant et remodelant l'argile jusqu'à ce qu'elle soit satisfaite du résultat — jusqu'à ce qu'elle ait fait ressortir l'essence de ses multiples pères, leur caractéristique commune. Cela donnait un tamia arrogant, qui arborait un sourire faux, méchant, et dissimulait mal ses penchants sexuels pervers.

Lorsqu'elle eut terminé, Constance avait la migraine. Elle repoussa ses lunettes sur le haut de son crâne, se frotta les yeux, puis regarda ce qu'elle avait créé. Quand elle achevait une nouvelle sculpture, il lui fallait toujours quelques instants pour retrouver ses repères.

— Qui est-ce ? demanda une voix derrière son dos.

— Mes beaux-pères, répondit-elle sans réfléchir.

Elle fronça les sourcils. La position de la queue n'était pas bonne. La pointe devait exprimer de la pédanterie, d'accord, mais laisser aussi supposer une trace d'incertitude, une faille dans la carapace.

— Combien de beaux-pères avez-vous eu ?

— Trois officiellement, c'est-à-dire en comptant ceux que ma mère a épousés. Mais elle changeait d'amant comme la plupart des gens changent de chemise. Au bout de quelques années, j'ai fini par en perdre le compte. Bah ! De toute façon, ils se ressemblaient tous.

— Ces hommes vous ont-ils fait des avances ? demanda le Dr Foster.

A l'instant où elle allait répondre, Constance recouvra toute sa lucidité — les brumes de la créativité se dissipaient — et comprit qui lui parlait. Elle pivota si brusquement sur la chaise que son bras heurta le père tamia et le catapulta vers le sol.

Poussant un petit grognement de dépit, le Dr Foster se baissa aussitôt pour ramasser la sculpture endommagée.

— Je suis désolé, marmonna-t-il.

Il posa le petit personnage sur la table. Père tamia s'affaissait sur le côté comme un tamia ivre. Soudain, Constance se rendit compte qu'elle fixait le psychiatre droit dans les yeux. Elle détourna vivement la tête. Les fous ne soutenaient jamais le regard de leurs interlocuteurs !

— Vous avez beaucoup de talent, déclara le Dr Foster avec sincérité. Peggy m'a dit que vous êtes l'élève la plus douée qu'elle ait jamais eue.

En toute autre circonstance, le compliment de Peggy lui aurait fait chaud au cœur. Mais à cet instant, Constance était trop nerveuse pour éprouver du plaisir. Elle avait à ce point acquis l'habitude de ne rien dire, de ne rien laisser paraître d'elle-même qu'elle avait presque oublié pourquoi ce mode de fonctionnement lui était vital : il la protégeait autant du monde que de ses propres émotions. En répondant naturellement au Dr Foster, elle avait baissé sa garde, laissant un flot de sensations la bouleverser. Et maintenant, elle n'avait plus le choix : soit elle cédait à son désir de tout raconter au psychiatre, soit elle écoutait la colère qui l'envahissait à l'idée qu'il puisse la déstabiliser aussi facilement.

La colère l'emporta. Constance frappa du poing sur la table, écrasant le père tamia, le réduisant en une bouillie informe. Dans son mouvement, ses doigts rencontrèrent le couteau. Elle comprit en un éclair que cet objet lui offrait une issue pour échapper aux questions effrayantes du directeur de Merton House.

Elle s'empara du couteau et le pointa vers la gorge du Dr Foster.

— Allez-vous-en ! grogna-t-elle, concentrant toute sa fureur contre lui. Allez-vous-en ou bien je vous tue !

Un brouhaha de murmures effarés emplit la salle. La violence, réelle ou latente, avait toujours une profonde résonance dans les esprits dérangés des pensionnaires de Merton House. Quelque part au tréfonds de son esprit, Constance se demanda si on l'autoriserait encore à revenir dans la salle des arts plastiques, ou si son acte désespéré éloignerait d'elle de façon définitive la plus grande source de joie de son existence.

Le Dr Foster ne réagissait cependant pas comme il était censé le faire. En voyant le couteau braqué sur lui, il aurait dû battre en retraite et presser le bouton d'appel qui aurait fait accourir deux garçons de salle musclés, la piqûre de tranquillisant au poing. Au lieu de cela, il se pencha en avant, se rapprochant du couteau !

— Cette lame n'est ni assez aiguisée, ni assez longue pour me tuer, déclara-t-il calmement. Je crois que vous êtes suffisamment intelligente pour comprendre ça, Constance.

Du coin de l'œil, elle vit Peggy avancer dans leur direction. Le Dr Foster la repoussa d'un geste impatient. Constance éprouva une fureur redoublée. Il n'avait même pas peur d'elle ! Ne se rendait-il pas compte qu'il devait la craindre ? Elle était folle ! Folle au point d'avoir assassiné sa propre fille !

Elle se jeta d'un bond sur le psychiatre — et immobilisa la lame à quelques centimètres de sa gorge en prenant tout à coup la pleine mesure de son acte. Seigneur ! Elle expiait depuis vingt-six ans le meurtre de son enfant. Allait-elle redoubler sa culpabilité en tuant aussi le Dr Foster ?

Elle se sentit sur le point de défaillir. Le directeur de Merton House lui agrippa le poignet d'une main de fer, mais il ne toucha pas au couteau et n'essaya pas de détourner la lame. Il se contenta de plonger son regard dans le sien, comme pour la mettre au défi de prolonger son offensive. Poussant alors un cri de désespoir, Constance lâcha son arme. Le bruit mat du couteau touchant le sol en gomme retentit à ses oreilles tandis qu'elle se laissait choir sur la chaise. Puis elle s'effondra sur la table, le visage caché entre les bras.

Quelques instants plus tard, le Dr Foster lui saisit la main.

— Quand vous serez prête, Constance, je vous raccompagnerai à votre chambre, annonça-t-il doucement.

Secouée de tremblements, dégoûtée d'elle-même, elle redressa la tête.

— N'avez-vous pas peur que j'essaie de vous tuer en chemin ? demanda-t-elle d'un ton amer.

— Non.

— Alors c'est que vous êtes fou.

Le Dr Foster sourit. Constance n'en crut pas ses yeux. Il souriait !

— Non, répliqua-t-il. C'est vous qui êtes folle, souvenez-vous.

Constance sentit soudain tout le poids de l'immense échec qu'était sa vie peser sur ses épaules.

— O-oui, balbutia-t-elle. C'est vrai, c'est moi qui suis folle.

4.

New York — Mercredi 12 juin 1996

Sac à main et sacoche calés sous le bras, sa veste de tailleur à la main, Jess glissa la clé électronique dans la serrure de sa chambre d'hôtel et baissa la clenche avant que le petit voyant vert cesse de clignoter. Quand elle s'avança dans la pièce, une forte odeur de désodorisant lui envahit les narines. Jetant son barda sur l'un des deux lits doubles, elle ôta ses chaussures d'un coup de talon et les fit valdinguer sur la moquette. Seigneur, elle était vannée ! Rien ne vous donnait autant l'impression de courir un marathon que d'essayer de soutirer des renseignements à des fonctionnaires aigris.

Elle se laissa choir sur le second lit double, et le sommier grinça en la rejetant sur le côté. Les ressorts étaient cassés, évidemment. Pas étonnant, dans un hôtel économique. Elle se tortilla de façon à trouver une position allongée qui soit à la fois reposante et adaptée aux bosses et aux creux du matelas.

« New York ! Centre de l'univers, joyau de la civilisation », songea-t-elle avec ironie tandis que le vacarme d'une sirène de police passant dans la rue lui martyrisait les oreilles. Tu parles ! Joyau peut-être, mais à condition d'avoir un compte en banque bien alimenté. Manhattan avec un budget journalier limité, c'était un véritable chemin de croix.

La sonnerie du téléphone retentit. Jess décida de l'ignorer. Seuls ses parents savaient à quel hôtel elle était descendue, et elle n'était pas d'humeur à leur parler. Pas maintenant, en tout cas. Pas tant qu'elle n'aurait pas réussi à digérer le fait qu'aujourd'hui, en fin d'après-midi, un des multiples fonctionnaires dont elle avait enduré l'aigreur avait enfin dégoté dans ses archives la microfiche qu'elle recherchait. Selon les registres officiels de Manhattan, le décès de la petite Jessica Marie Pazmany pour cause de leucémie avait été enregistré le 8 juin 1969. L'enfant avait trois ans et quelque. Le médecin signataire du certificat était un certain William Loke, cancérologue au New York Hospital.

Jess poussa un profond soupir. Se voir confirmer que l'on était mort depuis plus d'un quart de siècle, cela ne s'avalait pas comme du petit-lait. Sans parler du léger problème qui se posait maintenant à elle : si elle n'était pas Jessica Marie Pazmany, qui diable était-elle ?

Le téléphone sonnait encore. Manifestement, celui ou celle qui se trouvait à l'autre bout du fil était déterminé à l'empêcher de ruminer ses malheurs en paix. A la sixième sonnerie, elle se résigna à décrocher le combiné.

— Oui ?

— Jess, c'est Dan.

— Bonsoir, Dan…

— Ne raccroche pas ! Je suis en bas, à la réception. J'aimerais te parler. Viens me retrouver dans le hall, s'il te plaît.

La voix de Dan était chaude et subtilement sensuelle. Comme toujours. Jess tenta de se blinder contre le charme de son ex-mari. Ce soir, elle avait l'esprit tellement chamboulé que si elle n'y prenait garde, elle risquait très bien de dire ou faire des bêtises qu'elle regretterait par la suite.

— Qui t'a appris que j'étais à New York ? demanda-t-elle sèchement.

— Tes parents. Ils se font du souci pour toi, Jess. Ils m'ont demandé de t'appeler pour voir si tout allait bien.

— Eh bien, ils ont eu tort ! s'exclama-t-elle.

Elle s'efforça cependant de tempérer sa colère. L'attitude de ses parents partait d'un bon sentiment. En parfaits provinciaux, ils avaient la conviction inébranlable que New York était un cloaque où régnaient la violence et le vice. Sans doute avaient-ils décidé que pour leur pauvre petite fille, la protection d'un ex-mari inepte valait mieux que pas de protection du tout. Du point de vue de Jess, hélas, c'était une erreur de jugement désastreuse : le simple fait d'entendre la voix de Dan lui mettait les nerfs en pelote.

— Tu as rempli ta mission, reprit-elle d'un ton radouci. Dis à mes parents que tu m'as appelée et que je vais très bien. Et rassure-les : je n'ai été ni agressée par un SDF drogué, ni draguée par un parrain de la mafia…

— Allons dîner quelque part, Jess.

Une soudaine bouffée de chaleur lui monta au visage. Elle crispa les doigts sur le téléphone, priant pour que son trouble ne transparaisse pas dans sa réponse.

— Merci, mais ce soir j'ai pas mal de paperasseries à passer en revue…

— Christie est de retour à New York après six mois passés en Europe, l'interrompit Dan. Cette semaine elle chante chez El Greco. Je te commanderai du tzatziki et nous dînerons en l'écoutant chanter. Allez, viens, Jess, c'est tout de même mieux que de demander un hamburger rassis au service d'étage comme tu t'apprêtais sans doute à le faire.

Non seulement il avait raison pour le hamburger, mais El Greco était un restaurant tout simplement fabuleux, ce qui ne gâtait rien. Quant à Christie, elle occupait une place particulière dans la kyrielle d'amis et de relations de son ex-mari. C'était une chanteuse folk à la voix magnifique et envoûtante, dotée de surcroît d'un merveilleux sens de l'humour. Jess appréciait sa compagnie presque autant que son talent d'artiste. N'empêche, l'invitation de Dan avait beau être très tentante, elle ne comprenait pas pourquoi il la pourchassait ainsi, pourquoi il cherchait des excuses pour passer du temps avec elle. Lorsqu'elle avait réclamé le divorce, il avait fait preuve d'une hâte presque frénétique pour que la procédure soit expédiée.

— On dirait que tu éprouves un désir irrépressible de dîner avec moi, Dan, observa-t-elle avec une ironie feinte. Pourquoi ?

Il y eut un bref silence.

— La réponse facile consisterait à dire que tes parents m'ont demandé de veiller sur toi et que je ne veux pas les décevoir, répondit enfin son ex-mari.

— Et la réponse difficile ?

— C'est que… vu tout le mal que nous nous sommes fait l'un à l'autre pendant notre mariage, je crois qu'il est temps de panser certaines plaies…

— Tu parles comme dans une mauvaise série télé, Dan, répliqua-t-elle. Sois un peu plus honnête avec moi ! Dieu sait si autrefois, question franchise, tu n'avais pas la langue dans ta poche. En dînant ensemble à Denver, il y a moins de trois semaines, nous avons fini par nous chamailler comme à la grande époque. Et tu cherches tout de même à me revoir. Je veux savoir pourquoi tu te découvres un tel besoin de me jouer le grand jeu après des années de silence total.

— J'ai gardé le silence pendant trois ans parce que je ne savais pas quoi dire, répondit Dan. Et je ne savais pas non plus comment te présenter mes excuses. Mais récemment, j'ai compris que si notre mariage a échoué, ce n'est pas seulement parce que je suis un crétin irresponsable qui a tout fichu en l'air. Je pense que nous avons tous les deux contribué au naufrage de notre couple.

Jess s'entendit pousser un rire rauque et sans joie.

— J'aurais dû la sentir arriver, celle-là ! s'exclama-t-elle. Bizarrement, ça ne m'étonne pas du tout d'apprendre que tu es arrivé à la conclusion bien pratique que j'étais en fait responsable de la plupart des difficultés de notre mariage. Mais bien sûr, Dan ! C'est moi qui ai tout saboté, c'est moi qui suis un monstre, et toi une pauvre victime incomprise. Et si tu restais vissé sur le canapé à te tourner les pouces pendant que moi je bossais au point de frôler la dépression, c'est uniquement parce que j'étais une garce !

— La majeure partie des problèmes ne te sont pas imputables, rétorqua-t-il calmement. Mais certains le sont, oui. Et je l'avoue, j'espère que nous avons maintenant suffisamment évolué tous les deux pour être enfin capables de regarder notre couple tel qu'il était vraiment. Si nous voulons réussir à continuer chacun notre route, nous devons essayer de prendre du recul par rapport à notre union.

Le souffle court, Jess inspira nerveusement.

— A moi d'être franche, Dan. Tu m'as fait souffrir de tant de façons que je ne les compte plus, et je ne peux rien imaginer de moins plaisant que d'être assise dans un restaurant en face de toi à t'écouter disséquer le cadavre de notre mariage.

— Tu viens de mettre le doigt sur le problème numéro un. Notre mariage n'est pas un cadavre. Il est bien vivant, au contraire.

— Mais bien sûr ! répliqua-t-elle d'un ton suffisamment sarcastique pour masquer la terreur qui l'envahissait. Et nos certificats de divorce ne sont sans doute que des détails administratifs ?

— Oui, c'est exactement ce qu'ils sont. Ces papiers officiels n'ont aucune réalité, ni pour toi ni pour moi. Le divorce est censé libérer les deux parties d'un mariage qui a échoué. Te sens-tu libre, Jess ?

Elle voulait répondre oui. Seigneur, comme elle aurait voulu répondre oui ! Sa gorge se noua. Elle serrait si fort le téléphone qu'elle en avait mal à la main. C'était comme de se forcer à accepter la demande en mariage de Tim Macfadden, mais en pire. Les mots refusaient de franchir ses lèvres.

Le silence s'étira, de plus en plus pesant, jusqu'à ce que Dan le rompe enfin.

— Tu n'es pas obligée de répondre à cette question, Jess. Accepte simplement de dîner avec moi. S'il te plaît.

El Greco était aussi bruyant et bondé que dans le souvenir de Jess. Avec leurs larges plateaux fleurant bon l'aubergine, le citron et l'ail, les serveurs zigzaguaient avec agilité entre les tables, toutes occupées.

Otto, le patron, s'avança à leur rencontre et salua Dan en lui donnant une accolade digne de Zorba le Grec.

— Vous vous souvenez de Jess ? demanda Dan. Nous venions dîner ici du temps de notre mariage.

Il sourit de toutes ses dents.

— Les rares fois où nous avions assez d'argent pour manger autre chose que des pâtes, bien entendu, ajouta-t-il.

— Mais bien sûr ! Comment pourrais-je oublier une aussi belle jeune femme ! répondit Otto, les yeux pétillants, en inclinant le buste. Comment allez-vous, *ma reine ?* Je suis tellement content de vous revoir parmi nous !

— Moi aussi, répondit-elle avec un large sourire.

« Quel cabotin ! », songea-t-elle avec amusement. Otto savait décidément s'y prendre avec les clientes qui venaient dîner chez lui avec leur ex-mari. Il ne s'embarrassait pas d'un Madame ou d'un Mademoiselle, jugés sans doute trop formels, et il ne prenait pas le risque de se tromper de patronyme ; il utilisait simplement cette formule passe-partout, *Ma reine*, qui donnait l'impression à son interlocutrice d'être une invitée de marque. Décidément, sa réputation de joyeux bonimenteur n'était pas surfaite.

Se frayant un chemin entre les convives, le restaurateur les guida jusqu'à la table qui leur était réservée, une place de choix située entre la terrasse et la petite scène où Christie chanterait un peu plus tard.

— Bonne soirée, déclara-t-il en leur tendant à chacun, d'un geste plein de panache, un menu relié de cuir. Ah, et puis félicitations pour le film que vous avez en projet avec Allied, monsieur Stratton. J'ai lu un article à ce sujet la semaine dernière, et vous êtes en bonne place pour l'Oscar de l'année prochaine.

Il lui adressa un sourire complice.

— Si vous l'emportez, je demanderai à mon barman de donner votre nom à un cocktail.

Une tablée voisine se levait pour partir. Otto s'écarta dûment du passage, puis fit claquer ses doigts à l'adresse d'un serveur pour l'enjoindre de venir s'occuper d'eux.

Jess, elle, fixait Dan par-dessus le bord du menu, les yeux écarquillés.

— Un film ? Qu'est-ce qu'il a voulu dire ? demanda-t-elle, incapable de dissimuler son émerveillement. Tu as décroché un rôle dans un film ? Ça doit être une grosse production, si c'est dans le journal. C'est génial, Dan ! Pourquoi ne me l'avais-tu pas dit ? Il faut fêter ça !

— Non, je n'ai pas décroché de rôle dans un film.

Jess s'étonna de la profonde déception qui la saisit. Etrange comme elle accordait encore de l'importance à la carrière de Dan.

— Oh, je suis désolée, marmonna-t-elle. J'ai la sale manie de tirer des conclusions hâtives.

Dan eut un sourire désabusé.

— Regardons la réalité en face, Jess, je suis un piètre acteur. Aucun metteur en scène ne serait assez cinglé pour me confier un rôle intéressant, sans parler du rôle principal.

— Tu n'es pas si mauvais que ça, répondit-elle d'un ton qu'elle espérait sincère.

— Je ne suis pas mauvais, je suis à vomir.

Tandis qu'il disait ces mots, son sourire était si radieux qu'elle ne put s'empêcher de sourire à son tour.

— O.K., Dan, je vais être franche. Tu es un acteur médiocre. Et même carrément nul, si tu préfères. Mais s'il ne s'agit pas d'un rôle, de quoi parlait Otto ?

Dan, d'ordinaire le plus décontracté des hommes, s'agita sur sa chaise, l'air confus. Puis, d'une voix embarrassée, il bafouilla :

— Dans huit jours, on commence le tournage d'un de mes scénarios dans le Colorado. Et la semaine passée, la production a annoncé qu'elle avait signé avec Brad Pitt pour le rôle principal.

Brad Pitt ? Sidérée, Jess demeura bouche bée quelques secondes, le souffle coupé. Là, on parlait évidemment d'un film majeur, à très, très gros budget. Elle déglutit.

— Tu… tu as écrit un scénario ? demanda-t-elle. Et tu l'as vendu à une… une véritable maison de production ? A Hollywood ?

Dan haussa modestement les épaules.

— Ouais, je l'ai vendu pour de vrai, contre une vraie somme, répondit-il, puis il s'éclaircit la voix. Pour tout dire, j'ai écrit deux scénarios, je travaille sur le troisième en ce moment… et Allied Artists va les tourner tous les trois.

Jess ouvrit grand les yeux.

— Je suis impressionnée. Non, je suis… totalement estomaquée ! Raconte-moi les grandes lignes du premier scénario qui va être tourné.

— Le héros est un ancien skieur olympique tombé dans l'oubli, dont l'ex-femme est assassinée dans la scène d'ouverture. Bien entendu, il devient aussitôt le principal suspect. Nous avons alors le groupuscule terroriste international de rigueur qui menace la paix dans le monde, la poursuite de rigueur sur les pentes vertigineuses d'une montagne enneigée, et la femme sublime, de rigueur elle aussi, qui est pour ou contre les conspirateurs, on ne sait pas trop. Naturellement, notre héros sauve à lui seul la planète, et ce en dépit du fait que les bureaucrates incompétents du FBI et de la CIA s'acharnent à lui mettre des bâtons dans les roues.

— Et à la fin il s'en va avec la fille ?

— Bien sûr, mais pas avec la sublime créature. Il part avec l'autre, la gentille fille avec laquelle il était copain depuis des années. J'adore les histoires qui se terminent bien.

— A mon avis, ce film va faire un tabac, affirma Jess. Et toi aussi.

— Ne vends pas la peau de l'ours avant l'heure. Même quand un film marche, les sangsues de la critique sont toujours là pour essayer de ficher ta carrière en l'air.

Elle gloussa.

— Comme tu y vas ! s'exclama-t-elle. N'oublie pas que tu as Brad Pitt dans le rôle principal, les Rocheuses du Colorado comme décor, et un scénario bourré d'action et de sentiment. Je ne vois pas comment les sangsues pourraient te faire du tort.

Dan rentra la tête dans les épaules, l'air anxieux.

— Ce que je ne t'ai pas encore dit, c'est qu'avant d'écrire ces scénarios, j'ai passé trois années pleines à écrire des séries télé. Ce qui revenait à inventer un minidrame pour chaque tranche de cinq minutes. Bref, j'ai acquis la sale manie d'imaginer des catastrophes à tout bout de champ.

Jess fixa attentivement l'homme qui lui faisait face — l'homme qui avait autrefois partagé son lit, son cœur et sa vie. Comment n'avait-elle remarqué plus tôt les changements subtils qui s'étaient produits en lui ? Certes, Dan avait toujours dégagé une impression d'assurance et d'impétuosité, même quand il n'était qu'un échec professionnel ambulant. Mais la réussite avait transformé cette arrogance en quelque chose de plus serein et de beaucoup plus puissant. Dan ne semblait plus éprouver le besoin presque compulsif d'être le centre de toutes les attentions, le brillant esprit de toutes les assemblées. Il était enfin en paix avec lui-même et avec le monde. Et justement parce qu'il avait appris à se tenir en retrait, hors des feux des projecteurs, sa présence était plus imposante qu'avant. Son charme avait désormais une qualité presque magnétique.

Cependant, le vin n'avait pas encore été servi. Le sourire aux lèvres, Jess saisit son verre d'eau et le leva contre celui de son ex-mari. Dan était extrêmement intelligent, et il possédait une immense créativité. Elle était ravie qu'il ait trouvé le moyen d'exprimer son talent, même si ce n'était pas en tant qu'acteur.

— Je te félicite, Dan. Je suis vraiment très heureuse pour toi. Puisses-tu remporter assez d'Oscars du meilleur scénario pour garnir toute une vitrine. Deux vitrines, même !

Il eut une moue gênée.

— Pour le moment, j'espère seulement ne pas être lapidé par la critique. Tu connais le vieux dicton selon lequel plus on monte, plus on risque de tomber de haut ? J'ai déjà découvert à quel point il peut être vrai.

— Tu te sens intimidé, observa-t-elle sans malice. Pour toi, ça doit être une expérience drôlement nouvelle. Bienvenue au club.

Dan lui jeta un regard intrigué qu'elle ne sut interpréter. Mais comme le serveur s'approchait à cet instant de leur table, elle n'eut plus l'occasion de lui poser d'autres questions personnelles. Ils commandèrent tout un assortiment de délicieux plats grecs, ainsi qu'une bouteille d'ouzo — pour se plonger complètement dans l'ambiance de la Méditerranée.

Jess prit alors conscience qu'elle avait très faim. Ce qui n'était guère étonnant, vu qu'elle avait oublié de déjeuner à midi.

— Comment as-tu commencé à écrire pour la télévision ? demanda-t-elle en mâchouillant un morceau de pain.

— Par le plus heureux des hasards, je crois, répondit-il en haussant les épaules. Enfin… je ne sais plus trop. Aujourd'hui, je me demande souvent comment j'ai pu mettre si longtemps à comprendre que j'étais fait pour l'écriture.

— Pourquoi ? Parce que tu as de la facilité à écrire ? Tu y prends plaisir ?

Il réfléchit quelques instants.

— Non, ça ne vient pas facilement, et je n'y prends pas toujours plaisir, répondit-il, les sourcils froncés. Mais l'écriture me paraît… naturelle. Quand je jouais la comédie, j'étais tout le temps frustré parce que je n'arrivais jamais à entrer véritablement dans les rôles. Quand j'écris, c'est tout le contraire. Je suis dans l'intimité de tous les personnages de mon scénario à la fois, et c'est ça qui me rend le plus heureux.

— Comment as-tu débuté ? insista Jess. Tu as écrit un script, comme ça, et tu l'as envoyé à un producteur ?

— Oh, non ! J'avais décroché un petit rôle dans la série *Night and Day*. Je jouais un dealer qui se tenait sous un réverbère, au coin d'une rue, et vendait de la drogue à l'un des personnages principaux. Le matin du tournage, l'équipe est tombée sur un os dans le scénario. Tel que c'était, ça ne fonctionnait pas. L'épisode était bon à jeter au panier. Le réalisateur, le producteur et les scénaristes se sont renvoyé la faute. Une vraie crise de rage ! Pendant qu'ils étaient occupés à s'enguirlander, j'ai eu le temps d'écrire plusieurs scènes de remplacement, que j'ai montrées ensuite au producteur. Il a aimé mon travail et m'a gardé toute la semaine pour remanier l'épisode en question. Ensuite, il m'a carrément demandé de continuer à développer l'histoire comme je le sentais. Et voilà ! Avant d'avoir pu comprendre ce qui m'arrivait, j'étais devenu le scénariste officiel de la série. Je ne l'ai quittée qu'il y a quelques mois, quand les gens d'Allied Artists m'ont offert assez d'argent pour me convaincre que j'avais du talent dans ce domaine.

Le serveur apporta l'ouzo et les salades grecques. Tandis qu'ils dînaient, Dan lui raconta des anecdotes amusantes au sujet de Julia Roberts — trop amusantes, du reste, pour être vraies. Il lui décrivit aussi sa rencontre avec Steven Spielberg, précisant qu'il en était ressorti béat d'admiration devant le génie créatif de cet homme. Jess crut tout d'abord que Dan se laissait griser par ses nouvelles relations, que l'univers dans lequel il évoluait à présent lui tournait un peu la tête, mais elle comprit qu'il n'avait parlé ainsi que pour lui permettre de dîner tranquillement. Car dès qu'elle eut vidé son assiette, il se tut.

Il posa son verre et se pencha vers elle.

— Voilà, j'ai épuisé mon stock de ragots sur Hollywood, ajouta-t-il. Mais il faut bien dire que je ne suis pas vraiment au fait des dernières nouvelles. Et maintenant, Jess, c'est ton tour. Raconte-moi ce qui t'est arrivé aujourd'hui. Qu'as-tu dégoté au sujet de Jessica Marie ?

A son plus grand étonnement, Jess se sentit soulagée de pouvoir partager ses découvertes avec Dan.

— Je me suis vu confirmer que le certificat de décès envoyé par Magda Mizensky à mon grand-père était authentique, répondit-elle. J'ai pu consulter le registre officiel. Jessica Marie Pazmany est morte le 8 juin 1969.

Dan inspira puis souffla bruyamment.

— Et tu es sûre que c'était la même Jessica Marie ? Aucune chance que ce soit une erreur ?

Jess secoua la tête.

— Aucune. Le nom des parents de l'enfant est cité dans le registre. Rudolph et Elena Pazmany, résidant à Elm Street, dans Queens.

Il posa une main sur la sienne et l'étreignit affectueusement.

— Je suis désolé, Jess. Je sais que tu espérais trouver la preuve du contraire.

Elle haussa les épaules avec une désinvolture forcée. Mais un petit trémolo dans sa voix trahissait son émotion.

— Nous savions l'un et l'autre qu'il n'y avait quasiment aucune chance que ce certificat de décès soit faux. Magda Mizensky n'avait pas de raison de mentir.

— Que vas-tu faire, maintenant ?

— Je… je ne sais pas encore très bien. Cet après-midi, juste après avoir appris que Jessica Marie était bel et bien morte, je suis allée dans le quartier où avaient vécu les Pazmany. Tu sais, je m'attendais à trouver un vieux concierge à la mémoire d'éléphant, qui aurait habité là depuis toujours…

— Et ?

— Rien. Leur immeuble n'existe même plus.

— Il y a d'autres pistes à explorer, affirma Dan d'un air confiant. Les fonctionnaires qui ont traité ton dossier d'adoption ont bien dû enquêter sur la famille Pazmany. Ils ont sûrement noté dans leurs rapports les noms de personnes que tu pourras retrouver et interroger.

— Ça, je n'en suis pas si sûre, protesta-t-elle. Je me demande même s'ils n'ont pas franchement bâclé leur travail. Rends-toi compte, Dan ! Ils ne se sont même pas aperçus que Jessica Marie était morte !

Il fronça les sourcils.

— Difficile d'imaginer qu'ils aient pu passer à côté d'un fait de cette importance, en effet. Logiquement, n'importe quel voisin de Rudolph et Elena pouvait leur dire que les Pazmany avaient perdu leur fille.

— Juste, acquiesça-t-elle. A moins que les Pazmany aient vécu dans une communauté de réfugiés qui, comme Magda Mizensky, étaient tous terrifiés à l'idée de parler à la police.

— Tous, sans exception ? objecta Dan, dubitatif. Ça me paraît assez peu probable.

Jess soupira.

— Alors que me suggères-tu ? demanda-t-elle. Tu sais, quand tu m'as montré la lettre de Magda, j'étais décidée à l'ignorer. Je considérais que les affirmations de cette femme ne devaient avoir aucune influence sur ma vie. Mais tu as dit ce soir-là quelque chose qui m'a fait changer d'avis.

— Quoi donc ?

— Tu as émis l'hypothèse que mes parents, je veux dire mes *vrais* parents, espéraient encore me retrouver. A présent, je ne peux pas m'empêcher d'imaginer un couple grisonnant, proche de la retraite, souffrant depuis vingt-six ans de ne pas avoir de nouvelles de sa fille. Même si ça peut paraître ridicule, cette image m'obsède. Je me suis répété des centaines de fois qu'il était également possible qu'une fille mère, une adolescente démunie, m'ait tout simplement jetée entre les bras des Pazmany sans plus jamais penser à moi. Mais le matin, quand je me réveille, la première idée qui me vient, c'est : il y a peut-être quelque part une femme, une maman, qui a le cœur déchiré de ne pas savoir où je suis.

Jess émit un petit rire rauque.

— C'est idiot, non ? Mais c'est toi qui m'as planté cette idée dans la tête, Dan, et je n'arrive plus à m'en débarrasser.

— Tes sentiments n'ont rien d'idiot, affirma-t-il. Et puisque c'est moi qui ai tout déclenché, je me sens doublement le devoir de t'aider. Quand nous étions mariés, nous n'avons jamais beaucoup parlé des Pazmany. Que sais-tu à leur sujet, en fait ?

— Pas grand-chose. La semaine dernière, Todd et moi avons passé en revue l'intégralité des documents en notre possession, qui auraient un rapport, même lointain, avec mon adoption. Nous nous sommes aperçus que nous manquions totalement de renseignements sur les Pazmany. Rudolph se trouvait dans un camp de réfugiés à Vienne de 1956 à 1961, puis il a émigré aux Etats-Unis, où il a été accueilli par Magda. Il était menuisier. Quand l'accident a eu lieu, il venait de trouver un emploi stable. Mais la petite entreprise familiale qui l'avait recruté a périclité il y a vingt ans, ce qui exclut la possibilité de retrouver la moindre information à son sujet de ce côté-là. Elena, elle, était fille unique, et elle avait déjà perdu ses parents à l'époque de l'adoption. Elle était infirmière diplômée, mais ne travaillait plus depuis ma naissance… je veux dire, depuis la naissance de Jessica Marie…

Sa voix se brisa soudain. Jess extirpa un mouchoir de sa poche et se frotta les yeux avec hargne.

— C'est pas possible ! marmonna-t-elle. Je suis désolée, Dan. Je ne comprends pas ce qui m'arrive. En ce moment, je n'arrête pas de pleurer pour un rien.

— Bah ! Tu dois être allergique au pollen. Mais voyons, tu n'as aucune raison d'être émue par quoi que ce soit. Il est clair qu'en général les gens qui découvrent qu'ils sont morts depuis vingt-six ans invitent leurs copains pour fêter ça.

Jess oscilla un instant entre l'envie d'éclater de rire et celle de fondre en larmes.

— Toi, c'est sûrement ce que tu ferais, bredouilla-t-elle.

— Peut-être. Nous avons chacun notre façon de réagir à la douleur. Toi tu la nies, et moi je raconte des blagues. Mais si la douleur est forte, ni ta méthode ni la mienne ne sont utiles. Le seul moyen de la surmonter, c'est de la regarder en face.

— Ce n'est pas d'être officiellement morte qui m'ennuie le plus, expliqua Jess. Ce qui m'angoisse, c'est que je n'ai plus de racines. Ou plutôt, j'ai l'impression que mes racines sont suspendues dans le vide, sans savoir où se replanter. Je n'ai même plus d'anniversaire, plus de nom à donner à mes parents naturels. Je me sens complètement… à côté de la plaque.

— C'est pourquoi il est essentiel que nous rassemblions le maximum de renseignements, et le plus vite possible.

Dan lui lança un clin d'œil, l'air goguenard.

— Eh ! Qui sait ? Tu es peut-être une vieille femme de trente et un ans.

Jess sourit.

— Non, j'ai décidé une fois pour toutes que j'étais plus jeune que Jessica Marie. Je suis encore une femme jeune et fraîche de vingt-neuf ans.

— Pour tes trente ans, j'organiserai une soirée de tous les diables.

Dan prit une tranche de pain dans la corbeille.

— As-tu envisagé d'engager un détective privé, Jess ? demanda-t-il. Rien qu'à New York, tu dois avoir au moins une douzaine de cabinets spécialisés dans les recherches généalogiques. C'est un des avantages de cette ville.

— Je me rends compte qu'il faudra sans doute que je fasse appel à un détective, acquiesça-t-elle. Mais dans la mesure du possible, j'aimerais d'abord mener l'enquête moi-même. Ça m'évitera de dépenser en honoraires le double de mon salaire annuel rien que pour découvrir qui je suis.

— Tu sais qui tu es, Jess, répliqua Dan avec fermeté. Mais tu as raison pour ce qui est des honoraires des détectives privés.

Il fronça les sourcils.

— Pour commencer, je te conseille de réclamer le dossier médical de Jessica Marie au New York Hospital. Il doit bien contenir quelques informations au sujet de ses parents, ne serait-ce que celles qu'il a fallu donner pour la facturation des soins.

— J'y ai pensé, répondit-elle d'un ton las. C'est même là que je suis allée après être passée dans le Queens.

— Mais tu n'as rien trouvé, c'est ça ?

— Je n'ai pas pu avoir accès au dossier de Jessica Marie, précisa-t-elle. Les dossiers médicaux ne sont conservés à l'hôpital que pendant sept ans, après quoi ils sont transférés aux archives sous forme de microfiches. Et à part les patients eux-mêmes ou leurs proches, personne n'a le droit de les consulter. Ce qui signifie que je suis dans une impasse, en tout cas pour le moment. Pour voir ces microfiches, il me faudrait une autorisation du tribunal, et Dieu sait le temps que prend ce genre de procédure ! Demain, je compte essayer une autre approche en partant à la recherche du rapport de l'assistante sociale qui a été chargée à l'époque d'enquêter sur les Pazmany. Peut-être avait-elle conservé plus de renseignements qu'elle n'en a envoyé à mes parents adoptifs.

— A ta place, je n'abandonnerais pas la piste de l'hôpital. Pourquoi diable aurais-tu besoin d'une autorisation judiciaire pour avoir accès au dossier médical de Jessica Marie ?

Jess le gratifia d'un regard impatient.

— Je viens de te le dire ! L'hôpital ne montre les dossiers

qu'aux patients eux-mêmes ou à leurs proches. Dans notre cas, souviens-toi, la patiente est morte et nous ne connaissons aucun autre membre de sa famille. C'est là que je suis bloquée.

Dan secoua résolument la tête.

— Tu n'as besoin d'aucune autorisation pour voir le dossier de Jessica Marie, protesta-t-il. N'oublie pas qu'il n'y a que les archives poussiéreuses de la ville de New York qui sachent qu'elle est décédée. Pour le reste du monde, Jessica Marie est bien vivante, puisque c'est toi ! Officiellement, tu es Jessica Marie Pazmany. Tu as donc le droit de demander à consulter ton propre dossier médical. Va aux archives du New York Hospital, montre-leur ton certificat de naissance, ta carte d'assurée sociale, ton passeport, ton permis de conduire et je ne sais quelle autre pièce d'identité qu'ils te demanderont. Tu les as toutes ! Jamais ils ne te refuseront l'accès à ce qui est manifestement, sans l'ombre d'un doute, *ton* dossier.

— Mais dès qu'ils prendront connaissance des documents, ils verront que je suis morte. Je vais me faire arrêter pour usurpation d'identité, Dan !

— Jessie, ma douce, tu pousses le bouchon de la probité un peu trop loin. Dans les administrations, les employés sont aussi surchargés de travail qu'ils sont sous-payés. Ils se fichent bien de savoir pourquoi tu veux consulter ton dossier médical. Et ils ne remarqueront sans doute même pas qu'il se trouve dans les classeurs des patients décédés. Pour te le communiquer, ils ont simplement besoin d'être couverts, d'avoir la preuve qu'ils ont respecté la procédure officielle. Ils sont payés pour ça et pour rien d'autre.

Jess fit la grimace.

— A t'écouter, ça paraît facile, Dan, mais avec la chance que j'ai en ce moment, je vais tomber sur le seul bureaucrate de l'hôpital qui se prenne pour Sherlock Holmes.

— Si quelqu'un venait à te demander pourquoi tu veux consulter ton dossier, réponds que tu as appris récemment qu'il contenait des informations erronées. Fais celle qui est très, très ennuyée. Mets-toi en colère. Répète les mots *avocat* et *poursuites judiciaires* plusieurs fois. Tout ira bien. D'ailleurs, je suis prêt à parier que ce ne sera pas la première fois que le dossier d'un patient bien vivant aura échoué parmi ceux des morts.

Jess ne put s'empêcher de rire de bon cœur.

— Maudit sois-tu, Dan. J'aurais dû me douter que tu finirais par me convaincre de commettre des actes répréhensibles.

Une lueur à la fois amusée et coquine brilla dans les yeux gris-vert de Dan.

— Jessie, ma chérie, tu as grand besoin de réapprendre ce que signifie vraiment *commettre des actes répréhensibles.* Si tu le désires, je serai ravi de t'y aider.

— Ça, je veux bien le croire !

En disant cela, curieusement, Jess n'éprouva nulle rancœur, mais au contraire une petite bouffée de plaisir. Elle se renversa contre le dossier de la chaise. Bah ! Après tout, elle passait une excellente soirée. Pourquoi la gâcher ? Aucune loi ne lui interdisait de prendre du bon temps en compagnie de Dan, maintenant qu'ils étaient divorcés. Elle allait écouter Christie chanter, savourer la délicieuse cuisine grecque qui garnissait son assiette — tant pis pour l'excès de calories ! —, et profiter pleinement de ces moments de tranquillité. Demain, elle aurait bien le temps d'essayer de découvrir qui elle était et pourquoi elle se trouvait dans la voiture de location des Pazmany vingt-six ans plus tôt.

Soulevant la bouteille d'ouzo, Dan lui jeta un regard interrogateur. Jess secoua la tête et le regarda se servir. Elle avait toujours adoré ses mains — aussi bien leur forme que leur dextérité. Autrefois, elle aimait les contempler tandis qu'il accomplissait les tâches les plus insignifiantes.

— Qu'y a-t-il ? demanda Dan.

Elle cilla, refoulant les souvenirs qui affluaient à sa mémoire.

— Rien, répondit-elle, puis elle sourit. Sauf que je veux te remercier de m'avoir invitée à dîner. Je suis contente d'être ici ce soir, avec toi.

Il soutint son regard pendant de longues secondes.

— De rien, répondit-il. Moi aussi, je suis content de t'avoir invitée.

5.

New York Hospital — Jeudi 3 juin 1996

— Il me faut votre permis de conduire ou toute autre pièce d'identité comportant une photographie.

L'employée du service des archives assise derrière le comptoir en Formica avait débité cela sans même lever les yeux. Une expression résignée se lisait sur son visage.

— Oui, bien sûr ! s'empressa de répondre Jess.

Elle sortit son permis de conduire et sa carte d'assurée sociale de son sac à main. Ses doigts tremblaient convulsivement. Elle songea avec ironie qu'elle aurait été nulle dans la profession de criminelle. Vu la terreur qui la tenaillait, elle aurait succombé à une crise cardiaque bien avant d'avoir commis le moindre méfait digne de ce nom. Elle posa ses pièces d'identité sur le comptoir en se répétant qu'elle avait parfaitement le droit de les posséder et n'avait pas besoin de se justifier auprès de la femme.

— J'ai aussi mon passeport, si vous voulez ? proposa-t-elle d'une voix anxieuse.

— Ce ne sera pas nécessaire.

L'employée jeta un coup d'œil blasé au permis de conduire, puis se tourna pour répondre au téléphone.

— C'est bon, j'ai vu ce qu'il me fallait, marmonna-t-elle avant de prendre la communication.

Jess s'empara de ses papiers et les fourra dans son sac comme s'il s'agissait de contrefaçons qui ne résisteraient guère à un examen minutieux. Quelques instants plus tard, l'employée raccrocha le téléphone, nota quelque chose sur un carnet et pivota de nouveau vers le comptoir. Jess sourit en essayant de ne pas avoir l'air d'une terroriste conspirant pour déjouer les systèmes de sécurité de l'hôpital.

Sans l'ombre d'un sourire, l'employée se mit à cocher des cases sur un formulaire, louchant à travers ses lunettes à double foyer.

— Motif de la consultation du dossier ? demanda-t-elle, son stylo oscillant au-dessus du document.

— Heu… J'ai déposé une demande de prêt à ma banque et on me dit qu'il y a un problème pour le taux de crédit.

Jess essaya d'émettre un petit rire désinvolte. Mais c'est un gloussement étranglé qui jaillit d'entre ses lèvres.

— Rendez-vous compte ! s'exclama-t-elle deux tons trop haut. D'après la banque, l'hôpital affirme que je suis morte !

— Est-ce exact ?

Jess cligna des yeux, puis força un sourire.

— Ah, je vois. Vous plaisantez, bien sûr ?

L'employée — Alma Schlunk, d'après le badge épinglé sur sa blouse — tendit la main vers un paquet de fiches pré-imprimées contenues dans un plateau métallique.

— Mais oui, je plaisante. Des fous rires en veux-tu en voilà, c'est ça qui me caractérise.

Elle posa une fiche devant Jess après y avoir gribouillé quelques notes dans le coin supérieur droit.

— Remplissez ça, ordonna-t-elle. Quand vous aurez terminé, laissez-la à côté du plateau.

Alma fit glisser son fauteuil à roulettes vers le bout du comptoir et se mit à ranger des dossiers en les répartissant en quatre piles bien nettes.

Jess baissa les yeux sur la fiche. On lui réclamait son nom, son adresse, et la date approximative du dossier médical demandé. Plus loin, une ligne qui précisait que l'identité du demandeur devait être vérifiée avant la remise du dossier.

Jess remplit la carte en quelques secondes et la posa sur le comptoir à l'endroit indiqué. Concentrée sur sa tâche, Alma ne leva pas les yeux vers elle. En attendant qu'elle se libère, Jess alla s'asseoir sur une chaise en plastique d'où elle pouvait admirer un large pan de mur gris, ou encore, sur la table basse qui se trouvait à côté d'elle, une série de prospectus aux titres aussi réjouissants que *Le Diabète, un tueur discret* ou *Prostate et andropause.* Elle regretta de n'avoir pas pensé à apporter un livre. Comme les rendez-vous chez le dentiste, l'existence d'un criminel semblait se composer de bouffées de terreur entrecoupées de longues périodes d'ennui.

— Désolée de vous avoir fait poireauter, déclara Alma Schlunk cinq minutes plus tard.

Son ton était vaguement plus amical qu'auparavant.

— Ce n'est rien, répondit Jess. Vous avez beaucoup de travail, à ce que je vois.

— Ouais, j'ai beaucoup de travail, c'est ça.

En soupirant, Alma essuya sur ses doigts les traces de carbone avec un mouchoir en papier.

— Nous manquions déjà de personnel, marmonna-t-elle. Et voilà que l'hôpital fait venir une équipe de super-consultants qui conseillent de réduire les dépenses en supprimant la moitié du personnel dans certains services. Dont les archives, évidemment. Je me demande combien de temps il faudra à l'un ou l'autre de ces génies pour comprendre qu'une seule personne ne peut pas exécuter le boulot de trois.

— S'il a fait une thèse, au moins un an, répondit Jess. Sinon, deux ou trois mois devraient suffire.

Alma éclata de rire. Elle jeta ensuite un coup d'œil à la carte que Jess avait déposée sur le plateau métallique.

— Bon, je vais entrer vos coordonnées dans l'ordinateur, et nous devrions avoir une réponse en un rien de temps.

Elle s'assit devant son clavier, pianota une minute, puis poussa un petit grognement de satisfaction.

— Voilà. Pazmany, Jessica Marie. Admise le 10 février 1969. Vous aviez raison. Vous êtes enregistrée ici comme étant morte le 8 juin 1969. Je me demande comment on a pu faire une bourde pareille. Je vais vous demander de patienter un moment. Toutes les archives sont dans la pièce d'à côté.

Elle revint quelques minutes plus tard avec une boîte en métal qu'elle posa sur le comptoir.

— Là-dedans, il y a les dossiers de toutes les personnes qui ont quitté l'hôpital le même jour que vous, expliqua-t-elle en soulevant le couvercle de la boîte.

Elle feuilleta les microfiches et en sortit une du lot.

— Et vous voilà, comme prévu, reprit-elle. Tout ce que le New York Hospital a jamais su à votre sujet tient sur cette fiche.

Jess arbora une mine ravie.

— Formidable. J'espère bien que ces fameux points expliquent pourquoi on m'a rangée parmi les morts.

— Ouais, je comprends que vous vous demandiez comment cela a pu vous arriver.

Alma souleva un pan du comptoir monté sur charnière, passa de l'autre côté et fit signe à Jess de la suivre jusqu'au lecteur de microfiches installé dans un coin de la salle.

— Je vais vous montrer comment fonctionne cette machine, déclara-t-elle. Parfois, elle fait vraiment preuve de mauvaise volonté.

Jess s'assit devant l'écran. Alma glissa la microfiche dans le scanner et lui expliqua le déroulement des opérations.

— Voilà, vous savez l'essentiel, conclut-elle. Faisons maintenant apparaître la première page de votre dossier.

Alma cliqua sur le bouton de visualisation, et l'écran s'anima : « Bienvenue au New York Hospital, lut Jess. Voici cinq conseils pratiques qui faciliteront votre séjour parmi nous. » Elle parcourut rapidement les paragraphes qui suivaient. Il s'agissait du texte d'un prospectus destiné aux patients nouvellement admis à l'hôpital. Elle cliqua sur le bouton censé appeler la page suivante de son dossier : trois colonnes d'instructions concernant les blessures relevant de la petite chirurgie s'affichèrent devant ses yeux. La troisième page contenait une publicité en faveur de la Croix-Rouge, qui exhortait les Américains à donner leur sang. Et il en allait ainsi sur une demi-douzaine de pages !

— Je ne comprends pas, dit Jess. Il n'y a là-dedans que des renseignements généraux sur l'hôpital et la médecine. Mon dossier personnel se trouverait-il sur une autre fiche ? Aucune des informations enregistrées ici ne me concerne.

Alma se pencha vers l'écran, sourcils froncés.

— Ça c'est bizarre, grogna-t-elle en faisant défiler les neuf pages de la microfiche. Bon, attendez une seconde. Voyons ce qu'il y a sur les autres fiches de la même boîte. Peut-être qu'il y a eu une erreur d'étiquetage.

Jess lui céda la chaise devant l'écran. Alma inséra plusieurs microfiches dans le scanner, l'une après l'autre, en les consultant à toute allure. De la façon la plus régulière qui soit, chacune contenait le dossier médical d'un patient différent.

— Bon, tout ça ne nous avance pas, déclara finalement l'employée en tambourinant du bout des doigts sur l'accoudoir. Depuis cinq ans que je travaille ici, j'ai vu toutes les pagailles qu'on puisse imaginer dans un service d'archives. Mais c'est bien la première fois que je tombe sur un dossier qui renferme des copies de prospectus insignifiants à la place de renseignements médicaux.

Elle se tourna de nouveau vers l'écran, remit la fiche de Jessica Marie dans l'appareil et tritura les boutons de contrôle. Au bout d'une minute, elle secoua la tête, l'air dépité.

— Désolée, mais cette fiche ne contient rien de plus que ce que vous avez vu.

— Mais si mon dossier n'est pas ici, où est-ce qu'il est passé ? demanda Jess, incapable de cacher sa déception.

Elle prenait conscience tout à coup qu'elle avait nourri l'immense espoir que le dossier de Jessica Marie lui apporterait des éléments de réponse aux questions posées par la lettre de Magda Mizensky.

— Ce qui est sûr, commença Alma, songeuse, c'est que l'original sur papier est détruit depuis longtemps. Tout dossier inutilisé depuis sept ans est mis sur microfiche. Sinon, il faudrait des immeubles entiers pour stocker les archives de l'hôpital.

— En ce cas, c'est peut-être au moment du passage à la microfiche qu'une erreur a été commise ? suggéra Jess. Quelqu'un aurait détruit le dossier par mégarde…

— Impossible de le savoir. En somme, nous n'avons aucun moyen de découvrir si votre dossier a été mal classé, perdu ou détruit. Je suis sincèrement désolée, mais je ne peux rien vous dire d'autre.

Jess désigna l'étiquette collée sur la microfiche.

— Que signifient ces chiffres après mon nom, 69p432247/bw ? demanda-t-elle. Est-ce juste un code d'archivage, ou pouvons-nous en tirer un renseignement quelconque ?

— C'est votre identifiant, répondit Alma. « 69 », c'est l'année d'admission. Le « p » signifie pédiatrie. Et « b » et « w » sont les initiales du médecin qui vous a soignée. Les autres chiffres, ce sont ceux de la facturation.

— Y a-t-il une chance que vous ayez des informations archivées sous ce nombre ? Je veux dire des informations différentes de celles qui auraient dû se trouver dans le dossier ?

Alma se tapota les dents avec le bout de son stylo à bille.

— Nous avons les fichiers de la comptabilité sur microfilm. Il se peut que je sois en mesure de consulter le récépissé de votre facture.

— Vraiment ? s'exclama Jess. C'est génial ! Ce qu'il me faut, c'est l'adresse…

Elle se souvint tout à coup qu'elle était censée consulter son dossier pour convaincre sa banque de lui accorder un crédit.

— C'est-à-dire que… heu, toute information qui se trouverait dans ces fichiers m'aiderait à coup sûr à régler mon petit différend avec la banque, s'empressa-t-elle d'ajouter.

Alma la fixa quelques instants d'un regard perçant. Puis elle soupira doucement.

— Mademoiselle Pazmany, arrêtons de nous raconter des salades, voulez-vous ? Il y a vingt-sept ans que vous avez été soignée dans cet hôpital, et je suis prête à parier ma chemise que personne, ici, n'a jamais donné le moindre renseignement à votre sujet à quiconque depuis 1969. En tout cas pas dans mon service. En outre, on n'a jamais vu une banque réclamer des renseignements d'ordre médical datant de la petite enfance pour accorder ou refuser un crédit. Je veux bien croire que vous avez une excellente raison de souhaiter consulter votre dossier médical, mais ce n'est pas celle que vous m'avez donnée.

Jess sentit ses joues s'échauffer.

— Si vous ne m'avez pas crue, pourquoi m'avez-vous laissée voir ma fiche ?

Le regard d'Alma ne vacilla pas.

— Je considère que toute personne a le droit de consulter son dossier médical sans avoir à expliquer pourquoi, du moins tant que les exigences légales de l'hôpital sont respectées. Dans votre cas, nous avons suivi la procédure à la lettre, et nous avons trouvé dans le fichier informatique que vous étiez décédée, exactement comme vous le supposiez. Du fait que vous êtes bien vivante, en tout cas à ce qu'il me semble, je comprends que vous désiriez découvrir pourquoi l'hôpital et vous êtes en désaccord sur cette question relativement cruciale. Je suis aussi étonnée que vous de constater que votre dossier ne contient aucun renseignement susceptible de vous aider dans vos démarches. Mais par chance, je ne suis pas chargée d'échafauder des hypothèses pour expliquer ce mystère. J'ai pour unique mission de prendre les mesures nécessaires pour éviter qu'une telle erreur ne se reproduise. Cela dit, si nous sommes d'accord sur le fait que, primo, je ne suis pas une idiote, secundo vous n'êtes pas morte, aimeriez-vous que je jette un coup d'œil aux dossiers de la comptabilité ?

Jess prit une profonde inspiration.

— Oui, je vous en serais extrêmement reconnaissante, répondit-elle. La vérité, c'est que je recherche des informations sur mes parents, ou encore sur le médecin qui m'a soignée.

Fidèle à sa parole, Alma ne demanda pas pourquoi Jess souhaitait obtenir ces renseignements. Elle alla se rasseoir à son bureau, tapa une série d'instructions au clavier de l'ordinateur, puis griffonna quelques chiffres sur un carnet.

— Les dossiers de la comptabilité sont rangés dans une pièce voisine. Ils sont classés par année. Cela va peut-être prendre un moment.

Elle fut de retour moins de cinq minutes plus tard.

— Voilà, annonça-t-elle en posant une feuille de papier sur le comptoir. Je vous ai photocopié tout ce qui apparaît à votre nom dans les dossiers comptables. Il n'y a pas grand-chose, si ce n'est que la facture a été payée dans son intégralité en octobre 1969, et que votre médecin s'appelait Brook Weir.

Jess saisit la feuille en s'efforçant de dissimuler son excitation.

— Merci infiniment, dit-elle. Vous ne pouvez pas savoir à quel point vous m'avez aidée.

— De rien, répondit Alma. Etes-vous… ?

Elle fut interrompue par l'irruption bruyante d'une femme à la mine défaite, qui tenait un nourrisson contre sa hanche et donnait la main à une fillette. Au même instant, la sonnerie du téléphone retentit. Jess profita de la soudaine animation pour s'éclipser.

Elle se précipita vers les ascenseurs, mais en laissa deux s'ouvrir à sa hauteur sans y monter, occupée qu'elle était à lire et relire le document photocopié. Au total, il ne contenait que quatre lignes de texte. Mais quelles lignes ! Une mine d'informations nouvelles.

L'en-tête était concis et clair : *Pazmany, Jessica Marie, décédée.* Pas de surprise de ce côté-là, même si Jess frissonnait violemment chaque fois qu'elle découvrait une nouvelle preuve de la mort de celle qu'elle avait cru être toute sa vie. La ligne suivante montrait que les frais d'hospitalisation de la fillette avaient été réglés en une seule fois par ses parents. Leur adresse, cependant, ne mentionnait pas Elm Street, mais la Neuvième Avenue, également dans le quartier de Queens.

La troisième ligne révélait que le médecin qui avait soigné l'enfant était un certain Dr Brook Weir, dont le cabinet se trouvait au croisement de Park Avenue et de la 63e Rue — un des quartiers les plus cossus de Manhattan. Jess se demanda comment les Pazmany avaient pu s'offrir les services d'un praticien aux honoraires sans doute très élevés. Même à l'époque, seuls les médecins les plus prestigieux pouvaient se permettre de travailler dans cette partie de la ville. Peut-être le Dr Weir consacrait-il une partie de son temps à des œuvres de charité. Soignait-il gratuitement les enfants pauvres de l'immigration ? Quelle qu'ait été la nature de sa relation avec les Pazmany, en tout cas, cela valait la peine d'essayer de le retrouver pour lui demander s'il détenait encore un dossier médical au nom de Jessica Marie.

La dernière ligne de texte renfermait deux noms que Jess n'avaient jamais rencontrés nulle part : M. et Mme Wendell P. Grant, résidant à Bartlett House, Old Cove Road, Hatterington,

Long Island. Ils étaient cités comme donateurs de la somme nécessaire au règlement de la facture.

Jess poussa un petit cri d'exaltation. Quatre lignes de texte, et trois nouvelles pistes. Exactement ce qu'elle avait espéré ! Des noms à identifier, des adresses auxquelles se rendre et des personnes à questionner qui seraient peut-être à même de clarifier l'image trouble du passé de Rudolph et Elena Pazmany. Pressée d'agir, Jess glissa la feuille dans son sac à main et appuya sur le bouton de l'ascenseur.

Elle se répéta cependant qu'elle devait garder la tête froide. Après tout, elle fondait ses espoirs sur des renseignements extrêmement ténus. Elle enquêtait sur des événements qui s'étaient produits un quart de siècle plus tôt. Le médecin et les Grant étaient probablement morts. Et même s'ils étaient en vie ! Le médecin ne se souviendrait — au mieux — que des aspects purement médicaux de l'affaire. Quant aux Grant, rien ne prouvait qu'ils sachent pourquoi elle se trouvait dans la voiture de Rudolph et Elena le soir de l'accident.

Jess fronça les sourcils. Si M. et Mme Wendell P. Grant n'étaient pas eux-mêmes en mesure de lui apporter des informations concrètes sur sa véritable identité, leur environnement social serait peut-être éclairant. Sur la presqu'île de Long Island, Hatterington était une de ces petites villes très privilégiées, au riche passé historique. Tout à fait le genre de communauté qui possède d'excellentes archives et les met aisément à la disposition du public.

Elle décida de s'y rendre immédiatement. Dan serait ravi d'apprendre que sa visite à l'hôpital avait ouvert une nouvelle fenêtre sur les mystères de son passé. Pourquoi ne pas l'appeler pour lui demander s'il avait le temps de venir avec elle à Hatterington ?

Ils se retrouveraient à Pennsylvania Station, la gare d'où partaient les trains pour Long Island. Avec lui, le voyage serait beaucoup plus drôle…

Quand elle se rendit compte de la direction que prenaient ses réflexions, Jess fit une horrible grimace. Elle se recomposa aussitôt un visage impassible et se durcit le cœur. Dan avait beau jouir aujourd'hui de bonnes perspectives de carrière et d'un vrai sens des responsabilités, il demeurait l'ex-mari infâme qui l'avait trahie maintes fois dans les petites comme dans les grandes largeurs. Sachant avec quelle légèreté il avait traité leurs vœux de mariage, elle aurait été folle de se laisser de nouveau tenter par son sourire séducteur et ses yeux malicieux. Dieu merci, sa vie affective n'était pas à ce point vide et pathétique que deux dîners et quelques heures de conversation suffisaient à lui tourner la tête ! Quand elle avait divorcé de Dan, elle avait décidé que plus jamais il ne réussirait à la plonger dans cet état de béatitude sentimentale qu'elle avait connu durant les dix-huit premiers mois de leur mariage. Rien de ce qui s'était passé au cours des trois dernières semaines ne justifiait qu'elle rompe cette promesse envers elle-même.

Forte de ces principes pleins de bon sens, Jess sortit dans la rue et se dirigea vers un arrêt de bus d'où elle pourrait gagner Pennsylvania Station. Il n'était que 15 h 30, et elle avait amplement le temps de se rendre à Hatterington, même si cette ville se trouvait aux confins de Long Island. Un soleil éclatant et une chaleur agréable faisaient de cette journée l'occasion idéale pour jouer les touristes. Et Jess songea que si elle ne retrouvait pas la trace de M. et Mme Wendell P. Grant, elle pourrait du moins s'offrir un déjeuner tardif dans un restaurant en bordure de l'eau.

L'après-midi s'annonçait bien.

*
* *

— Bonjour, Teresa. Entrez donc, Constance. Je suis content de vous revoir.

— Bonjour, docteur Foster, répondit l'aide-soignante. Allons, Constance, venez vous asseoir. Le docteur vous attend.

Ed ferma son ordinateur portable et regarda la patiente s'avancer dans le bureau d'un pas traînant. Elle s'assit dans son fauteuil habituel, en détournant la tête pour éviter de croiser son regard.

— Merci, Teresa. Je vous appellerai quand nous aurons terminé la séance. Je pense que nous en aurons pour quarante-cinq minutes, comme d'habitude.

L'aide-soignante eut une mine perplexe.

— Ces derniers jours, elle n'a pas été facile, docteur. Vous êtes certain que vous ne voulez pas que je fixe les sangles au fauteuil, au cas où ? N'oubliez pas que la semaine dernière, elle a essayé de vous tuer !

— On a beaucoup exagéré cette histoire, répondit Ed d'un ton ferme. Ne vous faites pas de souci, Teresa. Constance et moi nous nous entendons très bien.

— Si vous le dites, marmonna Teresa en essayant de cacher sa désapprobation.

— Oui, merci. Ce sera tout pour le moment.

L'aide-soignante lui décocha un regard mauvais qui semblait dire qu'elle déclinait toute responsabilité si elle le retrouvait plus tard, gisant sur la moquette avec un couteau entre les épaules. Puis elle tourna les talons et quitta la pièce.

Bien sûr, songea Ed, Teresa n'avait pas vraiment tort de s'inquiéter. Il prenait un certain risque en refusant d'attacher

Constance. Mais un risque limité. En tout cas, le jeu en valait la chandelle. Bien des années plus tôt, Ed avait décidé que le jour où il commencerait à médicaliser ses patients — ou à entraver leurs mouvements — dans le seul but de les rendre plus dociles, il arrêterait de pratiquer la psychiatrie.

— Comment ça va depuis la semaine dernière, Constance ? demanda-t-il. Avez-vous eu l'occasion de retourner à la salle des arts plastiques pour terminer le tamia que vous étiez en train de sculpter ?

Il patienta quelques secondes, mais elle ne répondit rien. Elle paraissait même ne pas avoir entendu sa question.

— Je sais que vous avez très bien compris ce que j'ai dit, Constance, affirma-t-il. Pourquoi refusez-vous de me parler ? Y a-t-il une raison particulière à cela ?

Elle demeura aussi immobile et impassible qu'un bloc de pierre. Ed ôta ses lunettes de lecture et l'observa attentivement. Avachie dans le fauteuil, elle semblait encore plus refermée sur elle-même que la semaine précédente. Par égard pour la température extérieure, qui se réchauffait chaque jour davantage, elle avait enfilé une horrible robe d'été à fleurs violettes. Mais elle l'avait agrémentée de chaussettes grises qui lui remontaient jusqu'aux genoux et d'un sweat-shirt beige. Ed, qui ne suivait pourtant guère la mode féminine, doutait qu'on pût trouver pire association de couleurs et de styles. Ce choix vestimentaire répondait hélas à l'un des principaux symptômes de la dépression, qui est le désintéressement total du malade pour son apparence physique. N'empêche, Ed trouvait paradoxal que Constance soit capable de sculpter de si admirables figurines et inapte à coordonner ses chaussettes avec sa robe.

— Ce week-end, j'ai examiné votre dossier médical, déclara-t-il en se carrant dans son fauteuil. Partant des rapports de mes collègues et de mes propres observations, je suis arrivé à la conclusion que l'attaque que vous avez portée contre moi la semaine dernière ne vous ressemble pas du tout. D'ailleurs, vos crises de violence ne surviennent d'habitude que vers la fin novembre. Que s'est-il passé, Constance ? Pourquoi avez-vous éprouvé le besoin de m'agresser ?

Elle fixa le bout de ses chaussures en silence.

Ed avait espéré la faire réagir en la prenant de front. Mais manifestement, cette méthode ne fonctionnait pas avec Constance. Après vingt-cinq années de psychothérapie, cette femme savait se protéger et échapper aux questions gênantes.

— Pourquoi êtes-vous systématiquement bouleversée vers la fin du mois de novembre, Constance ? demanda-t-il d'un ton patient. Est-ce l'approche de l'hiver ? De… Noël ?

Constance gesticula dans le fauteuil, qui protesta en grinçant, mais elle ne répondit pas.

— A moins que ce ne soit pour une tout autre raison, reprit-il. Serait-ce parce que la police croit que votre fille a été assassinée au début du mois de décembre ? Est-ce cela qui vous bouleverse, Constance ? Quand novembre approche, vous recommencez à penser à votre fille et à son meurtrier ?

— Son meurtrier, c'est moi.

Elle s'était exprimée d'une voix monocorde, sans lever les yeux, mais Ed songea qu'il avait du moins réussi à la faire parler.

— Savez-vous pourquoi vous avez tué votre fille, Constance ?

Elle crispa les mains sur les accoudoirs du fauteuil.

— Je ne veux pas en parler.

— Pourquoi ? Votre fille est morte il y a très longtemps. Ne pensez-vous pas qu'il est temps d'affronter cet événement douloureux ?

— Il y a très longtemps ? répéta-t-elle dans un murmure rauque. Pour moi, c'est comme si c'était hier.

— Regrettez-vous d'avoir tué votre fille, Constance ?

— Chaque jour, chaque seconde qui passe.

— Si vous voulez guérir, vous devez apprendre à vivre avec ce remords. Nous devons parler de Liliana.

D'un bond, elle se mit debout.

— Ne me faites pas ça ! Arrêtez de me harceler comme ça ! Je ne veux pas parler d'elle !

— C'est très important, Constance, répliqua-t-il calmement. Je suis certain que vous n'aviez pas l'intention de tuer votre fille, mais hélas, c'est ce qui s'est passé. Pourquoi, Constance ? Comment est-ce arrivé ?

Il marqua un temps d'arrêt en guettant sa réaction, avant de reprendre :

— Est-ce que ce sont vos voix qui vous ont ordonné de le faire ?

Elle se mit à faire les cent pas à travers la pièce. Elle semblait à présent dans un état de grande nervosité.

— C'est ça, finit-elle par marmonner. Ce sont mes voix qui m'ont ordonné de le faire.

Ed plissa les yeux. Jusqu'à ce jour, Constance avait toujours nié entendre des voix. Où était le mensonge, où était la vérité ?

— Qu'est-ce que ces voix vous disent d'autre, Constance ? demanda-t-il. Les entendez-vous, en ce moment ?

— Oui ! Je les entends en permanence. Elles me répètent que je suis méchante.

Elle lui décocha un regard mauvais.

— Elles ne vous aiment pas beaucoup non plus ! ajouta-t-elle.

— Vous devriez leur assurer que je ne vous veux que du bien.

Constance parut hésiter.

— Elles ne vous croient pas, rétorqua-t-elle.

— Elles ont tort. Vous aussi, Constance, vous devriez me croire. Faites-moi confiance, je suis ici pour vous aider.

Une lueur incertaine brilla soudain au fond de ses yeux.

— Vous ne pensez pas que vous pouvez me faire confiance, Constance ? insista-t-il.

Elle se mura de nouveau dans le silence, sans cesser d'arpenter le bureau. Puis, tout à coup, elle s'immobilisa au milieu de la pièce comme si la tempête émotionnelle qui l'agitait devenait si intense qu'elle paralysait ses mouvements. Croisant les bras autour de sa taille, elle inclina la tête de côté, tandis que son regard se perdait dans le lointain. Elle ressemblait beaucoup à Raymond lorsqu'il écoutait l'archange Gabriel lui adresser un message divin.

« Trop, songea Ed. Elle ressemble beaucoup trop à Raymond. » Nom d'un chien ! Subitement, elle avait l'air du schizophrène en pleine crise hallucinatoire ! Etait-ce pour cela qu'il ne pouvait se départir de la conviction qu'elle jouait la comédie, et imitait en fait le comportement des malades qu'elle côtoyait tous les jours ? A moins que son attitude ne reflétât une réalité psychologique plus complexe et moins cohérente qu'il ne l'avait supposé jusqu'alors ?

En tout cas, elle ne semblait pas apprécier qu'il lui manifeste de l'amitié. Aussi essaya-t-il une approche plus brusque.

— Quand avez-vous commencé à entendre des voix, Constance ? demanda-t-il sèchement.

— Je ne sais pas, grogna-t-elle. Il y a quelque temps.

A présent, le moment était venu de lui montrer qu'il ne la croyait pas.

— Dans votre dossier, il n'est dit nulle part que vous entendez ces voix, Constance, répliqua-t-il d'une voix implacable. Vous parlent-elles souvent ?

— Elles sont là tout le temps. Mais parfois je les ignore.

— Comment faites-vous ?

— Je leur dis de s'en aller. Je pense à autre chose.

Le plus douloureux dans l'existence des schizophrènes, c'étaient les voix qui ne cessaient de commenter leurs moindres faits et gestes. En général, elles hurlaient des insultes abominables au malade, l'accusaient d'être mauvais, stupide, ou bon à rien. Quatre-vingt-dix pour cent des pensionnaires de Merton House déclaraient entendre des voix, et la plupart consacraient une bonne partie de leur temps à tenter de les faire taire. Ed aurait parié sa réputation de psychiatre que Constance n'était pas de ceux-là.

Il soupira intérieurement. Tant qu'il n'aurait pas convaincu Constance qu'il n'était pas crédule, leur conversation ne progresserait pas.

— Vous savez quoi, Constance ? Je ne crois pas à votre histoire de voix, déclara-t-il. Je pense que vous y avez fait allusion pour que j'arrête de vous poser des questions.

— Ce n'est pas vrai ! se récria-t-elle. Vous avez tort. J'ai entendu des voix. Et je les entends encore !

— Alors persuadez-moi. Dites-moi pourquoi les voix vous ont ordonné d'assassiner votre fille.

— Je ne m'en souviens pas !

Elle serra le poing et se frappa la poitrine.

— Ne me demandez pas ce qui est arrivé à Liliana, vous entendez ? s'exclama-t-elle d'une voix pleine de colère. Je ne me souviens de rien. De rien ! Je ne veux pas me souvenir, et vous ne m'y forcerez pas !

Enfin, il obtenait une réaction intéressante. « A peur de ses souvenirs », nota-t-il sur sa feuille.

— Très bien, acquiesça-t-il. Nous ne parlerons plus de la mort de Liliana, en tout cas pas aujourd'hui. Mais j'aimerais en entendre davantage à son sujet. Racontez-moi une journée heureuse que vous avez passée en sa compagnie, Constance.

— Non. Rien ne m'y oblige. Je ne veux pas !

— Pourquoi ?

Sa respiration devenait haletante. Elle se tordait nerveusement les doigts.

— Quand je repense aux moments heureux, balbutia-t-elle, j'ai aussi mal que quand je repense au… reste.

— Peut-être avez-vous mal parce que vous ne vous êtes jamais autorisée à parler d'elle, suggéra-t-il doucement. Peut-être auriez-vous moins mal si vous partagiez certains de vos souvenirs avec moi ?

— Rien au monde ne pourra alléger ma souffrance.

Sa voix était lourde d'un chagrin si profond que pendant un instant, Ed oublia la distance professionnelle qui le séparait de Constance et compatit sincèrement à sa douleur.

— Voyons les choses d'une autre façon, Constance. Même si vous êtes sûre de n'avoir rien à y gagner, qu'avez-vous à perdre en parlant d'elle ?

De nouveau, elle fixa ses chaussures. Ed ravala sa frustration.

— Ecoutez, Constance, notre conversation ne peut pas aggraver la situation, affirma-t-il. Il ne vous arrivera rien de pire que ce que vous avez déjà enduré. Par contre, vous pourriez éprouver du soulagement. Essayez donc de prendre le risque de me parler de votre fille, pour voir ce que vous ressentirez ensuite. D'accord ?

Constance se rassit dans le fauteuil, agrippant fermement les accoudoirs. Une expression mi-agacée mi-hésitante se lisait sur son visage.

— Je préférerais que vous retourniez en Californie, marmonna-t-elle.

Ed se pencha vers elle.

— Je ne partirai pas, Constance. Je suis à Merton House pour très longtemps. Alors vous feriez bien de vous habituer à ma présence.

— Le Dr Grable ne me posait jamais toutes ces questions idiotes.

— Mon approche est différente de la sienne, déclara-t-il simplement. Et je pense que mes questions vous permettront d'aller mieux…

— Vous ne pouvez rien pour moi, rétorqua-t-elle. Je suis folle. Psychotique. Je dois rester ici.

Ed baissa les yeux sur sa feuille. « A peur d'être saine d'esprit ? » écrivit-il.

— Faisons un marché, proposa-t-il. Moi je ne parle plus de vous aider à aller mieux, et vous, vous me parlez de Liliana. Prenez un jour au hasard, un jour où il ne s'est rien passé de particulier, où votre fille et vous étiez toutes les deux, simplement. Je suis sûr que vous pouvez y arriver.

Constance se leva et s'approcha de la fenêtre, regardant fixement le jardin. De longues secondes passèrent. Ed commençait à perdre espoir. C'est alors qu'elle entrouvrit une porte sur son passé.

— Nous habitions à Manhattan, expliqua-t-elle. L'été qui a précédé le quatrième anniversaire de Liliana, il faisait une chaleur insoutenable. Mes grands-parents m'invitaient constamment à venir chez eux pour échapper à la moiteur de la ville, mais Victor refusait que je parte. Il inventait tout le temps des excuses pour me retenir, prétendant que nous avions des engagements à New York. Et puis, un jour qu'il était à Washington, j'ai décidé d'accepter l'invitation de mes grands-parents et de passer le week-end avec eux. A ce moment-là, Eva, notre gouvernante, était encore avec nous, et je savais qu'elle ne me trahirait pas.

Elle se tut soudain.

— Pourquoi Victor refusait-il que vous rendiez visite à vos grands-parents ? demanda Ed.

— Je ne sais pas, répondit-elle du tac au tac.

Comme elle tournait légèrement la tête, Ed vit qu'elle rougissait d'avoir menti de façon si criante.

— Lili et moi avons passé un week-end merveilleux, poursuivit-elle aussitôt. Un week-end de trois jours, en fait, parce que nous sommes arrivées le vendredi pour le déjeuner et nous ne sommes reparties que le lundi en fin de matinée. La maison de mes grands-parents était juste au bord de la mer. Nous avons passé presque tout notre temps sur la plage. Le samedi après-midi, grand-père a construit un château de sable avec Lili. Ils se sont amusés comme des petits fous. Avec elle, il ne s'énervait ni ne s'impatientait jamais. C'était un des hommes les plus gentils que j'aie jamais connus, et Lili l'adorait, elle aussi. Ma grand-mère était allongée dans une chaise longue, à l'ombre d'un immense parasol. Avec son éventail géant en paille tressée, elle avait l'air de ces vieilles dames excentriques qui vivaient autrefois aux confins de l'Empire britannique.

La voix de Constance se brisa tout à coup. Elle se tut.

— Je ne peux pas continuer, murmura-t-elle.

— Si, Constance, je suis sûr que vous en êtes capable, insista-t-il avec douceur. Reprenez, je vous en prie. J'aime beaucoup vous entendre raconter votre séjour avec vos grands-parents. Où habitaient-ils ? A proximité de Manhattan ?

Constance prit appui d'une main sur l'encadrement de la fenêtre. Elle suivit des yeux une goutte de buée qui glissait sur la vitre.

— Ils habitaient à Hatterington, répondit-elle. C'est une petite ville à l'extrémité de Long Island. Quand j'étais enfant, je passais presque tous mes étés chez eux. Et lorsque je suis entrée au collège, je me suis installée là-bas de façon permanente. Quand Elena et moi nous y sommes rencontrées, elle avait dix ans, et moi neuf. Nous avons appris ensemble à nager. Après cela, nous sommes restées amies toute notre vie.

« Qui est Elena ? » écrivit Ed, peu désireux d'interrompre le récit de Constance.

— J'ai toujours adoré me baigner, poursuivit-elle. Lili aussi. Elle tenait ça de moi, bien sûr, parce que Victor, lui, a peur de l'eau, même s'il ne l'a jamais avoué à personne. Et ce week-end-là, Lili était au paradis. Elle a barboté dans la mer la moitié du temps. Au début, elle nageait en agitant les bras, mais dès le dimanche après-midi, elle plongeait déjà le visage sous l'eau et réussissait presque le crawl. Elle était tellement fière qu'elle est restée dans l'eau pendant des heures. J'ai fini par craindre qu'elle ne prenne des coups de soleil. Elle avait la peau si claire, ma petite chérie ! Mais bien sûr, quand grand-mère et moi avons essayé de la convaincre de venir s'asseoir sous le parasol pour écouter une histoire, elle a refusé net.

Constance baissa la tête. Le flot de ses souvenirs semblait brusquement tari.

— A-t-elle pris des coups de soleil ? demanda Ed pour l'encourager.

— Non, pas vraiment, répondit-elle d'un ton las. Elle a juste rougi un peu. Ma grand-mère lui avait acheté un petit chapeau de coton blanc orné de fraises et d'abeilles, et une serviette de plage assortie. Lili aimait bien s'envelopper dans la serviette, mais elle détestait le chapeau. Comme elle n'arrêtait pas de l'enlever, je devais le remettre tout le temps. Petit à petit, c'est devenu un jeu entre nous. Elle retirait le chapeau, s'asseyait dessus, et moi je lui tapotais les fesses jusqu'à ce qu'elle roule sur le côté en gloussant.

La voix de Constance se brisa de nouveau. Elle prit une inspiration bruyante.

— Pourquoi est-ce que je dis tout ça ? marmonna-t-elle comme si elle se parlait à elle-même.

Elle fit volte-face, les mains sur les hanches. Ses yeux jetaient des éclairs. A sa plus complète stupéfaction, Ed se rendit compte qu'elle avait dû être très belle dans sa jeunesse.

— Allez au diable, docteur Foster ! s'exclama-t-elle. Pourquoi me torturez-vous ainsi ? Je ne veux pas me souvenir de toutes ces choses, je ne veux pas !

Et tout à coup, elle éclata en sanglots.

— Je ne veux pas, murmura-t-elle. C'est impossible…

— Bon, nous allons en rester là pour aujourd'hui, dit Ed d'un ton apaisant.

Il se mit debout, glissa un bras autour des épaules de Constance et la guida jusqu'au fauteuil, où elle pleura quelques instants en silence, le corps secoué de tremblements.

— Nous n'allons plus évoquer Liliana, c'est promis, assura-t-il. En tout cas pas aujourd'hui. Parlez-moi plutôt de Victor.

Constance fit un bruit de gorge à mi-chemin entre le cri de désespoir et le rire.

— Vous croyez peut-être que ça vaut mieux ! marmonna-t-elle d'une voix sarcastique.

— Je ne sais pas. A vous de me le dire. Qui est Victor ?

En fait, Ed connaissait déjà la réponse à cette question. En se renseignant auprès de la comptabilité, il avait découvert que les factures de Constance étaient payées par M. Victor Rodier, son ex-mari. Un personnage éminent — même dans l'univers des pensionnaires de Merton House, qui avaient tous d'excellentes relations. Actuellement, M. Rodier était un juge du *Ninth Circuit* — un des plus influents cercles de juges aux Etats-Unis —, mais cette fonction était de la petite bière en comparaison de ce qui l'attendait : le président des Etats-Unis venait d'annoncer son intention de le nommer à la Cour Suprême, Olympe du pouvoir judiciaire américain, dont l'un des neuf sièges venait de se libérer suite au décès du juge Williams.

Ed avait lu dans la presse que le FBI effectuait une enquête de routine sur M. Rodier ; les médias, fidèles à eux-mêmes, tentaient de dénicher une faille dans sa vie privée. Mais tout le monde s'accordait à dire que la nomination de Victor Rodier passerait comme sur du velours auprès de la Commission sénatoriale judiciaire, puis serait approuvée quasiment à l'unanimité par le Sénat réuni en séance plénière. La Maison-Blanche, qui d'ordinaire ne brillait pas par son efficacité à présenter des candidats irréprochables aux postes de grands commis de l'Etat, avait cette fois dégoté un authentique pur-sang : un juriste qui, non seulement avait l'approbation de la redoutée Association judiciaire américaine, mais réussissait aussi à satisfaire les consciences de gauche sans offenser les principes conservateurs de la droite. Un vrai miracle.

Ed reporta son attention sur Constance, qui fixait de nouveau le sol. Son armure s'était refermée sur elle, masquant toutes ses émotions. Manifestement, elle rechignait à parler de Victor Rodier. Ed sentait pourtant que sa réticence à ce sujet était moins forte que pour Liliana.

— Qui est Victor ? insista-t-il. Dites-le-moi, s'il vous plaît.

Elle haussa les épaules.

— Mon mari, marmonna-t-elle. Enfin, mon ex-mari. Le Très Honorable M. Victor Rodier, gratin du gratin des juristes américains.

— Ah oui, bien sûr. J'ai entendu parler de lui. C'est un homme très brillant, très respectable…

Silence.

— Savez-vous qu'il est pressenti pour remplacer le juge Williams à la Cour Suprême ? demanda Ed.

— Oui, je sais. J'ai lu ça dans le journal de dimanche. Victor doit être très heureux.

Ed l'observait attentivement ; c'est ainsi qu'il nota la très légère incurvation des lèvres de Constance vers le bas, un peu comme si elle venait d'avaler quelque chose de rance. Pourquoi était-elle mécontente ? Parce que Victor allait siéger à la Cour Suprême ? Ou parce qu'il était heureux ?

— On dirait que vous êtes en colère, Constance, observa-t-il. Pourquoi n'aimez-vous pas Victor ?

Elle le regarda droit dans les yeux. Il eut soudain le sentiment troublant qu'elle était sur le point de lui faire part d'un secret de première importance. Puis son regard se voila, et elle fixa la fenêtre d'un air absent.

— Je ne vois pas ce que vous voulez dire, docteur Foster, répondit-elle. Je n'ai jamais dit que je n'aimais pas Victor. C'est un homme admirable. Tout le monde sait cela.

— Mais vous n'êtes pas « tout le monde », Constance, objecta-t-il. Donnez-moi franchement votre avis : Victor est-il un homme admirable ?

— Bien sûr.

— Pourquoi ?

— Il est très bon envers moi. Il comprend que je suis folle, et il m'a pardonné ce… ce que j'ai fait. Il paie mon séjour ici, et il me rend visite une fois par an pour s'assurer que tout va bien. Combien d'hommes agiraient de la sorte ?

— Il vous rend visite une fois par an ? répéta Ed. Il vient encore vous voir, après toutes ces années ?

Ed était sincèrement surpris. Payer les factures de Merton House, c'était une chose — quand on est riche, l'argent se dépense aisément. Prendre sur son temps pour rendre visite à une ex-épouse désespérément folle, c'était bien autre chose. Un effort tout à fait remarquable.

— Tous les ans, invariablement, juste après Thanksgiving, expliqua Constance d'une voix lasse. Il ne manque jamais ce rendez-vous. Attendez un peu de voir le panier de fruits et de chocolats qu'il apporte aux infirmières. Elles sont toutes folles de lui. Et je crois savoir qu'il avait l'habitude de faire livrer une caisse de bourgogne à votre prédécesseur. Il en fera de même pour vous, sans aucun doute. Petite marque d'estime de la part d'un philanthrope reconnu. Envoyé en signe de gratitude, voyez-vous, pour la peine que vous prenez à si bien vous occuper de sa pauvre cinglée d'épouse.

— Ex-épouse, murmura Ed en notant *Thanksgiving* sur son carnet.

Il entoura le mot au crayon. Victor Rodier rendait visite à Constance après Thanksgiving, fin novembre — le seul moment de l'année où elle avait des crises violentes. Coïncidence ? Ces visites favorisaient-elles les accès d'angoisse ? Les provoquaient-elles carrément ? Ed retint un soupir. Pourquoi diable personne n'avait-il fait le rapprochement entre les deux événements ? Dans le dossier de Constance, il n'y avait pas la moindre allusion à ce sujet. Il fallait bien dire que les rapports psychiatriques concernant la patiente étaient aussi minces que vagues, ce que Ed considérait comme inadmissible de la part de ses collègues. Et cela, sans parler du fait que les documents rédigés au moment de l'arrivée de Constance à Merton House étaient introuvables. Jusqu'à présent, en tout cas, le responsable des archives n'avait pas réussi à mettre la main dessus !

— Je crois savoir que votre mari a demandé le divorce il y a dix-sept ans, soit neuf ans après votre hospitalisation, déclara-t-il. Pourquoi a-t-il attendu si longtemps ? Espérait-il vous voir guérir et reprendre la vie conjugale ?

Constance poussa un grognement agacé.

— Non, railla-t-elle. Victor n'avait nullement l'intention de faire revivre notre mariage.

— Alors pourquoi a-t-il attendu neuf ans avant de divorcer ?

— C'est très facile à expliquer, répondit-elle sèchement. Il attendait que mes grands-parents meurent, de sorte qu'il puisse contrôler mes avoirs. C'était très rusé de sa part.

— Pourquoi ? Je ne comprends pas...

— Il a raflé toutes mes possessions, trancha Constance. Tout le monde croyait qu'après la mort de Liliana, mes grands-parents m'auraient rayée de leur testament, mais en réalité, j'ai hérité d'une fortune de vingt-huit millions de dollars. Dont la totalité est aujourd'hui administrée en mon nom par Victor. Il me semble que sa patience a généreusement porté ses fruits, vous ne croyez pas ?

6.

Long Island — Jeudi 13 juin 1996

Jess comprenait mieux pourquoi, au cinéma, les détectives privés se plaignaient constamment d'avoir mal aux pieds. Bien que le début de son enquête ne remontât qu'à deux jours, elle était déjà arrivée à la conclusion que les atouts essentiels d'un bon détective étaient, par ordre d'importance, une paire de chaussures confortables et une détermination à toute épreuve. Pour l'heure, la douleur aux pieds restait supportable ; sa détermination, elle, commençait sérieusement à flancher.

Elle fut la seule passagère à descendre du train à la minuscule gare de Hatterington, qui se trouvait sur la rive nord de Long Island, non loin de Sagamore Hill où avait autrefois résidé le président Theodore Roosevelt. Le chauffeur de l'unique taxi stationné dans la rue parlait juste assez l'anglais pour que Jess comprenne qu'il n'avait jamais entendu parler de Bartlett House, ni de M. et Mme Wendell P. Grant. Il fut cependant à même de lui préciser que Old Cove Road, où se trouvait la maison qu'elle recherchait, couvrait une distance de plus de quinze kilomètres de long. Autant oublier son projet de se promener dans une agréable avenue bordée de villas pittoresques, parmi lesquelles elle aurait découvert aisément celle des Grant ou de quelqu'un de leur connaissance.

L'idée de revivre une séance d'investigation dans des archives publiques la rebutait profondément, mais c'était le seul moyen d'obtenir un renseignement valable sur Bartlett House. Aussi, résistant aux tentations qu'offraient les multiples cafés et glaciers de la rue principale de Hatterington, s'avança-t-elle jusqu'à la Grand-place, où elle trouva les bâtiments administratifs de la ville.

Au bout de quelques minutes de recherche, l'employé du service des impôts locaux fut en mesure de lui répondre qu'il y avait huit propriétés le long de Old Cove Road, classées suivant leur numéro, et qu'aucune d'elles n'appartenait à un quelconque M. Grant.

Jess poussa un profond soupir de résignation. Qu'avait-elle donc espéré ? Si les informations concernant les Pazmany avaient été si faciles d'accès à travers l'Etat de New York, les services sociaux se seraient vite rendu compte que l'enfant assise à l'arrière de la voiture accidentée n'était pas Jessica Marie. Quoi qu'il en soit, elle pouvait quand même demander à l'employé d'essayer de chercher à qui appartenaient les maisons de Old Cove Road en 1969. Et pour cela, elle n'avait pas à inventer d'excuse farfelue, puisque les registres des impôts locaux relevaient du domaine public et qu'il lui suffisait de payer un écot de cinq dollars pour y avoir accès. L'employé plongea le nez dans un énorme classeur de cuir d'aspect assez vieillot, puis en refit surface avec une information capitale : en 1969, le lot numéro six de Old Cove Road appartenait en indivision à M. Wendell P. Grant et Mme Olivia Naughton Grant. Il comprenait la propriété principale, ainsi que douze hectares de terrain et « diverses dépendances ».

— Etant donné que le plan d'occupation des sols de cette artère n'a pas changé, je peux vous montrer très précisément où se trouvait… où se trouve la propriété, précisa l'employé.

Il étala un plan touristique de la commune sur le comptoir et y traça au feutre violet une ligne qui allait de la Grand-place à un bout de route côtière situé à l'extrémité ouest de la ville.

— C'est là, annonça-t-il. Je connais cette demeure. Une magnifique maison, qui doit avoir au moins cent ans. On ne la voit pas très bien de la rue, mais je fais du bateau, et croyez-moi, de la mer, le spectacle vaut le coup d'œil !

— Savez-vous qui en est le propriétaire aujourd'hui ?

— Pas de mémoire, mais je peux chercher. Voyons, c'est le lot numéro six, fiche cinq cent vingt-sept du registre foncier, sur Old Cove…

Il se mit à siffler un vieux tube des Beatles tandis qu'il parcourait des yeux une sortie papier du fichier informatique des impôts locaux de l'année en cours.

— Voilà.

Il posa une règle sous la ligne qui l'intéressait.

— Bartlett House appartient à une société privée, Ocean View Properties. Pour le calcul de l'impôt, elle est évaluée à 3,9 millions de dollars, mais c'est une estimation d'il y a trois ans. Elle doit être revue cette année, et il est très probable que l'impôt sera relevé.

Jess eut peine à cacher sa déception. Encore une piste qui lui filait entre les doigts.

— Elle appartient à une société privée ? répéta-t-elle. Vous voulez dire qu'elle a été transformée en hôtel ou quelque chose dans le genre ?

En ce cas, ce n'était même pas la peine qu'elle s'y rende. Ses chances d'y retrouver quelqu'un qui se souviendrait des Grant étaient quasi nulles. En outre, si Bartlett House pesait près de quatre millions de dollars aujourd'hui, elle avait dû déjà valoir une petite fortune en 1969. Ce qui signifiait qu'en toute probabilité, les Grant avaient tout simplement été les bienfaiteurs de Jessica Marie, une pauvre petite fille atteinte de leucémie, et non les amis intimes de la famille Pazmany. Car enfin, il fallait regarder la situation en face : comment une infirmière et un menuisier de Queens auraient-ils jamais pu faire la connaissance de gens qui habitaient une propriété centenaire dans une des villes les plus huppées de Long Island ?

— Ce n'est pas un hôtel, répondit l'employé en secouant la tête. Officiellement, c'est une résidence privée.

— Alors qui y vit ? Le savez-vous ?

— Aucune idée.

Il haussa les épaules en refermant le lourd classeur.

— Les habitants de Hatterington tendent à préserver jalousement leur intimité, reprit-il. C'est pour cela qu'ils paient des fortunes pour s'installer ici. Et les gens de Old Cove Road ne frayent pas avec les ploucs dans mon genre.

— Mais qu'est-ce que ça signifie, si elle appartient à une société privée ?

— Oh, il y a plusieurs hypothèses. Ocean View est peut-être le siège d'une holding japonaise. Ou bien c'est la société écran d'un prince du pétrole du Moyen-Orient. Ici, il ne serait pas le premier ! Ou alors, c'est une compagnie américaine basée à Manhattan dont le P.-D.G. aime passer ses week-ends d'été dans la région. C'est courant, vous savez. Le P.-D.G. se paie une belle villa sur la plage, y distrait ses clients une poignée de fois dans l'année et en inclut tous les coûts de fonctionnement dans le budget de sa compagnie. Si vous voulez vraiment savoir qui possède cette propriété, vous devez découvrir qui se cache derrière Ocean View Properties. Allez donc faire un tour à la bibliothèque. On vous expliquera comment procéder. Vous ne pouvez pas la manquer, elle est juste à l'entrée de South Street.

— En fait, ce sont les Grant qui m'intéressent, plus que la maison et ses propriétaires actuels.

— Alors vous aurez plus de succès du côté de l'Association des amis de Hatterington, expliqua l'employé. Elle possède des photographies et des tas de documents sur toutes les maisons bâties avant la Seconde Guerre mondiale. Et aussi sur les familles qui les occupaient, bien sûr. Mais comme les membres de cette association sont tous des bénévoles, elle n'est ouverte que le week-end.

— Bien. Je reviendrai peut-être demain, mentit Jess.

Elle n'avait aucune envie de refaire le voyage jusqu'à Hatterington. Son idée de retrouver les Grant, qui l'avait d'abord enthousiasmée, lui paraissait soudain absurde. En outre, il était évident que les documents concernant Bartlett House ne lui apporteraient aucun renseignement sur Rudolph et Elena Pazmany.

— Merci, je vous suis très reconnaissante de votre aide, ajouta-t-elle en souriant, avant de quitter le bureau.

Tandis qu'elle descendait les marches du bâtiment administratif, savourant sur son visage la caresse du soleil de ce bel après-midi de printemps, elle songea qu'elle avait bien envie de suspendre son enquête pour le moment et de passer la fin de la journée à découvrir les nombreux antiquaires, cafés et épiceries fines de Hatterington. La Grand-Rue lui offrait mille façons de perdre la ligne en moins de temps qu'il n'en fallait pour le dire, ce qui constituait une perspective tout à fait réjouissante.

Le chauffeur de taxi qu'elle avait rencontré à la sortie de la gare mit un terme à sa rêverie. Ne voulant sans doute pas renoncer à ce qui pouvait être son unique course de l'après-midi, il était venu de lui-même l'attendre sur la place.

— Vous trouvez maison, madame ? demanda-t-il en se penchant à sa vitre.

— Oui, merci…

Il jaillit de la voiture et en ouvrit la portière arrière.

— Je vous mène à maison, madame. Après, je vous mène à gare. Vous prenez le train à 4 h 30 pour New York. Sinon, pas train avant 9 heures.

De l'autre côté de la place, un glacier dont la devanture évoquait une carte postale du début du siècle attirait irrésistiblement le regard de Jess. Mais enfin ! se dit-elle. Puisqu'elle avait fait tout ce chemin, elle ne pouvait tout de même pas refuser de jeter un œil sur Bartlett House. Peut-être M. Ocean-View-Properties serait-il chez lui et se révélerait-il une véritable mine de renseignements au sujet des Grant ? Et même s'il n'y avait personne, elle n'aurait pas à se reprocher de n'avoir pas suivi jusqu'au bout l'une des pistes susceptibles de la conduire aux Pazmany. C'était bien pour cela qu'elle avait fait le voyage de Long Island !

— D'accord, dit-elle en présentant au chauffeur le plan de la commune que lui avait donné l'employé administratif. Je veux aller là. Est-ce loin ?

Il regarda le plan une fraction de seconde.

— Trois kilomètres. Vous aurez train. Pas de problème.

Il claqua la portière derrière elle, puis démarra en trombe, roulant largement au-dessus de la vitesse autorisée. Jess agrippa l'accoudoir de la portière et serra les dents tandis que le taxi filait dans les rues étroites et sinueuses qui n'avaient manifestement pas été redessinées depuis l'époque des calèches. Finalement, le chauffeur pila dans un crissement de frein assourdissant devant une large grille à deux battants ombragée par des cerisiers noueux. Il tendit le bras vers l'allée de gravier serpentine qui se profilait derrière la clôture.

— Voilà, déclara-t-il. La porte est fermée clé. Vous marchez jusqu'à maison. J'attends.

Il sortit de la voiture et s'assit au bord du capot en allumant une cigarette. Jess descendit du véhicule sans se donner la peine de dissimuler son exaspération.

— Si la grille est fermée à clé, comment suis-je censée m'approcher de la maison et me faire connaître des gens qui vivent ici ? s'exclama-t-elle.

Le chauffeur désigna la plage, que l'on entrapercevait au-delà d'un bosquet de pins et de mélèzes.

— Par là. Marchez !

Il tira une bouffée de sa cigarette, l'air très satisfait. Bien sûr ! se dit Jess, maussade. Il avait toutes les raisons d'être content puisque son fichu compteur continuait de tourner.

Elle scruta la propriété à travers la grille de fer forgé, essayant de déterminer s'il s'y trouvait quelqu'un. Oui, sans doute, puisqu'on entendait le ronronnement d'une tondeuse. Mais ce n'était peut-être que le jardinier : avec douze hectares de terrain à entretenir, il était peu probable que M. Ocean-View-Properties se charge lui-même de couper son gazon. Sur les piliers en acier qui flanquaient la grille, il n'y avait ni bouton de sonnette, ni Interphone. Jess saisit un des barreaux et le secoua à deux mains, mais personne ne répondit. Comment diable les visiteurs qui venaient ici se faisaient-ils connaître de leurs hôtes ? Jess trouva une unique explication : dans une propriété à quatre millions de dollars, un invité n'arrivait pas sans son téléphone cellulaire.

Le chauffeur de taxi avait raison : pour atteindre la maison, elle devait passer par la plage. « Autant dire adieu à mon pantalon en lin », songea-t-elle en s'engageant entre les arbres, dans la végétation épineuse du sous-bois. Heureusement, le spectacle qui l'accueillit quand elle émergea sur le sentier de gravier qui séparait la plage et la propriété privée justifiait presque le sacrifice de son vêtement.

La plage était large d'au moins vingt mètres. Une ligne de petits cailloux et d'algues déposés par la dernière marée marquait la frontière entre le sable mouillé du bord de l'eau et celui, sec et vallonné, qui rejoignait la maison. Tandis que la forte odeur iodée de la mer lui chatouillait les narines, Jess vit une volée de mouettes tournoyer dans le ciel et plonger vers le sable, cherchant de quoi se nourrir dans les petites mares au creux des rochers. Elle prit une profonde inspiration, emplissant ses poumons d'une grande bouffée d'air humide, délicieusement frais. Le bruit des vaguelettes qui lapaient le rivage exerçait sur elle une sorte de fascination et, l'espace d'un instant, elle eut l'impression déconcertante d'avoir déjà vu cet endroit. Mais avant qu'elle ait pu tenter de comprendre pourquoi la scène lui semblait si familière, la sensation avait disparu.

Peut-être cette plage lui évoquait-elle un souvenir agréable de son enfance ? Elle se rappelait précisément la première fois où Papy Gene les avait emmenés, les garçons et elle, sur son lieu de pêche favori au bord du lac Erié, au nord-est de Cleveland. Elle devait avoir six ou sept ans. C'était à l'époque peu regrettable où le lac n'avait pas encore été nettoyé, où les poissons étaient imbibés de mercure et de Dieu seul sait quelle autre substance nocive qui faisait qu'on ne pouvait manger le fruit de sa pêche sans risquer de se griller les intestins. Alors ils avaient rejeté dans le lac tout le poisson qu'ils avaient attrapé — ce dont Jess s'était félicitée —, et ils avaient fait cuire des saucisses sur le barbecue. Puis, comme elle nageait déjà bien mieux que Todd et Matt, elle les avait battus deux fois à la course pour leur prouver que les filles avaient de quoi en remontrer aux garçons. Après quoi elle les avait laissés s'épuiser dans l'eau et elle avait cajolé Papy Gene jusqu'à ce qu'il accepte de faire un château de sable avec des tourelles, des remparts et des douves dans lesquelles ils avaient mis un petit bateau en plastique. Ce bateau, Jess s'en souvenait, était le cadeau-surprise d'une boîte de biscuits que Todd lui avait offert.

Jess sentit sa gorge se nouer. Papy Gene avait été un homme tellement merveilleux ! Il avait beau avoir commis une erreur en lui cachant la lettre de Magda Mizensky et la mort de la véritable Jessica Marie, elle était certaine qu'il avait agi ainsi pour la protéger.

Elle cligna des yeux et, refoulant ces souvenirs aigres-doux, enfonça le bout de sa sandale dans le sable. Si de tout temps elle avait aimé la mer, cette plage lui paraissait exceptionnellement belle. Elle imaginait tout à fait une petite fille de trois ou quatre ans y jouant à faire des pâtés, puis courant se rafraîchir au bord de l'eau avant de trottiner jusqu'à la maison pour réclamer un verre de limonade ou une glace à l'eau. Etonnant, même, comme elle pouvait presque se représenter toute une famille sur cette plage : la grand-mère et la mère riant avec émotion et suivant des yeux le grand-père qui aidait la fillette à construire un beau château. Il fallait encore des seaux de sable humide pour le donjon. Et quand sa mère ne la regardait pas, elle retirait aussi sec son petit chapeau. Le seau à la main, elle filait vers le rivage puiser de l'eau pour les douves… « Non, pas si vite ! » songea tout à coup Jess. Tout cela, c'était ce qu'elle avait fait avec Papy Gene au lac. Et certainement pas ici, au bord de la mer.

Jess refoula ces images à la fois vivaces et confuses, et s'engagea sur le sentier qui remontait vers la maison. Bartlett House était une construction de bois et de brique qui devait remonter aux années 1880, avec de larges fenêtres à l'anglaise, une véranda à l'ancienne et une vaste tourelle dotée de nombreuses fenêtres d'où la vue sur la mer devait être splendide. Jess comprenait tout à fait pourquoi M. Ocean-View-Properties avait souhaité acquérir cette demeure. Elle-même n'aurait pas dit non si elle avait eu de côté quatre millions de dollars superflus. Cette pensée lui arracha un large sourire.

Entre la plage et l'arrière de la maison, le terrain était agencé dans un style que l'on pouvait qualifier de « jungle maîtrisée ». La végétation, très abondante, semblait avoir poussé là, simplement, sur ordre de la nature ; le moindre buisson était taillé de sorte à présenter le feuillage le plus épanoui possible. Mais en fait, chaque arbre était émondé et soigné, et la terre épurée de toute mauvaise herbe. Les jardiniers avaient récemment œuvré sur le lierre de la tonnelle qui courait entre la maison et les écuries, y laissant quelques longues branches qui pendaient jusqu'au sol et donnaient à l'ensemble un savant effet naturel. Les branches coupées attendaient d'être emportées dans de grands paniers en osier.

Jess envisagea de sonner à la porte de derrière, puis décida que c'était une façon bien trop cavalière de s'annoncer dans une propriété de cette classe. Alors qu'elle contournait la maison, elle aperçut enfin la tondeuse dont le bourdonnement insistant n'avait pas cessé depuis qu'elle était descendue du taxi. Le conducteur de l'engin, qui portait un casque sur les oreilles, paraissait concentré sur son travail et hermétique à tout ce qui se passait autour de lui. Au loin, du côté de la grille, deux hommes s'occupaient de parterres ornés d'impatiens et de géraniums dont les roses, rouges et mauves offraient un splendide et harmonieux spectacle.

La maison était aussi bien entretenue que ses alentours. Non seulement les peintures étaient d'un blanc immaculé et la brique des murs décapée, mais les vitres des fenêtres étincelaient sous le soleil et les marches du perron semblaient avoir été astiquées le matin même. Entretenir ainsi une telle résidence devait coûter une fortune, se dit Jess. Bartlett House ne manquait certes pas de charme, mais plus elle la découvrait, plus elle doutait de trouver dans ce cadre luxueux une personne qui aurait entendu parler d'une obscure famille d'immigrants appelée Pazmany.

N'empêche, puisqu'elle était ici, elle n'avait qu'à aller au bout de sa démarche. La première fois qu'elle sonna à la porte d'entrée, personne ne répondit. Elle pressa de nouveau le bouton et patienta. Le battant s'ouvrit alors sur une femme d'une cinquantaine d'années, mince, austère, dont les joues tombantes rappelaient celles d'un basset. Elle portait un short de serge kaki, des chaussettes montantes et un chemisier à col rond : l'uniforme bon chic bon genre par excellence.

— Oui ? demanda-t-elle sur un ton d'une extrême impatience.

— Excusez-moi de vous importuner, répondit Jess, mais je me demandais s'il serait possible de parler à quiconque connaîtrait bien cette maison, et surtout la famille qui y habitait autrefois.

La femme la toisa d'un regard hautain et ennuyé.

— Comme vous avez sonné à la porte, j'ai cru que vous faisiez partie de l'équipe des jardiniers.

Les jardiniers osaient se présenter devant cette matrone ? Eh bien, ils avaient du courage ! Jess plaqua son sourire le plus poli sur ses lèvres.

— Non, je ne suis pas avec eux. Mon nom de jeune fille est Jessica Marie Pazmany, et j'espérais m'entretenir avec l'un ou l'autre des membres de la famille qui possède cette maison…

— Comment êtes-vous arrivée ici ? l'interrompit la femme d'un air soudain inquiet.

Jess sentit son sourire se figer.

— Je suis passée par la plage…

— Le seul moyen d'accéder à cette maison depuis la plage est de traverser une propriété privée. Vous avez commis une infraction !

— Je suis désolée, je ne veux pas déranger, assura-t-elle, mais c'est vraiment très important. J'essaie de rassembler des renseignements sur la famille qui occupait cette maison autrefois. La famille Grant. M. et Mme Wendell P. Grant. Ils habitaient encore ici en 1969. Sauriez-vous par hasard où je puis les retrouver ? Je désire leur parler de la famille Pazmany. Vers l'âge de quatre ans, j'ai été adoptée à la suite d'un accident d'automobile, et je crois qu'il pourrait y avoir un rapport entre les Grant et…

L'expression de la femme passa du dédain à la colère.

— Vous ne renoncez donc jamais ? Allez donc ennuyer quelqu'un d'autre, avec vos questions stupides ! Laissez mon mari en paix, ou j'appelle la police.

Et, sur ces mots, elle recula et lui claqua la porte au nez.

Jess cilla tandis que le bruit du battant heurtant le chambranle résonnait à travers son crâne. Manifestement, cette femme l'avait confondue avec quelqu'un d'autre. Mais qui donc ? Une démarcheuse trop insistante ? La représentante d'une obscure secte religieuse ? Elle songea un instant à sonner de nouveau pour essayer de préciser les raisons de sa visite. Mais ne trouvant aucun moyen de les exprimer de façon concise et rapide, elle préféra renoncer.

Devait-elle revenir dans le centre-ville et interroger, par exemple, les bibliothécaires, qui se souviendraient peut-être des Grant ? Ou retourner illico à Manhattan ? Elle pourrait toujours adresser un courrier à M. Ocean-View-Properties, ici à Bartlett House, pour se présenter et lui expliquer pourquoi elle désirait joindre les Grant. D'un autre côté, elle doutait de plus en plus que ces gens soient capables de l'aider. Car à supposer même qu'ils se souviennent de Jessica Marie, n'était-il pas insensé de s'attendre à ce qu'ils connaissent l'identité de l'enfant qui voyageait avec les Pazmany le jour de l'accident ? Le lien qui unissait toutes ces personnes, s'il existait, était bien trop ténu pour que quiconque s'en souvienne vingt-six ans après les faits.

Jess était parvenue à mi-chemin de l'allée de gravier lorsqu'elle se rappela que la grille était fermée à clé et qu'il lui faudrait regagner la route par la plage. Elle fit rapidement demi-tour, accélérant le pas. Mais elle était à ce point absorbée dans ses pensées qu'elle ne remarqua qu'à la dernière seconde le vieil homme qui, sur sa gauche, élaguait un buisson. Elle le bouscula dans son élan.

— Regardez où vous mettez les pieds ! grogna-t-il.

— Pardonnez-moi. Je ne vous avais pas vu.

— Toujours trop pressés, voilà le problème des gens d'aujourd'hui ! Tout le monde va trop vite !

L'homme toussa bruyamment sur sa cigarette, avant de se remettre à tailler le massif.

— Les jardins sont magnifiques, observa Jess pour tenter de se faire pardonner. C'est vous qui avez la responsabilité de les entretenir ?

— Depuis trente ans et plus, marmonna l'homme. Autrefois j'étais employé ici à plein temps. Mais maintenant, j'ai mon entreprise. De nos jours, plus personne n'a de jardinier à domicile, mille fois hélas.

Jess retint son souffle. Seigneur, se trouvait-elle réellement en face du vénérable serviteur familial qu'elle avait tant rêvé de rencontrer ?

— Vous avez donc dû connaître les Grant, observa-t-elle d'un ton aussi détaché que possible. Vous savez, la famille qui habitait ici à la fin des années soixante.

Il écrasa son mégot sur une feuille de laurier humide, puis le jeta dans une brouette pleine de déchets végétaux.

— Ça se pourrait. Z'êtes journaliste ?

— Non, je suis chargée de relations publiques. Je m'occupe de la promotion du Colorado auprès des entreprises nationales et internationales.

Il donna au buisson de vigoureux coups de cisaille.

— Le Colorado ? Qu'est-ce que vous fichez ici, alors ? grogna-t-il. Si vous voulez mon avis, tous ces boulots dans l'administration, ça ne sert qu'à ficher en l'air l'argent du contribuable.

Jess s'intima l'ordre de garder son calme. Ce type n'était certes pas un charmeur, mais s'il travaillait ici depuis plus de trente ans, il avait dû être employé par les Grant. Cela valait bien un effort pour le persuader de fouiller sa mémoire.

— Pour des raisons personnelles, je désire vraiment retrouver M. ou Mme Grant, expliqua-t-elle patiemment. Je vous serais très reconnaissante de m'indiquer où je peux les retrouver.

— Reconnaissante ? fit le jardinier en se grattant le menton. Jusqu'à quel point ?

Jess se rendit compte qu'il voulait monnayer ses confidences. Hum, tant pis pour l'image bienheureuse du bon vieux domestique relatant la larme à l'œil les événements du passé ! Elle sortit un billet de vingt dollars de son sac à main et le lui tendit.

— Tenez. Alors, vous rappelez-vous où se trouvent les Grant ? demanda-t-elle.

Il plia le billet et le glissa avec précaution dans la poche de sa salopette trop ample. Puis il pointa un doigt dans la direction de la ville.

— Là-bas, à Raynham Hill, déclara-t-il. Près de Frithport. Pouvez pas les manquer.

Jess eut peine à cacher son enthousiasme. Ainsi, les Grant s'étaient tout simplement installés dans une localité voisine.

— Fantastique ! s'exclama-t-elle. Auriez-vous leur adresse exacte ?

— Pas besoin d'adresse. N'avez qu'à demander au type de l'entrée. Il vous indiquera où ils sont.

Il lui tourna le dos et porta un coup de cisaille mortel à une brindille rebelle.

— Raynham Hill, reprit-il. A Frithport, n'importe qui vous dira où ça se trouve.

— Les Grant habitent dans un village privé ? demanda-t-elle, perplexe. Je ne savais pas qu'il en existait sur Long Island.

Le jardinier sembla se remettre à tousser, puis Jess comprit qu'il riait.

— Raynham Hill, c'est un cimetière ! rectifia-t-il. C'est là-bas que sont enterrés M. et Mme Grant. Depuis une bonne vingtaine d'années, d'ailleurs !

En achevant devant Dan le récit de son lamentable après-midi, Jess prit conscience avec soulagement qu'elle était à présent capable d'en rire. Elle se renversa contre le dossier de sa chaise et sirota son vin, tandis que les frustrations de la journée s'évacuaient peu à peu. Comment son ex-mari s'y était-il pris pour l'inviter encore à dîner ? Deux soirs de suite ? Mystère ! Plus mystérieux encore, elle était extrêmement contente de se retrouver avec lui au lieu de se morfondre seule dans sa chambre d'hôtel à essayer de décider si elle devait rester à New York afin de poursuivre son enquête ou rentrer à Denver et engager un détective privé.

Elle balança doucement le verre à pied entre ses doigts, regardant le bourgogne lécher le cristal.

— Je ne comprends toujours pas comment j'ai pu imaginer que les Grant seraient encore en vie, reprit-elle. Je n'ai pas voulu perdre de temps à rechercher le Dr Weir parce que j'ai décidé qu'il était soit déjà mort, soit à la retraite. Pourquoi n'ai-je pas supposé qu'il en allait de même pour les Grant ?

— Peut-être, suggéra Dan, parce que tu aimes la côte nord de Long Island et que tu cherchais une excuse pour y passer un après-midi ?

Le serveur lambinait à côté de leur table. Dan prit la carte des desserts qu'il lui tendait.

— Nous allons choisir dans une minute, déclara-t-il.

— Bien, monsieur.

Le serveur hocha la tête avec déférence et s'éloigna.

— Tu as toujours su mieux que personne écarter les gens un peu collants, observa-t-elle en souriant. Tu n'as pas perdu ton savoir-faire.

— Avec les serveurs, en tout cas, acquiesça-t-il.

Elle éprouva une soudaine bouffée de chaleur au souvenir d'un autre domaine dans lequel le talent de Dan s'était exprimé de manière éclatante. Mais comme il lui tendait la carte sans autre commentaire, elle se ressaisit aussitôt. Depuis qu'elle était à New York, rien dans le comportement de Dan ne justifiait les violents accès de désir sexuel qui la saisissaient par moments. « Du calme, s'admonesta-t-elle. Garde la tête froide. » En vérité, il n'était pas question qu'elle se tourne en ridicule en réagissant à des allusions qui n'existaient que dans son imagination !

Dan vida le reste de la bouteille dans leurs verres.

— Parle-moi encore de ta rencontre avec ce jardinier, suggéra-t-il. Comment s'appelait-il, déjà ?

— Gus.

— C'est ça. Que t'a-t-il dit à propos des Grant, hormis le fait qu'ils sont morts ?

Elle fronça le nez.

— Pas grand-chose. Ils avaient tous les deux quatre-vingts ans passés, et ils sont décédés assez subitement, sous le coup d'une forte fièvre. Il a précisé que c'étaient des gens bien, ce qui venant de lui était un compliment de premier ordre. Je lui ai demandé s'il connaissait Rudolph et Elena Pazmany ; il a répondu que non. J'ai aussi mentionné le nom de Jessica Marie, et ça ne lui a rien dit non plus.

— Hum. S'il ne se souvenait d'aucun de ces noms, ça réduit à néant ma brillante hypothèse.

— Selon laquelle…

— Rudolph ou Elena Pazmany auraient été employés par les Grant. Si Rudolph avait été leur homme à tout faire, par exemple, ça expliquerait qu'ils aient payé les frais d'hospitalisation de sa fille.

— Tu as raison. Mais si Rudolph avait travaillé là-bas, Gus s'en serait souvenu.

— Oui. A moins qu'il ne perde la mémoire.

— Pas de risque de ce côté. Il a toute sa tête, crois-moi.

— Et si Elena avait travaillé chez les Grant avant de se marier ? avança Dan. En ce cas, Gus ne connaîtrait que son nom de jeune fille. Pazmany ne signifie rien pour lui.

— Tu as raison. Zut ! Je n'ai pas pensé à lui demander s'il connaissait Elena Korda.

— Appelle-le demain pour lui poser la question.

Dan lui jeta un regard interrogateur.

— Tu as son numéro de téléphone, non ? demanda-t-il.

— Oui, j'ai même eu assez de présence d'esprit pour lui prendre la carte de visite de son entreprise. Je l'appellerai, c'est sûr, ne serait-ce que pour satisfaire ma curiosité. C'est drôle, mais j'avais le sentiment qu'une fois lancé, ce bon vieux Gus prenait plaisir à ressasser le passé. J'ai même eu l'impression qu'il était sur le point de me raconter quelque scandale juteux quand la matrone qui m'avait envoyée paître est sortie de la maison pour l'enguirlander. Elle était furax de nous trouver ensemble, et elle a répété dix fois à Gus qu'il avait l'interdiction formelle de parler aux journalistes. Je lui ai redit que je n'étais pas journaliste, mais ça n'a servi à rien. Comme elle menaçait de nouveau d'appeler la police, j'ai jugé qu'il valait mieux que je parte. Je ne comprends pas pourquoi elle a une dent contre les médias. Je te jure, elle m'a fait l'effet d'être totalement paranoïaque.

Dan eut un haussement d'épaule.

— Elle souffre sûrement du syndrome des vieilles fortunes. N'as-tu pas remarqué que ces gens-là engagent des conseillers en communication pour éviter de se trouver sous les feux des médias, tandis qu'au contraire les nouveaux riches paient les mêmes types pour attirer l'attention sur eux ?

Il sourit, avant d'ajouter :

— Les uns et les autres feraient bien de s'entendre pour ne pas avoir à payer leurs conseillers.

Jess éclata de rire.

— Mais ça voudrait dire qu'ils devraient s'asseoir à la même table pour discuter. Les poules auront des dents le jour où ça arrivera, à mon avis. Je suis prête à parier que cette femme n'a jamais parlé de son plein gré à un nouveau riche. Vois-tu, elle faisait cette espèce de grimace polie et dédaigneuse qui ne s'apprend que si l'on est tombé dans l'argent à la naissance.

Dan gloussa. Puis, tout à coup, leurs regards se rivèrent l'un à l'autre, et ils cessèrent de rire. Les bruits du restaurant s'évanouirent et, l'espace d'un instant, Jess ne sentit plus que le sang qui affluait à son cerveau et la bouffée de chaleur qui se répandait au creux de son ventre. Les yeux de Dan s'assombrirent, ses pommettes s'empourprèrent. Elle se demanda confusément si son propre visage trahissait son désir de façon aussi évidente.

Ce fut Dan qui détourna les yeux le premier.

— Est-ce que tu envisages de rechercher le médecin de Jessica, finalement ? demanda-t-il d'une voix un peu rauque. L'Ordre des médecins te communiquera sans problème son adresse.

— Oui. A condition qu'il soit toujours vivant.

Elle but une gorgée d'eau fraîche, s'efforçant de se concentrer sur la conversation et d'oublier que Dan, dont les joues étaient couvertes d'un léger chaume brun, avait l'air follement sensuel. D'accord, il dégageait un magnétisme sexuel hors norme, et elle y réagissait au quart de tour. Et après ? Ils savaient l'un comme l'autre — plutôt deux fois qu'une ! — qu'il en fallait davantage pour forger une relation durable entre deux êtres. N'empêche, elle dut boire une autre gorgée d'eau avant d'être capable de reprendre la parole.

— Pour être honnête, Dan, expliqua-t-elle, cette quête commence à m'ennuyer. Pour quelqu'un d'aussi pragmatique que moi, c'est trop chimérique. Je n'ai pas envie de finir comme ces enfants adoptés sous X qui consacrent leur vie à suivre la moindre piste susceptible de les mener à leurs parents biologiques. Est-ce que ça vaut la peine, du coup, de rechercher le Dr Weir ? Même s'il est encore en vie et qu'il se souvient de Jessica Marie, à quoi ça me servira ? Le fait de découvrir des renseignements sur Jessica Marie n'explique pas pourquoi je me trouvais à l'arrière de la voiture des Pazmany.

— C'est juste, approuva Dan, avant de froncer les sourcils. Maintenant que tu as la certitude que Jessica Marie est morte et que le certificat de décès envoyé par Magda Mizensky à ton grand-père est authentique, l'histoire de sa famille importe peu. L'essentiel, c'est que tu n'es *pas* l'enfant des Pazmany.

Il marqua une pause, songeur, puis poursuivit :

— Nous devons cesser d'être obsédés par les Pazmany et chercher dans une autre direction. Il y a forcément une raison au fait que tu te sois retrouvée dans leur voiture. Mais laquelle ? D'où viens-tu ? Ce n'est pas une hirondelle qui t'a déposée devant chez eux, et ils ne t'ont pas découverte dans un chou-fleur ! Je crois que nous devrions vérifier, par précaution, s'il n'y a pas une petite fille de trois ou quatre ans qui a disparu à New York peu de temps avant l'accident.

Jess sentit sa gorge se nouer. Elle résistait viscéralement à cette suggestion.

— Ça impliquerait que les Pazmany m'aient kidnappée. Or nous avons déjà abordé ce problème. Je ne crois pas que ces gens aient été des ravisseurs d'enfants.

— Pour le moment, je ne suppose rien de tel, précisa Dan. Je suggère simplement que nous fassions des recherches dans les numéros de la fin novembre et du début décembre 1969 de quelques journaux new-yorkais, pour découvrir si l'on n'y signale pas la disparition d'une petite fille. Au pire, nous perdrons quelques heures à examiner des microfilms. Au mieux, nous trouverons un article au sujet d'une fillette prénommée Liliana qui a disparu de chez elle peu avant que tu ne fasses ton apparition à Cleveland.

Jess eut un haut-le-cœur en l'entendant prononcer « Liliana ». Pourtant, c'était bien elle qui avait affirmé que ce prénom était le sien, et il était parfaitement irrationnel de sa part qu'elle refuse d'envisager la possibilité d'avoir été kidnappée ! C'était vraiment étrange… Pendant leurs deux années de mariage, elle ne s'était jamais autorisée à confesser à Dan les doutes qu'elle nourrissait sur elle-même. Maintenant qu'ils étaient divorcés, elle n'éprouvait plus le besoin de faire semblant d'être une femme infaillible et sûre d'elle-même. Sa propre incapacité à sauver leur mariage la libérait de l'obligation de paraître parfaite : à quoi bon essayer de feindre une chose qu'ils savaient tous deux fausse ?

— Les Pazmany étaient mes parents imaginaires, mes parents-secours, admit-elle dans un murmure. Depuis toujours, chaque fois que je subis un coup dur, je me répète que, s'ils avaient survécu à l'accident, nous aurions formé tous les trois la famille la plus merveilleuse qui soit.

Elle essaya d'émettre un rire désinvolte, mais il s'enraya dans sa gorge.

— Ça me rend nerveuse de t'entendre échafauder une hypothèse qui risquerait d'anéantir mon fantasme préféré, conclut-elle.

— Peut-être est-il temps d'envisager un remaniement drastique de ton système de protection, suggéra Dan. Parfois, à force de trop s'accrocher à un rêve, on oublie que le monde réel est à portée de main. Pas aussi parfait que le monde imaginaire, sans doute, mais nettement plus intéressant.

Jess évita de se mettre sur la défensive.

— Les enfants adoptés affrontent souvent les problèmes de l'adolescence en idéalisant leur famille biologique, répondit-elle avec détachement. Ça a probablement été mon cas, mais cela mis à part, je pense que la plupart des gens s'accorderaient à dire que j'ai les pieds sur terre.

— Seigneur, tu n'es pas sérieuse, Jess ! répliqua-t-il. Autant que je sache, tu as toujours idéalisé toutes les relations que tu jugeais importantes. Les Zajak ne demandaient pas mieux que de s'adapter à tes rêves, mais les gens comme moi, qui préfèrent ne serait-ce qu'un vernis de réalité, se font tout simplement éjecter de ta vie.

— Est-ce là une de ces fines analyses auxquelles tu faisais allusion l'autre soir au sujet de notre mariage ? rétorqua-t-elle, énervée. Tu estimes que j'ai fichu en l'air notre couple parce que je l'idéalisais ? Pour ta gouverne, sache que j'entretiens d'excellentes relations avec ma famille et mes collègues. Avec tout le monde sauf avec toi, en fait.

— Mais bien sûr ! Pourquoi avouerais-tu le contraire ? Non seulement tu idéalises tes relations, mais tu as aussi pour principe existentiel de ne jamais, en aucune circonstance, laisser paraître tes émotions négatives. Pour la plupart des gens, ça signifie que tu es une personne absolument épatante. Pour un homme qui aime mieux avoir pour compagne une femme qu'une poupée Barbie, ça peut se révéler plus difficile à gérer.

Une poupée Barbie ? Il venait de la traiter de *poupée Barbie* ? Jess lutta contre elle-même pour contenir la rage sourde qui l'envahissait.

— Parce que toi, bien sûr, tu aimes les petites femmes bien dociles, qui te brandissent au visage leur propre nullité, répliqua-t-elle d'un ton acerbe. Pourquoi, Dan ? Parce que tu peux jouer de cette manière ton rôle de macho protecteur ? Au lit, j'imagine que ça doit être brûlant quand la pauvre fifille te confie tous ses petits malheurs et te demande de la prendre en charge ! Allonge-toi, ma jolie, et Dan va t'aider à oublier tous tes problèmes. Eh bien, je suis désolée, mais ce n'est pas ce genre de femme-là que je veux être. Je suis une personne compétente, et il n'est pas question que je simule le contraire.

Jess se rendit compte que sa voix s'envolait dans les aigus et qu'elle crispait les poings sur la table. Elle refoula l'envie ridicule de gifler Dan. Zut ! Pourquoi le laissait-elle systématiquement la provoquer et la pousser à dire des choses qu'elle regrettait par la suite ? Et pourquoi ne pouvait-elle éviter de parler de sexe devant lui ?

Dan inclina le buste par-dessus la table, sourcils froncés, les yeux brillants de colère. Jess vit une réponse mordante se former sur ses lèvres. Puis, tout à coup, sa bouche se plissa en un magnifique sourire, et il se renversa en arrière en la fixant d'un regard mi-amusé, mi-amer.

— Alors comme ça, Jess, tu as autant envie de coucher avec moi que j'ai envie de toi ? demanda-t-il calmement.

Elle se retint au dernier instant de répondre oui. Oh, Seigneur, elle n'avait jamais su résister à son sourire ! Sa colère bouillonnante se dissipa, se métamorphosant en une poussée de désir torride. Elle n'osait imaginer ce qui se serait produit s'ils avaient été seuls, mais elle était assez honnête pour admettre que cela se serait passé à l'horizontale, et sans vêtements. Dieu merci, ils étaient au restaurant !

Elle prit une profonde inspiration.

— Je pourrais éventuellement avoir envie de coucher avec toi, Dan, mais chaque fois que cette envie me prend, je n'ai qu'à repenser à Shanna Ryan, et mon désir s'évanouit à la vitesse grand V.

Le regard de Dan se voila un instant. Puis il la fixa intensément, l'obligeant par sa seule volonté à ne pas détourner les yeux.

— Laisse-moi t'expliquer, au sujet de Shanna Ryan…

— Non.

— S'il te plaît, Jess. Pour nous deux, il est grand temps de régler ça.

Elle ferma les yeux.

— Non. Elle… ça… ça n'a aucun rapport avec rien…

— Si, avec presque tout. L'adultère que j'ai commis avec Shanna Ryan reste une blessure ouverte pour nous deux.

— Parles-en à ton psy, répliqua-t-elle entre ses dents.

Elle avait cru avoir pris assez de distance vis-à-vis de son mariage pour pouvoir entendre Dan prononcer le nom de Shanna Ryan sans blêmir. Mais elle s'était bien trompée, car elle avait à présent la nausée.

— En ce qui me concerne, reprit-elle, le besoin que *tu* as éprouvé d'être infidèle n'est pas un sujet que nous avons besoin d'aborder ensemble.

— Ecoute-moi, Jess. Donne-moi cinq minutes, et écoute vraiment, pour une fois, ce que j'ai à te dire.

— Notre mariage ne marchait pas. Tu as trouvé du plaisir ailleurs. Point barre.

— Tu fais complètement fausse route, Jess. Quand j'ai rencontré Shanna, je cherchais déjà, c'est vrai, un moyen de mettre un terme à notre mariage. Mais choisir cette femme comme arme de destruction a été une idée vraiment stupide. Je t'ai blessée de façon ignoble, alors que ce n'était pas mon intention, et j'ai besoin de… de remettre de l'ordre là-dedans.

— Il est trop tard. Tu ne peux rien y changer. Accepte la situation, et allons de l'avant, chacun de son côté.

Jess avait la bouche tellement sèche que sa langue l'étouffait.

— Nous n'avions pas fait l'am… couché ensemble depuis plus de huit semaines, reprit-elle. Et puis tout d'un coup tu te pointes dans l'appartement et tu m'annonces avec le plus grand calme que Shanna Ryan vient de t'offrir la meilleure partie de jambes en l'air que tu aies jamais connue.

— Je mentais.

Elle ressentit un absurde petit sursaut d'espoir.

— Tu veux dire que tu n'as pas couché avec elle ?

— Si, j'ai couché avec elle. Simplement, ce n'était pas du tout agréable.

Jess saisit son verre d'eau. Sa main tremblait.

— Que doit répondre l'ex-épouse compréhensive, à ce moment-là ? Hein, Dan ? Oh, je suis désolée… J'espère que ça s'est mieux passé ensuite ?

— Il n'y a pas eu d'ensuite. Shanna et moi savions tous deux dès le départ que ce ne serait qu'une aventure d'une nuit. Elle a repris l'avion pour Los Angeles avant même que je ne rentre à la maison. Et aussi sûr que je suis assis en face de toi maintenant, je peux t'affirmer que ce qui s'est passé entre nous n'avait pas de quoi lui donner envie d'une seconde séance.

— Et tu crois que ça me soulage de l'entendre ? Au lieu d'une aventure merveilleuse, c'est une simple passade pas très réussie qui est à l'origine de notre divorce ! Merci, Dan !

— Notre divorce n'a rien, ou presque rien à voir avec le sexe, l'adultère ou quoi que ce soit de ce genre. Nous avons divorcé parce que j'étais un échec ambulant, parce que j'étais totalement égocentrique, et parce que j'avais par miracle ce qu'il fallait d'instinct de survie pour comprendre que je ne trouverais jamais le courage de m'arracher à mon bourbier tant que tu serais là, au-dessus de moi, la main tendue juste ce qu'il fallait pour me tenir la tête hors de l'eau.

Jess tâtonna maladroitement pour saisir son sac à main, coincé quelque part entre les pieds de sa chaise.

— Dan, je m'en vais. Je ne veux plus t'écouter. Je n'ai aucun besoin d'entendre ça..

Dan lui attrapa les mains et les étreignit.

— Si j'ai couché avec Shanna, continua-t-il, c'est pour une raison, et une seule. Je savais que l'adultère, je veux dire un adultère brutal, indéniable, était le seul moyen que j'aurais jamais de te convaincre de divorcer. Tu étais trop loyale, Jess. Tu ne m'aurais jamais abandonné, alors même que notre mariage te tuait presque. Nous tuait tous les deux, en fait, bien que pour des raisons différentes.

Jess aurait été blessée au plus haut point par le message implicite contenu dans les propos de Dan si elle n'avait été paralysée de stupéfaction et d'incrédulité. Combien d'autres raisons inventerait-il pour affirmer que l'échec de leur mariage lui incombait, à elle ? Mais Dieu merci, rien ne l'obligeait à rester assise en face de lui. C'était ça, le meilleur côté du divorce : la liberté de ne pas écouter, de ne plus être blessée.

Elle arracha ses mains à celles de Dan, repoussa sa chaise et se leva en chancelant.

— Excuse-moi encore une fois d'accumuler tant de défauts, Dan. J'ai été élevée dans l'idée que la fidélité est une vertu. Je suis désolée que ça t'ait porté à ce point sur le système.

Elle traversa la salle du restaurant comme une furie, ignorant les regards intrigués des autres clients. Elle entendit vaguement le serveur lui poser une question quand elle passa devant lui. Lui répondit-elle ? Elle n'en savait rien. Elle prit la fuite et se retrouva enfin dans la 83e Rue, ce centre bruyant et plein de vie. Elle fixa un instant la circulation en clignant des yeux. Oh, Seigneur, elle avait oublié le goût de la fureur ! Depuis trois ans, elle avait oublié ce que c'était que de vivre avec tant de rage dans le corps que votre peau vous paraissait trop étroite, trop petite pour la contenir.

Un taxi s'immobilisa au bord du trottoir. Comme elle s'y engouffrait, elle se rendit soudain compte que Dan se trouvait derrière elle. Comprenant qu'il comptait l'accompagner, elle voulut ressortir de la voiture, mais il s'assit d'autorité à côté d'elle, referma la portière et ordonna au chauffeur de les mener à son hôtel, dans la 42e Rue. Alors sa rage explosa. Par miracle, elle réussit à la garder en elle, écumante et bouillonnante, au lieu de la laisser jaillir, ce qui l'aurait mise au comble de l'humiliation. Lorsqu'elle sentit qu'elle était littéralement sur le point de rouer Dan de coups de poing, elle s'assit sur ses mains. Cet homme ne la réduirait pas à l'indignité suprême de la violence physique.

— Si tu pouvais arrêter d'avoir l'air d'une martyre chrétienne priant pour être délivrée des mains des barbares, déclara-t-il sèchement. Je suis monté dans ce taxi juste pour m'assurer que tu arriverais bien à ton hôtel. Je n'ai pas l'intention de te donner d'autres explications, puisque tu ne veux pas les entendre.

Jess garda le visage tourné vers la vitre.

— Merci, répliqua-t-elle.

Ils roulèrent en silence pendant plusieurs minutes. Puis, finalement, son irrésistible besoin d'arrondir les angles prit le dessus.

— Je suis désolée d'avoir quitté le restaurant si précipitamment, marmonna-t-elle.

— Ne te tracasse pas pour ça. Sur l'échelle des scandales new-yorkais, ce ne vaut pas tripette.

— Je n'aurais pas dû accepter de dîner avec toi. On finit toujours par se disputer. Je pense que nous éveillons chacun ce qu'il y a de pire en l'autre.

— Possible, répondit Dan d'une voix monocorde. Nous avons de la chance, ce soir la circulation est très fluide.

— Oui, c'est vrai. Eh bien, merci, Dan, pour le dîner, et… pour tout le reste. Tu m'as beaucoup aidée, ces deux derniers jours.

Calmée, elle prit le risque de jeter un regard en direction de Dan. Il ne fit pas l'effort de tourner les yeux vers elle.

Elle s'éclaircit la voix.

— Je ne pense pas que nous nous reverrons avant mon départ pour Denver.

— Moi non plus.

Dan pivota enfin la tête, et leurs regards se croisèrent. Le frisson de désir qui fusa entre eux paralysa Jess de terreur.

— Zut ! marmonna Dan.

Il posa les mains sur ses épaules, puis il l'attira lentement contre lui. Jess n'entendait plus que les martèlements de son propre cœur dans sa poitrine.

— Puisque tu t'en vas, je crois que nous n'avons plus qu'à nous dire adieu.

Elle s'efforça de reprendre son souffle.

— Adieu, murmura-t-elle.

— Pas comme ça.

Il pencha la tête et fit glisser ses lèvres sur les siennes.

— Comme ça, chuchota-t-il.

Jess résista au moins une demi-seconde avant de s'effondrer entre ses bras. Il l'embrassa avec une passion égale à celle qui l'animait. Il l'embrassa avec une tendresse qui réveilla en elle cent souvenirs merveilleux. Et finalement, alors que le taxi s'immobilisait devant l'hôtel, il l'embrassa avec une ardeur presque féroce, qui la rendit ivre de désir.

Confusément, elle se rendit compte que le concierge de l'hôtel ouvrait sa portière. Elle mit pied à terre en vacillant sur ses jambes, tandis que Dan payait le taxi. Il se tourna vers elle. Elle frissonna de tout son corps. S'attendait-il qu'elle l'invite à monter dans sa chambre ? Que lui répondrait-elle ? Oui, non ?

Dan ne l'entraîna pas vers le hall de l'hôtel. Il posa de nouveau les mains sur ses épaules et pencha la tête vers son visage. Mais au lieu de l'embrasser sur la bouche, il déposa un baiser léger et tendre sur son front, un autre sur le bout de son nez.

— Au revoir, Jess, dit-il doucement. Bon voyage.

Il lui effleura la joue sans vraiment la caresser. Puis, avant qu'elle n'ait le temps de lui répondre, il s'éloigna à grands pas dans la nuit chaude.

Jess souffla bruyamment, prenant soudain conscience qu'elle avait jusqu'alors retenu sa respiration. Elle regarda Dan, la bouche ouverte, le corps secoué de tremblements de désir. Heureusement qu'il n'avait pas attendu qu'elle se prononce, songea-t-elle, hébétée. Car elle aurait dit oui sans hésiter.

7.

Merton House — Samedi 15 juin 1996

Comme le savait Constance depuis longtemps, les fous supportent mal la compagnie de leurs familles, qui d'ailleurs le leur rendent bien. Les pensionnaires de Merton House recevaient rarement de la visite, en partie à cause de l'isolement géographique de la clinique, mais surtout parce que les gens normaux se sentent mal à l'aise en présence de malades mentaux. Les rares parents, frères, sœurs ou conjoints qui prenaient le risque d'affronter cette situation inconfortable choisissaient généralement le samedi après-midi, de préférence quand il faisait beau. Ainsi, ils pouvaient déambuler dans les allées du parc avec le « fou » de la famille, scénario qui leur épargnait le stress d'avoir à discuter avec lui dans un espace confiné. Les fleurs, les arbres et la météo offraient en outre une source inépuisable de sujets de conversation considérés comme anodins — encore que ce ne fût pas le cas pour tous les pensionnaires.

Constance était toute prête à reconnaître qu'un schizophrène paranoïde ou un dépressif chronique n'est pas toujours un interlocuteur très agréable, mais elle avait quand même la conviction que la tension presque palpable qui régnait dans Merton House durant les heures de visite en disait plus long sur les familles des fous que sur les fous eux-mêmes. Comme la clinique n'acceptait pas les psychopathes violents, bon nombre de pensionnaires étaient tout simplement des personnes trop fragiles et trop sensibles pour supporter le poids des mensonges et des tromperies inhérents au monde extérieur. La folie, supposait Constance, n'était pas une incapacité à voir le monde tel qu'il est, mais plutôt une maudite surcapacité à le voir trop clairement.

Vu que ses grands-parents étaient décédés et que sa mère ne se donnait déjà plus la peine de prendre de ses nouvelles du temps où elle était encore officiellement saine d'esprit, Constance n'avait à affronter le traumatisme de la Visite qu'une fois l'an : en novembre, à cause de Victor. Elle n'avait donc pas à endurer toute l'année l'anxiété qui s'emparait invariablement de ses copensionnaires le samedi après le déjeuner.

Justement, on était samedi, et Dieu merci, on était seulement en juin ! Il lui restait encore près de cinq mois avant qu'elle n'ait à se tracasser. Assise dans le salon, près de la fenêtre, elle imaginait pour se distraire que le souffle du climatiseur était une fraîche brise venue de l'océan, et que les lourdes grilles métalliques qui protégeaient les vitres étaient les stores de la maison de Long Island où ses grands-parents avaient vécu. Transformer des barreaux d'acier en lattes de bois requérait un certain effort d'imagination, mais Constance savait fort bien faire comme si.

La télévision était allumée, pour ne pas changer. Le bourdonnement des voix qui jaillissaient de l'appareil était en effet considéré comme un antidote contre les voix psychotiques qui obsédaient la plupart des pensionnaires. Constance, elle, ne regardait guère la télévision, pas plus qu'elle ne faisait cas des deux aides-soignantes, présentes dans le salon, qui avaient pour mission principale d'empêcher les patients de se faire du mal.

L'un des bons côtés d'un environnement familier, aussi bizarre puisse-t-il paraître à un observateur extérieur, c'est qu'il finit par devenir invisible.

Les perruches, en revanche, la dérangeaient un peu. Elles gloussaient inlassablement dans leur cage luxueuse. Constance détestait cordialement le psychiatre qui les avait apportées ici en affirmant que les malades pourraient assouvir leur instinct de protection en nourrissant ces petits êtres dont ils n'avaient rien à craindre. Elle avait déjà consacré plusieurs heures captivantes à essayer d'apprendre aux perruches à répéter le mot *connard.* Jusque-là, cependant, son échec était total. Les cris des oiseaux demeuraient aussi obstinément inarticulés que le jour de leur installation dans le salon. D'une certaine façon, elle éprouvait une admiration perverse envers leur refus opiniâtre de coopérer.

Bien tranquille dans le cocon du salon familier, elle ne prêta nulle attention aux mouvements nerveux de ses copensionnaires, à l'éclat de rire chevalin d'Olive, aux gémissements aigus de Bernie, à la vague de malaise qui signalait en général l'entrée d'un inconnu dans le salon. Peggy lui avait donné des matériaux pour sculpter — sans les outils, bien sûr —, et elle travaillait avec application sur une nouvelle figurine. Cette fois, elle ne représentait pas un adorable tamia, mais un renard à la queue broussailleuse, à la fourrure épaisse, aux yeux perçants. Les yeux du Dr Foster, comme elle venait juste de le comprendre. Des yeux qui voyaient trop clair et poursuivaient leur proie de façon impitoyable. Non, pas impitoyable. Tandis qu'elle modifiait l'inclinaison de la tête de l'animal — ce qui n'allait pas sans mal puisqu'elle n'avait pas de couteau à sa disposition —, elle songea que le mot approprié était plutôt *implacable.* Le Dr Foster avait senti un mystère en elle, et il était totalement déterminé à le percer à jour.

Elle posa le renard à côté d'elle en soupirant. Ce n'était pas très facile de ciseler les détails d'une sculpture quand on n'avait pour tout instrument que le manche d'une cuiller en plastique cassée. Qu'arriverait-il si le Dr Foster se rendait compte qu'elle simulait la folie ? se demanda-t-elle. Et que dirait-il, s'il apprenait que depuis plus de trois ans elle n'avalait plus aucun médicament, sauf quand elle y était contrainte par un membre du personnel médical ? Le simple fait de se poser cette question soulevait en elle un tourbillon d'angoisse et d'enthousiasme mêlés.

Et s'il décidait qu'elle était saine d'esprit et n'avait plus aucune raison d'être enfermée à Merton House ? Devrait-elle s'attendre à de graves conséquences ? Pouvait-elle laisser une telle chose arriver ? Autrefois, quand elle était enfin sortie de l'hébétude dans laquelle l'avait plongée la disparition de Lili, Victor l'avait avertie que si elle disait la vérité au sujet du décès de sa fille, elle serait arrêtée et jugée pour kidnapping et meurtre. Il croyait donc qu'elle restait muette par peur d'une condamnation à mort, et aussi pour épargner à ses grands-parents la douleur d'un procès retentissant. Mais il se trompait. Si elle n'avait pas parlé, ce n'était pas par respect pour sa famille, et encore moins par crainte de mourir, bien au contraire ! Elle n'avait rien dit car elle considérait qu'elle ne méritait pas d'être libérée de ses souffrances par la chaise électrique.

Désormais, elle ne s'attendait plus à être arrêtée à l'instant où elle mettrait le pied hors de Merton House. Mais de toute façon, la justice et les menaces de Victor n'avaient qu'un rapport lointain avec son dilemme actuel. Certains péchés ne s'expiaient que par une vie entière de châtiment, et Constance pensait que vingt-six années d'enfermement dans un asile étaient loin, très loin de payer l'épouvantable crime qu'elle avait perpétré contre son propre enfant. Ainsi, parce qu'elle était coupable de cet acte dénaturé, elle ne pouvait laisser le Dr Foster découvrir la vérité au sujet de sa santé mentale. Elle n'avait pas le droit de mettre un terme à sa peine.

Aujourd'hui encore, elle avait pourtant du mal à admettre qu'elle eût pu commettre un crime aussi affreux. Elle restait persuadée, en son for intérieur, qu'elle n'était pas foncièrement mauvaise. Constance fixa les yeux trop perspicaces du renard, essayant pour la énième fois de trouver un lien logique entre le meurtre de Lili et la conviction inébranlable qu'elle avait adoré sa fille. Elle secoua la tête avec impatience. Elle n'y parvenait pas ; et grâce à cela d'ailleurs, sa stratégie était sauve : ce refus aussi stupide qu'obstiné d'admettre sa culpabilité n'était-il pas de nature à prouver aux autorités compétentes qu'elle était bel et bien folle !

Ah, si seulement elle avait pu se souvenir de ce qui s'était passé après…

Elle refoula ce désir vain avant qu'il ne prenne complètement forme dans son esprit. Elle passa les doigts sur l'argile rugueuse du dos du renard. Qu'est-ce que le Dr Foster pensait d'elle ? Bah ! Probablement rien du tout. Constance Howington Rodier n'était à ses yeux qu'une patiente atteinte d'une grave maladie mentale, et lui, il n'était qu'un psychiatre consciencieux.

Un psychiatre néanmoins clairvoyant, qui se révélait beaucoup plus difficile à bluffer que le Dr Grable. L'unique souci de l'ancien directeur de Merton House avait été de prouver qu'il méritait pleinement sa place à la tête du plus luxueux des instituts psychiatriques du pays. Pour cela, il avait voulu des pensionnaires propres, dociles et bien nourris, et n'avait jamais porté le moindre intérêt à leurs âmes troublées. Avec le Dr Foster, c'était une tout autre affaire.

Son prénom était Edgar, d'après ce que racontaient les infirmières. Et certains, comme le premier adjoint au maire, l'appelaient Ed. Elle aimait ce diminutif, qui était à la fois chaleureux, amical et sans prétention. Cependant, elle ne voulait pas penser à lui de cette façon. Ed, c'était trop familier. Il était plus sage de se souvenir à tout moment que cet homme était psychiatre, directeur en chef de sa prison, arbitre ultime de son châtiment.

— Bonjour, ma chère Constance. Comment vas-tu, aujourd'hui ?

Elle se figea. Ses doigts se crispèrent, telles des griffes paralysées, sur le dos du renard. Un instant, elle crut qu'elle allait s'évanouir.

Victor était ici.

Si elle en avait eu la capacité, elle se serait enfuie. Mais elle n'arrivait plus à esquisser un seul geste. Elle fixa d'un regard absent le plateau de la table en Formica. Si elle ne relevait pas les yeux, si elle ne voyait pas son ex-mari devant elle, peut-être découvrirait-elle que la voix qu'elle venait d'entendre n'était que le fruit de son imagination — un flash regrettable de son passé tumultueux.

— Vous ne voulez pas dire bonjour à M. Rodier, Constance ? Il a pourtant fait une longue route pour venir vous voir, lui qui a un emploi du temps si chargé.

L'aide-soignante, Teresa, lui glissa un bras autour des épaules et l'encouragea à redresser le buste. Constance garda la tête obstinément baissée.

Teresa fit claquer sa langue avec agacement.

— Qu'est-ce qui se passe, aujourd'hui ? marmonna-t-elle. Vous ne vous sentez pas bien ?

D'ordinaire, Constance préférait éviter Teresa, dont l'enthousiasme contraint et la condescendance à l'égard des malades lui tapaient sur les nerfs. Mais là, elle s'accrocha à sa main comme à une bouée de survie. Chère, douce, exaspérante Teresa, *ne partez pas, ne me laissez pas seule !*

— On n'est pas en novembre, bafouilla-t-elle.

Ses lèvres étaient si sèches que son débit en devenait haché. Et ses propos, bien sûr, devaient sembler incohérents à Teresa.

— Non, Constance, nous sommes au mois de juin, répondit l'aide-soignante. Et c'est bientôt l'été.

Elle lui donna une tape réconfortante sur l'épaule.

— M. Rodier n'est-il pas merveilleusement gentil d'être venu vous voir ? Vous vous souvenez de M. Rodier, n'est-ce pas, Constance ? Il vient d'être nommé par le Président à la Cour Suprême. N'est-ce pas là un très grand honneur ?

Constance laissa échapper un grognement étranglé qui lui rappela à quel point la frontière entre la vraie folie et la folie simulée était mince.

— M. Rodier était votre mari, continua Teresa. Vous en souvenez-vous, Constance ?

Seigneur ! Comment aurait-elle pu l'oublier ? Constance ne répondit rien. Elle luttait pour reprendre son souffle, et de toute façon, elle ne réussissait même plus à trouver ses mots. La peste soit de cette visite imprévue ! Elle n'avait pu s'y préparer, elle ne s'était pas armée psychiquement pour affronter une telle épreuve. Elle n'arrivait pas à y faire face. Elle *refusait* d'y faire face. On ne la forcerait ni à parler à Victor, ni à recouvrer la mémoire !

La terreur qui l'envahit tout à coup lui redonna la capacité à se mouvoir. Elle se leva en sursaut, mais si maladroitement qu'elle renversa la petite table basse qui lui avait servi de plan de travail.

— Constance, ma chère, calme-toi, je t'en conjure ! Par tous les saints, jamais je n'aurais cru te trouver si agitée !

La voix de Victor était atrocement douce et mielleuse. Constance serra les bras autour de ses hanches et refoula de toutes ses forces l'envie de hurler.

— Elle allait pourtant un peu mieux, ces derniers temps, observa Teresa d'un ton lourd de regret. Je suis vraiment désolée, Votre Honneur. Peut-être va-t-elle se ressaisir quand elle se sera habituée à votre présence. La plupart de nos patients sont bouleversés par le moindre changement dans leur vie quotidienne, savez-vous ? Ils ont beaucoup de mal à supporter la nouveauté.

— Oh, je comprends fort bien. Que me recommandez-vous ? Devrais-je l'emmener faire un petit tour au jardin ? L'air extérieur et le spectacle de toutes ces fleurs magnifiques l'aideraient-ils à se sentir mieux ? Qu'en pensez-vous ?

— Non, se força à marmonner Constance.

Elle tremblait maintenant de la tête aux pieds. Elle plaqua les paumes contre le mur, derrière son dos, pour ne pas s'écrouler.

— J-je ne veux pas… aller dehors, protesta-t-elle d'une voix entrecoupée et monocorde.

Dans le jardin, Victor n'aurait aucun mal à l'entraîner dans un recoin isolé, derrière un buisson, loin du personnel de la clinique. La frayeur qu'elle éprouvait à l'idée de ce qu'il lui ferait alors subir la dévorait tant qu'elle ne pouvait même plus parler normalement.

— Très bien, approuva-t-il d'un ton apaisant.

Il donnait toujours l'impression de la comprendre et de la soutenir de toute son âme. C'était la raison pour laquelle personne n'avait jamais eu le moindre soupçon à son égard.

— Nous resterons ici si tu préfères, Constance, reprit-il. Ne t'inquiète pas, ma chère. Tu ne risques rien. Je ne laisserai personne te faire du mal.

Il pivota vers l'aide-soignante. Constance n'arrivait pas à tourner la tête, mais elle pouvait suivre ses mouvements des yeux. A travers la brume de panique qui opacifiait son champ de vision, elle s'aperçut que Teresa souriait d'un air penaud, comme si elle se reprochait le comportement désastreux de la malade.

— Je regrette qu'elle soit dans cet état. J'espère que vous ne vous serez pas déplacé pour rien, Votre Honneur. C'est un tel privilège de vous avoir parmi nous, monsieur Rodier…

— Le privilège est pour moi. J'ai conscience de l'importance de la tâche que j'accomplis, certes, mais je suis certain que par bien des aspects elle est moins difficile que la vôtre. Mon ex-épouse est hélas malade depuis si longtemps que j'ai souvent eu l'occasion d'admirer le dévouement du personnel de Merton House. Cela réchauffe le cœur de savoir qu'il y a encore en ce monde des spécialistes de la santé qui donnent tant d'eux-mêmes pour alléger les souffrances de leurs patients.

Teresa devint rouge de plaisir.

— Merci, Votre Honneur. En effet, nous faisons tout notre possible pour assurer le bien-être des pensionnaires.

— Et vous y réussissez superbement.

Constance frémit. Victor tournait de nouveau son regard vers elle, et son sourire s'élargissait. Elle posa les yeux sur ses dents, qui étaient encore bien blanches, bien régulières. Quand elle l'avait rencontré, elle était tombée amoureuse de sa bouche. Ou peut-être était-ce de ses baisers qu'elle s'était entichée, car Victor savait embrasser mieux que personne. Soudain, le souvenir de ses lèvres couvrant les siennes lui procura une horrible sensation d'étouffement.

Elle se retint au mur, luttant contre l'évanouissement, espérant qu'on ne la verrait pas chanceler sur ses jambes. Victor tendit la main vers elle, mais ne la toucha pas. Elle se demanda confusément s'il savait que la simple idée de sentir son contact lui donnait la chair de poule. Probablement pas. Victor était un crétin pompeux qui était bien incapable d'imaginer que ses avances puissent être repoussées. Oui, c'était exactement cela, Victor était un crétin pompeux. Constance aimait ce qualificatif. Elle se le répéta dans sa tête comme une litanie qui l'aidait à tenir le coup, à ne pas défaillir : « Crétin pompeux, Crétin-pompeux, crétin-pompeux… »

— Hé hé, ma chère, est-ce là l'ombre d'un sourire que je distingue sur tes lèvres ?

Victor avait toujours possédé un sens de l'observation désarmant. Comme elle ne répondait rien, il poursuivit de sa voix la plus suave :

— Je vois que tu as une nouvelle coiffure. Et tu portes aussi une fort jolie robe. J'ai l'impression que ton infirmière a raison. Tu as l'air d'aller beaucoup mieux.

Constance ferma les yeux. Quand elle ne le voyait pas, elle se sentait moins faible. Elle écarta lentement ses mains du mur, un doigt après l'autre, puis fit tout à coup volte-face et agrippa le rebord de la fenêtre. Maintenant qu'elle avait le dos tourné, elle pouvait rouvrir les yeux et regarder dehors. « Concentre-toi sur les arbres, songea-t-elle. Là, il y a un pivert. Et sur la branche, là-bas, c'est un écureuil. Concentre-toi sur lui. Est-ce un mâle ou une femelle ? Comment fait-on pour reconnaître le sexe d'un écureuil ? »

Elle entendit Victor soupirer.

— Pendant un instant, j'ai vu une lueur dans ses yeux et j'ai cru qu'elle me reconnaissait. Savez-vous qu'elle ne m'a pas dit un mot depuis plusieurs années ?

— Ne vous y fiez pas, Votre Honneur. Vous seriez surpris de découvrir tout ce qu'ils enregistrent, même s'ils refusent de vous répondre. D'ailleurs, le Dr Foster a vu son état s'améliorer si sensiblement qu'il a réduit le dosage de ses médicaments.

— Ah, oui. Le Dr Foster. Un homme aux idées novatrices, à ce qu'il paraît. Auriez-vous l'extrême obligeance de l'informer de ma présence ? Un de mes assistants a pris rendez-vous avec lui pour 15 h 30.

— Je sais qu'il vous attend. Je vais l'envoyer chercher immédiatement.

— Rien ne presse. Je suis ici en visite de courtoisie. Depuis que j'ai appris la nomination du Dr Foster à la tête de votre institution, j'attendais de pouvoir faire sa connaissance. Aussi, comme le Président a été contraint d'annuler notre déjeuner à la Maison-Blanche à la dernière minute et que je dîne ce soir avec le gouverneur à Greenville, j'ai pensé que l'occasion était bonne. Voyez-vous, Merton House est presque sur mon trajet. C'était facile.

Teresa poussa un gloussement admiratif.

— Facile, c'est vite dit, Votre Honneur. J'espère de tout cœur que Constance apprécie à leur juste valeur les efforts que vous faites pour elle. En tout cas, je sais que tout le personnel de Merton House vous est très reconnaissant de l'intérêt que vous portez à notre maison.

— Merci. C'est un plaisir de vous apporter le soutien dont je suis capable, même si cela n'est pas grand-chose. A propos, oserais-je vous demander de nous offrir quelque chose à boire pour accompagner la boîte de biscuits anglais que j'ai apportés à Constance ? Du thé glacé, peut-être ?

— Bien sûr ! Je vais m'en charger moi-même. Je reviens tout de suite.

Constance ne se retourna pas. Elle entendit Teresa s'éloigner, ses semelles en gomme martelant avec détermination le linoléum du salon. Elle pinça les lèvres, luttant de nouveau contre l'envie de se mettre à hurler. Mais en fin de compte, pourquoi se donnait-elle cette peine ? A un moment ou un autre, la panique la submergerait. C'était inévitable. Victor finissait toujours par se montrer plus malin qu'elle. Sa visite déclenchait inexorablement des heures et des heures d'hallucinations terribles, où elle revoyait sans cesse Liliana la gorge tranchée, ses bouclettes dorées étalées autour de sa petite tête, semblable à un chérubin raphaëlite baignant dans une mer de sang.

Etait-il écrit qu'elle avait l'obligation d'endurer ces images atroces ? se demanda-t-elle avec désespoir. C'était une chose que de s'infliger un châtiment pour le meurtre de son enfant. C'en était une autre de se soumettre de plein gré à la torture. Plus vite elle s'autoriserait à perdre pied, plus vite les garçons de salle accourraient avec les seringues libératrices qui lui permettraient de sombrer dans l'oubli total.

Victor s'approcha et posa les mains sur ses épaules. Constance eut un haut-le-cœur. Il resserra son étreinte, commença à lui masser la base du cou avec les pouces.

— Ma chère Constance, tu n'es qu'une boule de nerfs, déclara-t-il d'un ton plein de tendresse. Ne veux-tu pas t'asseoir avec moi, pour que nous parlions quelques minutes ? Les rapports que m'a envoyés récemment le Dr Foster m'ont fait très plaisir. D'après ce qu'il dit, ton état de santé présenterait des signes d'amélioration très nets.

Constance s'assit sur une chaise en face de Victor — uniquement parce que c'était la seule façon de l'obliger à arrêter de lui toucher les épaules. Rusé, Victor. Il avait toujours su la manipuler pour la forcer à satisfaire ses moindres volontés. Elle baissa la tête et lui jeta un regard en biais, les yeux mi-clos. Pour le moment, elle était incapable d'en faire plus.

De tout temps, Victor avait été beau. Et si, dans sa jeunesse, son nez un peu trop large passait pour une légère imperfection au milieu de ses traits réguliers, il ajoutait désormais du caractère à son visage d'homme mûr. Au cours des cinq dernières années, ses cheveux avaient viré à l'argenté, ce qui lui allait encore mieux que lorsqu'ils étaient châtains. Et puis, bien sûr, il y avait sa splendide bouche et ses dents étincelantes. Pas étonnant que le Président l'ait proposé pour la Cour Suprême, se dit Constance. Non seulement Victor s'était préparé toute sa vie pour ce rôle, mais on aurait carrément dit qu'il était né pour endosser la toge de soie noire de ces illustres juges.

Lorsqu'il lui rendait visite en novembre, il portait généralement un costume anthracite taillé sur mesure par Oxford Clothiers, de New York, une chemise de chez Asher & Turnbull, importée de Londres, et une cravate Hermès, de Paris — l'assemblage parfait, identifiable entre tous, du chic vestimentaire conservateur. Aujourd'hui, il avait un pantalon kaki, un blazer bleu marine et une cravate à motifs cachemire — l'uniforme de week-end estival de l'establishment de la côte Est. C'était la première fois depuis plus de vingt ans qu'elle le voyait autrement qu'en complet d'affaires sombre. C'était aussi la première fois qu'elle se retrouvait en face de lui à une autre période de l'année que Thanksgiving.

Une étincelle de curiosité crépita un instant dans le brouillard de sa terreur. Qu'est-ce qui avait bien pu décider Victor à faire ce déplacement aujourd'hui, alors qu'il avait un travail considérable pour obtenir le soutien de sa nomination à la Cour Suprême, alors qu'il se trouvait sous les feux des médias ? Sans doute souhaitait-il s'assurer, justement, que le canard boiteux de la famille était bien visible par tous en cette période électorale délicate. Victor était assez fin pour savoir que les canards boiteux exhibés en plein jour sont plutôt inoffensifs, qu'ils suscitent le rire ou la compassion — alors que s'ils restent cachés dans les sombres recoins de la vie privée, ils ont le pouvoir d'effrayer et, éventuellement, d'entraver les plans de carrière les plus brillants.

Teresa reparut à la porte du salon. Elle s'avança vers eux avec enthousiasme, portant sur un plateau une carafe emplie de thé glacé, deux gobelets et deux assiettes — le tout en plastique.

— Voilà, Votre Honneur, annonça-t-elle fièrement. Alors, Constance, vous devez être drôlement heureuse, maintenant ? Vous voyez, tout se passe bien, quand on y met de la bonne volonté.

Constance tendit la main vers Teresa. Elle avait honte de ce geste, mais sa frayeur était plus forte que sa honte.

— Ne partez pas, marmonna-t-elle. Restez.

— Ça me ferait vraiment plaisir, Constance, mais j'ai terminé mon service et je dois partir. Regardez, Gina est là-bas, et Mary va arriver d'une minute à l'autre. Tout va bien se passer, vous verrez.

Teresa servit le thé glacé et posa les verres sur des serviettes en papier.

— Au revoir, Votre Honneur. Je suis très heureuse d'avoir fait votre connaissance. Maintenant, je pourrai dire à mes enfants que j'ai parlé à un juge de la Cour Suprême. C'est quelque chose, vous savez !

Victor lui serra la main, le sourire aux lèvres. Il réussissait à avoir l'air à la fois modeste, charmant et très sûr de lui. Belle prestation.

— Ne vendons pas la peau de l'ours avant de l'avoir tué, Teresa. Il faut encore que le Sénat m'interroge, puis vote pour accepter ou rejeter ma nomination. L'opinion publique peut se retourner en un rien de temps. Vous connaissez les médias : rien que pour augmenter les tirages, ils affirmeraient que le pape est athée.

— Ça, c'est bien vrai, Votre Honneur. Il y a trop de journalistes qui attaquent d'abord et posent les questions ensuite. En tout cas, soyez sûr qu'ils n'apprendront rien chez nous. La seule chose que nous pourrions dire, d'ailleurs, c'est à quel point vous êtes bon pour Merton House.

Teresa s'éloigna. Glissant alors une paille dans chacun des verres emplis de glaçons, Victor poussa l'un d'eux vers Constance.

— Tiens, très chère. Veux-tu un biscuit ? J'ai apporté ceux que tu préfères. Moi aussi, je vais en goûter un.

Il prit un gâteau et mordit dedans.

— Mmm, délicieux, murmura-t-il. Prends-en un, Constance. Mais si, j'insiste. Tu es trop maigre, si tu veux mon avis.

Il faut que tu perdes du poids, Constance. Combien de fois lui avait-il répété cela après la naissance de Lili ? Elle agita innocemment les mains en signe de refus. Elle résisterait aussi longtemps que sa volonté le lui permettrait. Victor n'irait tout de même pas jusqu'à lui fourrer un gâteau dans la bouche.

— Constance ? Très chère, tu me fais beaucoup de peine. Je t'en conjure, prends un de ces biscuits. Ils sont délicieux.

Elle secoua la tête, saisit son verre et aspira une longue gorgée de thé glacé avec la paille. La peur lui asséchait tellement la gorge qu'elle avait désespérément besoin de boire.

— Tu sais, il y a au moins vingt ans que je n'ai pas mangé un biscuit aussi bon, déclara Victor d'une voix mielleuse.

Il but un peu de thé en se renversant contre le dossier de sa chaise.

— Autrefois, reprit-il, ta grand-mère en commandait des caisses entières chez Fortnum & Mason, l'épicerie de luxe de Londres. T'en souviens-tu ?

— Non.

Constance sentait la panique lui nouer le ventre. Victor commençait à évoquer le passé. Bientôt, il prononcerait le nom de Lili. Elle verrait alors un flash de lumière aveuglant, et les souvenirs afflueraient. Elle les sentait déjà prêts à bondir de sa mémoire, attendant pour attaquer qu'elle fût bien affaiblie. Malgré elle, Constance jeta un regard plein d'effroi par-dessus son épaule, comme si elle s'attendait à voir un de ces souvenirs ennemis jaillir dans sa direction comme un boulet de canon.

— Que regardes-tu, très chère ?

— Rien.

— Ma chère Constance, il y a du progrès, c'est indéniable. En l'espace de quelques secondes, tu viens de me répondre deux mots distincts, et tout à fait cohérents. Ainsi, tu n'as pas complètement perdu l'usage de la parole. Sais-tu que je commençais à me poser des questions à ce sujet ?

Victor referma de nouveau les lèvres sur sa paille. Constance les vit enfler jusqu'à former une ellipse rouge, avide ; allaient-elles s'ouvrir pour la dévorer ? Terrifiée, elle regarda ensuite la tête de Victor qui s'élargissait, tandis que ses orbites, trop grandes pour ses yeux, faisaient soudain penser à des tunnels obscurs dans lesquels flottaient librement ses globes oculaires. Et de ces cavités creuses et noires, un flot de sang et de larmes dégoulinait sur son visage.

Les pensées de Constance se brouillèrent, mais ses sensations physiques atteignirent une intensité inimaginable. La paille lui semblait plus douce et plus délicate que jamais, les fragments de glaçons qui se cognaient contre ses dents étaient horriblement froids, le revêtement en tissu de la chaise lui grattait tant les jambes qu'elle en éprouvait une douleur atroce dans tout le corps.

Les orbites noires se rapprochèrent d'elle. Les lèvres voraces parlèrent.

— Alors, Constance, est-ce que tu rêves encore de Liliana ? T'es-tu enfin souvenue de ce que tu as fait de son cadavre après l'avoir tuée ? As-tu jeté ma pauvre petite fille dans le fleuve ? Ou bien, l'as-tu balancée par-dessus le bastingage du bateau de ton grand-père ? Pauvre, pauvre Liliana ! Où est-elle ? Ne crois-tu pas qu'elle mérite un vrai enterrement, après toutes ces années ?

Liliana. Une nova blanche explosa dans la tête de Constance. Puis la lumière s'évanouit et les ténèbres envahirent son esprit — des ténèbres vivantes, oppressantes, si impénétrables qu'elle ne pouvait même plus reprendre son souffle. Constance se leva d'un bond, portant les mains à sa gorge, essayant d'inspirer. Elle entendit la table se renverser avec un bruit fracassant. Lili courait vers elle, les bras tendus, vêtue de l'adorable costume imprimé de fraises et d'abeilles que son arrière-grand-mère lui avait offert. Sur le petit chapeau, une abeille prit son envol ; ses ailes géantes fouettèrent le visage de Constance. Elle repoussa l'insecte en agitant les mains : si elle ne la chassait pas, Lili serait perdue, c'était certain. Mais l'abeille devint de plus en plus grosse. Constance vit son dard immense jaillir de son abdomen, vibrant de plaisir anticipé à l'idée de donner la mort…

Oh Seigneur ! Par pitié, laissez-moi la sauver, cette fois !

Elle entendit des hurlements, puis comprit qu'ils sortaient de sa propre bouche. D'une certaine façon, elle comprenait aussi que pour sauver Lili elle devait cesser de hurler, mais ses poumons aspiraient de l'air à grandes goulées, lesquelles ressortaient d'entre ses lèvres sous forme de cris de terreur irrépressibles.

Le dard n'était plus attaché à l'abeille. Victor l'avait avalé entre ses lèvres rouges et bouffies. Il avançait, l'aiguillon empoisonné pointé droit vers la tête de Lili.

Non ! Constance poussa encore un hurlement. Cette fois, elle ne le laisserait pas gagner. Derrière Victor, elle distingua la silhouette d'un homme qu'elle reconnaissait : Ed. C'était Ed ! Au prix d'un effort de volonté qui menaça de faire exploser son crâne, elle refoula ses cris et s'efforça de recouvrer la parole.

— Aidez-moi ! implora-t-elle. Ed, je vous en supplie, aidez-moi !

8.

Accélérant le pas, Ed réussit à rejoindre Constance avant les garçons de salle. Il lui agrippa les bras tandis qu'elle fouettait l'air telle une naufragée, et elle hurla comme sous l'effet d'une violente douleur physique. Puis elle se laissa tomber à terre en se recroquevillant sur elle-même. Il lui glissa une main sous le menton et l'obligea à relever la tête. Elle avait le regard vitreux, perdu dans quelque abominable cauchemar intérieur. L'espace d'un instant, pourtant, il la vit faire un effort désespéré pour recouvrer sa lucidité. Elle fixa les yeux sur lui, soutenant son regard une seconde ou deux.

— Ne me forcez pas, murmura-t-elle dans un souffle rauque. Ed ! Ne… me… forcez…

Sa voix se perdit dans un gargouillis, puis un cri de terreur s'échappa de nouveau d'entre ses lèvres, et elle se mit à gémir.

Ne pas la forcer à quoi ? Ed secoua la tête de frustration. Bon sang ! Elle avait réellement essayé de lui dire quelque chose. Il avait la certitude que ses propos n'étaient pas incohérents. En plus, elle l'avait appelé par son prénom — alors que d'ordinaire les patients psychotiques considèrent à peine leurs médecins comme des humains, et encore moins comme des humains possédant une identité propre !

Un homme séduisant, d'une cinquantaine d'années, vêtu à l'instar d'un acteur de comédie musicale des années vingt, s'était planté à côté de lui, l'air anxieux.

— Est-ce qu'elle va se remettre, docteur ? demanda-t-il. Elle était bien tranquille, et puis tout à coup elle s'est jetée sur moi en poussant des hurlements atroces.

— Elle va s'en sortir.

— Pourquoi crie-t-elle ?

— Parce qu'elle souffre. Elle est en proie à une intense douleur psychique.

Ed jeta un coup d'œil vers l'aide-soignante qui épongeait le thé glacé renversé par Constance.

— Mary, laissez donc ça pour le moment et essayez de calmer Bernie, je vous prie. Il est bouleversé de voir Constance dans cet état. Occupons-nous de lui avant qu'il ne panique pour de bon.

Comme s'il n'attendait que ce signal, Bernie se mit justement à geindre, les traits ravagés par l'angoisse. Le gentleman qui se tenait près d'Ed lui jeta un bref regard, puis reporta son attention sur Constance.

— Je croyais que son état s'était amélioré, déclara-t-il.

Son visage noble exprimait une désapprobation sévère à l'idée qu'il avait été mal informé de la situation de la malade.

— Je n'avais pas vu la pauvre femme comme ça depuis des années, poursuivit-il. C'est pire qu'avant. Seigneur, n'y a-t-il rien que vous puissiez lui donner pour alléger sa souffrance ? Regardez comme elle est figée contre le mur ! On dirait qu'elle est terrifiée. Ça me brise le cœur.

Ed repoussa d'un geste les deux garçons de salle qui s'avançaient vers lui, seringue au poing.

— Non, Aldo, pas de ça maintenant. Ramon, attendez ici. Voyons si nous pouvons surmonter cette crise sans tranquillisant. Elle ne représente aucun danger pour personne, pas plus pour nous que pour elle-même.

Le gentleman haussa un sourcil dédaigneux.

— Etes-vous certain de cette décision, docteur ? Avons-nous la certitude qu'elle ne risque rien ?

Ed fronça les sourcils. S'il avait été absolument convaincu de la sagesse de sa décision, il n'aurait pas été aussi ennuyé par cette question. Il s'aperçut alors qu'il ignorait totalement l'identité de son interlocuteur. Songeant que, si besoin était, il pouvait lui aussi se montrer relativement arrogant — et que ce poseur lui tapait sur les nerfs —, il se redressa de toute sa taille et demanda de sa voix la plus agacée :

— Ai-je l'honneur de vous connaître ? Avez-vous une raison particulière de vous intéresser à cette patiente ?

— Je présume que vous êtes le Dr Foster ? Je suis Victor Rodier.

L'homme gratifia Ed d'un regard hautain, lui laissant le temps d'encaisser l'importance de son célèbre patronyme, avant d'ajouter :

— Autrefois, Constance et moi étions mariés, comme vous le savez peut-être.

Victor Rodier. Le juge. Seigneur, il venait d'insulter le futur nouveau membre de la Cour Suprême, cet éminent personnage qui semblait avoir pour distraction préférée de verser des sommes rondelettes sur le compte bancaire de Merton House.

Il lui tendit la main.

— Désolé, j'aurais dû vous reconnaître puisque votre photographie fait la une des journaux en ce moment. Félicitations pour votre nomination à la Cour Suprême. Pour en revenir à Constance, je suis certain que c'est une sage décision que de limiter l'emploi des tranquillisants. L'état de votre ex-femme s'étant beaucoup amélioré durant ces dernières semaines, je ne veux pas la voir reperdre du terrain. Cette rechute brutale me surprend et me déçoit, et j'aimerais en découvrir la cause exacte. Si nous la mettons sous sédatif, elle ne sera plus capable de nous expliquer quoi que ce soit.

— Au point où elle en est, je ne pense pas que nous puissions encore communiquer avec elle de façon intelligible, répliqua sèchement Victor Rodier. Avec ou sans sédatif.

Ed admit en son for intérieur qu'il n'avait pas tout à fait tort. Constance avait l'air totalement coupée du monde ; elle semblait dériver dans un univers cauchemardesque qu'elle était seule à connaître. Dieu seul savait sous l'emprise de quels démons intérieurs elle se trouvait. Il s'agenouilla par terre à côté d'elle et lui palpa les bras, le buste et les jambes, cherchant à déterminer si elle éprouvait des douleurs physiques, vérifiant aussi qu'elle n'avait pas réussi à subtiliser un objet quelconque susceptible d'être utilisé comme une arme. Il ne trouva rien de semblable, mais Constance se rétracta à son contact comme si sa peau était devenue épouvantablement sensible. Et soudain, levant les mains devant son visage, elle se mit à effacer avec des gestes hystériques quelque image atroce, visible d'elle seule.

— Constance, que voyez-vous ? lui demanda-t-il au creux de l'oreille.

A son grand soulagement, elle parut entendre et comprendre sa question. Elle fit même l'effort de coopérer en lui répondant, ce qui était plus étonnant encore.

— … entends la… lumière, marmonna-t-elle. Le sang… écarlate… m-mange Lili !

Pendant les épisodes hallucinatoires, les frontières entre les cinq sens se brouillaient. Ed avait souvent observé cela chez ses patients. Quant à la personnification d'éléments inanimés tels que le sang, c'était un phénomène encore plus courant. Les murs devenaient des remparts étouffants, les chaises se transformaient en monstres menaçants, un récipient vide s'ouvrait sur un gouffre sans fond — tout cela constituait le mode opératoire routinier des hallucinations. Routinier du point de vue du médecin, bien sûr, mais Ed essayait toujours de se rappeler que pour le malade ces visions étaient effroyablement réelles. Il arrivait d'ailleurs que certains patients meurent sous l'effort qu'ils produisaient pour lutter contre leurs transes.

Constance plaqua les paumes sur ses yeux et appuya le front contre le mur avec un désespoir si manifeste, si intense que Ed ne put réprimer une grimace de compassion. Et tout à coup, se tournant vers lui, elle lui agrippa le bras. Son élocution était grasse et décousue, mais Ed crut entendre :

— Il fait venir les cauchemars !

— Qui fait venir les cauchemars, Constance ? demanda-t-il doucement.

Elle ne répondit pas. Ses yeux se révulsèrent, ne laissant voir à la place des iris que deux orbites blanches, puis elle se mit à se balancer lentement d'avant en arrière. De toute évidence, elle n'avait plus du tout conscience de ce qui se passait autour d'elle.

— Emmenez-la en salle de repos, ordonna-t-il aux garçons de salle. Mais ne l'attachez pas. Restez avec elle, et attendez-moi.

Les deux employés parurent désapprouver sa décision presque autant que Victor Rodier, qui se tenait toujours derrière son épaule. Avec une moue résignée qui en disait plus long que n'importe quel commentaire, Aldo souleva Constance dans ses bras. Elle gesticula pour lui échapper, mais Ramon vint à la rescousse de son collègue, et tous deux la maîtrisèrent.

— Faites juste en sorte qu'elle reste calme jusqu'à ce que j'arrive, ordonna Ed. Je n'en ai pas pour plus de cinq minutes.

Victor Rodier suivit du regard les deux garçons de salle qui entraînaient son ex-femme hors du salon comme une poupée désarticulée. Ses yeux se troublèrent, et il détourna la tête.

— Je crois que le moment n'est pas propice à un entretien, docteur, déclara le juge d'une voix sourde, pleine de découragement.

Il secoua la tête avec dépit.

— Chaque fois que je rends visite à Constance, je nourris l'espoir fou de la trouver en meilleure forme. Et chaque fois, je suis déçu.

— Il est difficile de traiter une dépression aussi grave que celle de Constance, surtout quand la patiente souffre d'épisodes hallucinatoires…

— Je vous en prie, docteur, je ne vous demande aucune explication. Mon intention n'était nullement de vous critiquer, ni vous ni votre personnel.

Le juge baissa les yeux, soupira, puis regarda de nouveau Ed.

— Las ! Je me rends bien compte qu'après toutes ces années de malheur, je ne dois plus espérer voir ma pauvre Constance prendre le chemin de la guérison.

Ed s'étonna qu'en dehors des romans de Dickens on pût utiliser l'interjection « Las ! ».

Songeant cependant que certaines personnes dissimulent parfois leur inquiétude derrière des formules cassantes ou pompeuses, il décida d'apporter à son interlocuteur un peu de réconfort.

— Monsieur Rodier, je ne suis pas dans cet établissement depuis assez longtemps pour pouvoir juger précisément de l'état de Constance, mais vous savez probablement que, d'un point de vue strictement statistique, une dépression qui dure depuis près de trente ans n'a guère de chance de se guérir d'elle-même. D'autre part, cette nouvelle crise nous confirme que votre ex-femme a de très graves problèmes mentaux. Pourtant, je refuse de perdre espoir. Avec un bon dosage de médicaments dûment sélectionnés, et une longue psychothérapie individuelle visant à la préparer à un changement d'environnement, elle sera peut-être capable, à terme, de quitter Merton House pour s'installer dans un appartement thérapeutique, où elle côtoiera des personnes moins malades qu'ici et pourra mener une vie plus proche de la normale.

— Grands cieux, vous me stupéfiez ! s'exclama Victor Rodier d'un ton admiratif.

— Ne précipitons pas les choses, mais je peux vous dire que j'ai vu Constance passer par de longues phases de lucidité totale. Par exemple, elle est parfaitement consciente d'avoir été votre épouse autrefois. Elle sait aussi que vous attendez d'être nommé à la Cour Suprême. D'autre part, son professeur estime qu'elle possède un réel talent pour la sculpture. Et je l'ai personnellement vue faire preuve d'humour, ce qui est une qualité fort rare chez un patient aussi dépressif. Pour le moment, en tout cas, j'ai décidé d'orienter notre travail de façon à permettre à Constance de quitter Merton House.

— J'ignorais que nous pouvions encore espérer un tel miracle. Quelle nouvelle fantastique !

Ed se demanda alors s'il n'avait pas présenté la situation de façon trop optimiste.

— Bien sûr, ajouta-t-il pour tempérer, je tiens à préciser que les chances de réussite sont tout de même limitées…

— Oui, je comprends, mais après tant d'années de souffrance, c'est une nouvelle extraordinairement réconfortante.

Le juge secoua la tête, l'air soudain plus sombre.

— Pourtant, docteur, je vous avouerai qu'après avoir assisté à la scène de cet après-midi, j'ai du mal à imaginer que Constance puisse être en sécurité en dehors de Merton House.

— Considérez cet épisode comme un regrettable incident, et non comme un exemple de son comportement habituel.

— Excellent conseil. J'essaierai de le suivre.

Victor Rodier sourit, puis une expression chagrinée altéra de nouveau ses traits.

— Constance était si belle quand nous nous sommes rencontrés, docteur Foster, si vous saviez ! Ses cheveux étaient bouclés, et ils avaient de magnifiques reflets roux. Sous le soleil, on aurait dit qu'une corolle de feu lui auréolait le visage.

Il se tut et se racla la gorge, avant de poursuivre :

— Lorsque je repense à elle à cette époque bénie, je ne peux croire que je me réjouisse aujourd'hui de l'espérer un jour capable de vivre dans un appartement thérapeutique. Quelle fin tragique, pour une femme qui avait son potentiel !

Le juge tira un mouchoir blanc immaculé de sa poche de poitrine et détourna la tête. Ed baissa délicatement les yeux, pour lui permettre de recouvrer toute la maîtrise de ses émotions. Cet homme avait beau ressembler à un mannequin de grand couturier, il avait dû être très amoureux de Constance autrefois. Ed aurait voulu l'interroger aussi au sujet de Liliana, mais il n'osait laisser Constance seule plus de quelques minutes, de peur que les garçons de salle ne trouvent une excuse pour la bourrer de tranquillisants — ce qui serait une véritable catastrophe.

— Monsieur le juge, voici le numéro de ma ligne directe, déclara-t-il en lui tendant une carte de visite. Si je ne suis pas à mon bureau, demandez qu'on me bipe. Le personnel sait toujours où me trouver. J'imagine que vous avez un emploi du temps extrêmement chargé à l'heure actuelle, mais je prendrai votre appel à n'importe quel moment du jour ou de la nuit, sauf si je suis avec un patient. Je crois en effet avoir plus de chances de bien soigner Constance, si j'ai quelques éléments sur les débuts de sa maladie.

Le juge glissa le mouchoir dans sa poche de veston.

— Vous avez sans doute lu tous les détails de cette affreuse histoire dans les documents qui ont été rédigés au moment de son admission à Merton House, déclara-t-il.

L'instant était mal choisi pour révéler au juge que ces documents avaient disparu. Ed évita cet écueil avec tact.

— Si vous avez la possibilité de me téléphoner, je vous tiendrai au courant de l'état de santé de votre ex-femme. Etant donné que le tribunal vous a désigné comme son tuteur légal, je ne suis pas tenu au devoir de réserve avec vous.

— Je vous remercie de me le proposer, docteur, et je vous promets de trouver bientôt un moment pour vous parler. D'ici là, si je puis me permettre de changer de sujet, je souhaiterais vous demander si vous auriez la gentillesse d'entrer en contact avec Mlle Adrienne Cooper, chez Bentz & Hentges. C'est une société de relations publiques très réputée.

Tandis qu'ils se dirigeaient vers la sortie du salon, Victor Rodier prit une carte de visite dans sa poche intérieure.

— Voici les coordonnées d'Adrienne Cooper, reprit-il. Cette jeune femme se charge de mes relations avec les médias pendant la phase de candidature au poste de juge de la Cour Suprême. J'ai la conviction que vous éprouvez tous deux le même désir d'éviter que des journalistes irresponsables exploitent à leur profit la malheureuse situation de mon ex-épouse. Jamais je n'ai cherché à cacher ni la maladie de Constance, ni les circonstances tragiques de la mort de ma fille, et j'ai souvent publiquement affirmé que la société devait apprendre à faire preuve de compassion envers les malades mentaux. Mais vous trouverez toujours une émission de télévision bas de gamme ou un torchon quelconque pour transformer la réalité en chair à scandale. Je ne voudrais pas non plus que cette presse-là fasse ses choux gras du décès tragique de mon enfant. Comme vous pouvez l'imaginer, ce n'est pas un sujet sur lequel je désire m'attarder plus que nécessaire, et j'ajouterai juste que, quitte à lire le nom de ma fille dans les médias, j'aime autant que cela soit exclusivement en rapport avec le travail de la Fondation Liliana Rodier.

Ed se dit qu'il devait impérativement tâcher de se renseigner au sujet de Liliana. Que diable était-il arrivé à cette enfant ? Il saisit le bristol que le juge lui tendait. Quant à se montrer prudent vis-à-vis des médias, il était tout à fait d'accord avec Victor Rodier. Bon nombre de journalistes étaient honnêtes, mais certains faisaient preuve d'un manque de respect répugnant pour la vie privée d'autrui, et c'était toujours les gens les plus vulnérables qui en souffraient le plus.

— J'appellerai Mlle Cooper dès lundi matin, promit-il.

Ils s'arrêtèrent devant la porte à double battant d'où partait en diagonale le couloir menant à la salle de repos.

— J'écouterai ses conseils avec plaisir, reprit-il. Votre nomination à la Cour Suprême n'a *a priori* aucune raison d'attirer les journalistes à Merton House, mais Dieu sait à quoi sont prêts certains de ces chacals !

— J'essaie de me rappeler en toutes circonstances que les quelques semaines désagréables qu'il me faut passer sous les feux des médias est un bien petit prix à payer en comparaison de l'immense bénéfice que notre nation peut tirer de la liberté d'expression que lui garantit notre Constitution.

Victor Rodier eut un sourire désabusé.

— Cela dit, si je puis me permettre de parler non en tant que juge, mais en tant que père de famille, je dois avouer qu'il m'arrive de jeter un regard très sombre, presque courroucé, sur cette glorieuse liberté de la presse. Ma femme ne peut même plus quitter notre domicile sans tomber sur un journaliste. Elle est même harcelée jusqu'à notre propriété de Long Island.

Ed lui serra la main.

— Je vous plains sincèrement, Votre Honneur. Heureusement, tout cela sera terminé dès que le Sénat aura voté votre nomination.

Le juge soupira.

— Oui, c'est aussi ce que je me dis. Je comprends qu'il soit nécessaire d'enquêter sur mon passé, mais j'ai découvert que comprendre une chose d'un point de vue intellectuel ne permet pas forcément, loin de là, de bien la vivre au quotidien.

— J'imagine à quel point cela doit être difficile, approuva Ed. Il y a quelques années, j'ai accepté d'être le représentant légal de deux adolescents impliqués dans une affaire de meurtre en Californie. C'était bien sûr une situation difficilement comparable à la vôtre, mais elle a suffi à me montrer à quel point on peut avoir du mal à garder son sang-froid lorsqu'on est poursuivi par les médias.

— Le pire, c'est que ces furies de journalistes n'attendent que cela. Ils espèrent vous voir sortir de vos gonds ! appuya Rodier, avant de poursuivre avec un sourire glacial : mais je suis déterminé à ne pas leur donner satisfaction. De nos jours, trop de gens manquent de dignité, et c'est très regrettable.

Ed hocha vigoureusement la tête pour marquer son approbation.

— Je dois vous laisser, Votre Honneur, dit-il en indiquant le chemin qu'il devait emprunter. Voulez-vous que j'appelle une infirmière pour vous raccompagner ? La sortie est à gauche au bout de ce couloir-là.

— Je trouverai, merci.

Victor Rodier lui tendit de nouveau la main.

— Je suis très heureux d'avoir fait votre connaissance, docteur Foster. Pour être franc, j'ai toujours pensé que le Dr Grable était un homme travailleur et consciencieux, mais peut-être pas toujours aussi perspicace qu'on aurait pu le souhaiter.

Il eut un petit sourire de connivence.

— Mais je suis très maladroit, s'empressa-t-il d'ajouter. Je ne veux pas vous placer dans la désagréable position d'avoir à répondre à cette remarque déplacée au sujet de votre prédécesseur. Au revoir, docteur Foster. Nous nous reparlerons bientôt.

Ils se séparèrent, et Ed se dirigea vers la salle de repos à grands pas. La disparition de l'enfant Rodier était une affaire absolument tragique, se dit-il. Et si Constance avait bel et bien tué Liliana, le juge était un homme admirable. Pour continuer à s'occuper comme il le faisait de la femme qui avait assassiné sa fille, il devait posséder une noblesse d'âme extraordinaire. Ed soupira. Il se sentait d'autant plus frustré d'en savoir si peu sur les circonstances de l'internement de Constance. Il supposait, évidemment, qu'elle était entrée à l'hôpital à la suite de la mort de sa fille. Et après ? Il aurait tout de même bien aimé lire ce qui avait été écrit par ses collègues à l'époque.

La responsable des archives avait longuement cherché le dossier d'admission de Constance, mais en vain. Et jusqu'à présent, elle n'avait pas eu plus de succès auprès de l'hôpital St Jude, qui devait aussi conserver des documents sur Constance puisqu'elle y avait séjourné avant de venir à Merton House. Ed décida qu'il appellerait le directeur de cet établissement dès le lendemain pour lui demander personnellement de faire rechercher ces documents. Depuis qu'il avait la confirmation que la mort de l'enfant n'était pas une invention de l'esprit malade de Constance, il voulait connaître les circonstances exactes de ce drame. Comment évaluer clairement l'ampleur de la maladie de sa patiente s'il ne disposait pas de faits tangibles à confronter à ce qu'elle lui racontait ?

Arrivé à la salle de repos, il composa le code électronique de la serrure, qui se mit à bourdonner, puis il poussa la porte. Il s'avança en silence sur le sol en caoutchouc gris, conçu pour absorber les plus petits bruits. Privée de tout mobilier — à l'exception d'un lit muni de sangles —, éclairée par des néons encastrés dans des tubes opaques à la jonction des murs et du plafond, cette pièce avait pour fonction d'offrir le minimum de stimuli sensoriels au patient. Pour une personne saine d'esprit, elle paraissait déprimante au possible, mais pour un malade en proie à une crise hallucinatoire, sa sobriété monotone avait un aspect rassurant, réconfortant. Ed n'y avait pas envoyé Constance pour la punir de s'être mal comportée, mais pour qu'elle se retrouve dans un environnement neutre qui l'aiderait à se calmer.

Il s'efforça de refouler son irritation : Constance était attachée au lit par six larges sangles. Ramon se tenait debout à côté d'elle.

— Je vous avais dit de ne pas l'attacher, Ramon, déclara-t-il. Où est Aldo ?

— Il a dû partir aider les collègues à maîtriser Bernie et Iris.

Ramon fit sauter son trousseau de clés dans sa paume. Constance grimaça, mais le garçon de salle ne parut pas remarquer sa réaction.

— Nous avons été forcés de l'attacher, docteur, reprit Ramon. Sinon c'était le calmant, et vous nous l'avez interdit. Voyez-vous, docteur, elle devenait intenable. Elle a essayé de grimper au mur… Regardez, elle a les doigts en sang.

Ed baissa les yeux sur les mains de la patiente. Ramon avait raison : plusieurs ongles de Constance étaient à demi arrachés.

— Apportez-moi de quoi nettoyer ces blessures, ordonna-t-il. Ensuite, vous irez rejoindre Aldo. Je veux examiner Constance, et je crois qu'il vaut mieux qu'il y ait le moins de monde possible dans la pièce.

— D'accord, docteur.

Ramon se dirigea vers la porte, les lèvres pincées. Il revint deux minutes plus tard avec des pansements et du désinfectant.

— Voilà, docteur.

— Merci, Ramon. Je me charge d'elle, maintenant.

— Entendu, doc.

Ramon lui adressa un vague salut et sortit. Ed avait déjà remarqué qu'il faisait preuve d'une indifférence totale à l'égard des pensionnaires de Merton House, et que sa philosophie médicale se résumait à la formule suivante : « un bon patient est un patient comateux ». C'était à se demander s'il savait que les personnes dont il avait la charge étaient des malades, et non des criminels.

La porte se referma sur le garçon de salle, et Ed s'occupa aussitôt des mains de Constance. Elle avait le visage livide ; des gouttes de sueur couvraient son front. Alors qu'elle avait manifesté une très violente agitation un moment plus tôt, elle reposait à présent sur le lit, insensible aux soins qu'il lui apportait. Elle ne réagit même pas à la brûlure du produit désinfectant. Seuls les mouvements de ses iris prouvaient qu'elle était éveillée. Eveillée et apparemment sortie de sa transe. Son pouls s'était apaisé, et elle semblait parfaitement calme. Lorsqu'il eut achevé de panser ses ongles, Ed décida de prendre le risque de la libérer.

Il posa les ustensiles médicaux dans le couloir, derrière la porte, puis revint auprès du lit.

— Constance, je vais ôter les sangles qui vous retiennent au lit, annonça-t-il d'une voix ferme et claire. Je vous en prie, ne recommencez pas à vous faire du mal.

Pour toute réponse, elle cligna un œil.

— Bien. Nous sommes d'accord, Constance ? Vous n'essaierez pas de vous blesser ?

Cette fois, elle acquiesça par un léger mouvement de tête. Encouragé par ce signe de lucidité, Ed défit la boucle de la lourde sangle matelassée qui couvrait la poitrine de Constance, puis il ôta celles qui emprisonnaient son poignet gauche et sa cheville droite. Elle ne manifesta aucune agressivité ; elle demeura allongée sans bouger, sans esquisser le moindre geste. Ed fit doucement courir ses doigts sur son avant-bras. Elle repoussa sa main, mais d'un geste alangui, comme s'il lui importait peu, au fond, qu'il la touche ou non. Puis, remarquant qu'elle avait les doigts pansés, elle porta sa main devant ses yeux, sourcils froncés.

Ed consulta sa montre. 15 h 30. Dans le salon, moins de quinze minutes plus tôt, elle avait réagi à son contact comme si un brasier lui dévorait la peau. A présent, elle le laissait la toucher sans protester. Et elle n'avait pas remarqué qu'il lui soignait les doigts. Intéressant. Ed avait côtoyé des centaines d'adolescents aux prises avec la drogue. Le comportement de Constance évoquait davantage celui d'une personne ayant consommé un acide que celui d'un psychopathe en pleine crise hallucinatoire.

— Votre peau vous fait-elle mal, Constance ?

— Non.

Sa voix donnait l'impression de venir de très loin.

— Votre peau vous faisait-elle mal, tout à l'heure, dans le salon, quand je vous ai touchée ? demanda-t-il en débouclant une autre sangle.

Elle fit la moue et porta sa main libre à son front, plissant les yeux comme si elle devait produire un effort considérable pour se concentrer sur la question.

— J'avais… mal, marmonna-t-elle après un long silence.

Que signifiait une telle réponse ? Qu'elle avait eu mal à la peau ? Ailleurs dans le corps ? Ou alors, son cerveau malade répétait-il simplement un mot qu'il avait capté par hasard ?

Ed ôta la dernière sangle, celle de sa main droite. Cette fois encore, elle ne fit aucun geste contre lui. Elle était parfaitement immobile sur le lit.

— Asseyez-vous, Constance. Pouvez-vous vous asseoir ?

— Oui, répondit-elle, mais elle ne bougea pas, perdue dans la contemplation d'une tache invisible sur le plafond.

— Voulez-vous que je vous aide à vous asseoir ?

Après lui avoir amplement laissé le temps de refuser, Ed glissa un bras autour de ses épaules et l'installa avec douceur en position assise. Comme le lit se trouvait au milieu de la pièce, elle ne pouvait pas s'adosser au mur. Repliant ses jambes contre sa poitrine et les serrant entre ses bras, elle posa le menton sur ses genoux en fixant le mur gris d'un regard vide.

Ed s'assit au bout du matelas, aux pieds de Constance. Afin d'éviter les tentatives de suicide, on ne mettait ni couverture ni drap sur ce lit. Pour compenser, il fallait donc maintenir une température assez élevée dans la pièce. Ed desserra son nœud de cravate et déboutonna le col de sa chemise.

— Parlez-moi, Constance. Dites-moi ce qui se passe. Qu'est-ce qui vous a mise dans cet état, tout à l'heure ? Vous n'étiez pas contente de voir Victor ?

Constance grimaça lorsqu'il prononça le nom de son ex-mari, puis tourna les yeux vers lui.

— Victor est un crétin-pompeux, répliqua-t-elle d'une voix grasse.

Ed résista à la tentation d'approuver ce jugement.

— Victor vous veut du bien, objecta-t-il.

Constance crispa les bras autour de ses jambes.

— C'est faux.

— Il vient vous rendre visite une fois par an. Et il est venu aujourd'hui, alors qu'il est très occupé en ce moment. C'est un homme très important, Constance, qui s'apprête à occuper l'un des postes les plus prestigieux qui soient, et il a quand même pris le temps de passer vous voir.

— Il veut me faire du mal.

— Ce n'est pas vrai, Constance.

— Vous ne me croyez pas. Je le savais.

Elle poussa un long et douloureux soupir. Une larme enfla au bord de sa paupière, puis roula sur sa joue.

— Aidez-moi, Ed. Je n'en peux plus. Aidez-moi à chasser la douleur.

Il posa une main sur les siennes.

— D'où vient cette douleur, Constance ? Pourquoi souffrez-vous tant ?

— A cause des images dans ma tête, répondit-elle d'une voix entrecoupée. Les images reviennent. Les images de Lili.

— Parlez-moi de ces images, Constance. Que voyez-vous ?

— Mon bébé. Ma petite fille chérie, répondit-elle avec désespoir. Je n'arrive pas à la sauver. Jamais je ne peux la sauver. Oh, Seigneur, je n'en peux plus ! Pourquoi est-ce que je dois la regarder mourir encore une fois ?

— Cette fois, vous ne serez peut-être pas obligée de la regarder mourir. Dites-moi pourquoi vous ne pouvez pas la sauver, Constance.

Le silence s'étira entre eux.

— A cause de Victor, répondit-elle finalement. Il est toujours là.

Victor Rodier avait-il quelque part de responsabilité dans la mort de sa fille, ou Constance l'accusait-elle parce qu'elle était paranoïaque ? Rarement Ed avait à ce point regretté de manquer de renseignements concrets. Zut ! Si seulement il avait su ce qui était vraiment arrivé à Liliana, il aurait pu formuler ses questions de façon bien plus précise. Mais là, il n'avait d'autre choix que de soutenir la conversation à l'instinct, en fonction des indices que Constance lui offrait d'elle-même.

— Peut-être puis-je vous aider à échapper à Victor ? suggéra-t-il.

— Impossible.

Après une brève période de calme et de lucidité, Constance redevenait nerveuse. Elle commençait à s'agiter. Ed la sentait s'éloigner de lui.

— Emmener Lili chez Elena, balbutia-t-elle. Elena peut m'aider…

— C'est une bonne idée, approuva-t-il. Pouvez-vous me dire comment Elena va vous aider ?

— Elle n'aime pas Victor. Elle protégera Lili.

L'élocution de Constance était de plus en plus hachée. Sa respiration devenait haletante. Ses joues pâles viraient au rouge.

— Oh mon Dieu, non !

Elle poussa tout à coup un cri perçant en se griffant le visage comme si elle voulait s'arracher la peau.

— Non, non ! Je ne l'ai pas tuée, c'est faux ! Je ne te crois pas ! Où est-elle ? Où est son cadavre ? C'est toi qui l'as tuée, pas moi !

— Racontez-moi comment Lili est morte, ordonna gentiment Ed en lui saisissant les mains. Je ne serai pas en colère, Constance, je ne vous accuserai pas. Comment est-elle morte ? Etait-ce un accident ?

Elle s'agenouilla sur le lit, dans une posture de suppliciée. Le sang qui imprégnait ses pansements avait maculé son visage, se mêlant à ses larmes.

— Ce n'était pas un accident. Je ne l'ai pas tuée. Elena l'a emmenée, je ne l'ai pas tuée !

Elle éclata en sanglots, saisie d'une convulsion violente qui lui tira un hurlement de souffrance, puis, dans une poussée d'énergie frénétique, se jeta contre sa poitrine. Elle ne l'attaquait pas : elle s'abandonnait à lui.

— Je vous en prie, je vous en prie, laissez-moi la rejoindre. Laissez-moi la retrouver ! Oh, Seigneur, ne le laissez pas m'atteindre avant que je l'aie retrouvée ! Il faut que je la retrouve d'abord ! Laissez-moi la chercher ! Ce n'est qu'une enfant, une toute petite fille. Elle a besoin de moi !

— Vous pourrez la retrouver, Constance. Je vais vous aider à aller mieux, et vous serez capable de laisser Lili reposer en paix parce que vous serez en paix avec vous-même.

— Non, il m'en empêche ! s'écria-t-elle en lui agrippant les mains.

Elle se mit à claquer des dents.

— Je… n'ai pas… tué… mon bébé. Oh, Seigneur, pourquoi personne ne veut-il m'aider à la retrouver ? Grand-mère, je ne l'ai pas tuée, il faut que tu me croies ! Ne les laisse pas m'enfermer ! Ah, mon Dieu, non… !

Ed enveloppa son corps tremblant entre ses bras, lui tapotant le dos comme s'il réconfortait une enfant.

— D'accord, Constance, ne vous faites plus de souci. Lili ne risque rien. Tout va bien. Vous n'avez plus de raison de vous inquiéter. Calmez-vous, maintenant. Tout va aller bien.

Elle s'écarta subitement de lui et lui frappa le visage de toutes ses forces.

— Vous mentez ! Elle n'est pas sauvée ! Oh, Lili ! J'ai essayé, j'ai essayé ! Je suis désolée ! Ils m'empêchent tous de te sauver !

En vingt-cinq années de pratique de la psychiatrie, Ed avait rarement entendu un patient s'exprimer avec un désespoir si profond et si bouleversant. Cela devenait insoutenable. Il devait cesser de questionner Constance. Elle souffrait, et elle avait besoin d'être soulagée de sa souffrance. Manifestement, elle avait associé la visite de son ex-mari à la mort tragique de sa fille, et elle réagissait en cédant à un violent accès de panique où se mêlaient dénégation de son acte et culpabilité. C'est ce qui expliquait qu'elle ait fait une crise en juin, alors que d'ordinaire elle ne devenait violente que vers la fin novembre. Le facteur qui déclenchait ces attaques n'était en somme ni la date ni la saison, mais les visites de son ex-mari !

Ed trouvait plutôt inadmissible qu'aucun des psychiatres qui avaient examiné Constance au fil des ans n'ait décelé ce schéma comportemental. Ou alors, s'ils l'avaient remarqué, ils ne lui avaient accordé aucune importance, et c'était peut-être ce qui expliquait que le Dr Grable ait rédigé un rapport de deux pleines pages quand Constance avait eu une bronchite alors qu'il résumait ses crises de démence annuelles en quelques phrases laconiques.

Quoi qu'il en soit, il n'était jamais trop tard pour bien faire. Le rapport entre les crises de Constance et les visites du juge Rodier était maintenant établi. Tant mieux, se dit Ed. Ainsi, lorsque Constance se serait reposée, il reprendrait leurs séances thérapeutiques et essaierait de lui apprendre à vivre avec sa culpabilité. Il dissuaderait Victor Rodier de venir à Merton House tant que Constance ne serait pas capable de supporter sa présence. Le juge ne demanderait probablement pas mieux que d'avoir une telle excuse pour éviter d'accomplir un devoir aussi pesant pour lui.

Ed composa au clavier de la porte le code électronique du *biper* de Ramon. Puis il glissa un bras autour des frêles épaules de Constance et la berça avec douceur pour la faire patienter. Les médicaments la plongeraient dans l'inconscience, ce qui la soulagerait grandement. Il caressa les cheveux ternes de Constance en essayant de voir en elle la rousse magnifique et pleine de vigueur à laquelle Victor Rodier avait fait allusion. Mais son imagination n'était pas capable, pour l'heure, de tels débordements.

La serrure électronique grésilla, signalant l'arrivée du garçon de salle. Plutôt que le cocktail de Haldol et d'Ativan servi généralement aux patients psychotiques, Ed décida de prescrire un sédatif modéré à sa patiente. Constance s'était déjà bien calmée ; à présent, il voulait simplement lui donner une chance de se reposer.

Elle remua doucement entre ses bras, se blottissant contre lui avec un abandon qui l'émut autant qu'il l'étonna. Et, en baissant les yeux sur elle, Ed se demanda pourquoi il ne pouvait se défaire du sentiment troublant qu'elle venait de lui livrer une pièce majeure d'un puzzle complexe — et qu'il s'était ingénié à la mettre à la mauvaise place.

9.

Victor Rodier s'installa à l'arrière de sa luxueuse limousine, puis salua du menton le chauffeur et l'agent des services secrets chargé d'assurer sa sécurité. Sa nomination à la Cour Suprême lui avait déjà attiré tout un chapelet de menaces de mort. La plupart prêtaient à rire, mais il valait mieux se montrer prudent : pour tuer un homme, après tout, il suffisait d'un esprit un peu plus dérangé qu'un autre et d'une balle bien placée. En conséquence, Victor n'avait pas refusé d'être protégé vingt-quatre heures sur vingt-quatre. Cela impliquait que ses moindres faits et gestes étaient observés et consignés, mais ce désagrément ne pesait pas lourd : Victor aimait à se dire qu'il avait maintenant atteint une strate si élevée de la hiérarchie sociale qu'il occupait une place de choix dans l'imaginaire des cinglés et des dingos de tout poil. Il se renversa contre le dossier de cuir moelleux de la banquette et s'accorda quelques instants de détente. Charmer le gouverneur de la Caroline du Nord, un Sudiste buté de la vieille école, avait constitué un exercice épuisant.

Il se tourna vers l'agent des services secrets.

— Votre journée va se terminer bien tard, Darren, j'en suis désolé. Combien de temps nous faudra-t-il pour regagner Washington ?

— Nous pensons arriver à votre domicile vers 4 heures du matin, Votre Honneur.

Victor consulta sa montre tandis qu'ils quittaient la longue allée de gravier de la propriété du gouverneur. Vu qu'il était à peine 22 heures, la réponse de l'agent signifiait que le chauffeur comptait se traîner jusqu'à Washington à la vitesse exaltante de quatre-vingt-dix kilomètres à l'heure.

Il adressa un sourire légèrement peiné à Darren.

— Je suppose qu'il serait tout à fait malvenu de ma part de suggérer que nous nous accordions quelques pointes de vitesse ? Demain matin, j'ai un petit déjeuner à 7 h 30 avec une brochette de journalistes, et j'espérais réussir à prendre quelques heures de vrai sommeil, dans mon lit, avant de devoir faire face à leur interrogatoire.

Les gens des services secrets ne souriaient jamais. Darren décrispa pourtant légèrement les lèvres.

— Je vais faire passer le message à Ron, Votre Honneur. Et si vous souhaitez essayer de dormir, je me chargerai de prendre vos communications téléphoniques.

— Merci, Darren, votre aide m'est précieuse.

Victor secoua lentement la tête.

— A vrai dire, reprit-il sur le ton de la confidence, mon emploi du temps est tellement chargé que je n'aurais peut-être pas dû faire ce voyage, mais je tenais beaucoup à rendre visite à mon ex-femme, car j'avais reçu des nouvelles très encourageantes concernant son… son état de santé.

Darren sembla hésiter à répondre.

— J'espère que vous l'avez trouvée en forme, Votre Honneur.

— Pas en aussi bonne forme que je le souhaitais, malheureusement, précisa Victor dans un soupir. Les maladies mentales sont terrifiantes, Darren, croyez-moi. Elles transforment les personnes les plus douces et les plus gentilles, comme mon ex-femme, en de véritables monstres.

— Je suis désolé, Votre Honneur. Je, hmm… j'ai entendu parler de la mort de votre fille. C'est… tragique.

— Oui. Tragique, c'est le mot. Et le pire, quand on perd un enfant, c'est que… votre chagrin ne s'efface jamais. Il vous accompagne en permanence, aussi brutal, aussi dévastateur que le jour même du drame. Cependant, j'essaie toujours de me souvenir qu'il ne sert à rien de ruminer le passé et qu'il ne faut pas s'engluer dans son propre malheur. Le monde regorge de problèmes qu'il faut essayer de résoudre si nous voulons améliorer le sort de chacun, et je suis sûr que le Seigneur ne veut pas que nous dissipions nos énergies à nous tourmenter pour des souffrances et des injustices que Lui seul sait amender.

— Vous avez fait bien plus que la plupart des hommes pour rendre notre monde meilleur, Votre Honneur.

De nouveau, Darren sembla hésiter à franchir la limite de la discrétion professionnelle pour se livrer à des confidences d'ordre personnel.

— A sa naissance, mon fils avait un cancer de la colonne vertébrale, finit-il par expliquer. Il a été immédiatement opéré, et avec succès, mais quand le moment est venu de lui réapprendre à marcher, la Fondation Rodier a été le seul établissement à accepter de le prendre en charge. Ma femme et moi, nous nous répétons souvent que nous ne savons pas ce que nous serions devenus sans votre fondation. Nous vous devons beaucoup, Votre Honneur.

Victor hocha la tête d'un air compatissant. Il ne laissait d'être étonné par le nombre de personnes dont la vie avait été transformée, d'une façon ou d'une autre, par les œuvres de la fondation. Les récits comme celui de Darren le touchaient, car ils lui prouvaient que c'était son labeur et son génie visionnaire qui avaient permis à la fondation de si bien fonctionner depuis plus d'un quart de siècle. Il se racla la gorge, puis répondit d'une voix chargée d'émotion :

— Ne me remerciez pas, Darren. Pour être franc, je me sens toujours un peu coupable lorsque j'entends dire que je suis un bienfaiteur. L'argent qui permet à la fondation de fonctionner, voyez-vous, provient intégralement d'un don fait par M. et Mme Wendell P. Grant en souvenir de ma fille, Liliana. Je suis président de la fondation et j'en gère le capital, mais celui-ci appartient à l'origine à la famille de ma femme. Les Grant, voyez-vous, étaient les arrière-grands-parents maternels de Liliana.

Darren s'agita nerveusement sur la banquette en triturant son téléphone portable comme s'il éprouvait le besoin de manipuler un objet familier pendant qu'il s'aventurait dans l'univers inconnu d'une conversation à caractère privé avec un futur juge de la Cour Suprême.

— Vous n'avez peut-être pas sorti cet argent de votre poche, Votre Honneur, mais nous connaissons tous le travail immense que vous avez fourni pour la fondation. Ma femme et moi, nous ne pourrons jamais vous remercier assez d'avoir permis à notre enfant de recouvrer l'usage de ses jambes.

— C'est une récompense bien suffisante de voir votre fils en bonne santé.

— Non seulement il marche, Votre Honneur, mais il joue aussi au football.

— Splendide.

Victor décida qu'il en avait assez d'être remercié.

— Bon, si je ne veux pas passer pour un écervelé demain matin devant la meute des journalistes, je ferais bien de grappiller quelques heures de sommeil.

— Oui, Votre Honneur. Je vais baisser la lumière et fermer les rideaux des portières.

— Merci.

Victor retira son blazer et le tendit à l'agent des services secrets.

— Auriez-vous la gentillesse de pendre ceci pour moi ?

Il régla le siège à un angle de quarante-cinq degrés, puis s'installa confortablement avec l'oreiller et la couverture que quelqu'un avait eu la bonne idée de placer là à sa disposition. Après quoi, il déboutonna son col de chemise et desserra sa cravate, mais sans la retirer. Une réputation d'homme honorable, cela se gagnait durement et cela se perdait très vite. Aujourd'hui, un homme comme lui ne pouvait compter sur la discrétion de personne. Même ceux qui semblaient bien disposés à son égard, tel Darren, pouvaient se retourner contre lui. Il suffisait de voir ce qui était arrivé aux Clinton quand un ex-garde du corps revanchard avait commencé à bavasser au sujet de leur vie privée devant la presse. Ne jamais donner du grain à moudre à ses ennemis ! Un politicien aussi rusé que Bill Clinton aurait dû connaître ce sage précepte.

Victor cala ses talons sur le repose-pied. Il disposait désormais de plusieurs heures de silence et de tranquillité dans l'obscurité de l'habitacle. Tant mieux. Il ne lui en fallait pas moins pour décider de la manière dont il allait pouvoir endiguer les catastrophes qui avaient la sale idée de poindre à l'horizon de son existence.

Non seulement sa crétine d'ex-femme semblait sur le point de s'arracher à la torpeur dans laquelle elle avait baigné depuis vingt-six ans, mais Jessica Zajak s'était pointée à la maison des Grant à Long Island. Dieu merci, son épouse actuelle s'y trouvait à ce moment-là, sans quoi il n'aurait peut-être jamais été au courant de cette visite. En tout état de cause, il savait maintenant que Jessica avait décidé d'enquêter en profondeur sur son passé. Fichtre ! Quel pire moment aurait-elle pu choisir, la garce ?

Pour découvrir ce qu'elle mijotait, il n'avait eu qu'à téléphoner à ses parents adoptifs en se faisant passer pour un détective privé engagé par elle-même. Naïfs qu'ils étaient ! D'après les réponses qu'ils lui avaient données, il avait compris que Jessica avait retrouvé des documents indiquant qu'elle n'était peut-être pas Jessica Marie Pazmany, et qu'elle était partie pour New York faire des recherches à ce sujet.

Victor aurait donné cher pour savoir de quels documents il s'agissait. C'était incompréhensible. Dieu savait s'il avait pourtant pris soin de détruire toutes les pièces compromettantes, de verrouiller toutes les serrures du passé de Jessica. Et il ne s'était jamais reposé sur ses lauriers ! Il avait continué à veiller au grain au fil des ans, inlassablement, alors que d'autres hommes — des hommes de moindre envergure que lui — se seraient crus à l'abri du danger et auraient laissé les choses leur échapper. Les visites annuelles à Merton House, par exemple. Elles avaient bien porté leurs fruits, ne serait-ce qu'en termes de relations publiques. Grâce à sa brillante manière de gérer la situation, le fait qu'il ait une ex-épouse enfermée dans un asile de fous était présenté par les médias comme la preuve irréfutable que Victor Rodier serait le garant de la compassion et de l'humanisme au sein de la Cour Suprême !

Avec toutes les précautions qu'il avait prises depuis vingt-cinq ans, Jessica Zajak lui posait un problème non seulement imprévu, mais aussi totalement indu. Il ne méritait pas qu'elle refît surface à un moment aussi crucial de sa carrière. Victor fulminait. Elle avait eu une enfance tout à fait heureuse, nom d'un chien ! Pourquoi diable avait-elle besoin de fouiller son passé, de poser des questions idiotes sur des sujets sans intérêt, de mettre tout en péril ? Quelle attitude puérile ! S'il n'avait été si intelligent, il aurait pu en concevoir de l'amertume. Mais, ainsi qu'il l'avait expliqué à Darren, il considérait que la vie était trop courte pour qu'on la gaspille en futiles ruminations sur l'injustice du destin.

Contrairement aux gens ordinaires, qui avaient le regrettable défaut de paniquer face aux difficultés, Victor avait fermement l'intention de ne pas fléchir — et de contre-attaquer. Dans l'immédiat, sa tâche principale consistait à s'assurer que rien ne viendrait contrarier sa nomination à la Cour Suprême. Durant vingt-six ans, il avait appris à tirer les ficelles en coulisses, à progresser avec précaution en effaçant systématiquement ses traces derrière lui, à anticiper les problèmes potentiels et à les régler avant même qu'ils ne surgissent. Malheureusement, étant donné que les auditions devant la Commission Judiciaire Sénatoriale approchaient à vitesse grand V, le temps n'était plus de son côté. Bourde incompréhensible, il avait interprété de travers le C.V. du Dr Edgar Foster et, au lieu d'une marionnette vieillissante et inoffensive, il avait encouragé le conseil d'administration de Merton House à engager un réformateur belliqueux. En temps normal, il aurait rectifié cette erreur de la façon la plus simple qui soit, en entamant une lente et prudente campagne de dénigrement visant à convaincre le conseil de démissionner le Dr Foster et de le remplacer par un psychiatre tel que le Dr Grable — c'est-à-dire un homme bien plus intéressé par son petit confort que par ses patients. Mais en l'occurrence, il n'avait pas assez de temps pour appliquer cette méthode.

Victor se targuait d'être réaliste, pragmatique, et de posséder un talent insurpassable pour le raisonnement à froid et l'analyse. C'était ce qui faisait de lui un juge si extraordinaire. Comme il ne se laissait jamais dominer par ses émotions, il était capable d'interpréter et d'appliquer la loi dans toute sa pureté et sa complexité.

Il fallait à présent qu'il utilise cet immense potentiel de réflexion. Quelle évaluation réaliste pouvait-on faire de sa situation actuelle ? Victor eut un sourire amer dans l'obscurité. Inutile de se voiler la face : il était dans un foutu pétrin.

La présence du Dr Foster à Merton House impliquait un risque considérable de voir Constance recouvrer ses facultés mentales. Cependant, il n'y avait pas trop de souci à se faire du côté de son ex-femme. Il la terrifiait toujours autant, et il n'avait pas eu plus de difficulté cette fois que les autres à l'envoyer valser au pays du délire hallucinatoire. Les procédures de sécurité de Merton House étaient honteusement laxistes. Peut-être ferait-il part de cette observation lors de la prochaine réunion du conseil d'administration. Il s'amusait toujours comme un petit fou à ce type de jeu — du moment, bien sûr, qu'il avait la certitude de pouvoir contourner les nouvelles règles qu'il aidait à mettre en place.

En outre, même si Constance commençait à se montrer récalcitrante, il doutait que cette vieille carne puisse se souvenir de quoi que ce soit qui ne passe pour des divagations psychotiques. Bien. Donc, vu que son ex-femme ne pouvait lui causer que des inconvénients mineurs, il n'avait plus qu'à s'occuper de l'autre partie du problème.

Jessica. Là, la solution s'imposait d'elle-même : il fallait empêcher cette jeune femme de poser des questions gênantes. Or, quel que fût l'angle sous lequel Victor abordait ce problème, il ne voyait qu'un moyen de la réduire au silence. Jessica devait mourir. Et vite. Avant qu'elle réussisse à dire ou à faire quoi que ce soit qui risque d'entraver la rencontre de Victor Rodier avec son Destin. Il n'avait pas consacré toute sa carrière à obtenir un siège à la Cour Suprême pour voir son rêve fichu en l'air à la dernière minute par une moins-que-rien comme Jessica Zajak.

Tuer Jessica serait déplaisant, certes. Mais indispensable. Il se le devait à lui-même. Dans tout le pays, on ne trouvait pas plus qualifié que lui pour occuper le siège vacant de la Cour Suprême. Il n'avait pas le droit de laisser les erreurs de son passé priver le peuple des Etats-Unis d'Amérique d'un juge de son calibre.

Heureusement, il s'était préparé depuis plusieurs années à une telle nécessité — une telle urgence, aussi. Il avait en sa possession tout ce qu'il lui faudrait pour mener son projet à bien. Au cours des années quatre-vingt, quand les luttes de clocher entre hommes de loi transformaient les moindres nominations aux postes de juge en guérillas impitoyables, il avait compris que son passé risquait de le mettre dans une situation très périlleuse. Ainsi, juste avant son accession au *Ninth Circuit*, pendant qu'on enquêtait à son sujet, il avait décidé de la manière dont il s'y prendrait pour supprimer Jessica si le besoin s'en faisait sentir. Heureusement, tout s'était passé sans accroc et, étant un homme de pitié, il avait mis son plan au placard.

Mais aujourd'hui, il ne s'agissait pas seulement de dépoussiérer ce plan. La situation exigeait qu'il soit mis à exécution immédiatement. Jessica Zajak devait être de retour à son bureau lundi matin. Victor s'assurerait d'abord qu'elle était bien à Denver, puis passerait à l'action. Lundi, Jessica serait éliminée.

Pauvre femme, elle était bien jeune pour mourir. Victor se sentait un peu triste pour elle.

Jess se répéta pour la dixième fois qu'elle était aussi soulagée que ravie que Dan n'ait pas cherché à la joindre. Parfaitement ! Elle posa le dernier chemisier dans sa valise, puis en rabattit le couvercle d'un geste résolu. Et si elle éprouvait un désir presque furieux de lui téléphoner, c'était pour une raison très simple, qui n'avait rien, mais alors rien du tout à voir avec Dan lui-même : vu que c'était son ex-mari qui lui avait révélé qu'elle n'était pas Jessica Marie Pazmany, il restait associé à ce problème dans son esprit. Or, il y avait du neuf de ce côté. Voilà pourquoi elle voulait lui parler.

Grâce à l'Ordre des médecins, elle n'avait guère eu de difficulté à retrouver le Dr Weir, le cancérologue qui avait soigné la leucémie de Jessica Marie. Il était toujours en vie. Jess avait d'abord été en communication avec son assistante, qui l'avait découragée en lui expliquant que le Dr Weir détruisait tous ses dossiers au bout de vingt-cinq ans, même ceux qui étaient sur microfilms, sauf cas particuliers, comme les dossiers liés à ses recherches actuelles. Heureusement, le médecin avait ensuite pris l'appareil. Quand Jess avait demandé à le rencontrer pour lui montrer des photos de Jessica Marie susceptibles de stimuler sa mémoire, il avait accepté — tout en précisant qu'à la fin des années soixante, la très grande majorité des enfants atteints de leucémie mouraient, et qu'il ne se souvenait que des rares gosses qui s'en étaient sortis.

— Dans une spécialité comme la mienne, c'est ainsi que ça se passe, avait-il précisé. Si nous n'oubliions pas nos échecs, nous serions trop déprimés. Mais Dieu merci, nous avons bien plus de guérisons aujourd'hui qu'à cette époque ! C'est ce qui me pousse à continuer mes recherches, tant bien que mal.

Le Dr Weir devait assister à un séminaire à Chicago pendant le week-end, mais il avait proposé à Jess de la recevoir le dimanche soir à son cabinet. Elle avait hésité un instant. Cela valait-il la peine de perdre deux jours de plus à New York alors qu'elle n'avait quasiment aucun espoir d'y trouver davantage de renseignements ? Oui. Quitte à enquêter sur son passé, elle devait suivre jusqu'au bout cette piste-là comme les autres. Et elle s'était répété maintes fois que sa décision de rester n'avait absolument rien à voir avec l'espoir que Dan lui téléphonerait pour l'inviter de nouveau à dîner.

Dan, bien sûr, n'avait pas appelé, et c'était bien fait pour elle ! Quant au Dr Weir, il ne lui avait apporté aucune information déterminante.

En entrant dans son bureau, elle s'était trouvée en face d'un bel homme d'une cinquantaine d'années, très amical. Elle lui avait tendu la photo où Jessica Marie et ses parents posaient à Noël, et il l'avait contemplée en silence pendant quelques secondes.

— Je me souviens d'elle, effectivement, avait-il déclaré. La mère était infirmière. Une femme remarquable. Alors qu'elle connaissait l'issue de la maladie de sa fille, elle tentait de la rendre heureuse et de soulager sa douleur par tous les moyens. C'est elle qui a eu le courage de dire stop quand il s'est avéré que même les traitements expérimentaux les plus poussés ne sauveraient pas l'enfant.

Le Dr Weir avait trituré les pointes de sa moustache, l'air songeur.

— Oui, tout ça me revient, à présent. Vous disiez que le mari était hongrois, c'est cela ? Je crois me rappeler qu'il avait un accent assez prononcé.

Il avait encore jeté un coup d'œil sur la photo.

— La mère n'était pas vraiment belle, mais elle avait un visage avenant. Et elle était très digne. Je crois me rappeler qu'après la mort de l'enfant, on a dû l'hospitaliser parce qu'elle était épuisée.

— A votre avis, Elena Pazmany a-t-elle pu être bouleversée par la mort de sa fille au point de commettre un acte insensé ? Se pourrait-il qu'elle ait complètement perdu les pédales ?

— Non, ne vous tracassez pas pour ça, avait répondu le Dr Weir en secouant la tête. Mme Pazmany était bouleversée, certes, mais elle était aussi une des mères les plus équilibrées et les plus affectueuses que j'aie jamais vues. Mes souvenirs ne valent que ce qu'ils valent, mais je dirais qu'il est peu probable que son chagrin lui ait fait perdre la raison. Cela dit, bien sûr, je dois ajouter que je ne me suis pas réellement soucié de son état mental. Alors mon témoignage n'est pas tout à fait fiable.

— D'accord. Je vous suis très reconnaissante d'avoir pris le temps de me répondre, docteur. Vous ne pouvez imaginer le mal que j'ai à retrouver les gens qui ont connu mes parents autrefois.

Le Dr Weir l'avait raccompagnée à la porte de son cabinet et lui avait souhaité bonne chance en lui assurant qu'il restait à sa disposition si elle avait encore besoin de lui. Jess avait hélas compris que cette piste-là, comme tant d'autres, ne l'avait menée nulle part.

Le week-end n'avait pas été totalement perdu, cependant, parce qu'elle avait réussi à joindre Gus, le jardinier un peu bourru de Long Island.

Ce bon vieux Gus ! Les effets du billet de vingt dollars que Jess lui avait donné s'étaient manifestement dissipés, et il avait commencé par se plaindre qu'elle l'arrachait à une partie de hockey retransmise à la télévision. Craignant qu'il ne lui raccroche au nez, Jess s'était empressée de demander s'il se souvenait d'une femme nommée Elena Korda, qui se serait trouvée chez les Grant à l'époque où il travaillait pour eux. Gus lui avait renvoyé un « non » tranchant. Elle avait essayé de stimuler sa mémoire en suggérant qu'Elena avait peut-être été employée chez les Grant en tant qu'infirmière. Toujours rien. Puis, alors que Jess s'apprêtait à mettre un terme à la conversation, Gus avait soudain rouvert la porte de ses souvenirs :

— J'ai jamais connu de femme qui s'appelait *Elena* Korda, avait-il bougonné. Par contre, il y avait une *Elisabeth* Korda. C'était une veuve, réfugiée depuis la Seconde Guerre mondiale. Elle était gouvernante de Bartlett House. Quand elle est morte, les Grant ont eu vraiment du chagrin, croyez-moi. Elle vivait avec eux depuis vingt, peut-être vingt-cinq ans, et ils la traitaient comme si elle faisait partie de la famille. Maintenant, il me semble me rappeler qu'elle avait une fille. Peut-être que c'est cette Elena que vous recherchez ?

Elisabeth était effectivement le prénom de la mère d'Elena. Jess avait soupiré à l'idée qu'elle tombait de nouveau dans une impasse. La peste soit de son grand-père ! En conservant pendant si longtemps dans son grenier les documents cruciaux qui la concernaient, il avait réussi à faire en sorte qu'il lui soit presque impossible de découvrir la vérité sur ses origines.

Enfin ! Une question lui était tout à coup venue à l'esprit : à quelle époque Elisabeth Korda était-elle décédée ? Se pouvait-il qu'Elena ait perdu sa mère et sa fille à la même période, et que la succession de ces deux drames lui ait fait perdre la raison au point de l'amener à kidnapper un enfant ?

— Vous rappelez-vous quand Elisabeth est morte ? avait-elle demandé à Gus à tout hasard. Cela doit faire très longtemps, vous ne vous en souvenez peut-être…

— Ça fait un bail, tout juste, l'avait-il interrompue d'un ton maussade, mais je peux vous dire le jour exact de sa mort, parce que c'est celui où on a tué Robert Kennedy. Sale époque, vous pouvez me croire ! Martin Luther King a été assassiné la même année, lui aussi. C'était à l'été 68, il me semble. Je me souviens qu'à l'enterrement d'Elisabeth Korda il faisait une chaleur infernale. Elle était pas bien vieille, puisqu'elle avait tout juste soixante ans, mais avec trois paquets de cigarettes par jour, le cancer a fini par avoir raison de ses poumons.

Jess se souvenait que lorsqu'elle lui avait parlé devant Bartlett House, Gus fumait cigarette sur cigarette. Il avait beau déplorer le destin d'Elisabeth Korda, il n'en semblait pas moins se considérer comme immunisé contre le cancer.

— Elle fumait de ces cigarettes très fortes, des étrangères, avait-il ajouté. Une odeur vraiment bizarre, vous savez. La maladie l'a tuée en quelques semaines. Maintenant que j'y pense, je me demande si en plus de sa fille, elle avait pas aussi une petite-fille. Elles étaient toutes les deux à l'enterrement. J'pense que le mari de la fille était là aussi.

Gus avait poussé un petit grognement intrigué.

— C'est drôle comme la mémoire vous joue de ces tours, hein ? Je me souviens mieux des obsèques d'Elisabeth Korda que je me souviens de certains endroits où je suis allé il y a même pas un an. Alors, qu'est-ce que vous en dites ? Cette Elena que vous recherchez, c'est bien la fille d'Elisabeth, non ? Pourquoi est-ce que vous la cherchez, d'ailleurs ?

— Elle est morte dans un accident de voiture dans lequel j'étais aussi, avait répondu Jess.

Puis elle avait remercié Gus et raccroché. Elle ne savait pas trop si elle devait éprouver du soulagement ou de la déception d'avoir découvert un rapport si banal entre les Grant et les Pazmany. Manifestement, les Grant avaient été des gens aussi généreux que riches. Le fait qu'ils avaient payé les frais médicaux de la petite-fille de leur gouvernante n'avait rien de bien extraordinaire. En tout cas, ces informations ne lui disaient hélas toujours pas qui elle était, d'où elle venait et pourquoi elle se trouvait dans la voiture des Pazmany ce tragique vendredi soir de décembre.

Après une nuit passée à ressasser ses conversations avec le Dr Weir et Gus, elle s'était réveillée avec le sentiment déroutant qu'elle se trouvait sur le point de faire une découverte majeure. Elle avait réussi à se débarrasser de cet espoir puéril en se disant qu'elle ne devait pas se perdre en conjectures, mais…

… mais maintenant que sa valise était bouclée, elle avait toujours furieusement envie de parler à Dan. Si elle l'appelait, en tout cas, elle pourrait lui confier sa confusion, ce qui la soulagerait sans doute. Elle lui demanderait aussi, puisqu'il l'avait lui-même proposé, de fouiller les archives de quelques journaux pour tenter de découvrir si une petite fille n'avait pas disparu à New York dans les jours ou les semaines précédant son arrivée à Cleveland. L'idée que ses vrais parents étaient peut-être encore en vie — et qu'ils souffraient depuis des années de l'avoir perdue — la rendait de plus en plus nerveuse.

Non, se dit-elle avec fermeté. Une nuit d'insomnie, ça n'était pas une excuse valable pour qu'elle téléphone à Dan. Elle savait fort bien qu'elle ne devait pas compter sur son ex-mari pour lui apporter du réconfort ou des conseils avisés. Et si elle avait malgré tout l'impression qu'il représentait une sorte de rempart contre l'émiettement de sa vie, c'était parce que… hmm, il devait bien y avoir une raison, mais elle n'arrivait pas à mettre le doigt dessus pour le moment. C'était probablement un truc psychologique tordu, lié au fait que leur mariage et leur divorce constituaient les seuls événements importants de son existence qui fussent sans rapport avec Jessica Marie et les documents que Papy Gene avait cachés dans son grenier.

Il était temps qu'elle parte pour l'aéroport. Elle enfila sa veste, tandis qu'un sourire désabusé lui échappait. Décidément, l'enquête qu'elle menait sur son passé provoquait un étrange réarrangement de son mobilier psychologique. Considérer son ex-mari comme une ancre solide dans un océan d'incertitude était bien l'un des concepts les plus bizarres que son esprit lui eût jamais soufflé.

Jess prit soudain conscience qu'elle avait décroché le téléphone. Elle le reposa d'un geste furieux sur sa base. « Ça suffit ! » songea-t-elle. Il était temps qu'elle cesse d'être obsédée par sa relation avec Dan et que… qu'elle aille vérifier qu'elle n'avait pas oublié ses affaires de toilette ! Elle baissa les yeux sur le téléphone et se rendit compte qu'elle tenait de nouveau le combiné à la main. Quand l'avait-elle décroché ? *Pourquoi* l'avait-elle décroché ? Certainement pas pour appeler Dan, en tout cas. Et puisqu'elle n'avait strictement aucune intention de téléphoner à son ex-mari, elle allait composer le numéro de son bureau, à Denver. Là-bas, il n'était que 8 heures, mais Marla, son assistante et amie, arrivait toujours tôt au travail, surtout le lundi matin.

Elle sortit sa carte de crédit de son sac, puis pianota au clavier le chapelet de chiffres et de codes nécessaires pour établir la communication. La voix enjouée de Marla, dans l'écouteur, la mit aussitôt de meilleure humeur.

Elles échangèrent quelques platitudes, s'accordant à dire qu'il faisait un temps superbe et qu'il n'y avait pas de raison que le vol New York-Denver de 11 heures soit retardé.

— J'arriverai directement de l'aéroport, précisa Jess. Si tu pouvais déposer les dossiers de la société pharmaceutique sur mon bureau, Marla, ce serait formidable. Comme je dois leur soumettre une proposition demain au plus tard, je vais devoir y travailler ce soir à la maison.

— Entendu. Je préparerai aussi les brochures standard pour ton dossier de présentation. Comme ça, quand la proposition sera prête, tu pourras tout envoyer illico.

— Merci, ça me rendra un très grand service. Ce matin je n'arrive pas à comprendre ce qui m'a pris de partir pour une semaine de vacances à cette période de l'année.

— Peut-être as-tu considéré que tu y avais droit, puisque tu ne t'étais pas accordé un seul jour de congé depuis plus de six mois ? suggéra Marla.

Jess sourit.

— Oh, c'est vrai. Je me doutais bien qu'il devait y avoir une raison valable.

Elle entendit le fauteuil de son assistante crisser sur le sol du bureau.

— Que se passe-t-il ? demanda-t-elle.

— Rien de bien passionnant. Le bureau du maire vient de nous faxer l'emploi du temps du grand homme pour la semaine prochaine. Ils précisent que c'est toi qui le leur as réclamé.

— Je me souviens de l'avoir demandé, en effet. Quant à savoir pour quelle raison, je n'en ai pas la moindre idée.

Marla pouffa.

— Tu as dû bien t'amuser, à New York. Ce n'est pas dans tes habitudes d'oublier ce genre de détails.

« Exact », admit Jess en pensée. Mais d'habitude, elle n'était pas obligée de se lancer dans une conversation à caractère professionnel pour tenter d'oublier à quel point elle aurait aimé se jeter au lit avec son ex-mari ! Elle se ressaisit et déclara sur un ton ferme :

— Il y a tellement de bruit à New York que j'ai du mal à penser de façon cohérente. Mais je me rappelle maintenant pourquoi je voulais l'emploi du temps du maire. Le président de LuftWest, un voyagiste allemand, veut le rencontrer pour lui parler des problèmes que ses clients rencontrent sur les routes de montagne quand il fait mauvais temps.

— Parce que parler au maire, ça va changer le climat, peut-être ? Ou élargir par miracle le tunnel Eisenhower ?

— Marla, ce type fait venir chez nous près de huit mille skieurs allemands par an, soit deux avions pleins chaque semaine pendant la haute saison. S'il veut causer au maire, il causera au maire. Organisons un déjeuner, ou même un petit déjeuner. Le maire prendra son air le plus solennel et lui promettra de convaincre les autorités de l'Etat de renforcer les équipes de déneigement en hiver. Tu sais bien que ça ne ferait pas de mal d'avoir quelques chasse-neige de plus. Le président de LuftWest arrive mardi soir prochain, et il reste dans le Colorado jusqu'à la fin de la semaine. Supplie les assistants du maire de trouver un créneau pour lui faire plaisir.

— D'accord. J'en prends note. Il faut aussi que je te dise qu'une pile de courrier haute comme un immeuble t'attend sur ton bureau.

— Et il y a quelque chose d'intéressant, là-dedans ?

— Non, c'est rien que du courrier professionnel triste à mourir, mis à part un paquet très luxueux qui… Attends… Qui ressemble fort à un cadeau, Jess. C'est une espèce de grosse enveloppe matelassée en aluminium doré, tu vois ? Vraiment très classe. C'est arrivé par porteur exprès il y a une demi-heure. Et dessus, tiens-toi bien, il y a écrit « Personnel ».

Un paquet marqué *Personnel* ? Jess sentit son pouls s'accélérer. Sans aucun doute un cadeau de Dan, l'un des hommes les plus doués qui soient pour ce genre d'attention. Ainsi, leur dîner catastrophique de jeudi soir ne l'avait pas décidé à tirer un trait définitif sur elle…

— Il y a l'adresse de l'expéditeur ? demanda-t-elle d'un ton détaché.

— Hum, acquiesça Marla. Ça vient de chez The Chocolatier, à Manhattan. Sur la Cinquième Avenue. Son adresse est gravée sur un autocollant cuivré. C'est superbe, si tu veux savoir. L'emballage doit coûter une fortune à lui tout seul.

Oui, c'était forcément Dan, se dit Jess. Qui d'autre lui enverrait des chocolats achetés dans une boutique de la Cinquième Avenue ? Comme il connaissait très bien ses goûts, il avait probablement choisi des truffes en chocolat blanc ponctuées d'éclats de noisette.

Jess se durcit le cœur.

— Vas-y, ouvre-le, Marla, proposa-t-elle. Et n'hésite pas à piocher dedans. J'ai fait des excès au restaurant, ces derniers jours, et j'ai décidé de surveiller ma ligne.

— Génial ! Je mettrai le bristol de côté, pour que tu saches qui remercier.

Marla eut un soupir de contentement.

— Tu me connais, Jess, reprit-elle. Le chocolat, c'est comme une drogue. Rien que d'y penser, je commence à divaguer…

— Dès maintenant ? A l'heure du petit déjeuner ?

— Mais, ma chère, répliqua Marla avec humour, le chocolat est l'aliment du petit déjeuner par excellence ! Imagine-toi qu'en ce moment même je cherche des ciseaux pour ouvrir le paquet.

Jess pouffa.

— D'accord, gave-toi de chocolat ! Et pendant que tu rumineras, j'aurai des pensées affectueuses pour mes jolies hanches, si fines, si délicates.

— Dis, Jess, protesta Marla en riant, tu sais que des fois, j'en ai plein le où-j'pense, de tes remarques ?

— Tu fais sans doute allusion à mon… popotin ? Mon petit, mon adorable… popotin !

Jess sourit, essayant de ne pas imaginer ce que Dan avait écrit sur la carte qu'il devait avoir jointe au cadeau. Probablement une petite formule tendre et spirituelle qui la ferait se sentir toute chose et lui donnerait une délicieuse bouffée de chaleur. Hum, avant de lire ce message, il faudrait qu'elle se fortifie l'esprit pour résister à son ex-mari. Deux dîners, quelques regards appuyés et une boîte de bonbons luxueux ne suffiraient pas à dissoudre les souffrances de leur vie conjugale.

— As-tu d'autres nouvelles ? demanda-t-elle à Marla. Il faut que je parte pour attraper la navette de l'aéroport. Je serai à Denver vers 15 heures…

Un bruit fracassant retentit dans le téléphone, si fort qu'il assourdit Jess pendant quelques instants. Elle passa l'écouteur à son autre oreille, la gorge nouée par l'anxiété. Seigneur ! Qu'est-ce que c'était que ce boucan ?

— Marla ? Que s'est-il passé ? On aurait dit que l'armoire murale te tombait dessus ! Ça va ?

Silence. Jess secoua le fil du téléphone. Rien. Elle fit cliqueter frénétiquement l'interrupteur de la base.

— Marla, réponds-moi ! Que s'est-il passé ? Tu vas bien ? Réponds, nom d'un chien !

Un signal intermittent se mit à résonner dans l'écouteur, comme si la ligne était occupée. La bouche sèche, le dos couvert de sueur froide, Jess recomposa le numéro de son bureau. Le même signal sonore lui répondit. Elle raccrocha et composa la ligne directe de son supérieur. Celle-là aussi était occupée. Jess se mit alors à trembler de tout son corps.

Crispant la main sur le combiné, elle fit le numéro de l'opérateur longue distance.

— Je cherche à joindre mon bureau à Denver, expliqua-t-elle d'une voix entrecoupée. Je crois qu'il s'est produit un accident. Pourriez-vous vérifier si la ligne fonctionne, s'il vous plaît ?

Elle attendit, le ventre noué, que l'opérateur reprenne la communication.

— On dirait que la ligne est en dérangement, en effet. Je vais signaler la panne.

— Non, attendez ! Ne raccrochez pas, je vous en prie ! Je crois qu'il s'est passé quelque chose de terrible…

— Désolé, mais je ne peux rien faire de plus. Je n'ai aucun moyen de vérifier ce qui s'est passé là-bas…

— Mais… mais comment puis-je découvrir ce qui a causé la panne ? Je crois que ma secrétaire est blessée. Grièvement blessée. Je crois qu'elle est peut-être… tombée… Elle a sans doute perdu connaissance…

— Si vous pensez que votre correspondant a besoin de secours, je peux vous connecter aux urgences de Denver.

— Oui, oui ! Vite, je vous en supplie !

— Au revoir, et merci d'avoir fait appel aux services d'AT&T.

Quelques bruits parasites, et une voix blasée s'éleva dans l'écouteur.

— Urgences, j'écoute…

Pendant un instant, Jess ne sut que répondre. Comment devait-elle expliquer la situation ?

— J'appelle de New York, dit-elle.

— Vous êtes en communication avec le numéro des secours d'urgence de Denver, dans le Colorado, répliqua la femme. Veuillez raccrocher et composer le numéro correspondant à la zone…

— C'est pour une urgence à Denver que je vous appelle, justement ! Ne raccrochez pas ! J'étais en communication avec mon bureau, à Denver, et tout à coup j'ai entendu un bruit énorme, une explosion, ou quelque chose comme ça…

— Vous avez entendu une explosion ? s'étonna la femme.

— Oui. Enfin, il me semble que c'était une explosion…

Jess déglutit avec peine. Une explosion… En prononçant ce mot, elle prenait conscience que c'était exactement cela qu'elle avait entendu !

— Mon assistante était en train d'ouvrir un paquet qui m'était adressé, reprit-elle vivement. Tout à coup il y a eu un boum retentissant et la ligne a été coupée. J'ai aussitôt appelé mon patron, qui n'a pas répondu, puis la compagnie de téléphone, qui m'a dit que la ligne était en dérangement mais qu'ils ne pouvaient rien…

— Calmez-vous, madame. Procédons avec ordre. Donnez-moi d'abord l'adresse de votre bureau, à Denver, pour que nous fassions le nécessaire.

— C'est au quatorze, Larimer Square. Le Département du Tourisme et des Congrès du Colorado. Nous sommes situés au rez-de-chaussée du bâtiment de la société Federal Insurance.

— Votre nom, s'il vous plaît, et un numéro où je puisse vous joindre.

— Je m'appelle Jessica Zajak. Mais je suis dans un hôtel à New York, et je suis censée partir pour l'aéroport…

— Le numéro de téléphone de votre hôtel, madame ?

Jess cligna des yeux et se força à concentrer son regard sur le cadran du téléphone. Elle communiqua tous les chiffres à son interlocutrice.

— Merci, madame. Veuillez patienter un instant, s'il vous plaît.

Jess avait la main tellement crispée sur le combiné qu'elle en avait mal aux doigts. Elle changea de main et essuya sa paume en sueur sur sa jupe. L'employée des urgences reprit la ligne.

— Vous êtes encore là, madame Zajak ?

— Oui. Que s'est-il passé ? Quelque chose de terrible, non ?

— Nous n'avons pas encore d'informations précises, mais je peux vous dire que des véhicules d'urgence ont déjà été envoyés sur les lieux, suite à un appel avertissant qu'une explosion était survenue dans votre immeuble.

— Oh, mon Dieu ! Non ! Marla ! Il faut que je rentre pour m'assurer qu'elle n'a rien.

— Ne raccrochez pas, madame Zajak. L'inspecteur Berini, de la police de Denver, voudrait vous parler.

— O-oui. D'accord.

Jess s'assit au bord du lit. Ses jambes tremblantes ne la soutenaient plus. Des gouttes de sueur roulaient de sa main sur le téléphone. Elle reposa tout à coup le combiné sur son support et le regarda fixement pendant plusieurs secondes avant de prendre conscience que l'inspecteur Machin ne pourrait pas lui parler parce qu'elle avait coupé la communication. Elle tenta de réagir intelligemment, mais son cerveau refusait d'ordonner les idées qui s'y pressaient.

Le téléphone se remit à sonner. La police. On la rappelait au numéro qu'elle avait donné. Evidemment. Mais soudain, elle se rendit compte qu'elle avait déjà manqué la navette de l'aéroport et que, si elle ne prenait pas très vite un taxi, elle raterait aussi son avion.

Incapable de rester une seconde de plus dans cet hôtel, à des milliers de kilomètres du drame qui venait de se produire à Denver, Jess saisit son sac à main et sa valise. Puis elle se précipita vers l'ascenseur, laissant le téléphone sonner dans la chambre.

10.

Denver — Lundi 17 juin 1996

— Je vais à Larimer Square, annonça Jess au premier taxi qu'elle trouva à la sortie de l'aéroport. L'immeuble de la Federal Insurance.

— Désolé, madame, répondit le chauffeur. Je ne pense pas que nous pourrons y accéder. La police a bloqué tout le quartier à cause d'une explosion qui y a eu lieu ce matin. C'est une vraie pagaille, de ce côté de la ville, croyez-moi !

Jess s'humecta les lèvres. Cette brutale confirmation de ses pires craintes la choquait horriblement. Après la moiteur new-yorkaise, l'atmosphère aride du Colorado lui était presque insupportable.

— C'est… c'est une explosion grave ? demanda-t-elle, la gorge nouée.

— Pas très grave, je crois. Pas comme à Oklahoma City, en tout cas, mais il paraît qu'on craint des fuites de gaz.

— Mon bureau se trouve dans l'immeuble où l'explosion s'est produite, expliqua-t-elle. Il faut absolument que je voie ce qui s'est passé. Emmenez-moi à proximité de Larimer Square, et je ferai le reste du chemin à pied.

— Comme vous voudrez.

Le chauffeur prit sa valise et la rangea dans le coffre de la voiture.

— Votre bagage est drôlement lourd, madame. Avec ça, vous aurez du mal à marcher. Je vais vous emmener aussi près que possible de votre bureau.

Jess le remercia, monta dans la voiture, puis posa la question qui l'effrayait entre toutes :

— Savez-vous si l'explosion a fait des victimes ?

— Une ou deux personnes, à ce qu'on dit.

Le chauffeur mit le compteur en marche, jeta un regard dans le rétroviseur et s'engagea calmement sur l'avenue. Jess songea confusément que s'il avait conduit de cette façon à New York, où le trafic était tellement plus chaotique qu'à Denver, jamais il n'aurait réussi à quitter sa place de stationnement.

Le soleil brillait encore haut et fort, le faisant cligner des yeux. Il chaussa ses lunettes de soleil, avant de déclarer :

— Désolé de ne pas pouvoir vous en dire plus. Avec le boulot, je n'ai pas eu le temps d'écouter les informations, sauf pour me tenir au courant de la circulation en ville. Je vais allumer la radio, si vous voulez. On devrait avoir un flash info dans peu de temps.

Il entreprit aussitôt de chercher une station locale.

— Voilà. Ça ne devrait pas tarder.

Ils s'éloignaient à présent de l'aéroport. Des champs immenses défilaient derrière la vitre. Jess les regarda sans vraiment les voir, écoutant anxieusement la radio débiter une liste de résultats sportifs qui semblait ne jamais devoir finir. Puis tout à coup, ce fut le flash d'informations.

« La police de Denver vient de nous révéler que l'explosion qui a eu lieu ce matin dans les bureaux du Département du

Tourisme et des Congrès aurait été provoquée par une lettre ou un colis piégé. La compagnie du gaz a terminé son inspection dans le quartier de Larimer Square et effectué des réparations d'urgence sur une conduite endommagée. Selon les ambulanciers, une femme serait décédée au moment de l'explosion, qui a fait également trois blessés légers dont un seul a été hospitalisé. Je cède maintenant le micro à notre envoyée spéciale. Anne, avez-vous du nouveau ? »

« Oui, Gordon. La police vient de me confirmer que l'explosion a été provoquée par une bombe de type artisanal, sans doute un engin fabriqué à l'unité et pour cette circonstance précise. Les dégâts se limitent principalement au bureau dans lequel la déflagration s'est produite. On déplore la mort de Marla Harries, qui travaillait là depuis cinq ans. On ignore encore le nom de l'homme qui a été hospitalisé. »

« La police sait-elle qui a envoyé cette bombe, Anne ? Y a-t-il des raisons de penser qu'il s'agit par exemple d'un groupuscule paramilitaire d'extrême droite ? »

« On ne sait pas encore, Gordon. Pour le moment, la police n'écarte aucune hypothèse. Cependant, le quotidien *Rocky Mountain News* a fait savoir qu'il avait reçu un appel téléphonique d'un homme qui s'est présenté comme un activiste radical de la communauté homosexuelle et qui affirme être l'auteur de l'attentat. Selon le journal, il aurait précisé avoir pris pour cible le Département du Tourisme afin de dénoncer, je cite, « la bigoterie stupide et méprisable de la Proposition Deux ». Il souhaite apparemment punir le Colorado en visant son point sensible, c'est-à-dire son industrie touristique. »

« C'est une logique terrifiante, Anne. La Proposition Deux, comme s'en souviennent probablement nos auditeurs, est la proposition d'amendement à la Constitution du Colorado qui limiterait les droits des homosexuels. Elle a été approuvée dans le principe par les électeurs au cours du vote de 1992, mais a été contestée depuis par de nombreuses actions en justice. La police a-t-elle fait le moindre commentaire concernant cette piste, Anne ? »

« Non. Elle n'a pas précisé non plus le crédit qu'elle accordait à cette revendication. »

« Bien. Merci, Anne. Nous vous rappellerons un peu plus tard au sujet de cette tragique affaire. Et maintenant, les nouvelles de la scène politique, à Washington… »

Jess baissa la vitre d'un geste frénétique, pencha la tête à l'extérieur et avala de grandes goulées d'air. Au bout de quelques secondes, la nausée reflua. Alors seulement, elle se renversa en arrière contre la banquette.

« Seigneur, pardonne-moi, Marla, songea-t-elle avec désespoir. Mais comment aurais-je pu savoir ce qui allait se passer ? » Elle pensa à Greg, le fils de son assistante, qui devait entrer à l'université en première année, à l'automne. Qu'allait-elle lui dire ? Comment pourrait-elle affronter son regard, sachant que c'était elle qui aurait dû mourir à la place de sa mère ?

— Vous connaissiez la femme qui est morte dans l'explosion, madame ?

Jess ravala ses larmes.

— Oui, je la connaissais, balbutia-t-elle d'une voix chevrotante.

Sa gorge se contractait horriblement. Elle dut déglutir plusieurs fois avant de pouvoir reprendre la parole.

— C'était mon assistante. Une femme merveilleuse, qui avait un formidable sens de l'humour.

Elle serra les poings. Quand les gens disparaissaient subitement, on disait toujours d'eux qu'ils étaient merveilleux et qu'ils avaient de l'humour. Dans le cas de Marla, c'était la stricte vérité.

— Quelle sale affaire, commenta le chauffeur. Avec tous les fous qui rôdent aujourd'hui dans nos rues, plus personne n'est en sécurité.

— Elle aurait eu quarante ans le mois prochain, marmonna Jess. Cette perspective la terrifiait. Elle disait que si quelqu'un lui souhaitait un joyeux anniversaire, elle engagerait un tueur pour se venger.

Sur ces mots, Jess fondit en larmes. Des pleurs convulsifs la secouaient tandis qu'elle pensait à Marla, qui n'aurait jamais à affronter le traumatisme de son quarantième anniversaire.

— Heu, voilà, madame. On y est presque.

Le chauffeur semblait déchiré entre le désir de la réconforter et l'embarras.

— La police a rouvert la circulation, annonça-t-il. Je peux vous déposer au pied de votre immeuble.

Jess sortit un mouchoir de sa poche, se sécha les yeux et se moucha. Puis, comme ils arrivaient, elle tendit le prix de la course au chauffeur en y ajoutant un pourboire de cinq dollars. Mais il repoussa le billet d'un geste un peu gauche.

— Oh, non. Gardez ça pour la collecte des obsèques de votre assistante.

Il sortit la valise du coffre, la posa sur le trottoir et jeta un regard dubitatif en direction de la porte du bâtiment, où se trouvait un policier en faction.

— On ne vous laissera pas passer, observa-t-il. Vous voulez que j'attende, madame ? Peut-être que vous feriez mieux de rentrer chez vous et de revenir ici demain. L'immeuble n'est pas très sûr, à mon avis.

— Merci, mais ça va aller. Il faut que je me présente à la police, de toute façon.

— On dirait que vous allez en avoir l'occasion tout de suite. Le flic vient vers nous. Bon, je vous laisse.

Le chauffeur remonta précipitamment dans sa voiture. L'idée d'un face-à-face avec le policier ne semblait pas l'enchanter.

— Puis-je vous aider, madame ? demanda l'agent.

Il jeta un regard méfiant à sa valise. Sans doute la soupçonnait-il de trimballer une autre bombe, se dit Jess avec irritation.

— Je m'appelle Jessica Zajak. Marla Harries était mon assistante.

Elle refoula une nouvelle vague de larmes.

— C'est moi qui ai appelé de New York au moment de l'explosion, ajouta-t-elle d'une voix étranglée. Je viens d'arriver à Denver.

— Votre permis de conduire, je vous prie.

Jess lui tendit sa pièce d'identité, qu'il examina avec soin, avant d'activer son talkie-walkie.

— Jessica Zajak est ici, chef. Elle dit qu'elle arrive de New York. Vous voulez lui parler ?

— Et comment ! répondit une voix profonde dans l'écouteur. Envoyez-la-moi tout de suite.

Le policier éteignit l'appareil.

— Suivez-moi, madame, ordonna-t-il.

Le Département du Tourisme et des Congrès comportait quatre bureaux et un hall où les visiteurs pouvaient consulter des brochures et se renseigner auprès des hôtesses. Quand Jess pénétra dans ce hall, elle s'attendait à trouver derrière le comptoir d'accueil le poster géant des montagnes d'Aspen qu'elle avait toujours beaucoup aimé. On y voyait une forêt verdoyante sous le soleil hivernal, des cimes enneigées et, à contre-jour, la silhouette d'un chamois. Mais ce qu'elle découvrit à la place du paysage familier, ce fut une horrible béance dans le mur situé derrière le comptoir. L'idée lui traversa subrepticement l'esprit que ce bout de ciel bleu et de nature sauvage lui avait fait du bien chaque fois qu'elle était arrivée au bureau. Les larmes lui envahirent de nouveau les yeux.

Un homme mince, de haute stature, se tenait derrière le bureau improvisé qu'il s'était constitué avec l'une des tables où étaient normalement disposées les brochures en papier glacé.

— Madame Zajak ? Je suis l'agent spécial Will Ackroyd, du CBI. C'est moi qui suis chargé de l'enquête.

Jess regarda la plaque professionnelle qu'il lui présentait. Elle savait que le CBI était la branche « Colorado » du FBI.

— Ce sont les autorités fédérales qui s'occupent de l'enquête ? s'étonna-t-elle.

— Oui. Vu la nature de la catastrophe, il est normal que ce soit notre agence qui soit sur le coup.

Elle hocha la tête.

— J'ai entendu un flash d'informations en arrivant de l'aéroport. On dit que Marla… que Marla est morte, et qu'il y a un blessé hospitalisé. Qui est-ce ? Est-ce qu'il va s'en sortir ? C'est grave ?

— La seconde victime est M. Gerald Sondheim, le directeur du Département, répondit Ackroyd en activant discrètement un magnétophone de poche. Il a été touché à la tête par une armoire métallique qui a basculé sous l'effet de la déflagration.

Mais sa blessure est sans gravité. Il devrait sortir de l'hôpital dès demain.

Jess éprouva un tel soulagement qu'elle crut défaillir. Elle se laissa choir sur une chaise, remarquant à peine que le siège avait été trempé par la mousse carbonique des pompiers.

— Gerry était ici dès 8 heures, ce matin ? Ça, je n'en reviens pas.

— M. Sondheim m'a précisé qu'il n'avait pas l'habitude d'arriver si tôt à son travail. Mais aujourd'hui il devait boucler un rapport avant de se rendre à une réunion avec le gouverneur de l'Etat.

— Pauvre Gerry, il a mal choisi son jour pour se lever aux aurores ! Par bonheur, il n'est pas grièvement blessé. Vous êtes certain qu'il va bien ?

— Les médecins nous l'ont assuré.

— Et les autres blessés ? Qui était à la réception, ce matin ?

L'agent spécial consulta ses notes.

— Mlle Rosa Magrini. Heureusement, elle ne se trouvait pas au comptoir au moment de l'explosion. Elle était en train de remettre de l'ordre dans les brochures, ici, près de la porte. L'attentat l'a traumatisée, mais elle n'est pas blessée. L'autre personne qu'on a dû hospitaliser est M. Rick Vance, un collaborateur du gouverneur. Il avait une méchante entaille près de l'œil, qu'il a fallu suturer, et quelques contusions mineures. Il est déjà sorti de l'hôpital.

Jess renifla, dépitée.

— Déjà quatre victimes, marmonna-t-elle. Et vous imaginez ce qui se serait passé si j'avais demandé à Marla de garder la boîte de chocolats jusqu'à mon retour ? Supposons que j'aie ouvert le paquet ici même en plein milieu de l'après-midi ! La plupart du temps, il y a au moins une douzaine de personnes à la fois, dans ce hall. Je préfère ne pas penser au nombre de blessés et de morts que ça aurait pu faire !

— Nous non plus, répondit Ackroyd d'un ton lugubre. Et nous nous sommes déjà posé de nombreuses questions, madame Zajak. Ai-je raison de croire que Marla Harries a été tuée pendant qu'elle discutait avec vous au téléphone ?

— Oui. Je l'ai appelée juste avant de quitter mon hôtel pour prendre l'avion. Nous avons parlé de choses et d'autres, et aussi de mon courrier. Je lui ai demandé d'ouvrir le paquet, et puis… il y a eu un bruit énorme.

— Vous lui avez demandé d'ouvrir le paquet ?

— Oui. C'est à moi qu'il était adressé.

L'agent parut éminemment surpris.

— Nous pensions qu'il était destiné au Département en général.

Jess fronça les sourcils.

— Eh bien… Etant donné que je ne la voyais pas, je ne peux évidemment pas jurer que c'est mon paquet qu'elle a ouvert. Mais juste avant l'explosion, en tout cas, nous étions en train de parler d'un paquet adressé à mon nom, une boîte de chocolats, d'après ce que m'a dit Marla.

L'expression du policier se fit encore plus sinistre.

— Hum… Cela donne une tournure différente à la situation, madame Zajak. Le fait que le paquet vous ait été adressé nous oblige à supposer que c'est *vous* qui étiez censée l'ouvrir. Par conséquent, que c'est vous que l'expéditeur voulait tuer.

Jess sentit son ventre se nouer.

— A vous entendre, bafouilla-t-elle, on croirait que quelqu'un a une dent contre moi.

— C'est bien possible.

Jess hocha la tête d'un air douloureux. A vrai dire, cette éventualité la terrifiait depuis des heures. Elle s'était échinée à la nier, mais au fond elle savait qu'elle devrait y faire face.

— J'ai du mal à croire qu'on m'ait visée personnellement, protesta-t-elle néanmoins. Qui diable voudrait m'envoyer une bombe ? Et pourquoi ?

Les lèvres d'Ackroyd se pincèrent en une sorte de grimace qui était peut-être un sourire désabusé.

— J'espérais que vous connaîtriez la réponse, madame Zajak. Pourquoi voudrait-on vous tuer ? A votre place, je réfléchirais sérieusement à cette question.

La chaise lui parut soudain trop humide, trop inconfortable. Jess se leva brusquement et se mit à arpenter la moquette détrempée, qui couinait sous ses chaussures.

— Mais je n'en ai pas la moindre idée ! s'exclama-t-elle. Je ne sais pas, mais alors vraiment pas, qui pourrait vouloir me tuer. Je ne suis pas le genre de personne qui attire l'attention des amateurs de bombes artisanales. Je ne suis ni riche ni célèbre, je ne suis pas une vedette du cinéma, je n'ai jamais fait la une des journaux. Je ne peux pas croire qu'on veuille m'assassiner ! Ça n'a pas de sens !

Elle se massa les tempes avec les doigts. Des élancements douloureux lui vrillaient à présent le crâne.

— D'accord, cette bombe a été envoyée à mon nom. Mais il doit s'agir d'une coïncidence. Le type qui a fait le coup est tombé sur mon nom, et il m'a prise pour cible comme ça — par hasard !

Will Ackroyd eut un haussement d'épaules.

— Dans mon métier, on apprend vite que le hasard n'existe pas. Et qu'il ne faut pas ignorer ce qui paraît trop simple ou trop évident. Le paquet vous était adressé, c'est donc vous que le tueur voulait supprimer. C'est une théorie tout à fait acceptable, à mon avis.

— Mais vous n'écoutez pas ce que je vous dis ! s'emporta Jess. Personne au monde n'a la moindre raison de me tuer.

— Peut-être devriez-vous réfléchir plus longuement et plus profondément à ce problème, madame Zajak. Qu'est-ce qui vous permet d'affirmer que personne ne vous veut du mal ?

— Je mène une vie parfaitement insipide. Il n'y a aucune raison…

— La motivation du tueur n'est pas forcément rationnelle, l'interrompit Ackroyd. Ce qui vous paraît absurde peut lui sembler tout à fait logique et raisonnable. Vous êtes une femme particulièrement séduisante : votre physique a pu susciter la jalousie de quelqu'un. A moins que votre façon de conduire ou de faire vos courses vous vaille d'avoir un ennemi mortel.

— Comme je vous l'ai déjà expliqué, répliqua Jess, je ne fréquente pas de gens dangereux. Et la seule zone de combat que je connaisse, c'est la salle de hockey où je me rends de temps en temps avec mes frères.

— Vous faites exprès de ne pas comprendre. N'importe qui peut devenir dangereux s'il estime avoir une bonne raison pour cela. Etes-vous certaine de ne pas avoir un voisin furieux parce que votre chien ou votre chat abîme ses parterres de fleurs ? Ou un ancien petit ami qui n'a pas digéré votre séparation ?

Jess songea à Tim Macfadden. Elle tenta de l'imaginer vexé parce qu'elle avait refusé de l'épouser et décidant de lui envoyer un paquet piégé pour se venger. Cette idée était à ce point ridicule qu'elle en aurait souri en d'autres circonstances.

— Je n'ai aucun ennemi, affirma-t-elle. Aucun ennemi mortel, en tout cas.

— Nous connaissons tous quelques personnes qui ne nous aiment pas, madame Zajak.

— Bien sûr. Je ne suis pas une gourde qui pense que le monde entier l'adore. Mais il y a une différence entre les gens qui ne vous aiment pas et ceux qui vous haïssent au point de vous envoyer des bombes par la poste.

— Certes. Mais parfois, on ne découvre les seconds qu'après avoir reçu leur bombe.

Jess frissonna.

— Non, monsieur Ackroyd, je refuse de m'engager sur ce terrain-là. Je ne vais pas commencer à me demander si les gens avec qui j'ai pu avoir un désaccord au cours des dix dernières années n'ont pas viré à la psychose. Je ne suis pas prête à vivre de cette façon. D'ailleurs, n'y aurait-il pas d'autres hypothèses, beaucoup plus crédibles ? On dit à la radio que des radicaux homosexuels revendiquent cet attentat. Je sais que ça paraît insensé, mais c'est déjà plus plausible que de penser que ma voisine du dessous m'a envoyé une bombe parce que son plafond a été inondé quand les canalisations de ma salle de bains ont cédé.

— Le plafond de votre voisine a-t-il été inondé à cause des canalisations de votre salle de bains ?

Jess soupira profondément. Elle n'en croyait pas ses yeux : l'agent spécial Ackroyd notait ce qu'elle venait de déclarer !

— Oui, mais mon assurance a payé les réparations, et Leslie est une femme qui a les pieds sur terre. Je suis certaine qu'elle ne m'en veut pas.

— Alors pourquoi avez-vous parlé d'elle ?

Jess s'efforça de refouler son exaspération.

— J'ai parlé d'elle *justement* parce que ce serait de la folie de la soupçonner, rétorqua-t-elle.

— Mais pourquoi avoir évoqué cet incident en particulier plutôt qu'un autre ?

Etait-ce parce qu'elle percevait toujours une pointe de ressentiment derrière les salutations polies de Leslie ? se demanda-t-elle. Non ! Zut ! Elle n'allait tout de même pas commencer à analyser les motivations inconscientes de ses réponses.

— Leslie ne m'a pas adressé cette bombe, affirma-t-elle en serrant les dents. Ce serait absurde de penser le contraire.

Elle détestait cette manie qu'il avait de noter tout ce qu'elle disait en dépit du fait que le magnétophone enregistrait leur conversation.

— Pouvez-vous me donner des précisions sur l'appel anonyme de l'activiste homosexuel ? demanda-t-elle.

— Nous menons l'enquête de ce côté-là. Mais les affirmations de cet homme ne suffisent pas à prouver qu'il est l'auteur de l'attentat. Il est fort possible qu'il cherche seulement à faire de la publicité pour les homosexuels. Ne craignez rien, nous vérifions l'un après l'autre chacun des vingt ou trente appels que nous avons reçus depuis ce matin. Y compris celui des sorcières qui affirment que le tourisme dans les montagnes Rocheuses trouble l'équilibre spectral de l'éther — et ne me demandez pas ce que ça signifie ! Ce genre d'événement donne envie à tous les cinglés de se jeter sur le téléphone, vous savez. Sans parler des fax et d'Internet.

Ackroyd se massa lentement l'arête du nez. Il avait l'air fatigué et découragé.

Jess, elle, trouvait écœurant que tant de gens essaient de récupérer une telle tragédie pour leur propre cause. Cependant, elle se refusait à abandonner l'hypothèse selon laquelle la bombe avait été envoyée par un groupuscule d'extrémistes. A tout prendre, elle préférait imaginer qu'elle était la victime occasionnelle d'un mouvement de cinglés plutôt que la cible exclusive d'un seul individu. C'était un petit peu moins effrayant.

La voix de l'inspecteur interrompit ces désagréables pensées.

— Revenons aux faits. Je veux être sûr que nous sommes bien d'accord. Au moment de l'explosion, donc, vous étiez en train de parler au téléphone avec votre secrétaire. Elle a ouvert un paquet, et puis il y a eu un grand bruit et la ligne a été coupée. Pourquoi Marla Harries a-t-elle défait un paquet qui était à votre nom ? Avait-elle l'habitude d'ouvrir votre courrier ?

— En mon absence, Marla prenait connaissance de tout le courrier qui n'était pas strictement personnel. Si elle avait un doute, elle le mettait de côté jusqu'à mon retour.

— C'est donc que ce paquet avait trait à votre profession, observa Ackroyd en fronçant les sourcils. Mais vous avez dit qu'il s'agissait de chocolats. Est-ce courant, dans votre métier, de recevoir ce genre de petit cadeau ?

— Non. C'est très inhabituel, au contraire. Non seulement je n'ai jamais reçu de présent à mon bureau, mais ce paquet avait l'air plutôt luxueux, d'après ce que m'en a dit Marla.

Les yeux de l'agent spécial pétillèrent.

— Elle vous a décrit le paquet ?

— Oui, c'était une grosse enveloppe matelassée en aluminium doré, avec l'adresse de l'expéditeur gravée sur une étiquette cuivrée. Un objet splendide, d'après Marla.

— Il y avait l'adresse de l'expéditeur ? répéta Ackroyd, stupéfait. Vous vous rappelez donc d'où ce paquet provenait ?

— Oui.

Jess trouvait bien ironique, à présent, d'avoir cru que les chocolats étaient un cadeau de Dan ! Car sans cela, jamais elle n'aurait demandé à Marla de lui décrire le paquet dans ses moindres détails.

— Ces chocolats étaient censés provenir de chez The Chocolatier, une boutique de la Cinquième Avenue, à New York, expliqua-t-elle. Et Marla a précisé que le paquet avait été apporté ce matin très tôt…

— Comment ? l'interrompit Ackroyd. Par coursier ? Par la poste ? Par une société de livraison ?

— Je regrette, mais je ne me souviens pas de ça.

Elle ne put réprimer un pincement de culpabilité à l'idée que, pendant les derniers instants de leur conversation, elle avait pensé à Dan au lieu d'écouter attentivement Marla. Elle fit toutefois un effort de concentration.

— Marla m'a laissé entendre, me semble-t-il, que le paquet avait été apporté peu après son arrivée au bureau, reprit-elle, mais je n'en sais pas plus. Désolée.

— Nous sommes déjà en train d'enquêter auprès de la poste et des sociétés de portage, bien sûr, mais ces renseignements nous aideront beaucoup. Grâce à votre témoignage, nous avons déjà une bien meilleure idée de ce que nous cherchons.

Ackroyd semblait presque enthousiaste. Il lui offrit un léger sourire.

— Bien souvent, dans ce genre de situation, nous travaillons à l'aveuglette, ajouta-t-il. Car lorsque le paquet piégé explose, les indices utiles concernant sa provenance et sa fabrication sont détruits. La description que vous venez de m'en faire nous permet de prendre une sacrée avance.

Jess sentit de nouveau un frisson glacial lui traverser le dos.

— D'habitude, c'est moi qui arrive la première au bureau. Si j'avais ouvert le paquet moi-même, vous n'auriez jamais su qu'il m'était adressé, et encore moins à quoi il ressemblait.

— C'est exact. Par chance, nous disposons maintenant de plus de renseignements que nous n'étions en droit d'espérer. Inutile de vous dire que la moindre information supplémentaire que vous pourrez nous fournir facilitera d'autant nos investigations.

— Je viens de me souvenir d'un autre détail, justement, répondit-elle. D'après Marla, il y avait écrit « Personnel » sur le paquet.

Elle fourra les mains dans les poches de sa veste pour ne pas voir qu'elles tremblaient.

— Cela doit signifier que l'expéditeur tenait vraiment à ce que ce soit moi qui l'ouvre, balbutia-t-elle d'une voix pleine d'effroi.

— Oui. Je le pense aussi.

Le sourire de l'agent spécial s'était depuis longtemps évanoui.

— Je vous suggère encore de passer en revue toutes les personnes que vous connaissez, de près ou de loin, et de vous demander si l'une d'elles n'aurait pas de fortes raisons de vous en vouloir, madame Zajak, déclara-t-il. Si vous êtes réellement la cible exclusive de cet attentat, l'expéditeur du paquet piégé ne va pas s'arrêter là. Avant que vous ne rentriez chez vous, je vous donnerai quelques conseils sur la façon de traiter votre courrier à l'avenir. Et tant que nous n'aurons pas arrêté le malfaiteur, vous devrez vous montrer très prudente.

Jess prit une inspiration tremblante. Elle se sentait complètement perdue. Devait-elle céder à l'angoisse ? Devait-elle plutôt ignorer ce qui lui arrivait ? La situation était absurde. Comment croire qu'il y avait là, quelque part, un tueur fou qui souhaitait sa mort ? Et comment ne pas y croire, vu ce qui s'était passé ce matin ? L'agent spécial Ackroyd ne plaisantait pas : il attendait vraiment qu'elle dresse une liste précise des gens qu'elle jugeait susceptibles de lui envoyer une bombe. Mais cela n'avait pas de sens ! Aucun de ses amis n'était psychopathe ! Alors quoi ? Fallait-il qu'elle soupçonne tout le monde ? Personne ? Et comment pouvait-elle vivre dans la crainte que son courrier lui explose à la figure ? Il y avait de quoi perdre la raison !

— Si je découvre un terroriste potentiel parmi mes amis, je vous ferai signe, déclara-t-elle.

— Merci, répondit Ackroyd, ignorant son ton sarcastique.

Puis son expression se fit songeuse.

— Il y a une chose qui m'intrigue, madame Zajak. Pour quelle raison avez-vous demandé à votre secrétaire d'ouvrir un paquet qui vous était adressé personnellement ?

— Je surveille mon poids, déclara-t-elle avec franchise. J'ai tendance à abuser des sucreries, et j'ai particulièrement exagéré pendant mon séjour à New York. Il n'était pas question qu'en rentrant à Denver je commence à m'empiffrer de chocolats.

— C'est la seule raison ? insista-t-il.

— Oui. Je ne voulais pas être tentée en arrivant ici.

Les larmes lui revinrent aux yeux tandis qu'elle se remémorait sa conversation amicale avec Marla.

— Je lui ai dit de se servir tant qu'elle voudrait, reprit-elle d'une voix rauque. Puis j'ai ajouté que pendant qu'elle se gaverait de chocolats, moi j'aurais la conscience tranquille.

Elle crispa les poings au fond de ses poches, comme si ce geste pouvait l'aider à endiguer son chagrin.

— J-je lui ai dit aussi qu'à mon retour elle pourrait admirer mes jolies hanches, balbutia-t-elle.

— Qu'a-t-elle répondu ?

Jess sortit un mouchoir de sa poche et se moucha furieusement.

— Que… heu, que j'étais une enquiquineuse.

— Est-ce vraiment ce qu'elle pensait de vous, madame Zajak ? Que vous étiez une enquiquineuse ?

Jess fut tellement choquée par cette insinuation que ses larmes se tarirent d'un coup.

— Non, bien sûr que non ! En tout cas, pas… pas comme vous le sous-entendez.

— Je ne sous-entendais rien, madame Zajak. Vous tirez des conclusions hâtives. J'essayais juste d'être bien sûr de comprendre pourquoi Marla a ouvert ce paquet piégé qui vous était adressé.

— Sachez que Marla et moi nous étions amies. Très bonnes amies. Marla est… était une des meilleures amies que j'aie à Denver.

— Et elle partageait l'affection que vous aviez pour elle ?

— Oui, j'en suis certaine. Nous faisions du très bon boulot ensemble, et nous avions les mêmes goûts pour pas mal de choses. Nous adorions aller au cinéma ensemble, par exemple, au moins une fois par semaine. Le jeudi soir, en général.

Jess se tut, puis reprit d'une voix brisée par l'émotion :

— Zut ! Je n'arrive pas à croire qu'elle n'est plus là ! Marla était une femme merveilleuse. Pourquoi faut-il que sa famille et ses amis endurent sa mort à cause de cinglés qui ont besoin de terroriser les gens pour se faire entendre ?

— Je ne peux répondre à cette question, hélas.

Ackroyd étira les épaules. Jess se rendit compte qu'il était aussi las et déprimé qu'elle.

— Très bien, madame Zajak, reprenons tout depuis le début. Répétez-moi le plus précisément possible votre dernière conversation avec Marla Harries.

— Encore ? Mais je viens de le faire !

— Il faut que vous me répétiez exactement tout ce que vous lui avez dit, et ce qu'elle vous a dit, insista-t-il d'un ton implacable.

L'inspecteur mit une nouvelle cassette dans son magnétophone, puis appuya sur la touche d'enregistrement.

— Voilà. Recommençons tout de zéro, madame Zajak, je vous prie. Depuis l'instant où vous avez décroché le téléphone.

11.

Lorsque, enfin, elle arriva chez elle, Jess se sentait épuisée, à court d'énergie psychique : elle n'était même plus capable de réfléchir. La vue de son luxueux appartement ne l'apaisa pas, bien au contraire. Le papier peint ivoire du salon ne lui parut pas sobre, mais terne ; son splendide tapis berbère lui fit l'effet d'un horrible paillasson. Quant à ses meubles, qu'elle avait achetés plus par nécessité que par envie ou par goût, ils la choquèrent littéralement. Au milieu de ce tableau déprimant, ses poissons tropicaux étaient les seules touches de couleur un tant soit peu réconfortantes. Elle jeta une pincée de daphnies dans l'aquarium et, tout à coup, regretta intensément de ne pas avoir de chien. Marla, elle, avait un chien, un énorme boxer sans cervelle prénommé Alfred le Grand, qui adorait sa maîtresse jusqu'à la dévotion et avait la sale manie de s'écrouler de tout son poids sur la première paire de pieds qu'il trouvait à sa disposition. Qu'allait devenir Alfred, à présent ? se demanda-t-elle. Qui s'occuperait de lui quand Greg partirait à la fac ?

Glacée jusqu'aux os, Jess s'en fut prendre un bain brûlant — qui ne la réchauffa pas le moins du monde. Claquant toujours des dents, elle enfila un peignoir, constata qu'elle n'avait pas la force de se sécher les cheveux, puis, sans trop savoir comment elle était arrivée là, se pelotonna sur le canapé du salon, les pieds enveloppés dans un plaid.

Après avoir passé vingt minutes dans cette position, immobile, les yeux rivés sur l'écran noir de la télévision, à se demander comme dans un cauchemar surréaliste si sa voisine Leslie était capable de fabriquer des bombes dans sa chambre d'ami, elle se rendit compte qu'elle était au bord de la crise de nerfs.

— Arrête donc de t'apitoyer sur toi-même, zut, marmonna-t-elle en se levant et en resserrant la ceinture du peignoir autour de sa taille. Demain, tu iras voir Greg pour lui présenter tes condoléances. Mais souviens-toi : primo, tu n'es pas responsable de la mort de Marla. Le coupable, c'est celui qui a envoyé le colis piégé. Secundo, Leslie n'est pas une meurtrière psychotique. Elle est simplement la voisine un peu ronchon qu'elle a toujours été, et il n'est pas question que toi, tu perdes la tête à te demander si elle est cinglée ou non !

Jess se massa les tempes du bout des doigts. Sa tête lui élançait encore.

— Et puisqu'on parle de folie, tu vas commencer par arrêter de radoter toute seule.

Elle traîna les pieds jusqu'à la cuisine, où elle tourna en rond un moment en se demandant si elle aurait l'énergie de se préparer du thé. Oui, il le fallait. Elle ouvrit le placard où se trouvaient les sachets de thé. Un remontant d'un autre genre lui aurait fait le plus grand bien, mais elle n'avait hélas aucun alcool dans l'appartement. Dans l'état où elle était, elle aurait volontiers pactisé avec le diable pour avaler une rasade de ce merveilleux cognac de trente ans d'âge que Dan achetait autrefois, au début de leur mariage. Certains soirs, se souvint-elle, ils en prenaient deux petits verres en se mettant au lit. Confortablement assis contre les oreillers, ils sirotaient le cognac en jouant à un jeu que Dan avait inventé pour la circonstance — et auquel il gagnait presque toujours. Le gage, à chaque point perdu, c'était de se laisser embrasser sur une zone érogène, de la façon la plus sensuelle possible. Plus le cognac diminuait, plus les baisers devenaient érotiques, au point que, lorsqu'ils arrivaient à la fin de leurs verres, Jess était généralement au bord de la jouissance.

Parfois, elle trichait pour perdre. Un sourire — le premier de la journée — plissa ses lèvres. A l'époque, elle consentait à déroger à ses principes d'honnêteté pour endurer la punition d'être embrassée par Dan.

Cette pensée lui fit l'effet d'une douche froide. Pendant les six derniers mois de leur mariage, il n'y avait eu ni cognac ni petits jeux amoureux. Et sur le plan sexuel, cela avait été la catastrophe. Si Dan s'était pointé à leur domicile avec une bouteille d'alcool durant cette horrible période, elle l'aurait accueilli avec une grimace hargneuse, en lui reprochant de dépenser de l'argent bêtement alors que la facture de téléphone, le loyer, l'électricité et tout le reste n'avaient pas encore été payés. Jess se renfrogna. Sans doute avait-elle eu raison de prendre leurs finances au sérieux, se dit-elle, mais il fallait bien admettre qu'à ce stade de leur relation, elle était devenue une vraie enquiquineuse. Avec ses airs de martyre et ses jérémiades constantes, elle devait être à gifler.

Elle posa brusquement la boîte métallique de sachets de thé sur le comptoir, choquée par la conclusion à laquelle ses réflexions l'avaient menée. Même si elle avait toujours admis — dans le principe — qu'un couple, cela se construisait à deux et cela se défaisait également à deux, au fond d'elle-même elle s'était obstinément tenue pour innocente de la débâcle de son mariage. C'était franchement troublant de se voir tout à coup sous un angle différent — et nettement moins flatteur.

N'empêche, à quoi bon ressasser les causes du naufrage de leur union ? Peut-être Dan n'était-il pas le seul à blâmer dans cette affaire, mais quelle que fût la façon dont on pouvait répartir les mauvais points entre eux, leur relation était irrémédiablement fichue. En brisant leur mariage, Dan et elle n'y étaient pas allés de main morte. Quand on démolissait quelque chose avec autant d'application, les fondations elles-mêmes volaient en éclats. Il n'y avait guère que dans les légendes grecques que le bel oiseau de feu renaissait de ses cendres !

Jess remplit la bouilloire au robinet, puis la posa sur la plus grande plaque à induction de la cuisinière. « Concentre-toi sur des choses concrètes, s'ordonna-t-elle. Prépare le thé, pense à la pauvre Marla, réfléchis à ce que tu peux faire pour Greg. Et oublie Dan ! Tu vois bien ce que ça t'a apporté, ce matin, de te laisser obséder par lui. En croyant que ton ex-mari t'avait envoyé une boîte de chocolats, tu t'es troublée comme une adolescente et c'est la mauvaise personne qui a ouvert le colis piégé ! »

Jess serra les poings. Génial ! L'air de rien, sans même se forcer, elle avait réussi à refaire le tour complet de sa culpabilité — son mariage, Marla, la bombe. Et maintenant, elle avait de nouveau le ventre noué.

Elle essaya de faire le vide dans son esprit, d'ouvrir calmement la boîte métallique de thé, d'en déposer un sachet dans une tasse, de remettre la boîte dans le placard. Tandis que la bouilloire sifflait, le téléphone se mit à sonner. Jess versa de l'eau dans la tasse, ignorant le cri strident de l'appareil. Au bout de trois sonneries, la voix de son frère Matt se fit entendre dans le haut-parleur du répondeur. Il s'exprimait sur ce ton angoissé si caractéristique de la famille Zajak. La culpabilité de Jess augmenta soudain au point de lui donner la nausée. Seigneur ! Comment avait-elle pu oublier de téléphoner à ses parents pour les rassurer ?

Elle se précipita sur le combiné. Toute la tribu s'était réunie pour attendre de ses nouvelles. Jess parla d'abord à Matt, puis à Todd, puis à ses deux belles-sœurs, à ses parents, aux jumeaux — et même à sa nièce Kelly, qui s'était tellement inquiétée qu'elle en oublia de se comporter en adolescente blasée et sanglota bruyamment dans l'écouteur. Quant à Barbara, sa mère adoptive, qui était d'ordinaire un modèle de placidité, elle n'arrivait pas à se calmer. Jess ne parvint même pas à lui faire entendre que, ayant prévenu tout le monde qu'elle passait le week-end à Manhattan, elle n'avait guère pu se trouver à Denver au moment de l'explosion.

— Comme tu avais déjà changé ton billet d'avion une fois, rien ne prouvait que tu ne l'avais pas changé une seconde fois, répliqua Barbara avec une logique irréfutable. Il nous a fallu deux heures pour découvrir le nom de la femme qui était décédée. Ensuite, personne n'a pu nous dire s'il y avait d'autres victimes.

Elle marqua une pause, avant d'ajouter d'une voix pleine de réprobation :

— Tu aurais dû nous appeler, Jess.

— Je sais. Je suis désolée, maman, vraiment désolée. Je voulais rentrer à Denver le plus vite possible pour savoir ce qui était arrivé à Marla, et… je n'ai pensé à rien d'autre. Et quand je suis enfin rentrée chez moi, j'étais complètement effondrée.

— Je comprends, répondit Barbara d'un ton radouci. Enfin, ce qui est fait est fait. L'eau continuera de couler sous les ponts, malgré tout. L'important, c'est que nous puissions nous mettre au lit ce soir en sachant que tu es saine et sauve. C'est vraiment triste pour Marla, quand même. Je me rappelle très bien quand nous sommes allés te rendre visite l'année dernière. Elle m'avait paru très sympathique. Nous étions allés déjeuner avec elle dans ce restaurant italien près de ton bureau, tu te souviens ?

— Oui, maman, je me souviens.

La Venezia était un des restaurants préférés de Marla. Elles y avaient encore dîné la veille de son départ pour New York. Jess écrasa si fort le sachet de thé avec sa cuiller qu'il se déchira dans la tasse.

Sa mère émit un claquement de langue.

— De nos jours, on en arrive presque à s'abstenir de regarder le journal télévisé, tellement les nouvelles sont déprimantes. Et puis, ici-bas, c'est toujours les petites gens qui souffrent le plus, déclara-t-elle avec philosophie. Malgré tout, je crois qu'il faut continuer à vivre, et aussi à trouver du bon dans nos existences, même quand tout va mal. Si nous n'avions pas l'hiver, le printemps nous paraîtrait deux fois moins plaisant qu'il ne l'est.

Pour une fois, Jess fut écœurée par l'optimisme opiniâtre de sa mère.

— Je ne sais pas, marmonna-t-elle. Franchement, je ne vois pas ce qu'il y a de bon dans le fait que Marla ait été assassinée par un fou furieux.

— Je suis d'accord, acquiesça Barbara. Mais Marla n'est pas morte en vain, garde toujours ça à l'esprit. Aussi terrible que sa mort puisse paraître, il ne faut pas perdre de vue qu'il y a une raison à toute chose, ma fille.

— Oui, sans doute, grogna Jess.

Elle aurait voulu insister qu'elle ne voyait pas quelle fichue raison il pouvait y avoir au fait que Greg soit tout à coup devenu orphelin, mais elle préféra ne pas opposer son scepticisme lugubre à la foi inébranlable de sa mère, qui avait la conviction absolue que Dieu finissait toujours par punir les méchants et récompenser les justes.

Sentant probablement ses résistances, Barbara changea de sujet avec tact. Elle parla de la météo, plutôt agréable ces jours-ci dans l'Ohio, précisa que son pommier allait donner une récolte du tonnerre, puis lui demanda comment s'était passé son voyage à New York.

— A propos, est-ce que le détective a réussi à te joindre ? s'enquit-elle.

— Quel détective ? répondit Jess. Tu veux parler de l'agent spécial Will Ackroyd, du CBI ?

— Qu'est-ce que c'est, le CBI ?

— La branche du FBI pour le Colorado.

— Mais non, ma chérie, pourquoi ce monsieur aurait-il téléphoné chez nous ? Je veux parler du détective privé que tu as engagé. J'ai écrit son nom quelque part, attends… Ah, le voilà : Kupfer, du cabinet Kupfer & associés, à Brooklyn. Il a appelé dimanche matin en disant qu'il avait essayé de te joindre à Denver mais que tu n'étais pas chez toi. Il m'a dit qu'il avait des renseignements importants, et très confidentiels, à te communiquer au sujet des Pazmany. Bien entendu, je ne l'ai pas questionné, mais je dois avouer que je suis curieuse de savoir ce qu'il a découvert. A-t-il réussi à te joindre ?

Jess ouvrit la bouche pour répliquer qu'elle n'avait pas engagé de détective privé, puis décida de ne pas donner de nouveau sujet d'inquiétude à sa mère. En outre, elle se souvenait que Dan lui avait proposé de faire appel à quelqu'un pour découvrir si une petite fille prénommée Liliana n'avait pas disparu à New York en décembre 1969. Il aurait donc loué les services de ce M. Kupfer sans la prévenir. D'un autre côté, ce n'était pas dans les habitudes de Dan de prendre de telles décisions à sa place...

Jess eut soudain la chair de poule, et un frisson glacial lui parcourut la nuque. N'était-ce pas un peu étrange que quelqu'un ait cherché à savoir où elle se trouvait quelques heures à peine avant l'explosion du colis piégé ?

— Nous n'avons pas encore réussi à nous joindre, répondit-elle en s'efforçant de parler d'une voix ferme. Lui as-tu dit que j'étais encore à New York ?

— Non, j'ai répondu que tu étais à Denver, parce que je croyais que tu étais déjà rentrée.

Jess sentit son frisson lui descendre dans le dos. Ce mystérieux correspondant avait donc eu toutes les raisons de croire qu'elle serait à son bureau lundi matin.

— Pourtant, j'avais dit à Todd que je restais une journée de plus à New York, objecta-t-elle. J'ai appelé samedi, parce que je savais que dimanche matin vous seriez à l'église. Todd m'a dit que papa et toi étiez au bowling.

— Et qu'est-ce qui te fait croire que Todd a pensé à nous transmettre le message ? demanda Barbara avec ironie. Il s'en est souvenu seulement au moment où nous allions nous coucher. Dimanche, bien sûr, pas samedi.

Jess avait à présent affreusement mal à la tête. Elle se demanda si elle devait révéler à sa mère qu'elle n'avait pas engagé de détective privé. « Non, il vaut mieux en parler tout d'abord à Will Ackroyd, dès demain matin », décida-t-elle. Inutile de troubler sa famille pour rien, d'autant qu'il y avait quand même de bonnes chances pour que ce détective travaille pour Dan.

— Ma chérie, est-ce que tout va bien, maintenant ? demanda Barbara d'une voix teintée d'anxiété. Pourquoi ne demandes-tu pas à une amie de passer la nuit chez toi ? Ce n'est peut-être pas prudent que tu restes seule, après ce que tu as enduré aujourd'hui.

Jess s'efforça de convaincre Barbara qu'elle était assez forte pour se débrouiller seule. Elle promit aussi qu'elle ne sortirait pas de nuit tant que le terroriste ne serait pas arrêté. Ensuite, son père reprit l'appareil : elle lui assura que la police avait mis toutes les lignes de son bureau sur écoute et menait une enquête très approfondie. Mais elle évita, bien sûr, de lui révéler que le colis piégé avait été adressé à son nom. Finalement, après avoir fait ses adieux et souhaité une bonne nuit à chacun des membres de la famille, elle raccrocha.

Jess poussa un profond soupir de lassitude. Cette conversation avec les siens aurait dû la ragaillardir. Mais curieusement, à présent qu'elle avait prétendu qu'elle allait bien et qu'elle ne craignait pas de rester seule, elle prenait conscience qu'elle avait en fait les nerfs en pelote. Pour endiguer sa peur, elle fit le tour de l'appartement à grands pas en allumant toutes les lumières. Alors qu'elle passait dans le couloir de l'entrée, l'Interphone bourdonna. Jess eut peine à se retenir de hurler. Paralysée de frayeur, elle fixa d'un air hébété le combiné mural. Qui pouvait bien lui rendre visite à une heure pareille ? L'Interphone bourdonna de nouveau, avec insistance. S'arrachant à sa torpeur, elle se força à avancer vers la porte et à décrocher l'appareil.

— Oui ? fit-elle d'une voix tremblante.

— C'est Dan. Ouvre-moi, Jess.

— Dan ?

Dan ! Jess éprouva un tel soulagement qu'elle crut s'évanouir. Fermant les yeux, elle appuya le front contre le mur en respirant profondément. Par miracle, Dan était là. Au plus profond d'elle-même, elle savait que c'était lui qu'elle attendait.

— Jess ? Tu es là ? Qu'est-ce qui se passe ? Ouvre-moi, bon sang !

— Oui, oui, tout de suite.

Elle raccrocha et pressa le bouton qui commandait l'ouverture de la porte de l'immeuble. Le cœur battant, elle tendit l'oreille. Un lourd battant métallique claqua au pied du bâtiment. Dan n'avait pas eu la patience d'attendre l'ascenseur, et il montait par l'escalier de secours.

Jess ouvrit la porte de l'appartement en grand. Dan apparut bientôt sur le palier. Il entra en trombe dans le vestibule, refermant le battant derrière lui et posant son sac de voyage d'un même mouvement, puis il la prit dans ses bras. Ses gestes fougueux, presque brusques, trahissaient une profonde émotion. Haletant, il glissa les mains vers ses hanches, la serra contre lui en inclinant la tête, et sa bouche s'empara de la sienne.

Depuis leur divorce, Jess s'était répété de toutes les façons possibles que les baisers de Dan ne valaient ni plus ni moins que ceux de n'importe quel homme. Le lamentable mensonge qu'elle s'était fait ! Aussitôt que leurs lèvres s'unirent, un désir intense, violent, prit naissance au creux de son ventre. Loin d'être effrayée par la passion tumultueuse qui s'était emparée de Dan, elle répondit à son baiser avec enthousiasme. Les barrières protectrices qu'elle avait pris tant de peine à bâtir autour d'elle depuis leur séparation furent pulvérisées en quelques secondes, lui montrant à quel point elle était restée vulnérable face à cet homme. « Comme si tu ne le savais pas déjà ! songea-t-elle confusément. Pourquoi aurais-tu cherché à l'éviter si tu avais été vraiment immunisée contre lui ? »

Un feu brûlant lui courait dans les veines. Après le frisson glacial qui l'avait habitée depuis le début de la matinée, c'était une sensation exquise. Elle joignit les mains derrière la nuque de Dan, se donnant de toute son âme à leur étreinte. Puis ils rompirent ensemble le baiser et, le souffle court, tremblants de plaisir, ils restèrent un moment enlacés sans faire un geste, tandis que leurs respirations s'apaisaient.

Finalement, Dan lui prit le visage entre les mains, plongeant son regard dans le sien. Jess aimait sentir son souffle tiède lui balayer la peau.

— Oh, Jess ! murmura-t-il. Pendant plus de trois heures, cet après-midi, j'ai cru que tu étais morte !

— J'ai passé le week-end à New York, parce que j'avais rendez-vous avec le Dr Weir, répondit-elle. Je n'étais pas à Denver quand la bombe a explosé.

— J'ai eu tellement peur de ne plus jamais te revoir, si tu savais. De ne plus jamais te tenir dans mes bras, de ne plus jamais me réveiller à côté de toi.

Il écarta doucement les pans de son peignoir, dévoilant sa poitrine. Ses mains tremblaient. Penchant la tête, il lui embrassa la gorge et les seins avec une infinie tendresse.

Jess ferma les yeux, laissant le plaisir gagner tout son corps. Comment diable avait-elle pu se convaincre qu'elle réussirait à passer le reste de sa vie sans faire l'amour avec Dan ? Pendant ces trois années de séparation, elle avait dû souffrir de démence ! C'était la seule explication possible. Elle défit le premier bouton de la chemise de Dan, puis, cédant à son impatience, elle arracha les autres en tirant d'un coup sec sur le tissu. Alors, elle se blottit contre lui, la joue contre son torse musclé, savourant l'odeur familière de sa peau, écoutant les battements sourds de son cœur. Une vague de chaleur enfla irrésistiblement en elle, au point qu'elle eut l'impression qu'une myriade d'aiguillons la picotaient délicieusement.

— Ce soir, j'avais vraiment besoin que tu sois ici. Merci d'être venu, Dan.

Il resserra son étreinte autour de ses hanches.

— Je ne pensais pas te trouver seule.

— Qu'est-ce qui t'a décidé à venir, en ce cas ?

— J'espérais quand même que tu serais seule, répondit-il avec un sourire espiègle.

Elle détourna presque timidement la tête, touchant du bout des doigts le poster alpin qui ornait le vestibule.

— Je t'attendais, avoua-t-elle tout bas. J'attendais… j'espérais que tu viendrais.

Dan expira bruyamment.

— Jess, regarde-moi.

Elle pivota la tête et leva le menton. Leurs regards se rivèrent l'un sur l'autre.

— Pour une fois, sois honnête avec moi, Jess…

— Je suis toujours honnête, protesta-t-elle avec indignation. Et si je…

— Ne recommençons pas ça maintenant, veux-tu ? J'ai terriblement envie de toi, mais ce soir je ne suis pas prêt à jouer selon tes règles. Si tu as juste besoin d'un ami, ou si tu ne veux pas faire l'amour avec moi, c'est le moment ou jamais de me mettre à la porte.

Il eut encore un de ses sourires malicieux.

— Réponds vite, Jess. Si tu m'ordonnes de partir dans les quinze secondes qui viennent, il y a une toute petite chance que je t'obéisse.

— Ne pars pas. Je veux que tu restes, répondit-elle sans hésiter.

Elle refusa de se demander d'où ces mots avaient surgi, et ce qu'ils impliquaient pour l'avenir. Pour une fois, elle se fichait de savoir comment la situation se développerait sur le long terme. Et tant pis si elle s'en voulait par la suite d'avoir été trop impulsive ! Tout ce qu'elle souhaitait, à présent, c'était que Dan l'enlace et la serre contre son corps puissant, qu'il la comble de plaisir.

— Merci, murmura-t-il.

Il l'embrassa à pleine bouche, lui offrant un baiser bref, mais torride, qui raviva la flamme de son désir.

— Je veux me sentir vivante, Dan, chuchota-t-elle contre son oreille. Fais-moi oublier que j'ai failli mourir à mon bureau en ouvrant un colis piégé.

— Ne pense plus à ce qui s'est passé aujourd'hui, répondit-il d'une voix chaude. Pense à maintenant. Pense au bien que nous allons nous faire.

Il dénoua la ceinture de son peignoir, puis le fit glisser autour de ses épaules jusqu'au sol. Elle le repoussa du bout du pied.

— Tu… tu as le plus beau corps que j'aie jamais vu, murmura Dan. Seigneur, Jess, je te trouve encore plus désirable que quand nous étions mariés.

Jamais — en tout cas jamais depuis trois ans — Jess n'avait entendu paroles plus érotiques. Au son du timbre velouté de Dan, elle fondait déjà de plaisir. Et le plus extraordinaire, c'était qu'elle se sentait vraiment belle, vraiment désirable, et toutes ces choses idiotes que lui seul était capable de lui mettre dans la tête.

Elle tendit les mains vers sa ceinture, dont elle défit la boucle, et baissa lentement la fermeture Eclair de son pantalon. La gorge nouée, elle le caressa avec douceur, presque avec timidité, redécouvrant le bonheur de le tenir dans sa main, constatant de nouveau à quel point elle se sentait forte quand elle pouvait le combler et le faire frissonner comme en cet instant.

Il émit un bruit de gorge à mi-chemin entre le soupir et le grognement.

— Oh, Jess, comment avons-nous pu vivre trois ans sans ça ?

— Je ne sais pas.

Elle ferma les yeux. Pour le moment, elle ne pouvait même pas imaginer vivre trois minutes de plus sans que Dan vienne en elle. Il lui semblait qu'elle se détachait d'elle-même et s'envolait sur un nuage d'euphorie sexuelle.

Dan lui rendit ses caresses, la couvrit de baisers. Et ne tarda heureusement pas à honorer son point le plus sensible. Elle se mit à trembler tandis que ses doigts jouaient sur son mont de Vénus, la poussant irrésistiblement vers l'extase.

Elle était à une seconde de la jouissance, lorsque Dan murmura :

— Nous ne sommes pas bien, ici… Allons dans ton lit.

Jess cilla. Elle n'avait même pas remarqué qu'ils se trouvaient encore dans le vestibule. Confuse, elle se dirigea vers la chambre, où elle se laissa tomber sur le lit en attirant Dan à côté d'elle. Allongée sur la couette, ivre de désir et goûtant par anticipation le bonheur qu'elle allait bientôt savourer dans sa chair, elle sentit son esprit se fermer à tout ce qui l'entourait, sauf Dan.

Il vint sur elle et soutint son regard sans esquisser un geste.

— Qu'y a-t-il ? demanda Jess.

— Je me disais que trois ans d'attente, c'est vraiment trop long.

Trop long ? A condition de croire qu'ils étaient destinés à se retrouver, bien sûr… Mais Jess refusait de songer à cela. Elle ne voulait pas se remettre à penser, et encore moins se poser des questions stupides. Pour le moment, elle ne souhaitait que s'abandonner aux sensations que seul Dan savait lui procurer. Glissant une main derrière sa nuque, elle attira les lèvres de son ex-mari contre les siennes et souleva les hanches à sa rencontre.

Pendant une seconde, Dan demeura immobile. Puis il vint en elle tout à coup, unissant leurs deux corps avec une fougue sublime, et il l'emmena vite, très vite, vers la jouissance suprême. Elle connut alors un instant d'éternité pendant lequel elle s'éleva au-dessus du chaos de la réalité, puis elle atteignit l'extase juste avant Dan, sombrant dans un tourbillon de plaisir comme elle n'en avait pas connu depuis leur divorce.

Seigneur, comme il lui avait manqué !

Et comme elle aurait préféré qu'il ne revienne pas dans sa vie !

Dans le silence pesant qui régnait sur la chambre, le bourdonnement du filtre de l'aquarium provenant du salon faisait autant de vacarme qu'un marteau-piqueur. Ce fut Dan qui parla le premier.

— J'ai le sentiment terrible que tout ce que je peux dire maintenant risque de nous conduire au désastre, murmura-t-il. Peut-être devrais-tu lancer la conversation, Jess.

Elle tourna et retourna plusieurs réponses dans sa tête et les rejeta toutes, optant finalement pour la franchise.

— J'ai peur, avoua-t-elle.

Dan s'allongea sur le côté en s'appuyant sur un coude. Il la couva d'un regard intrigué.

— Peur ? répéta-t-il. De quoi ? De celui qui a envoyé la bombe ?

Jess poussa un petit rire étranglé.

— Je l'avais oubliée, cette satanée bombe.

Dan sourit.

— Je dois prendre ça comme un compliment, j'imagine.

— Pas exactement. Ça fait partie du problème, en réalité, répondit-elle avec un soupir. Quand je suis avec toi, Dan, j'ai l'impression que tous mes soucis s'évanouissent, et que nous sommes seuls au monde.

— C'est sans doute pour cette raison que nous prenons tant de plaisir au lit, suggéra-t-il.

— Mais dans la vie, il n'y a pas que le sexe !

Elle eut un petit rire.

— Je dois pourtant reconnaître qu'il y a dix minutes, tu aurais eu du mal à me convaincre du contraire, ajouta-t-elle.

— Du temps où nous étions mariés, jamais tu n'aurais dit cela, observa Dan d'un ton un peu étonné.

— Quoi donc ? Qu'il n'y a pas que le sexe dans la vie ?

— Oh, non ! s'exclama-t-il en pouffant. Ça, c'est du Jess pur crin. Ce qui est surprenant, c'est de t'entendre affirmer que le sexe peut parfois te paraître la chose la plus importante au monde.

Jess hésita à répondre. Au début de leur relation, Dan et elle avaient connu tant de satisfaction ensemble sur le plan physique qu'elle n'avait jamais éprouvé le besoin d'en parler. Vers la fin de leur mariage, quand elle abordait cette question, c'était uniquement pour affirmer qu'une bonne entente sexuelle ne suffisait pas à assurer la longévité d'un couple. Et une fois le divorce prononcé, elle avait le cœur tellement déchiré qu'elle aurait volontiers accepté de faire vœu de chasteté si on le lui avait proposé. Elle était sortie avec Tim Macfadden pendant onze longs et pénibles mois pour la simple raison qu'avec lui, les sentiments ne risquaient pas d'être compliqués par une sexualité épanouie. Son refus d'épouser Tim signifiait-il qu'elle était enfin guérie de ce besoin stupide de mener sa vie en complète contradiction avec ce qu'elle avait été du temps de Dan ?

— Autrefois, j'étais naïve, admit-elle. Je pensais que le sexe, surtout quand ça se passait bien, c'était la partie la plus facile d'une relation de couple. Maintenant, j'ai mûri. Je sais que ce que nous partagions au début de notre mariage, c'était quelque chose de merveilleux et… d'unique. J'ai découvert que je ne pouvais pas tomber passionnément amoureuse d'un homme qui serait simplement gentil, travailleur, et me traiterait avec respect. C'est comme ça ! Cette prise de conscience a beau m'ennuyer, elle n'en est pas moins vraie.

Dan hocha la tête.

— Maintenant, je crois que ce serait mon tour de faire un discours mûr et réfléchi, déclara-t-il d'un ton goguenard. Malheureusement, la seule idée qui me vient à l'esprit, c'est de retrouver les hommes qui t'ont donné ces excellentes leçons sur le sexe et de leur envoyer à chacun un bon coup dans les parties.

Jess sourit.

— Tu peux désactiver ton mode macho, Dan. En ce qui concerne le sexe, tu es mon champion toutes catégories. Personne ne t'arrive à la cheville. Il n'y a que toi qui saches me combler comme tu le fais.

— Merci de me le dire, Jess.

Dan prit une de ses mains et la porta à ses lèvres. Il lui embrassa les doigts, puis déposa un langoureux baiser au creux de sa paume. Jess cligna des yeux, souriant de plus belle. Son ex-mari était bien le seul homme de sa connaissance à pouvoir se livrer à ces marques d'affection un peu démodées sans avoir l'air ridicule.

— Je suis désolé d'avoir été un époux si médiocre, Jess. Je sais bien que ce que je vais dire ne m'excuse pas, mais il faut que tu saches qu'au moment où nous nous sommes mariés, j'étais tellement amoureux de toi que je m'imaginais comme un gosse que tout marcherait sans problème. Je me trompais, évidemment. En fait… je crois que je n'étais pas prêt à me marier.

Elle étreignit la main de Dan.

— Je t'aimais, moi aussi, tu sais, murmura-t-elle, la gorge nouée.

Elle déglutit.

— Je pense que c'est pour ça que nous avons tant souffert, l'un et l'autre, quand les choses ont commencé à mal tourner, ajouta-t-elle. Nous gâchions une relation belle, magnifique, et… et c'était trop triste.

Dan l'attira contre lui, l'invitant à blottir le visage au creux de son épaule.

— Jamais je n'ai voulu te faire de mal, Jess. J'aurais même tout donné pour éviter de te causer du chagrin. Le problème, c'est que ma vie se dirigeait à la vitesse de la lumière dans une direction que je ne voulais pas qu'elle prenne, et je me suis complètement figé. Je n'arrivais plus à dormir, ni à travailler, ni à supporter de te voir trimer comme une esclave pour nous deux, mais je ne parvenais pas non plus à expliquer ce qui clochait. J'étais perdu !

Il esquissa un sourire désabusé.

— Tu es si efficace, si pragmatique, Jess, reprit-il. Comment diable aurais-je pu t'expliquer que j'étais paralysé de terreur à l'idée de reconnaître que je n'avais aucun talent pour le métier d'acteur ? Que j'avais en moi cette envie d'écrire qui me dévorait les tripes et que je ne savais pas comment la canaliser ?

Efficace ? Pragmatique ? Oui, se dit-elle, ces qualificatifs lui convenaient sans doute. Pourquoi ? La réponse était simple, aujourd'hui : depuis l'enfance, Jess s'était conformée à la famille Zajak ; elle s'était forgé une personnalité qui ressemblait à celle de ses parents adoptifs, pour leur rendre à sa manière tout l'amour qu'ils lui avaient offert. Elle savait d'ailleurs que si Dan l'avait séduite, si elle était tombée amoureuse de lui dès leur première rencontre, c'était en grande partie parce qu'il ne partageait pas sa dévotion imbécile pour les règles établies, qu'il ne vivait pas selon le dogme pesant du « sens des réalités ». Une fois qu'ils avaient été mariés, hélas, elle n'avait su résister à ses propres travers, ni pu s'empêcher de vouloir transformer Dan en un homme radicalement opposé à celui qu'il était.

— Si tu m'avais avoué que tu étais mort de peur à l'idée de devenir acteur, admit-elle, je t'aurais encouragé à te secouer et à te trouver un vrai boulot.

— Mais tu l'as fait ! répliqua-t-il d'un ton amusé. Et j'ai essayé de m'y mettre. Devant Dieu, je jure que j'ai essayé.

— Tu ne m'as jamais dit que tu cherchais du travail…

— Non seulement j'en ai cherché, mais j'ai été embauché au moins une demi-douzaine de fois. Et viré de partout. Crois-tu que j'aurais pu t'avouer, à toi qui es la compétence professionnelle incarnée, que je m'étais fait licencier de Donut Hut parce que j'avais rempli un beignet au chocolat de fromage fondu ?

— Tu t'es fait virer de Donut Hut ? Le boui-boui de Washington Square ?

— Ouais, celui-là même.

Jess s'esclaffa.

— Je n'arrive pas à y croire ! Pour être viré d'un endroit pareil, il faut vraiment y mettre du sien.

— Maintenant, tu en ris. Mais à l'époque, ça ne t'aurait même pas arraché un sourire.

— C'est juste, acquiesça-t-elle, puis elle soupira doucement. Je pense que mon éducation provinciale dans les plaines du Middle West ne m'avait pas préparée à affronter le mariage avec un acteur en herbe.

— Si j'avais été un acteur en herbe *talentueux*, j'aurais peut-être été moins difficile à vivre. Ce qui me rendait fou, c'était de sentir que j'étais nul pour la comédie. Mais comme mon prof de théâtre, à la fac, m'avait convaincu que c'était le métier dont je rêvais, je ne comprenais pas ce qui m'arrivait. Chaque fois que je passais une audition, je réécrivais mentalement la pièce. Et c'était pareil avec la télévision. Je passais des nuits entières devant l'écran à refondre l'intrigue du film ou de la série que je regardais, et le matin, j'avais tout réécrit de tête, jusqu'aux moindres lignes de dialogue.

— Je n'arrive pas à croire que tu ne te sois pas rendu compte dès ce moment-là que tu étais fait pour créer des scénarios.

— Vraiment ?

Dan posa la main sur son ventre et la caressa tendrement.

— Pourtant, reprit-il, tu devrais savoir mieux que quiconque à quel point il est dur de comprendre ce que l'on attend réellement de la vie.

Jess soutint le regard de Dan. De nouveau, il lui suggérait qu'elle avait trop tendance à se voiler la face. Elle décida de ne pas laisser passer cette remarque.

— Tu veux bien préciser ta pensée, Dan ? demanda-t-elle d'un ton impérieux.

Il la dévisagea quelques instants, une expression à la fois compatissante et implacable sur le visage.

— Tu es une femme passionnée, combative, intuitive, et rien ne te plairait davantage que de diriger ta propre entreprise, expliqua-t-il. Mais qu'as-tu fait de ta vie, jusqu'à présent ? Tu brides tes passions, tu évites les affrontements, tu as pris l'habitude de ne jamais écouter ton intuition, et tu occupes toujours des postes subalternes dans lesquels tes talents pour les affaires n'ont aucune chance de s'épanouir.

— Tu as tort, répliqua-t-elle sèchement. Je n'ai pas la moindre envie de diriger une société. J'ai bien plus besoin de sécurité financière que d'être ma propre patronne.

— C'est peut-être vrai, admit Dan. Tu as sans doute refoulé ton instinct de chef d'entreprise… Je crois surtout que tu as plus besoin de sécurité et d'ordre que la moyenne des gens. Et vu ce qui t'est arrivé dans ton enfance, c'est parfaitement légitime ! Résultat, tu t'appliques à éliminer tout ce qui risquerait de déstabiliser ton existence. Et apparemment, j'en faisais partie !

— Si j'ai bien compris, cela expliquerait que notre mariage se soit conclu de façon si désastreuse, marmonna Jess. Par peur de trop t'aimer, j'aurais fait en sorte de tout casser entre nous, c'est ça ?

— Et toi, Jess, qu'en penses-tu ?

— Cesse de me renvoyer mes questions comme un psychiatre, rétorqua-t-elle.

Elle s'assit sur le lit, ramenant les genoux contre sa poitrine et nouant les bras autour de ses jambes. La conversation prenait une tournure qui la mettait mal à l'aise.

— Comment puis-je te convaincre que j'ai eu une enfance très heureuse, avec des parents merveilleux qui m'ont abreuvée d'amour… ?

— Nous ne parlions pas de ton enfance, Jess, l'interrompit-il, mais de notre mariage.

Il glissa un doigt sous son menton et la força doucement à relever la tête.

— Rien ne t'empêche d'avoir à la fois une famille merveilleuse et des problèmes personnels, poursuivit-il. Cela ne veut pas dire que Barbara et Frank n'ont pas été à la hauteur, ni que tu ne leur es pas reconnaissante de tout ce qu'ils t'ont donné. Moi par exemple, je ne suis pas un enfant adopté et mes parents sont formidables, mais quand je me trouve avec eux, j'ai parfois l'impression d'être un extraterrestre. Si tu entendais nos conversations, à certains moments, tu aurais l'impression que nous ne parlons pas la même langue.

Jess sourit. Les propos de Dan la décrispaient un peu.

— C'est vrai que le fait d'être une enfant adoptée me place dans une position difficile par rapport à mes parents, admit-elle. Tu ne peux pas imaginer ce que c'est que d'être recueillie par une famille nombreuse, hyperaffectueuse, qui te paraît cependant étrangère à ce que tu ressens naturellement, instinctivement.

— Mais si, je peux l'imaginer, répondit Dan avec un large sourire. C'est ça, le talent des écrivains. Ils possèdent une imagination fertile.

Il l'embrassa avec une immense tendresse.

— Accepter que tu es différente des Zajak, cela ne signifie pas que tu manques de loyauté envers eux, ni que tu les aimes moins que tu ne le devrais, reprit-il. Ça veut juste dire que tu regardes la situation en face. C'est d'ailleurs une des raisons pour lesquelles je pense qu'il est très important que tu apprennes la vérité sur ton passé. Je te parie que si tu arrives à découvrir qui étaient tes parents biologiques et ce que tu faisais à Cleveland dans la voiture des Pazmany, bon nombre de tes conflits intérieurs et des questions que tu te poses sur ton identité disparaîtront comme par enchantement.

— Comment peux-tu en être si persuadé ? demanda Jess avec étonnement. Jusqu'à ces dernières semaines, je savais qui étaient mes parents biologiques, puisqu'il s'agissait de Rudolph et Elena Pazmany. Si j'ai des problèmes psychologiques à cause de ma situation familiale, pourquoi disparaîtraient-ils aussitôt que j'aurais substitué les Smith ou les Johnson aux Pazmany ?

— Parce que inconsciemment, tu as toujours su que les Pazmany n'étaient pas tes vrais parents, et que tu n'étais pas Jessica Marie. Comment expliquer, sinon, que le prénom Liliana ait resurgi à ton esprit au moment où je t'ai montré la lettre de Magda Mizensky ? Dès que tu as posé les yeux sur ce document, une fenêtre s'est ouverte dans ta mémoire. Pense à ce qui a dû se passer dans ta tête quand tu étais petite si, au plus profond de toi-même, tu n'acceptais pas ce que ta nouvelle famille te disait à ton propre sujet et au sujet des Pazmany. Pense à toutes les fenêtres qui attendent sans doute de s'ouvrir en toi !

Jess éprouva une bouffée d'enthousiasme mêlée de terreur. Submergée par le flot d'idées et de perspectives nouvelles que Dan lui laissait entrevoir, et songeant qu'elle avait besoin de temps pour y réfléchir, elle orienta la conversation sur un autre sujet.

— Puisqu'on parle des Pazmany, ma mère m'a dit qu'elle avait reçu un coup de téléphone d'un détective privé qui cherchait à me joindre, expliqua-t-elle. Il affirmait détenir des informations importantes sur les Pazmany.

Elle tenta de se rappeler le nom du détective, sans succès.

— Est-ce toi qui as engagé ce type ? reprit-elle.

— Non, je n'ai engagé personne, répondit Dan, sourcils froncés. En revanche, j'ai demandé à un ami qui travaille au *New York Times* de chercher dans les archives du journal si une petite fille de trois ou quatre ans n'avait pas disparu à New York en 1969. Vendredi, il m'a appelé pour m'annoncer qu'il avait déjà vérifié les numéros de janvier à juin 1969, sans rien trouver. Il va continuer les recherches sur la deuxième partie de l'année et me rappeler ensuite. Il s'appelle Martin Kaiser. Ça te dit quelque chose ?

Kaiser. Oui, ce nom lui était vaguement familier. Jess avait la certitude que le nom que sa mère lui avait transmis commençait par un K. Il s'agissait probablement du même homme. Elle fit la moue. D'un autre côté, pourquoi ce Martin Kaiser n'avait-il pas téléphoné directement à Dan ?

Elle posa la question à son ex-mari.

— Peut-être a-t-il essayé, répondit-il. Mais j'ai travaillé tout le week-end sur mon nouveau scénario, sans répondre au téléphone, et ce matin j'ai été réveillé par le flash d'informations spécial annonçant qu'une explosion s'était produite à ton bureau.

J'étais si bouleversé que je n'ai absolument pas pensé à écouter les messages sur mon répondeur. Je ne sais donc pas si Martin a essayé de me joindre. Mais je l'appellerai dès demain matin pour lui poser la question.

Jess sentait son cœur battre la chamade. Comme c'était étrange de penser qu'à presque trente ans elle était sur le point de découvrir qui elle était vraiment…

— Peut-être Martin a-t-il découvert quelque chose d'intéressant dans le *New York Times,* murmura-t-elle.

— Peut-être, acquiesça Dan, puis il secoua la tête. Attends une seconde… Mais non, ça ne peut pas être Martin qui a appelé chez ta mère, puisque je ne lui ai parlé ni de toi, ni de tes parents ! Comme il me devait un service, je lui ai simplement demandé de mener la recherche le plus vite possible, mais je n'ai pas dit qui était concerné, ni pourquoi j'avais besoin de ces renseignements. Il ne connaît même pas ton nom, et encore moins le numéro de téléphone de Barbara !

Jess essaya de se rappeler les propos exacts de sa mère concernant le mystérieux détective privé. En vain. Des fragments de souvenirs se télescopaient dans sa tête, refusant de former un ensemble cohérent. De toute façon, le simple fait que cet homme se soit présenté comme un détective privé prouvait qu'il n'avait rien à voir avec Martin Kaiser. Frustrée, elle poussa un profond soupir de lassitude. Tous ces mystères commençaient à la rendre nerveuse. Pour le moment, elle ne voulait guère se soucier de savoir qui avait téléphoné chez ses parents, ni se demander pourquoi le colis piégé avait été adressé à son nom.

Un frisson glacial lui traversa la nuque. Elle décida de l'ignorer. Zut ! Elle n'allait tout de même pas se mettre à imaginer qu'il y avait quelque part dans le pays un maniaque décidé à la supprimer ! Ni sa personnalité ni sa vie privée n'avaient de quoi attirer sur elle l'attention d'un psychopathe. Et elle n'avait aucune raison de sortir du lit pour téléphoner à l'agent spécial Ackroyd afin de lui dire qu'un inconnu avait demandé à ses parents où elle se trouvait ces deux derniers jours. Son père était policier, lui aussi, bon sang ! Si ce détective privé avait été suspect, il l'aurait immédiatement senti.

— Qu'y a-t-il ? demanda Dan. A quoi penses-tu ?

— A rien, répondit-elle. La journée a été longue, Dan. Si ça ne t'ennuie pas, je préfère attendre demain pour reparler de toute cette histoire.

Il la regarda fixement pendant quelques instants.

— Que nous arrivera-t-il demain ? murmura-t-il. Qu'allons-nous devenir, toi et moi ?

Jess ne voulait pas réfléchir à cela non plus. A présent, tout ce qu'elle désirait, c'était sombrer dans l'inconscience, plonger dans un tourbillon doux et chaud de plaisir pur. Elle glissa un genou entre les jambes de Dan, puis l'enlaça par la taille et se serra contre lui. La réaction de son ex-mari fut aussi gratifiante qu'instantanée. Jess poussa un petit soupir de contentement.

— Fais-moi l'amour, Dan, murmura-t-elle.

— J'adore quand tu dis ça, répondit-il d'une voix sourde. Oh, comme tu m'as manqué, Jess, pendant ces trois longues années !

— Toi aussi, tu m'as manqué. C'était… insupportable de ne pas t'avoir ici, dans mon lit, répondit-elle avec une sincérité qui la choqua elle-même.

Dan l'invita à s'allonger sur les oreillers, puis il lui fit l'amour avec passion et maîtrise, la comblant de façon si absolue qu'elle fut presque capable d'oublier que là, quelque part dans la nuit chaude, il y avait peut-être un homme qui se demandait pourquoi sa bombe n'avait pas atteint sa cible.

12.

Hôtel Radisson, Washington — Mardi 18 juin 1996

L'audition de la Commission judiciaire sénatoriale approchant à grands pas, la responsable des relations publiques de Victor avait organisé une conférence de presse afin de lui assurer une puissante vague de louanges médiatiques qui ne manquerait pas d'influencer en sa faveur les sénateurs chargés d'avaliser sa nomination à la Cour Suprême, dans six jours exactement. Victor avait donc longuement peaufiné le discours qu'il prononçait en ce moment même devant les journalistes. Hélas, il n'était pas au mieux de sa forme : il se tracassait un peu à cause de cette imbécile de Jessica Marie Zajak, qui avait trouvé le moyen d'échapper à la mort. Du coup, sa brillante rhétorique sur l'avortement, l'immigration, la peine de mort, la séparation de l'Eglise et de l'Etat — bref, sur toutes les grandes questions du moment — lui faisait l'impression d'un chapelet de poncifs timorés et moralisants. Il était loin du généreux condensé de centrisme politique qu'il avait imaginé !

Par chance, les journalistes de Washington étaient si imbus d'eux-mêmes qu'ils n'accordaient aucune importance aux minuscules cafouillages de son discours. Sa nomination paraissait tellement certaine qu'elle intéressait à peine les médias. Depuis six jours, pas une seule fois son nom n'était apparu dans le *Washington Post* ou le *New York Times*, les deux plus grands quotidiens nationaux. C'était extrêmement rassurant, en un sens, se dit Victor tandis qu'il entamait la dernière page de son allocution, mais d'autre part... il n'aimait rien tant que ce frisson qui le parcourait chaque fois qu'il lisait son nom dans une manchette ou un éditorial ! Quoi qu'il en soit, lundi serait son jour de gloire absolu : sa déclaration d'intention devant la Commission sénatoriale ferait très certainement la une des informations du soir. A condition, bien sûr, que les Bosniaques ou les Irlandais n'aient pas le culot de tirer la couverture à eux en décidant subitement de massacrer une partie de leur population.

A présent que l'enquête officielle du FBI était terminée, il respirait un peu mieux. Non qu'il eût risqué grand-chose, de toute façon. Les agents secrets n'avaient pu déterrer le moindre scandale le concernant, pour la simple raison qu'il n'y avait rien de suspect dans sa vie. Victor Bartlett Rodier était aussi pur et innocent que son CV le laissait supposer. Jamais il n'avait commis aucune de ces gaffes stupides qui nuisent aux carrières de certains hommes de son rang : tricherie sur les impôts, femmes de ménage entrées illégalement dans le pays, investissements douteux dans des affaires tordues, etc. Victor Rodier était M. Propre en personne. Même sa vie de famille était idéale. Ses deux beaux-fils l'admiraient de toute leur âme, et son épouse adorait le sol qu'il foulait. Rien à voir avec Constance, qui avait trouvé le moyen de l'exaspérer dès le premier jour de leur mariage.

Pour ses secondes noces, il avait sélectionné la candidate de façon bien plus judicieuse. D'ailleurs, les Grant avaient mis si longtemps à mourir qu'il avait eu tout loisir de redéfinir son profil idéal ! Margaret Davenport, une riche veuve de cinq ans son aînée, avait parfaitement satisfait à ses critères. A mesure que les années passaient, il en venait même à nourrir une certaine forme d'affection pour elle, et cela en dépit du fait qu'elle ressemblait de plus en plus à une vieille bigote flétrie. Mais peu importait son physique. Elle présentait plusieurs avantages bien plus importants que la beauté. Constance avait été belle — exceptionnellement belle —, mais c'était hélas la seule de ses qualités ! Avec elle, il avait frôlé la catastrophe, et aujourd'hui encore il payait cher cette erreur. Margaret, en revanche, était peut-être laide comme un pou, mais elle savait se tenir en société et elle était frigide, ce qui ne gâtait rien. Pauvre, brave Maggie ! Elle lui était si reconnaissante d'être traitée avec courtoisie et de recevoir son amitié qu'elle mettait un point d'honneur à ne pas chercher à savoir s'il couchait avec d'autres femmes, et si oui lesquelles.

Il fallait bien dire qu'elle n'avait pas à craindre d'être humiliée par ses frasques. Depuis l'épisode désastreux qui avait eu lieu du temps de Constance, Victor pratiquait l'adultère avec un talent consommé. Désormais, il avait l'intelligence de ne coucher qu'avec des femmes qui auraient bien plus à perdre que lui si l'affaire éclatait au grand jour. Les femmes dont les maris appartenaient au clergé de droite, par exemple, représentaient un gibier de choix pour ses chasses. Chaque fois que le président de la coalition américaine pour la famille apparaissait à la télévision, Victor riait en repensant à toutes les occasions qu'il avait eues de trousser sa femme. Bien souvent, il était arrivé que cette pieuse dame s'agenouille devant lui pour une prière buccale un peu particulière, un moment seulement avant qu'il ne rejoigne son époux à une conférence où l'on condamnait vertement la moralité douteuse des filles mères vivant de l'aide sociale.

Victor savourait pleinement l'ironie de ces situations.

Grâce à toutes ces années de prudence, personne ne risquait de découvrir quoi que ce soit de bizarre dans son passé. Enfin, à l'exception de Jessica Zajak, bien sûr. Seigneur ! Chaque fois qu'il pensait à elle, il en avait le ventre noué. Comme il regrettait de ne pas s'être chargé d'elle bien plus tôt ! Avec le recul, il se rendait compte qu'il aurait dû la supprimer quand elle était gamine. Vers l'âge de douze ou treize ans, par exemple. A cette époque, tout le monde avait oublié sa disparition, Constance était enfermée chez les dingues pour de bon, les Grant étaient morts. Jamais personne n'aurait songé à établir le moindre rapport entre l'honorable juge Victor Rodier et le décès d'une obscure orpheline de Cleveland. Il aurait pu se rendre là-bas discrètement, enlever Jessica et la noyer dans le fleuve. Plus facile à dire qu'à faire, peut-être, mais laisser cette fille en vie avait été une erreur. Une gravissime erreur.

Il prononça les dernières lignes de son discours avec panache. Un murmure d'approbation polie emplit la salle, puis six ou sept journalistes prirent la parole en même temps. Victor recouvra aussitôt toute son assurance. Oui ! se dit-il avec ravissement. Ça, c'était quelque chose. A présent qu'il avait de nouveau capté l'attention de ces minables scribouillards, il pouvait jouir de son éminente position sociale.

Pour commencer, il décida de répondre à Sam Donaldson. Il prit un malin plaisir à le montrer vaguement du doigt en faisant mine d'essayer de retrouver son nom.

— Oui, monsieur… hmm, monsieur, vous avez une question ?

— Sam Donaldson, Votre Honneur, d'ABC News. Jusqu'à présent, votre nomination à la Cour Suprême semble quasiment acquise. Vous attendez-vous à rencontrer la moindre difficulté lundi prochain face à la Commission judiciaire sénatoriale ?

Victor eut un sourire modeste.

— Au fil des dernières semaines, j'ai pu rencontrer chaque membre de la commission au moins une fois. Et j'ai le plaisir de pouvoir vous répondre, monsieur Donaldson, que de l'avis de tous, ma candidature avait toutes les chances d'être acceptée.

— C'est tout de même très surprenant que vous ayez réussi à satisfaire des hommes aux conceptions aussi divergentes que le sénateur Brown, de la Caroline du Sud, et le sénateur Deeney, du Massachusetts.

— Je ne suis pas certain d'avoir su les *satisfaire*, monsieur Donaldson…

Une petite vague d'hilarité s'éleva dans la salle. Victor attendit patiemment qu'elle reflue. Les choses allaient de mieux en mieux. Il en oubliait même qu'il avait assez mal prononcé son discours. Pour le moment, il refusait de penser à Jessica ; il réfléchirait plus tard au moyen de l'éliminer.

Il décocha un sourire glaçant à Sam Donaldson.

— Je pense qu'il serait plus approprié de dire qu'aucune de mes positions juridiques ne paraît trop extrême aux sénateurs, et que par conséquent, ni les uns ni les autres n'éprouvent le besoin de rejeter ma candidature à la Cour Suprême.

Victor se félicita du ton un peu précieux sur lequel il avait fait cette petite déclaration. Les gens aimaient que leurs juges donnent l'impression de survoler la mêlée. Il fit signe à Britt Hulme, qui l'avait interviewé la semaine précédente à l'occasion d'un somptueux dîner. Ce type, un journaliste de télévision très en vue, avait les idées carrément à droite, mais cela ne l'empêchait pas de passer pour un modéré. Victor admirait les gens qui savaient maîtriser leurs convictions, qui ne se laissaient pas dominer par leurs pulsions. Il offrit un sourire chaleureux à Britt.

— Oui, monsieur Hulme. Vous avez une question ?

— Merci, Votre Honneur. Plusieurs affaires ayant trait aux droits des homosexuels, dont certaines, d'ailleurs, sont peut-être liées à l'attentat qui s'est produit hier à Denver, sont sur le point d'être jugées par la Cour Suprême. Vous-même, Votre Honneur, vous n'avez jamais traité d'affaires de ce genre. Comment le public peut-il s'attendre à vous voir les aborder ?

— En fonction de leurs particularités individuelles, répondit Victor sur le ton de l'évidence. Par bonheur, notre Constitution offre les mêmes bases judiciaires aux homosexuels qu'à tout autre groupe social. En tant que juge, ma mission est d'équilibrer avec prudence les besoins des individus en regard de ceux de la société. Je crois donc que je prononcerai des jugements qui seront non seulement justes d'un point de vue juridique, mais également conformes aux valeurs morales de la grande majorité des Américains.

— Malheureusement, tout le monde ne partage pas cette conception très civilisée de la justice, Votre Honneur.

Myra Lyasson venait de prendre la parole. C'était la responsable du service politique de la chaîne de télévision PBS. Certainement une ex-gauchiste qui avait rejoint la gauche modérée bien-pensante, se dit Victor — comme tous les gens de PBS. Assez mal élevée, en tout cas, pour intervenir sans y avoir été invitée.

Elle poursuivit si vite qu'il fut obligé de l'écouter poliment.

— L'attentat de Denver donne à penser que certains groupes radicaux s'impatientent devant l'incapacité du gouvernement à faire progresser le débat sur les droits des homosexuels. Quelle est votre opinion, monsieur, sur des questions aussi importantes que celle des mariages entre homosexuels, par exemple ?

Son opinion ? Il fallait émasculer vite fait tous ces dégénérés. Victor sourit agréablement à Myra Lyasson.

— Votre question touche au problème des droits des minorités, qui est un concept très récent, comme vous le savez, puisqu'il est apparu au XXe siècle et s'est développé surtout au cours des trente dernières années. A l'heure où nous parlons, notre nation n'a pas encore totalement intégré la signification et la portée réelles de ce concept. L'orientation sexuelle d'un groupe d'individus particulier constitue-t-elle une base suffisante pour justifier que ce groupe reçoive une protection spécifique de la part de la société ? D'un autre côté, cette question élargit-elle le concept des droits des minorités dans des proportions telles que ce concept se révélera en définitive trop coûteux pour notre société ?

— J'aimerais connaître votre point de vue personnel sur ces intéressantes questions, Votre Honneur.

« Ça, je veux bien le croire, petite arrogante », songea Victor. Et il arbora l'expression respectueuse qu'il avait toujours vue fonctionner à merveille sur ses auditeurs, lorsqu'il se référait à la Constitution.

— L'une des plus grandes forces de notre système judiciaire, c'est que ses principes fondateurs peuvent être interprétés de façon à tenir compte de l'évolution des situations avec le temps. D'un point de vue strictement constitutionnel, je ne pense pas qu'il soit utile d'aborder le problème des droits des homosexuels par le biais de la question des droits des minorités. Notre nation n'en sera que davantage unifiée si nous essayons plutôt de régler cette question en fonction des lois actuelles concernant la propriété et la liberté de religion. Car c'est bien là que réside le cœur du problème ! Je vais vous donner un exemple. Si vous êtes homosexuel et que vous vivez depuis trente ans avec la même personne, ne devriez-vous pas avoir la possibilité de transmettre vos biens à cette personne sans avoir à payer de droits de succession ? Dans notre pays, les époux ont ce privilège, pourquoi deux amants homosexuels loyaux l'un envers l'autre ne devraient-ils pas l'avoir aussi ? Maintenant, abordons le problème d'un autre point de vue. Si vous êtes une personne très croyante et très conservatrice, pourquoi faudrait-il que vous soyez obligée par la loi de louer votre appartement vacant à un couple d'homosexuels dont le comportement va à l'encontre de votre philosophie de vie ?

Il sourit de nouveau à Myra, en la regardant droit dans les yeux comme s'ils étaient seuls dans la pièce. Même les journalistes les plus aguerris et les plus sophistiqués étaient intimidés quand ils sentaient l'attention des gens célèbres se concentrer sur eux. Et Myra n'échappa pas à cette règle.

— Ainsi, reprit-il, vous voyez que bon nombre des questions soulevées par cette expression fourre-tout de « droits des homosexuels » sont très complexes et touchent à des problèmes aussi profonds que les libertés individuelles, la liberté de religion et la propriété foncière. Je suis certain que vous ne vous attendez pas à ce que je prononce un verdict en vingt secondes sur tout cela à la fois.

Encore une salve de rires polis. Victor ricana en son for intérieur. Ces gens-là avaient beau être des experts de l'information, aucun d'eux ne lui avait fait remarquer qu'il n'avait rien dit de personnel sur les homosexuels. En fait, la simple idée que des pédés réclament le soutien des autorités pour s'acheter une maison lui donnait la nausée. Mais bien sûr, jamais il n'exprimerait de tels sentiments en public. Combien d'hommes intelligents avaient saboté leur carrière parce qu'ils n'avaient pas mesuré leur langage ? Avant de lancer d'énormes pavés dans la mare judiciaire, Victor attendrait d'avoir atteint la Cour Suprême. Mais dès que sa nomination à vie serait gravée dans la pierre, certains risquaient d'avoir de grosses surprises. Ça, c'était une certitude : une fois dans la place, il ne serait plus le centriste fadasse que tout le monde avait appris à connaître.

C'était son mépris des gays qui lui avait donné l'idée d'appeler le *Rocky Mountain News* en se faisant passer pour le chef d'un groupe d'activistes homosexuels. Et tant mieux si tous les pédés et les gouines de la terre étaient accusés de la mort de Marla Harries ! Ils le méritaient bien, ces crétins !

Il fronça légèrement les sourcils. Ses pensées le ramenaient une fois de plus à son attentat manqué contre Jessica Zajak. C'était absurde et inutile. « Concentre-toi », songea-t-il. A présent, il fallait qu'il donne le meilleur de lui-même. Il s'inquiéterait du sort de sa fille quand il serait seul.

Victor répondit à deux ou trois autres questions, souleva encore quelques rires de sympathie, puis se dirigea vers sa limousine en acceptant de bonne grâce les compliments de ses chargés de communication qui l'attendaient dans le couloir. Dieu merci, il avait survécu à une épreuve de plus sur la voie de la Cour Suprême. Et comme d'habitude, il s'en était tiré avec une distinction digne des plus grands hommes.

Maintenant, il ne lui manquait plus qu'un plan adéquat pour réduire Jessica Marie Zajak au silence. Puis la Cour Suprême des Etats-Unis aurait enfin un juge digne de ce nom. Le sacrifice de cette femme insignifiante ? Bah ! C'était de la petite bière, face à tout le bien qu'il apporterait au pays quand il siégerait au sein de sa plus haute Cour de justice.

Victor Rodier, Juge à la Cour Suprême. Quelques jours seulement le séparaient de ce titre prestigieux !

13.

Merton House — Mardi 18 juin 1996

— Entrez, répondit la voix du Dr Foster derrière le battant.

Constance redressa les épaules et prit une profonde inspiration. D'une main hésitante, elle toucha ses cheveux, qu'elle venait de faire couper. Elle était terrifiée à l'idée de ce qu'elle s'apprêtait à raconter à Ed, et en même temps, elle se sentait étrangement libérée, comme si le poids du chagrin et de la culpabilité qui l'accablait depuis vingt-six ans s'était déjà envolé. Ce qui s'était passé lors de la dernière visite de Victor lui avait prouvé qu'elle faisait confiance à Ed Foster comme elle n'avait fait confiance à personne depuis que Ralph et Lena étaient sortis de sa vie. Grâce au psychiatre, elle s'était battue contre elle-même pour accepter l'idée qu'il était enfin temps qu'elle affronte la réalité douloureuse du décès de Liliana. C'était une décision qui lui apportait un grand soulagement, et même une certaine forme de joie. Le port droit, le front haut, elle ouvrit la porte.

Assis à son bureau, Ed était en train de lire un dossier. Il leva très brièvement les yeux vers elle.

— Oui ? fit-il d'un ton distrait.

— Je suis prête pour la séance, docteur Foster.

Il releva tout à coup la tête, et une expression stupéfaite se peignit sur ses traits.

— Constance ! s'exclama-t-il. Entrez, je vous en prie. Pardonnez-moi, je ne vous avais pas reconnue. Vous êtes… splendide. Extraordinaire !

— M-mer… mer…

Elle déglutit. La réaction d'Ed l'intimidait autant qu'elle l'enchantait.

— Merci.

— Votre nouvelle coupe de cheveux est superbe ! Et votre robe est charmante, aussi. Comment appelle-t-on cette couleur ?

— Vieux rose.

Le Dr Foster lui adressa un sourire amical. Constance reprit confiance.

— Cette robe vous va à merveille, observa-t-il. Vous devriez la porter plus souvent.

— Merci, répéta-t-elle.

Elle lui était très reconnaissante de lui suggérer qu'elle n'avait pas l'air ridicule d'une quinquagénaire accoutrée comme une adolescente. Mais cela ne l'empêchait pas de se sentir mal à l'aise. Les vieilles habitudes avaient la vie dure : ses mains cherchaient malgré elle à triturer l'ourlet de sa jupe, et elle devait faire un gros effort de volonté pour refréner cette impulsion. Elle s'avança vers son fauteuil habituel, terrifiée de constater qu'elle n'arrivait guère à marcher sans traîner les pieds, puis s'assit, s'obligeant à garder le dos bien droit, à croiser les jambes avec distinction.

Le Dr Foster la dévisageait avec chaleur et enthousiasme. Manifestement, il appréciait de tout cœur la métamorphose qui s'était opérée dans son apparence. Mais Constance eut beau se répéter qu'elle n'avait rien à craindre, elle s'aperçut qu'elle avait tant et si bien appris, depuis vingt-cinq ans, à éviter de croiser le regard des gens, qu'elle avait aujourd'hui énormément de peine à affronter celui du psychiatre plus de quelques secondes. La panique la saisit tout à coup. Comment diable parviendrait-elle à le persuader qu'elle avait toute sa tête, si elle n'arrivait même pas à le regarder dans les yeux ? Elle crispa les mains sur les accoudoirs du fauteuil, refoulant son angoisse, refusant de se laisser dominer par la peur.

Le Dr Foster referma le dossier posé devant lui.

— Je ne vous demande pas comment vous vous sentez ce matin, Constance, déclara-t-il avec un sourire avenant. Vous avez l'air en pleine forme.

— Hmm… oui, merci. Je me sens plutôt bien.

— De quoi voudriez-vous que nous parlions, aujourd'hui ?

Avant de venir, elle avait préparé un discours à la fois bref et percutant dans lequel elle expliquait à Ed les trois raisons principales pour lesquelles elle avait décidé de lui faire confiance et de lui demander de l'aider à quitter Merton House. Le moment fatidique était venu ; il fallait qu'elle parle. Hélas, ayant depuis trop longtemps perdu l'habitude de s'exprimer de façon articulée et intelligible, elle parvint tout juste à marmonner :

— Il faut que vous m'aidiez, docteur Foster. J'ai décidé que je ne voulais plus être folle.

Elle rougit misérablement, frustrée d'être à ce point incapable d'exprimer ses idées comme elle l'aurait voulu. Mais le psychiatre ne se moqua pas d'elle. Il ne l'humilia pas non plus en répondant des platitudes polies.

— Je pense que c'est une décision très sage, déclara-t-il en se levant.

Constance frémit. Il tira un fauteuil en face du sien et s'y assit comme s'il s'apprêtait à engager une conversation normale avec une amie. Les mains sur les genoux, il se pencha vers elle.

— Expliquez-moi comment vous en êtes arrivée à prendre cette importante décision, Constance.

— Je pense que je ne risque rien à vous faire confiance.

Elle se tut, frissonnant de peur. Tout à coup, elle n'était plus sûre de vouloir parler à Ed. Avait-elle raison de se fier à lui ? Qu'arriverait-il, s'il ne la croyait pas ?

« Il ne se passera rien, songea-t-elle. Cet homme ne fera rien de pire que ce que tu as déjà enduré. » Sauf étouffer la flamme vacillante et fragile de son espoir — cette flamme qui ne s'était jamais complètement éteinte dans son cœur en vingt-six ans d'internement.

— Je suis honoré de vous entendre dire que vous me faites confiance, déclara Ed avec sincérité. Pour commencer, voulez-vous m'expliquer pourquoi vous aviez décidé d'être folle ?

Constance soupira intérieurement. Présentée comme ça, la tâche lui paraissait tout à coup insurmontable.

— C'est une histoire très longue et très compliquée. Je ne sais pas si vous avez le temps de l'entendre. Peut-être que nous devrions attendre une autre occasion…

— Je vais faire en sorte de me libérer, l'interrompit le Dr Foster. C'est très important, Constance, pour vous comme pour moi.

Il appuya sur le bouton de l'Interphone.

— Elaine ? Reportez mon rendez-vous de 11 heures avec Doug Larusse, je vous prie. Et ne me passez aucune communication. Je ne veux pas être dérangé…

— Même en cas d'urgence ?

Ed eut un sourire crispé.

— Seulement si c'est une urgence qui suppose l'intervention des pompiers ou de la police.

— Entendu, docteur. Mais ça va être très difficile de reprogrammer tous vos rendez-vous…

— Je sais, mais faites-le quand même. Vous savez réaliser ce genre de miracle, Elaine.

Il coupa l'Interphone sans laisser à sa secrétaire le temps de protester.

— Voilà, Constance. A présent, j'ai toute la matinée pour écouter votre histoire.

Par où commencer ? Constance se massa nerveusement les tempes. Oh, Seigneur, cela lui avait paru si facile quand elle y avait pensé, seule dans sa chambre ! Elle avait d'abord prévu de lui raconter en quelques phrases claires et concises comment elle en était arrivée à être internée à St Jude. Ensuite, pourquoi elle avait encouragé tout le monde à croire qu'elle était folle. Et pour finir, elle comptait accuser Victor Rodier, arguments à l'appui. Malheureusement, elle ne savait plus comment entamer son récit. Peut-être était-ce la raison pour laquelle elle n'arrivait pas à trouver son chemin dans le labyrinthe de son passé ? Peut-être était-elle vraiment folle ?

— J-je n'y arrive pas, bafouilla-t-elle. Tout est dans ma tête, mais les mots ne viennent pas.

Ed lui saisit les mains et lui massa doucement les doigts avec les pouces.

— Ne vous inquiétez pas, Constance. Détendez-vous, et les mots vous viendront naturellement. Voulez-vous que je vous pose quelques questions pour vous aider à démarrer ?

Elle baissa les yeux sur les mains du psychiatre. Elles étreignaient les siennes, mais c'était un geste purement thérapeutique.

A quand remontait la dernière fois où quelqu'un l'avait tenue dans ses bras avec une affection sincère ? Une demi-vie, au moins ! Constance redressa le menton. Pendant vingt-six longues années, des années arides, perdues, elle avait été privée de tous les plaisirs normaux de l'existence. Cette pensée la mit en rage et souleva en elle une poussée d'adrénaline libératrice.

— Je souhaite vous expliquer pourquoi j'ai accepté de rester enfermée ici alors que je ne suis pas réellement folle, déclara-t-elle, mais je m'aperçois qu'après avoir vécu un quart de siècle avec des malades mentaux, j'ai du mal à me comporter comme une personne normale. Je ne maîtrise pas aussi bien mes mouvements que je le voudrais. Je marche en traînant les pieds. J'ai acquis tout un tas de tics nerveux et de manies insensées. Tout ça me fait terriblement peur. Je commence à me demander combien de temps on peut jouer au fou sans que ça ne devienne une réalité.

— Cela dépend probablement de la raison pour laquelle vous avez commencé à faire semblant d'être folle, répondit Ed. Peut-être devriez-vous m'expliquer cela en premier.

— Au début, j'étais complètement apathique, répondit-elle. Comme Liliana était morte, je ne voyais aucune raison de continuer à vivre, et donc aucune raison de lutter contre les accusations des gens. Ensuite, quand je me suis rendu compte que Victor disait peut-être la vérité au sujet de ma fille, j'ai voulu me punir de la façon la plus horrible qui fût : je me suis mise dans la peau d'une vraie malade mentale.

— Que disait Victor au sujet de votre fille, Constance ?

— Vous le savez déjà.

Constance sentit son souffle se bloquer dans sa gorge. Elle se força à expirer.

— Victor affirmait que j'avais tué Liliana sous l'emprise de drogues. Que j'avais assassiné ma propre enfant pendant une crise de démence hallucinatoire. Une fois que j'ai accepté de croire cela, j'ai considéré qu'être enfermée avec des fous dans un asile de haute sécurité comme St Jude n'était qu'une juste punition. J'ai décidé de me résigner à ce sort. Je voulais être châtiée.

— Pourquoi avez-vous changé d'avis ? demanda Ed. Est-ce à cause d'un événement précis ? Considérez-vous que vous avez été suffisamment punie ?

— Non, ce n'est pas ça. D'une part, je n'ai jamais pu me souvenir clairement de ce qui s'est passé au moment où Liliana a disparu, et j'ai décidé qu'il était temps de faire resurgir ce qui est enfoui dans ma mémoire. Ce qui m'a poussée à le faire, c'est la nomination prochaine de Victor à la Cour Suprême. Depuis quelques semaines, j'ai compris que si je continue de laisser croire à tout le monde que je suis folle, j'abandonne la lutte au profit de Victor. Combattre un tel homme est une tâche presque impossible. Et jusqu'à maintenant, comme j'avais perdu ma fille, je ne voyais aucune raison de lutter contre lui. Mais aujourd'hui, j'ai une motivation pour l'affronter. Car s'il y a une chose dont je suis certaine, c'est que Victor n'est pas le juge qu'il faut pour la Cour Suprême des Etats-Unis. Et je suis probablement la seule personne au monde qui ait le pouvoir d'empêcher sa nomination.

— Ce doit être agréable de posséder un tel pouvoir sur Victor, observa le Dr Foster.

Constance ne put réprimer un petit rire aigu.

— C'est terrifiant, au contraire ! Et si toute cette affaire n'était pas directement liée à la mort de Liliana, jamais je n'aurais le courage de m'opposer à lui.

— Croyez-vous toujours que vous avez tué votre fille ? demanda-t-il.

Constance eut peine à cacher son étonnement. Elle s'était bien rendu compte depuis des semaines qu'Ed était plus perspicace que tous les psychiatres qu'elle avait connus, mais elle ne s'attendait pas à ce qu'il mette si vite le doigt sur le dilemme qui était au cœur de sa décision.

— Je ne sais plus, admit-elle. Victor prétend que je l'ai assassinée sous l'effet du LSD. Je fais des cauchemars atroces dans lesquels je vois Lili morte, baignant dans son propre sang, mais je ne sais pas ce qu'ils signifient.

— Preniez-vous d'autres drogues que le LSD, autrefois ?

— Je n'ai jamais pris aucune drogue, affirma-t-elle. Pas volontairement, en tout cas.

S'apercevant qu'elle crispait les mains sur l'ourlet de sa jupe, elle se força à écarter les doigts. Elle regarda le psychiatre, hésitant à reprendre la parole. Bah ! Elle lui livrait déjà tant de secrets qu'elle pouvait bien s'autoriser le grand déballage.

— Au cours des trois dernières années, j'ai cessé de prendre mes médicaments, expliqua-t-elle. Je ne voulais pas arrêter d'un seul coup, par crainte d'une attaque cérébrale ou un autre problème de ce genre, alors j'ai fait ça petit à petit, en éliminant à peu près un cachet chaque semaine. Il y a quelques mois, j'en suis arrivée à ne plus prendre aucun médicament du tout, sauf quand on me l'injectait de force. Et depuis ce moment, j'ai commencé à retrouver un tas de souvenirs que les neuroleptiques et autres tranquillisants avaient bloqués dans ma mémoire pendant des années et des années.

Constance réprima un sourire victorieux. Elle avait réussi à stupéfier le Dr Foster au point qu'il pâlissait. Les yeux ronds comme des soucoupes, il la dévisagea longuement.

— Vous ne prenez plus aucun médicament ? demanda-t-il en détachant chaque mot, comme s'il n'en croyait pas ses oreilles.

— Non, aucun.

Il chaussa ses lunettes, puis les retira, les mit de nouveau sur le nez, arrêta son geste et les posa d'un geste brusque sur son bureau.

— Comment avez-vous fait pour tromper la vigilance des infirmières ? demanda-t-il. Bon sang, Constance, vous rendez-vous compte de ce que ça signifie ? Elles sont censées veiller à ce que chaque patient prenne bien ses cachets.

— Elles ne sont pas si attentives, croyez-moi ! Et puis, je n'ai pas eu grand mal à échapper à leur surveillance parce que je suis une patiente docile. Ici comme ailleurs, si vous voulez détourner les règles du système à votre avantage, il suffit de vous présenter telle une personne obéissante, facile à vivre, qui ne pose jamais de problème. Je gardais les cachets dans ma bouche jusqu'à ce que les infirmières tournent le dos, puis je les fourrais dans les accoudoirs d'un fauteuil ou alors je les enveloppais dans un Kleenex et je les cachais dans ma poche en attendant de les jeter dans les toilettes. Ce n'était pas très rusé, je l'admets, mais la question n'est pas là. Je ne suis que Constance Howington, une patiente simple et affable, pour ne pas dire barbante, qui obéit toujours aux ordres qu'on lui donne et n'embête jamais personne. On ne fait absolument pas attention à moi et…

— Vous n'êtes certainement pas « barbante », Constance, l'interrompit sèchement Ed. C'est peu de le dire. Et la preuve est faite que vous n'êtes pas non plus une patiente obéissante.

Il attrapa un dossier sur son bureau, l'ouvrit et le parcourut.

— Vous vous êtes sevrée de médicaments extrêmement puissants, observa-t-il d'un ton morose.

— C'est vrai. Et il y en avait tant que j'avais parfois du mal à les faire disparaître.

— Que s'est-il passé quand vous avez commencé à les supprimer ? Comment vous sentiez-vous ?

— Pleine d'énergie, répondit-elle. Physiquement, j'allais beaucoup mieux. Je maîtrisais mieux mes mouvements, par exemple. Sur les plans intellectuel et psychologique aussi, la situation s'est améliorée. Je me suis de nouveau intéressée au monde extérieur. J'ai pu me remettre à lire le journal sans que cela me donne le vertige, regarder un film à la télévision sans perdre le fil de l'intrigue. Peggy s'est rendu compte que je m'ennuyais, qu'il me fallait de l'activité, et elle m'a prise sous son aile. Elle m'a confié des livres sur la sculpture, elle m'a encouragée à m'investir dans mes figurines. Bien sûr, mieux j'allais, plus j'avais de mal à me comporter comme les autres patients. Mais j'ai continué à faire semblant, parce que j'avais peur d'éveiller les soupçons des infirmières. Si elles m'avaient démasquée, elles m'auraient sans doute forcée à reprendre les médicaments.

— C'est très judicieux de votre part, marmonna le Dr Foster. Continuez.

— Curieusement, à mesure que mes capacités mentales revenaient, je me remettais à penser de plus en plus au passé. Et en réfléchissant, j'ai commencé à me demander si…

Elle se tut, détournant les yeux.

— Que vous êtes-vous demandé, Constance ?

— J'ai… j'ai commencé à me dire que je n'avais peut-être pas tué Liliana.

— En ce cas, que pensez-vous qu'il lui soit arrivé ? Elle a disparu soudainement, n'est-ce pas ? Si vous ne l'avez pas tuée, pourquoi ne l'a-t-on jamais retrouvée ?

— Parce qu'elle est morte. Ça, je m'en rends bien compte.

— Et comment est-elle morte ? Par accident ?

— Non.

Constance prit une profonde inspiration.

— Je pense que c'est Victor qui l'a tuée, ajouta-t-elle d'une voix tremblante.

Voilà, c'était dit. Elle avait proféré la terrible accusation qui avait en partie motivé sa décision de se confier à Ed, et le monde ne s'était pas écroulé. Constance sortit un mouchoir de sa poche et essuya ses paumes, qui étaient en sueur.

Ed garda le silence quelques instants.

— On en revient donc toujours à Victor, finit-il par déclarer. Si nous voulons dénouer cette intrigue, Constance, peut-être devriez-vous commencer par le début et me raconter comment vous en êtes venue à épouser M. Rodier.

— C'est facile à expliquer, répondit-elle. Je suis tombée amoureuse de lui. J'étais très jeune et très inexpérimentée. Ce qui ne m'excuse pas d'avoir été stupide, bien sûr.

— Quel âge aviez-vous lorsque vous avez fait sa connaissance ?

— Dix-huit ans. Je venais de quitter le lycée. Nous nous sommes mariés à l'automne, juste avant mon dix-neuvième anniversaire.

— Dix-huit ans, c'est très jeune, observa Ed avec un sourire encourageant. Nous faisons tous des erreurs, à cet âge. La plupart d'entre nous se débrouillent même pour commettre de grosses gaffes. Vous devez cesser de vous reprocher de n'avoir pas été infaillible, Constance.

— Tout le monde réussit plus ou moins à oublier les erreurs de son passé. Mais les miennes ont des conséquences qui me poursuivent encore aujourd'hui.

— Ce n'est pas une fatalité, affirma Ed. Si vous affrontez vos erreurs dans toute leur réalité, je suis prêt à parier qu'elles cesseront de vous hanter. Essayez de me parler de votre relation avec Victor, et nous ferons en sorte d'en finir avec ce maudit passé. Comment avez-vous rencontré votre ex-mari ? Commençons par là.

Constance s'efforça de mettre de l'ordre dans ses pensées. Si elle ne réussissait pas à expliquer comment elle en était venue à épouser Victor, comment diable parviendrait-elle à faire comprendre à Ed ce qui s'était produit ensuite, après le mariage ? Rassemblant son courage, elle se plongea dans ses souvenirs.

— Quand j'étais adolescente, je vivais avec mes grands-parents dans une ville qui s'appelle Hatterington, dans une partie de Long Island connue sous le nom de Gold Coast…

— Je connais ce coin.

— Alors vous savez sans doute qu'on trouve là-bas un mélange assez particulier de nouveaux riches et de fortunes anciennes, bien que je doive dire que, quand j'étais adolescente, il y avait surtout des riches établis là depuis des générations et des générations. La famille de Victor avait autrefois possédé une très grosse propriété à Hatterington, mais son père ayant dilapidé la plus grande partie de son héritage dans des placements catastrophiques, il avait été contraint de la vendre. Bien qu'il n'ait plus eu de résidence à Long Island, Victor venait régulièrement de Manhattan en train pour rendre visite à ses cousins. Personne ne lui tenait rigueur de ne pas avoir de fortune personnelle. Il était intelligent, beau, sportif, charmant, et il se faisait inviter partout.

— Le connaissiez-vous depuis longtemps, avant de l'épouser ?

— Non. J'avais simplement entendu parler de lui. Nous nous sommes rencontrés pour la première fois à un bal organisé pour l'ouverture de la chasse. Je m'y étais rendue afin de protester contre cette pratique, que je jugeais barbare. Victor a réussi à me convaincre qu'il était d'accord avec chacune des phrases brûlantes de passion que je prononçais sur ce sujet, et je n'ai pas remarqué que son soutien ne dépassait pas les limites de nos conversations privées. Nous avons passé toute la soirée ensemble, à danser, à parler et à refaire le monde. Nous étions jeunes et exaltés, il m'a embrassée sous la véranda alors que minuit sonnait, et je crois que je suis tombée amoureuse de lui à cet instant-là.

— Jusque-là, cela ressemble à un vrai conte de fées. Combien de temps s'est-il écoulé jusqu'à vos fiançailles ?

— Trois mois. Mais même s'il m'avait demandé ma main plus tôt, j'aurais accepté. Victor était le prince charmant incarné, l'homme de mes rêves les plus fous. Non seulement il avait la beauté et l'intelligence, mais du fait de sa situation financière, il savait la valeur du travail et il était bien plus mûr que tous les autres garçons que je connaissais. Il avait réussi à entrer à Princeton, puis à Harvard en décrochant des bourses d'étude, et il en était sorti bardé de diplômes prestigieux.

— Un homme de talent, donc, observa Ed laconiquement.

— C'est un euphémisme. Quand nous avons commencé à nous fréquenter, toutes mes amies étaient folles de jalousie. Enfin… sauf Elena Korda. Dès le début, elle l'a pris en grippe. Elle ne lui faisait pas confiance. La suite m'a prouvé qu'elle avait raison. Elle a plusieurs fois essayé de me suggérer que Victor n'était pas aussi parfait qu'il le paraissait, et malheureusement je ne l'ai pas écoutée. Depuis quelque temps, je me demande si elle ne s'est pas méfiée de lui si tôt, parce qu'il avait essayé de gagner ses faveurs. Ce dont, bien sûr, elle ne m'aurait jamais parlé, de peur de me blesser.

— Qui est Elena ?

— C'était la fille de la gouvernante de mes grands-parents, et ma meilleure amie. Elle avait un an de plus que moi. Nous habitions la même maison et nous allions à la même école. Nous avions décidé d'être amies, sœurs de cœur et d'esprit. Son père était mort en se battant contre les Russes lorsque ceux-ci ont renversé le gouvernement hongrois, après la Seconde Guerre mondiale, et mon père était mort en Corée. Vous voyez, nous avions pas mal de choses en commun.

Constance sourit.

— Pourtant, je dois avouer qu'Elena était nettement plus mûre que moi.

— Qu'est-ce qui vous fait penser que Victor aurait essayé de la séduire ?

— Il y a vingt-six ans, jamais je ne l'aurais soupçonné d'une trahison pareille. Mais je sais aujourd'hui que Victor avait déjà, à l'époque, une attitude de… de châtelain vis-à-vis des femmes. Lui, c'était le bel aristocrate, Elena était la fille de l'humble domestique. Je l'imagine très bien estimant qu'elle serait follement heureuse de succomber à ses avances.

— N'aurait-il pas été un peu risqué de conquérir la meilleure amie de la femme qu'il prévoyait d'épouser ?

Constance secoua la tête.

— D'une part, je suis certaine qu'il ne lui est jamais venu à l'esprit que je puisse avoir une véritable amitié avec une moins-que-rien comme la fille d'une servante. D'autre part, ce n'est pas ça qui l'aurait dissuadé de la séduire. Au contraire ! Il aurait sans doute pris encore plus de plaisir à le faire.

— Pourquoi cela ?

— Parce que Victor a toujours aimé flirter avec le danger. Séduire Elena, profiter d'elle et voir s'il réussissait à s'en sortir indemne, voilà ce qui l'aurait vraiment excité, dans cette affaire.

— C'est une attitude risquée, pour un homme désargenté qui a de grandes ambitions. Fichtrement risquée.

— N'est-ce pas ? Mais je pense qu'il aime vraiment marcher sur la corde raide. A sa façon, Victor est un joueur.

Ed fit une moue dubitative.

— Un joueur, peut-être, mais qui a occupé plusieurs postes très prestigieux. Ne croyez-vous pas que ses adversaires politiques ou les médias l'auraient percé à jour depuis longtemps si, au fil de sa carrière, il avait passé son temps à séduire des femmes qui lui sont socialement inférieures ?

— Oh, ce n'est pas du tout ce qu'il a fait, objecta Constance. Son comportement avec les femmes a évolué très rapidement. Au bout d'un an ou deux de mariage, Victor ne s'intéressait plus aux « paysannes », comme il disait. Ce qui l'émoustillait, c'était de séduire des femmes de la haute bourgeoisie, les épouses d'hommes puissants, très élevés dans la hiérarchie sociale. Faire monter les enchères à chaque aventure sans se faire prendre : voilà comment Victor se rassure et se prouve qu'il est plus intelligent que n'importe qui.

— Vous semblez très bien le connaître.

— J'ai eu vingt-six années pour réfléchir à son cas, répondit Constance avec une pointe d'amertume dans la voix. Quand vous êtes coupé du monde, vous avez amplement le temps de cogiter — même quand vous passez plusieurs semaines d'affilée sans pouvoir former une seule phrase cohérente tellement vous êtes sonné par les médicaments dont on vous gave.

— Combien de temps vous a-t-il fallu pour découvrir que Victor n'était peut-être pas un mari idéal ?

— Trop longtemps, hélas. Pendant près d'un an, il m'a manipulée sans que je me rende compte de rien. Quand j'ai commencé à comprendre qui il était, j'avais déjà accouché de Liliana.

— Comment expliquez-vous qu'il vous ait manipulée ?

Constance soupira.

— J'ai eu une enfance assez bizarre. Je ne savais pas trop comment un mariage normal fonctionnait.

— Si mes souvenirs sont bons, votre mère s'était mariée plusieurs fois.

— Oui. Mon père était colonel dans l'armée de l'air. Il est mort en Corée lorsque j'avais sept ans. Mes grands-parents ont toujours affirmé que ma mère l'adorait et que sa disparition l'avait complètement déstabilisée. Je ne me souviens malheureusement pas très bien de lui. En revanche, je me rappelle qu'après sa mort, ma mère m'a emmenée avec elle à San Francisco, où elle s'acharnait à introduire régulièrement de nouveaux et horribles « papas » dans notre maison. Quand j'ai eu quinze ans, elle avait déjà été remariée et divorcée trois fois, et j'avais perdu le compte de tous les amants — sans parler des demi-frères et demi-sœurs — qui étaient passés par chez nous. On aurait dit qu'elle s'acharnait à choisir toujours le même genre d'homme — des gigolos. Peut-être ne s'en rendait-elle pas compte, peut-être aimait-elle cela, je ne sais pas très bien. Mais croyez-moi, elle les tenait en bride, et ils devaient mendier chaque sou qu'elle leur donnait. Ma mère était immensément riche, voyez-vous, car il y avait de la fortune aussi bien du côté de sa famille que du côté de mon père. Elle utilisait son argent d'abord comme un appât, puis comme une arme avec laquelle elle humiliait ses amants successifs. Ceux-ci n'appréciaient guère d'être traités de la sorte, ce qui est somme toute assez compréhensible, et ils se vengeaient comme ils le pouvaient, c'est-à-dire en la trompant ouvertement. Quelques-uns d'entre eux avaient même décidé que leur vengeance serait plus douce s'ils réussissaient à profiter de moi.

Ed poussa un petit soupir compatissant. Constance sentait ses joues s'échauffer : ces souvenirs éveillaient en elle une profonde colère.

— Je les esquivais, bien sûr, mais je n'arrivais jamais à les confondre. Comme ma mère refusait d'admettre qu'ils puissent se comporter de façon aussi ignoble, elle écartait mes récriminations en racontant à qui voulait l'entendre que j'étais instable et que je me droguais. C'était faux. Je les avais assez vus tituber sous l'effet de l'alcool, elle et ses amants, pour me promettre de ne jamais sombrer dans une telle déchéance. Mais les mensonges de ma mère font partie des éléments que Victor a utilisés contre moi lorsque Liliana a disparu. Quand il a raconté qu'il avait tout tenté pour m'arracher aux griffes de la drogue, la police et les médecins eux-mêmes l'ont cru. J'avais déjà un passif quasi officiel de droguée, voyez-vous.

— J'imagine que ça ne vous a pas aidée, en effet.

— C'est assez ironique, quand on y songe. Ma mère ment à mon sujet, et mon mari profite de ces mensonges pour persuader tout le monde qu'il dit la vérité. Enfin ! Quoi qu'il en soit, à quinze ans j'ai fini par m'enfuir pour de bon de chez ma mère, parce que l'amant-du-mois n'arrêtait pas d'essayer de me peloter. Cette fois, j'ai eu la chance d'être accueillie par mes grands-parents, qui m'ont crue et m'ont gardée chez eux pendant les années qui ont suivi.

L'expression d'Ed se fit plus sombre.

— Avez-vous consulté quelqu'un à propos de ces tentatives de viol ?

Constance eut un sourire désabusé.

— Mes grands-parents n'étaient pas libérés à ce point, docteur Foster. Ils n'étaient pas du genre à laver le linge sale de la famille en public.

— Le cabinet d'un médecin n'est pas un lieu public.

— A Hatterington, si. Tout le monde ou presque aurait été au courant que je voyais le psy local. Du point de vue de mes grands-parents, une bonne dose d'amour et une dose tout aussi forte de bon sens protestant valaient bien mieux que de bavasser sur le divan d'un psychiatre. Et pour être honnête, je crois qu'ils avaient sans doute raison. Je n'avais pas peur de mes beaux-pères, puisque je m'enfuyais toujours avant qu'ils ne puissent me faire du mal.

Ed la regarda droit dans les yeux.

— Ne croyez-vous pas que fuir les problèmes est une habitude très dangereuse ?

Constance cilla. Une fois de plus, cet homme la frappait par sa perspicacité. En effet, pendant cinquante-deux ans elle avait systématiquement évité d'affronter ses problèmes.

Elle hocha lentement la tête.

— Je n'ai pris conscience de cela que très récemment, avoua-t-elle. Je sais aujourd'hui que même mon mariage avec Victor était une forme de fuite.

— Pourtant, s'étonna Ed, vous m'avez laissé entendre que vous étiez heureuse avec vos grands-parents. Qu'avez-vous fui, à votre avis, en vous mariant ?

Elle haussa les épaules.

— Tout ce qui perturbe une adolescente, je pense. Je voulais fuir ma mère, la perspective d'entrer à l'université, l'idée de grandir, la peur d'affronter la vie en dehors du cercle sécurisant de mes amis et de mes grands-parents. Victor me donnait l'impression d'être un rempart contre tout cela, et l'attirance sexuelle que j'éprouvais pour lui ne gâtait rien.

— Physiquement, vous étiez très attirée par lui ?

— Au début de notre mariage, je le tenais pour l'amant idéal, répondit-elle avec franchise. Il était galant, il embrassait merveilleusement bien, et il ne me forçait jamais à faire ce que je ne voulais pas. Avant même notre nuit de noces, il aurait pu facilement abuser de moi, mais il n'en a rien fait, ce qui m'a rendue encore plus folle de lui. Quand nous nous sommes envolés pour notre lune de miel, je crois que j'étais presque frénétique, tellement j'avais hâte de faire l'amour. C'était ce qu'il voulait, bien sûr. Très intelligent de sa part. Lorsque, enfin, nous nous sommes mis au lit, il s'est montré si patient, si maître de lui, si nonchalant que cela n'avait rien de terrifiant. Tout n'était que tendresse et pudeur missionnaire, si vous voyez ce que je veux dire.

— Il donne l'impression d'avoir été un mari très prévenant.

— Victor avait désespérément besoin d'argent, répliqua-t-elle. Non pas parce qu'il voulait vivre de façon extravagante, mais parce qu'il se souvenait de l'époque où sa famille avait été riche, et qu'il voulait regagner le pouvoir que l'argent procure. Quand il a découvert l'étendue de mes biens propres et de la fortune dont j'hériterais à la mort de mes grands-parents, il a tout fait pour se présenter comme l'homme de mes rêves. Et il y est parvenu.

Elle soupira.

— J'ai eu une adolescence plutôt chaotique, et j'étais naïve, mais je ne crois pas que ce soit pour ces raisons que Victor m'a dupée si facilement. Je pense que Victor est un acteur brillant. En tant que tel, il est capable de simuler n'importe quelle émotion, même celles qu'il ne comprend pas complètement. Il ne s'est pas contenté de tromper sa femme, il a abusé tout le monde. Le jour de nos noces, ma grand-mère m'a prise à part pour me dire que j'avais fait un choix très judicieux. Et mon grand-père, qui nous a offert un appartement avec terrasse sur Park Avenue, m'a affirmé que j'avais épousé un homme d'honneur qui irait au sommet de sa profession.

Constance ouvrit grand les mains sur ses genoux.

— Il n'avait pas complètement tort, reprit-elle. Dans son métier, Victor a bel et bien décroché la lune, n'est-ce pas ?

— A en croire le journal télévisé d'hier soir, il semble que oui, acquiesça Ed. La Cour Suprême n'a pas connu depuis au moins trente ans de prétendant qui fasse à ce point l'unanimité.

— Mais si sa nomination est confirmée, ce sera un désastre pour l'Amérique, affirma Constance. C'est pourquoi je suis résolue à affronter mon passé. Je veux que vous écoutiez ce que j'ai à vous raconter, docteur Foster, et que vous trouviez ensuite le moyen d'alerter la Commission judiciaire sénatoriale — ou les médias. Dieu sait que le pays regorge de journalistes qui ne demandent qu'à avoir un bon scandale sous la main. Si nous leur donnons un fil à tirer, ils réussiront peut-être à dérouler la toile gluante que Victor a passé toute sa vie à tisser.

Constance se tut, fronçant les sourcils. Quelque chose avait changé dans l'expression du Dr Foster. Son silence attentif n'était plus le même. Il la couvait d'un regard prudent, détaché, analytique. Elle se recula dans le fauteuil, un sourire amer sur les lèvres.

— Oh, Seigneur, que je suis bête ! murmura-t-elle, avant d'élever la voix pour poursuivre : comme je suis stupide ! Vous avez eu la bonté de ne pas me contredire, n'est-ce pas ? Vous m'avez auscultée avec vos questions prudentes, vous m'avez encouragée à parler, vous m'avez laissée dégorger ma haine contre Victor, mais pendant tout ce temps, vous vous disiez que mon discours n'était qu'une manifestation de plus de mes délires paranoïaques. Pauvre Constance, pauvre malade mentale qui sort à peine d'une crise psychotique violente et qui est maintenant fermement convaincue que son ex-mari est un serpent, prêt à mentir, à tricher, à violer, et peut-être même à tuer pour assouvir ses ambitions !

Ed répondit avec une douceur exaspérante — qui confirma les pires craintes de Constance.

— Non. Je n'ai aucun mal à admettre que Victor vous ait traitée de manière répréhensible. Ni même qu'il ait commis des actes très déshonorants dans le passé. Mais je vous en prie, Constance, n'essayons pas de juger s'il est un bon postulant pour la Cour Suprême. Cette décision ne nous appartient pas. Pourquoi ne pas concentrer nos efforts sur vos relations personnelles avec lui, et laisser aux sénateurs le soin de déterminer comme ils l'entendent la valeur professionnelle de votre ex-mari ?

Constance se leva brusquement. Comble de la frustration, elle se sentait redevenir aussi maladroite que lorsqu'elle était gavée de médicaments. Elle avait de nouveau l'impression de posséder des pieds immenses et des bras tentaculaires.

— Vous ne voyez pas que vous entrez dans son jeu ? s'écria-t-elle.

Sa voix était trop forte, trop aiguë. Constance s'intima l'ordre de se ressaisir.

— Ne vous laissez pas duper vous aussi par Victor, docteur Foster. Pas vous ! Je suis internée à Merton House, donc je suis folle. Il va être nommé à la Cour Suprême, donc c'est un homme admirable. Qu'y a-t-il de mal à cela ? Je vais vous le dire. Ce qu'il y a de mal, c'est que si je croupis ici, c'est uniquement parce que Victor a tout manigancé pour que je finisse à l'asile. Je ne suis pas folle, docteur Foster. J'ai toute ma tête, entendez-vous !

Sa voix grimpait de nouveau dans les aigus. Ed arborait son expression la plus apaisante. Constance eut le sentiment qu'il la trahissait. Elle ne savait pas si elle devait hurler de rage ou pleurer de désespoir. Ainsi, Victor serait toujours vainqueur. Elle avait beau lutter de toutes ses forces, il finissait tout de même par gagner. Pendant trois ans, elle avait souffert le martyre pour se sevrer de ses médicaments et réussir à recouvrer la mémoire, mais cela ne suffisait pas. Même Ed rejetait ses accusations, alors qu'elle avait cru avoir en lui un allié, sinon un ami. Encore une fois, Victor la terrassait. Combien de temps encore devrait-elle payer le crime d'avoir épousé ce monstre ?

Elle sentit la rage l'envahir irrésistiblement. Submergée par le besoin de la laisser éclater, elle frappa du poing sur le bureau d'Ed, puis balaya d'un geste violent tous les livres, tous les dossiers, tous les objets qui s'y trouvaient. Sa fureur culmina, et Constance fit volte-face, cherchant des yeux autre chose à détruire. Puis, juste avant qu'elle ne commette un désastre, une petite voix intérieure l'arrêta.

Elle s'appuya contre le bureau, l'agrippant à deux mains comme une bouée de survie. Bon sang ! Elle n'allait quand même pas retomber dans le schéma catastrophique de son passé. Non, non, cette fois elle ne flancherait pas, elle n'abandonnerait pas la lutte. Elle allait reprendre la parole, et elle parlerait jusqu'à ce qu'Ed finisse par l'entendre !

Elle attendit quelques secondes que les tremblements qui secouaient son corps s'apaisent, puis s'écarta du bureau et se rassit dans le fauteuil en soutenant le regard du psychiatre.

— Ecoutez-moi, docteur Foster. Je vais me répéter. *Je ne suis pas folle.* Je ne souffre pas d'hallucinations. Peut-être suis-je un peu inadaptée socialement, mais bon, c'est compréhensible si l'on songe que depuis vingt-six ans je ne côtoie que des fous. Quand je dis que Victor Rodier est un salopard, je suis aussi lucide que vous. Qui plus est, je vais faire tout mon possible pour vous le prouver.

Le regard d'Ed glissa en silence, mais de façon éloquente, vers les documents éparpillés sur le sol. Constance se remit debout en grimaçant.

— Ça, marmonna-t-elle, ce n'était qu'un incident sur la voie du retour à la normalité psychologique. Je vais tout ramasser.

Elle saisit une pleine brassée de publications médicales et de dossiers, qu'elle déposa sur le bureau.

— Laissez ça, Constance, dit Ed avec un sourire désespérant de gentillesse. Je m'en chargerai plus tard. Il faut que je sois sûr que chaque papier retrouve sa place dans les dossiers.

— Je vous présente mes excuses, répondit-elle sincèrement. Je ne voulais pas vous causer un surcroît de travail.

Elle se rassit, lugubre. Comment diable pouvait-elle le convaincre qu'elle était saine d'esprit alors qu'elle venait de lui offrir une excuse parfaite pour penser le contraire ?

— Docteur Foster, je vous en prie, essayez de voir la situation de mon point de vue, commença-t-elle en fixant les yeux sur la fenêtre. Imaginez que, d'une façon ou d'une autre, vous vous retrouviez enfermé dans un hôpital psychiatrique. Imaginez que votre dossier comporte une foultitude de rapports signés par des spécialistes réputés, qui affirment tous que vous êtes un dépressif paranoïaque souffrant, entre autres, d'épisodes hallucinatoires au cours desquels vous êtes persuadé d'avoir été interné à tort. Comment vous y prendriez-vous pour convaincre votre médecin que vous êtes parfaitement sain d'esprit ? Que votre ex-conjoint, qui vous veut réellement du mal, est l'unique responsable de votre calvaire ?

— J'aurais beaucoup de peine à le faire, admit Ed calmement. C'est pour cela que la procédure légale permettant d'interner une personne contre sa volonté est si complexe, Constance. On exige des psychiatres un diagnostic très sûr. Vous devez accepter qu'il est peu probable qu'une erreur ait été commise dans votre cas.

— Il y a trente ans, répliqua-t-elle, il n'existait quasiment aucune barrière légale de sécurité. Vous souvenez-vous de cette époque, docteur ? Ne vous rappelez-vous pas à quel point il était facile de faire interner quelqu'un, dans les années soixante ?

— C'est exact, mais la procédure de réévaluation périodique garantit…

— Ne me faites pas rire, docteur Foster ! l'interrompit-elle en ricanant. Avez-vous déjà eu l'occasion de siéger au conseil de réévaluation de Merton House ? Une fois qu'il est enfermé ici, une fois que l'erreur a été commise, le pensionnaire type n'a aucune chance de s'en sortir. Plus je clamerai que je suis victime d'une machination, plus on considérera que je suis folle.

— Regardez-moi, Constance. Regardez-moi, car je ne doute pas une seconde que vous soyez suffisamment saine d'esprit pour comprendre ce que je vais vous dire maintenant.

Elle lui obéit, mais elle eut du mal à endurer le mélange de douceur et de patience qui se lisait sur son visage. Et soudain, elle fut choquée de se rendre compte que ce qu'elle aurait vraiment voulu voir dans les yeux du Dr Foster, c'était de l'admiration — l'admiration d'un homme pour une femme séduisante et courageuse.

« Oh, génial, songea-t-elle avec écœurement. Maintenant, je sombre dans les mauvais clichés : la dépressive malingre et vieillissante qui tombe amoureuse de son bel et puissant psychiatre. » Elle rougit de ses pensées stupides.

— Je vais être tout à fait honnête avec vous, déclara-t-il. Si je jugeais votre condition psychique d'après ce que j'ai pu voir de votre comportement au quotidien ou d'après nos conversations hebdomadaires, je serais plus enclin à accepter votre version des faits. Mais le problème, Constance, c'est qu'on ne peut nier qu'il y a quatre jours, vous êtes passée par une grave crise de démence hallucinatoire. A certains moments, vous vous êtes même montrée violente. Puis vous êtes devenue presque catatonique.

Constance soupira intérieurement, le cœur lourd. A quoi bon essayer de le convaincre ?

— Il y a quatre jours, j'ai été droguée, répondit-elle d'un ton las. Je suppose que c'était du LSD, mais bien sûr, je ne peux rien prouver.

— Droguée ?

Ed plissa les yeux.

— Vous accusez le personnel de vous avoir administré une substance illégale ? demanda-t-il.

— Non, répliqua-t-elle sèchement. J'accuse *Victor Rodier* de m'avoir fait prendre de la drogue.

Il se leva et lui tourna brusquement le dos, sans un mot d'explication. Constance haussa les épaules, essayant de se persuader qu'elle se fichait de sa réaction. Bien sûr, il ne la croyait pas. Elle avait jeté les dés en l'air, et elle avait perdu. Mais enfin ! Avait-elle réellement cru au miracle ?

— Ça ne fait rien, docteur Foster, murmura-t-elle.

Lentement, elle se mit debout. Ses membres lui paraissaient lourds et engourdis.

— Je m'aperçois qu'en venant ici, je nourrissais des espoirs complètement vains, reprit-elle. Déclarer de but en blanc que je feins mes symptômes depuis des années et croire que vous jugeriez sur-le-champ que je suis saine d'esprit et que j'ai eu raison d'agir comme je l'ai fait, c'était de la bêtise.

Elle poussa un petit soupir ironique.

— Sinon de la folie, ajouta-t-elle.

Elle se dirigea vers la porte, la gorge nouée par le chagrin.

— Oublions cette conversation, d'accord ? Bonne journée, docteur.

— Ne partez pas.

Elle s'immobilisa, la main sur la clenche, sans se retourner.

— Si vous accusez votre mari de vous avoir administré du LSD, vous devez avoir des soupçons sur la manière dont il a procédé. Comment croyez-vous qu'il ait fait, Constance ? Comment a-t-il pu simplement entrer dans le bâtiment avec cette drogue ?

Elle lui fit face en ricanant.

— Allons, docteur Foster, croyez-vous qu'à l'entrée de Merton House les agents de sécurité fouillent mon ex-mari, le *très honorable juge Victor Rodier* ? La crème de la crème des juristes, appelé à siéger à la Cour Suprême par le président des Etats-Unis en personne ? Ce fumier pourrait arriver ici avec un missile nucléaire sous le bras, personne ne lui poserait de question. Quant à une minuscule ampoule de LSD… Je vous en prie, ne me faites pas rire, parce que je ne suis vraiment pas d'humeur.

A la grande surprise de Constance, Ed hocha la tête.

— Vous avez raison, admit-il. Je suis sûr que les gardiens n'ont pas fouillé le juge Rodier. Mais si vous le soupçonniez tant, comment a-t-il pu vous faire absorber ce LSD ? Pas un instant vous n'avez été seule avec lui. Il y avait plusieurs personnes autour de vous dans le salon. Il ne vous a tout de même pas forcée à ouvrir la bouche pour vous jeter la drogue au fond de la gorge !

— Oh, il n'avait pas besoin de recourir à une méthode si violente. Il avait apporté une boîte de biscuits anglais, et il a insisté pour que j'en goûte un. J'ai refusé. J'étais sûre qu'il l'avait assaisonné de quelques gouttes de LSD.

Elle esquissa un sourire amer.

— Bête comme je suis, je sous-estime toujours Victor. Bien sûr, il s'attendait à ce que je repousse les biscuits ! C'est justement pour cela qu'il voulait que j'en prenne un. C'est un vieux truc de magicien : concentrer l'attention de l'assistance sur un leurre bien voyant, de sorte à pouvoir faire le tour de passe-passe en douce.

— Ce n'est donc pas par le biais des biscuits qu'il vous a droguée. Comment s'y est-il pris, alors ? Où était le LSD ? Quelle ruse a-t-il employée ?

— Hé hé, docteur Foster, si je n'étais sûre du contraire, je croirais presque que vous prenez mes accusations au sérieux.

— Peut-être que oui, reconnut Ed. Jouez votre va-tout, à présent, Constance. Expliquez-moi comment, à votre avis, Victor vous a fait consommer ce LSD.

Elle hésita à répondre. S'il ne la croyait pas, elle verrait son dernier espoir s'envoler pour toujours. Elle le fixa en silence, le cœur battant.

— Constance, s'il vous plaît, insista-t-il.

Pour la première fois depuis le début de leur conversation, sa voix n'était plus tout à fait celle du psychiatre. Elle avait une intonation presque personnelle.

— Je ne pourrai pas vous aider si vous ne me présentez pas vos arguments, enchaîna-t-il.

Constance décida que désormais elle ne s'attendrait plus à ce qu'il la croie. Ainsi, elle ne serait pas blessée s'il niait les accusations qu'elle portait contre Victor.

— Je ne suis sûre de rien, expliqua-t-elle, mais je suppose qu'il a glissé le produit dans mon verre de thé glacé. Comme c'est Teresa qui a apporté la boisson, je n'y ai pas suffisamment prêté attention. Je surveillais les mains de Victor, bien sûr, mais j'étais tellement concentrée sur les biscuits, et j'avais si peur de ce qu'il me reprochait…

— Que vous reprochait-il ?

— Je ne me souviens pas de ses paroles exactes. Comme d'habitude, il me narguait au sujet de Liliana. Il me demandait ce que j'avais fait de son cadavre, ce genre de choses…

— Continuez. Dites-moi comment il a pu verser la drogue dans le thé glacé. La boisson était-elle dans une carafe ? Est-ce le juge qui a rempli votre verre ?

— Non. C'est Teresa qui s'en est chargée. Il y avait deux verres en plastique. Après la crise, quand j'ai recouvré mes esprits, j'ai essayé de me souvenir de tout ce qui s'était passé pendant que Victor se trouvait en face de moi. Je me rappelle qu'il a poussé un des verres dans ma direction en travers de la table basse, et je suis presque sûre qu'il y a ajouté une paille. Je pense que le LSD était peut-être à l'intérieur de la paille. Ainsi, j'ai tout avalé dès que j'ai bu ma première gorgée de thé.

— Bon sang ! s'exclama Ed. Avec tous les autres médicaments que vous êtes censée prendre, il aurait pu vous tuer !

— Eh bien, vu qu'il fait cela depuis des années, je suppose qu'il ne me donne que de très petites quantités de drogue. Sinon, vous avez raison. Le LSD aurait pu soit me tuer, soit me réduire le cerveau en bouillie. Victor sait parfaitement que lorsqu'on a mal réagi à cette substance lors de la première prise, il suffit d'une dose minuscule les fois suivantes pour déclencher des crises de délire atroces. Quoi qu'il en soit, cet homme est un joueur, comme je vous l'ai déjà dit. Quand il me drogue, il doit prendre plaisir à parier que je ne mourrai pas. Ou que si je meurs, il n'y aura pas d'autopsie. Ou que s'il y a une autopsie, on ne détectera pas le LSD. Ou que si on trouve le LSD, on n'établira pas le rapprochement entre cette drogue et l'honorable juge Victor Rodier. Il joue avec de grandes chances de réussite, vous ne trouvez pas ?

— Non. Au contraire, je pense qu'il prend un risque personnel énorme. L'autre jour encore, il aurait pu être démasqué. Supposez que vous ayez refusé de boire le thé glacé ? Comment s'en serait-il débarrassé ?

— Oh, très facilement. Je suis folle, vous vous souvenez ? Je perds les pédales à la moindre provocation. Victor aurait discrètement fait tomber le verre sur le sol, et il aurait rejeté la responsabilité sur moi. C'est d'ailleurs plus ou moins ce qui s'est passé la semaine dernière. Quand mes hallucinations ont commencé, je me suis levée comme une furie en brassant l'air avec les mains. La table basse s'est renversée avec fracas, et les verres, la carafe, les glaçons, le plateau, tout a basculé par terre. Sur le moment, j'ai cru que c'était ma faute, mais maintenant je ne suis plus sûre de rien. Peut-être est-ce Victor qui a poussé la table, en réalité… On ne le saura jamais. Mais si moi je ne suis pas certaine de ce qui s'est passé alors que je me trouvais assise en face de lui, vous comprenez que personne ne risque de le soupçonner de quoi que ce soit !

Constance eut un sourire ironique.

— Voyez-vous comme son plan était rusé, maintenant, docteur Foster ? Victor a sans doute ramassé les pailles, puis les a jetées, l'air de rien, dans la corbeille à papier. Entre-temps, les infirmières épongeaient le thé glacé renversé sur le sol, effaçant du même coup toute trace du LSD. Les preuves de son forfait étaient supprimées avant même qu'il ait quitté Merton House ! N'est-ce pas splendide ?

Ed la considéra d'un regard songeur. Son expression ne permit pas à Constance de déterminer s'il la croyait ou non.

— Vous êtes internée dans cet établissement depuis plus de vingt-cinq ans, et on vous considère comme un cas désespéré, déclara-t-il finalement. Si le juge Rodier ne vous aime pas, rien ne l'oblige à venir vous voir. Personne ne lui en tiendrait rigueur s'il cessait de vous rendre visite. Pour quelle raison prendrait-il le risque, une fois par an ou plus, de vous faire avaler une substance hallucinogène ?

— Pendant des années, j'ai supposé que c'était uniquement pour me tourmenter, me punir d'avoir tué sa fille. Maintenant, je commence à penser que sa motivation est tout autre. Je crois qu'en agissant comme il le fait, il veille à ce que Merton House se souvienne que je suis folle. De telle sorte que, si je me mettais à proférer des accusations bizarres contre lui, personne n'y prêterait attention. On dirait juste qu'il s'agit de divagations paranoïaques.

— Vous pensez que le juge Rodier vous rend visite chaque année depuis vingt-six ans, rien que pour écarter le risque que vous ne fassiez des remarques négatives à son sujet ?

Elle hocha la tête.

— Victor prépare son accession à la Cour Suprême depuis le jour où il est entré au barreau de New York, précisa-t-elle. Un voyage d'une journée en Caroline du Nord une fois par an, cela me paraît un bien petit prix à payer pour s'assurer que je ne l'accuserais jamais d'avoir tué Liliana. Ou, que si je l'accusais, personne ne m'écouterait.

— Soyons complètement honnêtes l'un avec l'autre, Constance, sinon nous n'irons nulle part. D'abord, je dois reconnaître que votre comportement de la semaine dernière est aussi caractéristique d'une réaction violente au LSD que d'une crise de démence hallucinatoire. J'avoue même que certains de vos symptômes m'avaient mis la puce à l'oreille. En échange, cependant, je veux que vous admettiez qu'il est extrêmement difficile de croire que le LSD que vous avez peut-être ingéré vous a été administré par Victor Rodier, un des juristes et des philanthropes les plus réputés du pays.

— Croyez-le, docteur, affirma-t-elle d'un ton ferme. C'est la vérité.

— Attendez, laissez-moi terminer, déclara-t-il en levant une main. J'ai compris il y a déjà plusieurs semaines que vous feigniez probablement votre maladie, mais je dois dire que le fait de simuler la folie pendant vingt-six ans suffirait à convaincre n'importe quel psychiatre que vous êtes bel et bien folle. Et pour être très clair, vous voir débarquer dans mon bureau en déclarant que vous avez « décidé d'arrêter d'être folle », ce n'est pas le genre d'affirmation qui me rassure sur votre condition psychique.

A son propre étonnement, Constance rit avec un amusement sincère.

— Je saisis votre point de vue, docteur. Mais maintenant, voyez si vous pouvez comprendre le mien. Le principal responsable de tous les changements qui se sont produits en moi, c'est vous. Vous m'avez écoutée, vous vous êtes intéressé à moi, vous avez sincèrement essayé de me faire progresser. Et vous y êtes arrivé. J'ai enfin trouvé le courage d'agir, comme vous m'y incitiez. Je vais maintenant affronter mon passé. Et je veux vous raconter ce qui s'est passé il y a vingt-six ans. Tout ce que je vous demande, c'est de m'écouter sans *a priori.*

Il la regarda droit dans les yeux, une expression intense sur le visage. Puis il sourit, et Constance sentit son cœur se gonfler d'espoir.

— D'accord, acquiesça-t-il. Racontez-moi ce qui est arrivé quand vous étiez mariée à Victor, Constance. Racontez-moi tout, et je vous écouterai sans *a priori.*

14.

Vers la fin de l'été 1969

Au bout d'un an de mariage, Constance avait déjà compris qu'épouser Victor avait été une bêtise. En tombant amoureuse, elle n'avait pas aimé Victor lui-même, mais *l'idée* d'aimer Victor. Cependant, comme elle n'avait pas l'intention d'imiter sa mère en changeant d'époux ou d'amant à chaque nouvelle saison, elle s'accrochait à l'idée que son mariage fonctionnait pour le mieux. Elle réussit même à y croire pour de bon lorsqu'elle découvrit qu'elle était enceinte, parce que Victor, apparemment enthousiasmé par l'idée de la paternité, se montrait un peu moins agressif à son égard.

Constance eut la chance d'être parmi les rares femmes dont la grossesse est un conte de fées, et Lili fut un nourrisson robuste et facile à vivre. Dans les années soixante, très peu de jeunes mères allaitaient, mais son amie Elena réussit à la convaincre de résister aux objections de son mari et de donner le sein à son bébé. Victor ne cacha pas qu'il jugeait cet acte répugnant, plus approprié aux animaux de l'étable qu'à des humains. Un soir, lors d'un cocktail mondain, ses mamelons gonflés de lait tachèrent le bustier de sa robe. Victor refusa de lui parler pendant toute une semaine, et lorsqu'il s'adressa de nouveau à elle, ce fut pour lui ordonner de mettre un terme à ses « obsessions paysannes ». A contrecœur, Constance lui avait obéi.

Lili, de son côté, se portait comme un charme. Avec elle, Constance se sentait plus heureuse qu'elle ne l'avait jamais été. Elle aimait si fort Liliana qu'elle en vint à ne plus guère prêter attention à Victor, qui ne manifestait en outre qu'un intérêt très relatif pour sa fille.

Au bout de quelques mois, cependant, Constance se rendit compte que son mari éprouvait envers elle une rancœur profonde : elle s'occupait si exclusivement de leur enfant qu'il se sentait rejeté. Rongée par la culpabilité d'avoir laissé sa maternité l'accaparer, elle résolut d'être plus disponible pour Victor, de lui prêter une oreille enthousiaste quand il parlait de son travail, de tâcher de briller à l'occasion des incessantes réceptions mondaines auxquelles ils se rendaient, et qu'il jugeait si importantes pour sa carrière.

Ses intentions étaient sincères, mais ses efforts ne connurent pas un franc succès. Le cœur n'y était pas. Elle n'arrivait pas à devenir l'épouse docile et consciencieuse qui aurait plu à Victor. Elle ne pouvait s'empêcher de constater qu'elle n'aimait plus son mari, et elle se réfugiait dans son amour pour Lili — tout en ayant conscience qu'elle utilisait sa fille comme un rempart pour éviter d'affronter les problèmes de leur couple. Leurs disputes devinrent de plus en plus fréquentes, prenant parfois une tournure sinistre. Au cours d'une algarade particulièrement violente, Victor l'accusa de l'avoir épousé à seule fin d'avoir un enfant : maintenant qu'elle avait Lili, il ne lui servait plus à rien. Sous le coup de la colère, Constance eut une repartie fatale pour leur couple : Victor n'avait pas à se plaindre, car après tout, il avait été dûment rétribué pour ses services.

Par la suite, elle eut honte d'elle-même. Elle détestait l'idée d'avoir reproduit le comportement de sa mère et d'avoir usé de sa richesse comme d'une arme avec laquelle elle avait blessé Victor dans son orgueil. Elle fit de son mieux pour se faire pardonner, mais le germe de la discorde pécuniaire était semé. Tout était dit : Victor vivait sur l'argent de sa femme. Désormais, cette humiliante vérité se dressait entre eux comme une barrière aussi infranchissable qu'indécente.

Au quatrième anniversaire de Lili, en août 1969, leur mariage était au plus fort de la tourmente. Constance ne prit cependant la pleine mesure du désastre qu'à l'occasion d'un dîner chez les Lambert, à la fin septembre. C'était cette soirée-là qu'elle aurait désignée si on lui avait demandé de préciser le moment auquel sa vie avait basculé dans l'horrible cauchemar qui s'était conclu par la mort de Liliana.

Chuck Lambert était l'un des patrons du cabinet juridique où Victor travaillait. Sa première épouse était décédée dans un accident de bateau, et il venait de se remarier avec Daphne, une femme splendide, de vingt ans sa cadette, qui était une maîtresse de maison avenante et distinguée. Constance appréciait beaucoup Daphne, quoique sa sophistication l'intimidât. A vingt-quatre ans, elle-même se sentait encore souvent gauche et empotée face à la plupart des femmes des cercles mondains que Victor et elle fréquentaient.

Ce soir-là, le repas fut délicieux. Constance y prit un réel plaisir. Elle but même deux verres de vin rouge, ce qui était d'ailleurs une erreur. Elle supportait mal l'alcool, et avec l'atmosphère capiteuse des parfums de femme mêlés à la fumée des cigares, elle se sentit vite un peu nauséeuse. « Heureusement que les portes du balcon sont ouvertes », songea-t-elle à la fin du repas, tandis que les invités passaient dans le salon.

Réprimant un bâillement, elle se demanda combien de temps il lui faudrait encore attendre avant que la soirée ne touche à sa fin. L'hôte étant le patron de son mari, il n'était pas pensable qu'elle invente une excuse pour s'en aller seule. Elle avait beau commencer à réfléchir de plus en plus sérieusement au divorce, elle considérait qu'elle devait se montrer à la hauteur des attentes de Victor en société. D'autant qu'il lui avait expliqué avant de venir qu'il était très important qu'ils fassent tous deux bonne impression ce soir non seulement devant Chuck Lambert, mais aussi devant l'invité d'honneur du dîner.

Celui-ci était un sénateur républicain de l'Idaho qui siégeait à la Commission judiciaire sénatoriale. Un juriste de renom et de talent, avait précisé Victor. De l'avis de Constance, cet homme était aussi et surtout un vieux vicieux — pédant de surcroît. Avant même qu'ils ne passent à table, il lui avait déjà pincé les fesses à deux reprises. A présent, elle le tenait à l'œil, veillant à rester hors de portée de ses mains baladeuses.

Elle s'assit dans un fauteuil au fond du salon et admira Daphne, qui offrait à ses invités — avec un grand savoir-faire — des liqueurs et du café qu'un domestique à gants blancs avait apportés sur une table à roulettes dorée. Mme Lambert servit un digestif à son mari. Elle posa la main sur l'épaule de Chuck et lui donna un baiser rapide, mais tendre, sur le front. Son époux lui décocha un sourire où se lisaient de la gratitude et de la fierté, avant de reprendre sa conversation avec un avocat britannique de passage à New York. Constance éprouva un pincement de jalousie à leur égard. Elle regrettait que Victor et elle ne soient pas capables d'échanger de tels gestes d'affection.

Elle balaya la pièce du regard, essayant de repérer son mari, mais ne le vit nulle part. Bah ! Il s'était probablement enfermé dans la bibliothèque avec l'un des invités pour discuter de droit ou de politique. Constance savait qu'elle ne devait surtout pas partir à sa recherche. Il n'appréciait guère qu'elle interrompe ses conversations professionnelles.

La soirée ne semblait pas près de s'achever. Les épouses de trois associés du cabinet de Victor discutaient du menu d'un bal de charité qu'elles organisaient à l'approche de Noël. Un banquier de Boston s'extasiait sur le fait que l'économie américaine connaissait une croissance telle que le pays pouvait s'offrir de financer non seulement la guerre du Viêt-nam, mais aussi la guerre contre la pauvreté décrétée par le président Johnson, et ce, sans que cela ne déséquilibre le budget national. Agacée par tant de fatuité, Constance objecta qu'il suffisait de se promener dans Harlem ou dans le sud du Bronx pour s'apercevoir que la guerre contre la pauvreté n'avait pas connu plus de succès que la guerre au Viêt-nam. Le banquier lui répliqua patiemment qu'elle avait sans doute mal interprété ce qu'elle avait vu à Harlem ou dans le Bronx, et qu'elle ne comprenait visiblement pas les événements qui se déroulaient en Asie du Sud-Est.

La discussion dériva vers le programme spatial, puis vers le base-ball, avant de revenir à la question du Viêt-nam. Il ne se passait désormais plus aucun dîner sans que les conversations ne ressassent ce problème. Constance s'opposait à ce que l'Amérique s'implique dans une guerre qui lui semblait perdue d'avance. Cependant, elle savait que ses vues pacifistes seraient fort peu appréciées dans cette assemblée conservatrice, et elle laissa ses pensées dériver vers d'autres sujets sans plus se donner la peine de participer à un débat qui commençait sérieusement à l'agacer.

Elle espérait que Lili dormait bien. La pauvre petite chérie se remettait tout juste d'un mauvais rhume, et elle avait eu un peu de fièvre pendant la journée. Mais Constance n'était pas inquiète. Elle faisait entièrement confiance à Eva, leur gouvernante, qui était une amie hongroise d'Elisabeth Korda. Comme elle travaillait à leur service depuis leur mariage, cette femme admirable avait vu naître la petite, elle l'aimait de tout son cœur, et elle saurait bien la consoler si elle se réveillait en faisant un cauchemar. Constance ne doutait pas d'elle un seul instant.

Zut ! Pendant qu'elle rêvassait à propos de Lili, ce vieux goujat de sénateur avait quitté son poste près de la cheminée et s'était approché d'elle. Il se tenait maintenant juste à côté de son épaule, lorgnant sur son décolleté. A vrai dire, il s'absorbait tellement dans sa contemplation qu'il en oubliait le verre de scotch qu'il tenait à la main. Constance voyait arriver le moment où le liquide ambré se répandrait sur sa robe. Manifestement, ce digne personnage avait bu plus que de raison. Elle se demanda s'il n'était pas du genre à siroter du whisky jusqu'à tomber raide sur la moquette.

— Excusez-moi, je vous prie.

Elle se leva brusquement et, pris au dépourvu, le sénateur faillit tomber à la renverse. Il tendit vers elle une main tremblante.

— Partez donc pas, ma petite dame, protesta-t-il de son accent traînant caractéristique de l'Idaho.

— Désolée, répliqua-t-elle avec un sourire glacial, je dois aller au petit coin.

Se frayant un passage entre les invités, elle sortit sur la terrasse avant que le sénateur ne puisse s'arracher à sa torpeur éthylique et lui faire remarquer que les toilettes se trouvaient dans la direction opposée.

Quel horrible bonhomme ! Elle détestait cette façon qu'avaient ces types influents de tripoter et de caresser toutes les jeunes femmes qui avaient le malheur de les côtoyer. Constance traversa la terrasse enténébrée et s'adossa à la balustrade. Elle inspira de grandes bouffées d'air, savourant la douceur de l'atmosphère. Ah, si seulement elle n'avait pas eu si mal à la tête ! Elle prit conscience qu'elle tremblait nerveusement. Hum… Monsieur le vieux-vicieux de l'Idaho ravivait les souvenirs déplaisants de ses multiples beaux-pères.

Son sixième sens lui adressa tout à coup un signal d'alarme. Elle se tourna juste à temps pour voir le sénateur franchir la porte-fenêtre en titubant. Zut et contre-zut ! Si elle ne s'enfuyait pas, il allait la coincer quelque part ici, dans le noir, derrière un des gros sapins en pot qui bordaient la balustrade. Elle scruta rapidement la terrasse du regard, cherchant une autre porte ouverte, mais n'en vit aucune.

Le sénateur avait beau être l'invité d'honneur, il n'était pas question qu'elle se laisse tripoter par lui. Bon sang ! Qu'avait-elle fait pour hériter de ses cheveux roux et de sa poitrine rebondie ? Certains hommes semblaient avoir du mal à comprendre qu'elle n'était pas une Rita Hayworth bis, mais une simple mère de famille, qui ne connaissait quasiment rien au sexe et vivait dans la croyance un peu vieillotte qu'elle devait respecter ses vœux de fidélité conjugale.

Sur la gauche, la terrasse formait un angle, comme si elle se prolongeait sur l'autre façade de l'immeuble. Constance se faufila derrière deux dames qui se plaignaient que le grand magasin Bloomingdale ait décidé de facturer les livraisons à domicile, et passa dans la seconde moitié de la terrasse. Malheureusement, il n'y avait pas davantage d'issue de ce côté-là. Elle commençait à perdre espoir, lorsqu'elle aperçut une baie vitrée entrouverte.

Elle poussa un soupir de soulagement. Enfin ! Dès qu'elle se serait réfugiée à l'intérieur, elle chercherait Victor et resterait auprès de lui. Et tant pis si elle interrompait une importante discussion d'affaires. Ce soir, elle avait impérativement besoin de la protection de son mari.

Elle ouvrit la baie vitrée et rencontra un voilage, puis des doubles rideaux de cretonne. Dans son dos, elle entendit un lourd bruit de pas se rapprocher. Avec obstination, le sénateur avait passé le coin de la terrasse et s'avançait vers elle en chancelant.

Constance écarta les rideaux et entra dans la pièce. Elle se rendit compte trop tard qu'elle n'y était pas seule. Une petite lampe de chevet jetait un halo clair sur son hôtesse, la très élégante Daphne Lambert — qui à cet instant n'avait pas du tout l'air élégante. Elle était debout, les mains plaquées contre le mur, sa robe de haute couture remontée par-dessus ses hanches, en train de se faire vigoureusement et joyeusement posséder par un homme qui tournait le dos au balcon, et dont le pantalon était baissé sur ses chevilles.

Constance se mit à trembler. Elle eut malgré elle un mouvement brusque : sa main heurta une commode, trahissant sa présence. Daphne tourna la tête, jetant un regard par-dessus son épaule. Elle la vit et poussa un petit cri horrifié en portant la main à sa gorge, où s'alignaient trois superbes rangées de perles. Sûrement un cadeau de mariage de Chuck, se dit Constance, choquée d'avoir de telles pensées dans une situation pareille.

— Oh mon Dieu ! s'étrangla Daphne.

L'homme qui honorait Mme Lambert remonta frénétiquement son pantalon. Il ne se tourna pas, mais Constance n'avait pas besoin de voir son visage pour le reconnaître.

Cet homme, c'était Victor. Son mari.

Elle lutta contre une violente vague de nausée. Si on apprenait que Victor avait une liaison avec l'épouse de son patron, sa carrière serait réduite à néant. Chuck, lui, perdrait une femme qu'il aimait manifestement beaucoup. Quant à Constance, elle connaîtrait une humiliation sans pareille. Et le sénateur de l'Idaho qui allait tomber sur cette épouvantable scène d'un instant à l'autre… Prenant sa décision en une fraction de seconde, elle ressortit sur le balcon, laissant retomber les rideaux et fermant la porte derrière elle.

— Ah, vous voilà, ma jolie !

Le vieux bonhomme lui décocha un sourire libidineux.

— Maintenant, on ne se quitte plus ! déclara-t-il d'un air ravi.

Constance voulut parler, mais pas un mot ne réussit à franchir ses lèvres.

— Entrons là, suggéra le sénateur en désignant la baie vitrée. Il fait plutôt frisquet, maintenant…

Il fit un pas en avant, titubant sur ses jambes. Constance l'arrêta en levant une main et lui planta son talon aiguille dans le pied. Elle éprouva une immense satisfaction en l'entendant gémir de douleur.

— Par tous les saints, que se passe-t-il ? demanda une voix féminine.

L'épouse du sénateur, une femme terne, aux cheveux gris et à l'expression perpétuellement angoissée, s'avança vers eux.

— Je crois que votre époux s'est fait mal au pied, déclara Constance d'un ton détaché.

Son interlocutrice la toisa d'un regard suspicieux. Constance resta de marbre. Elle n'était pas d'humeur à se montrer conciliante envers quiconque, surtout pas envers une femme qui semblait prête à jeter la pierre à la victime plutôt qu'à son bourreau de mari.

— Peut-être devriez-vous le ramener chez vous avant qu'il ne se blesse de nouveau, ajouta-t-elle. A présent, je vous prie de m'excuser.

Par miracle, elle réussit à regagner le salon sans attirer l'attention sur elle. Elle resta enfermée dans les toilettes pendant vingt minutes, trop choquée pour savoir ce qu'elle éprouvait réellement. Lorsque, enfin, elle ressortit de ce sanctuaire paisible, la soirée se terminait. Victor, l'image même de l'innocence et de la dignité, riait de bon cœur en compagnie de Chuck. Daphne, parfaitement recoiffée, sa robe bien en place autour de ses hanches délicates, aidait gracieusement le sénateur titubant et sa grognon de femme à gagner l'ascenseur. Constance se pétrifia dans un coin du vestibule, saisie par un sentiment confus où se mêlaient la colère, le chagrin et l'impression d'être totalement inadaptée à cette situation. Victor et Daphne avaient l'air si sûrs d'eux-mêmes ! Etait-elle donc la seule à être bouleversée par ce qui venait de se passer ?

Dans le taxi qui les ramenait chez eux, ni l'un ni l'autre ne prononça un seul mot. Victor ne semblait éprouver aucun besoin de parler. Constance, elle, ne savait pas par où commencer.

Mais en arrivant à l'appartement, elle laissa exploser sa fureur.

— Comment as-tu pu te conduire de cette façon ? demanda-t-elle d'un ton outragé en jetant son sac à main sur le guéridon du hall.

Elle entra en trombe dans la chambre, ôta son châle de mohair et le lança vers le placard.

— Comment as-tu pu trahir ma confiance et celle de Chuck ? Quand je pense à ce que je t'ai vu faire avec Daphne ce soir, ça me rend malade !

Victor retira ses boutons de manchette et dénoua sa cravate.

— Tu fais beaucoup de bruit pour rien, rétorqua-t-il. Chuck est presque impuissant, et Daphne est une femme jeune, qui possède un vigoureux appétit sexuel. Il n'y a rien de plus à dire.

— Rien de plus à dire ? répéta-t-elle d'une voix étranglée. Tu couches avec la femme de ton patron, dans sa propre chambre, je tombe sur vous, et… et tu crois que ça n'a pas d'importance ?

Victor déposa son veston dans le panier à linge sale.

— Tu es la seule à nous avoir vus, Constance. Ce qui s'est passé n'a aucune espèce de gravité. Dieu sait si tu m'as fait clairement comprendre que tu ne voulais pas que je t'ennuie avec mes besoins sexuels…

— C'est faux ! protesta-t-elle.

Avec un peu trop de véhémence, d'ailleurs, car elle savait que l'accusation de son mari comportait une part de vérité.

— Ce n'est pas parce que je suis parfois fatiguée de m'être occupée de Lili toute la journée que je te rejette ! ajouta-t-elle.

Victor s'immobilisa sur le seuil de la salle de bains.

— A quand remonte la dernière fois où nous avons fait l'amour, Constance ?

— Je ne sais pas. Une semaine…

— Ou trois, l'interrompit-il d'un ton amer. Ou peut-être même quatre. Pas étonnant que Daphne m'ait fait envie. Elle, en plus, prend soin de son corps, afin qu'on ait plaisir à la regarder. On ne peut pas en dire autant à ton sujet, Constance. Depuis la naissance de Liliana, tu pèses au moins cinq kilos de trop.

— Tu répètes ça sans arrêt, mais le médecin affirme que je dois cesser de perdre du poids, que je suis déjà trop mince…

Constance se tut tout à coup.

— Attends un peu ! s'exclama-t-elle. Qu'est-ce que je raconte ? C'est de la folie ! Ce n'est pas de moi que nous devons parler, Victor, mais de toi ! De toi et de Daphne Lambert. Mis à part le coup que tu as porté à notre mariage, as-tu songé au risque complètement fou que tu as pris ce soir ? Imagine que ce soit quelqu'un d'autre que moi qui vous ait surpris ? La baie vitrée n'était pas fermée à clé. Elle était même entrouverte, bon sang ! Et le sénateur de l'Idaho se trouvait juste derrière mon dos. Imagine que ce soit lui qui ait tiré les rideaux ! Ta carrière aurait été brisée net. Chuck Lambert ne t'aurait pas seulement viré de son cabinet, il aurait fait en sorte que tu ne puisses jamais plus travailler dans cette ville. Et je ne peux pas dire que je lui en aurais voulu.

Victor ne répondit rien. Il entra dans la salle de bains, où il se déshabilla complètement. Elle le suivit, tremblante de rage.

— C'est tout ? s'écria-t-elle. Tu vas tirer un trait là-dessus et continuer ta vie comme si rien ne s'était passé ?

— Il ne s'est rien passé, déclara-t-il d'un ton sans conteste en nouant une serviette autour de ses hanches.

Puis son expression se fit cruelle et méprisante.

— Je veux dire qu'il ne s'est rien passé qui ne soit déjà arrivé vingt fois, ajouta-t-il avec un sourire glacial. Et avec des femmes qui baisent beaucoup, beaucoup mieux que toi ou même Daphne.

Constance rougit jusqu'aux oreilles, choquée par le langage cru et vulgaire de Victor. Il lui fallut plusieurs secondes pour comprendre la signification de ses propos. Et quand elle se rendit vraiment compte de l'aveu qu'il venait de faire, elle sentit des larmes envahir ses yeux. Avant cette aventure avec Daphne Lambert, il l'avait déjà trompée à de nombreuses reprises, et il lui laissait clairement entendre qu'à l'avenir il continuerait à agir comme bon lui semblerait. Le pire, c'était qu'elle savait que rien de ce qu'elle pourrait dire ne le ferait changer. Elle avait épousé cet homme sans le connaître, et il demeurait encore largement un mystère pour elle, mais elle le comprenait assez pour sentir que ce n'était pas seulement dans sa profession qu'il avait besoin de conquérir et de prendre des risques. Dans ses relations personnelles aussi, il éprouvait un désir compulsif de gagner et de dominer. Et les femmes lui offraient le moyen idéal d'assouvir cette pulsion.

Pour la première fois depuis leurs noces, Constance regarda brutalement la situation en face. Victor commettait régulièrement l'adultère, mais — c'était indéniable — elle avait cessé de l'aimer depuis longtemps. Elle n'appréciait même plus sa compagnie et jamais elle ne serait heureuse avec lui. Leur mariage se brisait de façon sordide. Qu'y pouvait-elle ? Que lui restait-il sinon l'immense chagrin de voir ses rêves naïfs de félicité conjugale s'envoler ?

Elle regagna la chambre, attrapa une chemise de nuit dans la commode, puis se dirigea vers la porte. Victor lui barra le passage.

— Où vas-tu ? demanda-t-il d'un ton autoritaire.

— Dans une des chambres d'ami. Je ne veux plus dormir avec toi. Plus jamais.

Victor verrouilla la porte et sortit la clé de la serrure.

— Eva est bien trop curieuse. Il n'est pas question qu'elle te trouve demain matin dans une autre chambre que la nôtre et commence à poser des questions sur des sujets qui ne la concernent pas. Notre mariage ne regarde que nous.

Victor semblait prendre un malin plaisir à se montrer impitoyable envers elle. Constance était si choquée par son attitude qu'elle avait de la peine à réfléchir.

— N-notre… mariage ? balbutia-t-elle. Après ce qui s'est passé ce soir, tu ne penses tout de même pas que notre mariage signifie encore quelque chose ?

— Les événements de ce soir et notre mariage sont deux choses différentes, déclara-t-il sur le ton de l'évidence.

— Sûrement pas ! répliqua-t-elle. Pour l'amour du ciel, tu viens juste d'avouer que tu m'as trompée avec des dizaines de femmes ! Crois-moi, Victor, il n'est pas question que je dorme avec toi.

Il se dirigea vers le lit, ôta sa montre et la posa sur la table de chevet. Constance poussa un soupir de colère.

— Donne-moi la clé, ordonna-t-elle. Laisse-moi sortir. Bon sang, Victor, ne sois pas si gamin ! Je n'ai pas embrassé Lili. Elle a eu de la fièvre aujourd'hui, et je veux m'assurer qu'elle va bien.

— Pour une fois, Lili va passer quelques heures sans que tu sois collée à son berceau. Tiens-toi bien cette nuit, et j'ouvrirai la porte demain matin à la première heure.

Victor tira les couvertures en arrière.

— Viens te coucher, Constance. Je dois me lever tôt.

— Je refuse de dormir avec toi. Pas question.

Elle se tourna vers la porte et frappa du poing sur le battant.

— Eva ! Eva ! Je suis enfer…

Elle n'eut même pas le temps de se rendre compte que Victor se ruait sur elle. Il la tira brusquement en arrière, plaquant une main sur sa bouche et lui écrasant le ventre avec un bras.

— Cesse de hurler, et je te laisserai sortir. Crie encore une seule fois, et je te bâillonne.

Constance ferma les yeux. C'était de la folie ! Elle commençait à avoir peur de lui. Peur de son propre mari !

Elle hocha faiblement la tête, se laissant aller entre ses bras, et il relâcha peu à peu son étreinte sur sa bouche.

— C'est mieux, dit-il. Maintenant, viens te coucher.

Elle se tourna vers le lit et y arracha d'un geste sec la courtepointe en satin, qu'elle jeta sur le sol. Puis elle saisit un oreiller.

— Je dors par terre, grommela-t-elle.

— Ça, pas question.

Victor lui agrippa les bras et les lui tordit derrière le dos.

— Tu es ma femme, tu dors dans mon lit !

L'image de Daphne Lambert prise en sandwich entre le mur et Victor passa devant les yeux de Constance. Elle eut un haut-le-cœur à l'idée de s'allonger près de lui.

— Tu ne me forceras pas à me coucher à côté de toi, Victor, s'écria-t-elle. Ni ce soir, ni jamais plus.

— Tu vas m'obéir, grogna-t-il.

— Jamais ! Je te préviens, n'essaie pas de m'y obliger !

A l'instant où les mots jaillissaient d'entre ses lèvres, elle comprit qu'elle n'aurait pas dû le menacer.

— Ne me défie pas, Constance. J'ai horreur de ça.

Il la força à se tourner vers lui, puis la frappa tout à coup dans la poitrine avec une brutalité inouïe. Le souffle coupé, elle se plia en deux en essayant désespérément d'inspirer tandis qu'une douleur atroce se répandait dans son torse. Profitant de ce qu'elle était affaiblie, Victor la renversa en arrière sur le lit. D'un geste brusque, il lui tira les mains au-dessus de la tête, puis s'allongea sur elle, l'écrasant de tout son poids.

Dans la brume de souffrance qui obscurcissait son esprit, Constance se rendit compte avec stupeur que non seulement Victor était en érection, mais qu'il avait l'intention de la posséder.

— Non, implora-t-elle. Victor, ne fais pas ça, je t'en prie. Ce serait un viol…

Le sang afflua aux joues de Victor. Il souffla bruyamment.

— Tu es ma femme. Un homme ne peut violer son épouse. Juridiquement, c'est un non-sens.

Il vint en elle tout à coup. Elle poussa un hurlement de douleur. Il saisit un oreiller et le lui plaqua sur le visage. Pendant un instant, Constance crut qu'elle allait mourir asphyxiée, mais Victor était tellement excité qu'il conclut en quelques secondes. Il jeta alors l'oreiller au bout du lit. Haletant, une étrange lueur de triomphe au fond des yeux, il poussa un petit ricanement.

— Tu es beaucoup plus distrayante quand tu n'as pas envie. Souviens-t'en, la prochaine fois que tu voudras me refuser quelque chose.

Il se leva, s'étira, puis contourna le lit, s'assit calmement au bord du matelas, comme il le faisait chaque soir, et mit le réveil à sonner à 7 heures et demie. Ensuite, il éteignit la lampe de chevet et se coucha.

— Bonne nuit, Constance.

Obstinément, elle ne répondit rien. Pendant un instant, elle sentit comme une vague de tension émaner de Victor, puis, dans la pénombre, elle le vit hausser les épaules. Il s'allongea sur le côté, lui tournant le dos. Quelques secondes plus tard, il dormait. Constance ne ferma pas l'œil de la nuit, mais Victor, lui, connut un sommeil paisible qui dura six heures trente. Il ne se réveilla que lorsque la sonnerie du réveil retentit.

Sans même lui jeter un regard, il se leva, enfila sa robe de chambre, déverrouilla la porte et sortit de la chambre. Il revint presque aussitôt avec Lili dans ses bras. Constance songea qu'elle ne devait pas se laisser amadouer par ce geste, qu'en d'autres circonstances elle aurait pu interpréter comme une tentative de réconciliation.

Victor déposa sa fille sur le lit défait. Lili se mit à sautiller avec cette énergie joyeuse dont débordent les enfants de quatre ans. Elle ne semblait plus avoir de fièvre du tout.

— Maman ! s'écria-t-elle avec ravissement.

Elle bondit sur le matelas et atterrit dans les bras de Constance.

— On va chez grand-maman, dis ? demanda-t-elle, un sourire angélique illuminant son joli petit visage. J'ai envie de me baigner !

Constance écarta une mèche de cheveux blonds devant les yeux de l'enfant.

— Aujourd'hui, on a d'autres choses à faire, ma chérie. Mais on pourra peut-être y aller ce week-end.

Lili fit la moue.

— J'aime mieux quand on est chez grand-maman que quand on est ici.

— Je sais, ma chérie. Mais aujourd'hui, c'est impossible. Tu as pris ton petit déjeuner ?

— Non. Eva est en train de faire des crêpes.

Lili descendit du lit et tendit la main vers elle.

— J'ai faim, déclara-t-elle. Et toi, maman, t'as faim ? Tu viens prendre le petit déjeuner avec moi ?

— D'accord, j'arrive. Attends que je trouve mes chaussons.

Tandis qu'elle enfilait sa robe de chambre, Constance sentit que les sourires de Lili apaisaient un peu la douleur des événements de la nuit. La fillette lui prit la main et tira impatiemment dessus.

Alors qu'elle franchissait le seuil de la chambre, la voix glaciale de Victor l'arrêta.

— Constance.

Elle ne voulait pas lui répondre. Mais préférant éviter le risque d'une dispute en présence de leur enfant, elle se tourna lentement vers Victor.

— Oui ?

— N'agis pas de manière impulsive, déclara-t-il d'un ton cassant, lui prouvant qu'elle s'était totalement trompée en supposant qu'il voulait peut-être se faire pardonner son comportement de la veille. Si tu essaies de consulter un avocat pour demander le divorce, je ferai en sorte que jamais plus tu ne revoies Lili.

Elle inspira profondément.

— Ce n'est ni le moment, ni l'endroit pour parler de notre avenir…

— Il n'y a rien de plus à ajouter, de toute façon. Comprends-moi bien, Constance. Notre vie conjugale me satisfait pleinement, et je n'éprouve aucun désir d'y mettre un terme. Si tu essaies de divorcer, je te traînerai devant un tribunal et j'obtiendrai la garde de Lili.

Victor avait beau être un avocat très brillant, Constance savait pertinemment que dans la très grande majorité des divorces, c'était la mère qui avait gain de cause pour ce qui concernait les enfants.

— Tes menaces ne me font pas peur, répliqua-t-elle, crispant involontairement la main sur celle de Liliana. Jamais aucune cour de justice n'accordera la garde d'une petite fille à son père.

Victor eut un rictus qui donna des sueurs froides à Constance.

— Ne te mets pas en tête de t'opposer à moi, rétorqua-t-il. Quoi qu'il arrive, tu seras perdante. Si le tribunal juge que tu n'es pas une bonne mère, il te privera de tes droits sur Lili.

Constance fut décontenancée par l'aplomb de Victor. Il connaissait comme personne les arcanes du système judiciaire, il savait tirer profit de ses moindres subtilités. Avait-il réellement le pouvoir de mettre sa menace à exécution ? Non, se dit-elle, c'était impossible. Elle releva le menton. En choisissant d'utiliser Lili comme une arme, Victor venait de commettre une grave erreur.

— Aucun tribunal ne décidera que je suis une mauvaise mère, affirma-t-elle. Tous ceux qui me connaissent savent l'amour que je porte à Lili.

Victor eut à peine un battement de cil.

— Je ne te disais cela que pour ton propre bien, Constance. N'essaie pas de t'opposer à moi. Fais-moi confiance, tu ne gagneras pas.

Il lui tourna le dos, puis, d'un pas tranquille et assuré, se dirigea vers la salle de bains où il s'enferma en sifflotant.

15.

Denver — Mardi 18 juin 1996

Lorsque Jess entra dans la cuisine après avoir pris sa douche, Dan avait déjà préparé le café et servi deux verres de jus d'orange. Elle l'observa d'un œil perplexe. Le lendemain d'une première nuit d'amour, les relations étaient toujours un peu complexes. Et dans son cas, le fait que son amant soit également son ex-mari n'arrangeait rien. Elle s'assit sur une chaise devant la table.

— Salut, fit-elle.

— Salut. Hmm, tu sens bon.

Il lui tendit une tasse de café bien chaud, noir mais pas trop fort, exactement comme elle l'aimait le matin. Il poussa aussi vers elle un verre de jus d'orange.

— C'est mon shampooing, expliqua-t-elle après avoir bu une gorgée de café. Désolée d'avoir dormi si tard.

— Il n'est que 9 h 30, précisa Dan avec un large sourire. Et puis… la nuit a été plutôt épuisante.

Rougissante, elle plongea le nez dans sa tasse. Au grand jour, c'était un peu embarrassant de se remémorer le manque total d'inhibition avec lequel elle avait répondu aux élans passionnés de Dan.

— Tu rentres à New York aujourd'hui ? demanda-t-elle.

Il s'assit en face d'elle.

— Uniquement si tu me mets à la porte, répondit-il.

— Non, je… ça me ferait plaisir que tu restes un peu. Après ce qui s'est passé hier…

— Je vais appeler le studio pour les prévenir qu'ils peuvent me joindre ici. Ça ne te dérange pas si je leur donne ton numéro de téléphone ?

— Non, pas du tout.

Il tendit le bras et lui étreignit doucement la main.

— C'est bon d'être ici, avec toi, murmura-t-il. Tu m'as beaucoup manqué, tu sais. Et pas seulement sur le plan sexuel.

Jess baissa les yeux sur leurs doigts enlacés. Elle en éprouva une telle émotion que, l'espace d'un instant, elle eut de la peine à respirer. Pendant trois longues années, elle avait tout essayé pour effacer Dan de sa mémoire. Mais à présent qu'il était de retour dans sa vie — maintenant qu'il était assis là, devant elle —, elle comprenait que les barrières qu'elle avait érigées autour de son cœur n'étaient pas assez fortes pour la protéger des sentiments qui l'animaient.

— Toi aussi, tu m'as manqué, admit-elle.

Elle lui décocha un regard malicieux.

— *Surtout* sur le plan sexuel.

Les lèvres de Dan se plissèrent en un sourire coquin.

— J'ai trente-cinq ans, et je travaille dans un univers professionnel où je rencontre les femmes les plus splendides qu'on puisse imaginer, expliqua-t-il. Mais tu es bien la seule qui soit capable de m'exciter avec une phrase aussi anodine que celle-là.

Jess devint mélancolique.

— Nous avons connu des moments merveilleux, toi et moi, n'est-ce pas, Dan ?

— Oui. Avant que je ne fiche tout en l'air.

— Tu as tout fichu en l'air, et moi aussi, précisa-t-elle d'une voix fêlée. Même si je ne méritais pas Shanna Ryan.

En admettant à voix haute qu'elle partageait la responsabilité de l'échec de leur mariage, Jess eut l'impression qu'une porte s'ouvrait dans la prison de son ressentiment, la libérant de sa propre amertume.

— Je te demanderais bien de me pardonner d'avoir couché avec cette fille, marmonna Dan, mais je sais que c'est impardonnable.

Il crispa soudain la main sur la sienne, lui faisant presque mal.

— J'ai passé trois ans à me demander comment j'avais pu commettre une bêtise pareille, reprit-il. Mais quelles que soient les réponses possibles, elles ne justifient pas mon acte.

— Tu m'as déjà expliqué que tu cherchais un moyen de briser net notre mariage, observa Jess.

Il renifla.

— Et j'ai atteint mon but ! s'exclama-t-il. Notre mariage a été brisé net, ça c'est sûr. Le seul bénéfice que j'en ai tiré, je crois, c'est qu'après avoir commis une bêtise aussi énorme, on devient plus sage, plus mûr. Vers la fin de notre mariage, j'étais vraiment en panne d'intelligence et de bon sens.

— Nous avions tous les deux besoin de nous écarter l'un de l'autre pour achever de grandir. Notre relation était tellement intense que nous ne savions plus, ni toi ni moi, comment gérer nos sentiments.

Dan hocha lentement la tête.

— Moi, mes sentiments me sont revenus en pleine figure hier après-midi, murmura-t-il. Si tu savais ce que ça m'a fait d'entendre à la radio qu'une femme avait été tuée dans l'explosion, puis de devoir attendre des heures avant d'apprendre que tu étais toujours en vie. Je crois que pendant un moment j'ai failli devenir fou. Il y a des jours où je maudis mon imagination trop fertile. Inutile de te raconter tout ce qui m'est passé par la tête !

Jess frissonna tandis que les événements terribles de la veille défilaient dans son esprit.

— Cet après-midi, il faudra que je rende visite à Greg, expliqua-t-elle. Je ne sais pas très bien quoi lui dire, mais…

— Greg ? Qui est-ce ?

— Le fils de Marla. Il est en dernière année de lycée. Son père vit en Californie. J'espère qu'il se décidera à jouer un rôle plus actif dans la vie de son fils, maintenant que Marla n'est plus là. Ce pauvre garçon va être tellement seul…

Jess sentit des larmes lui envahir la gorge. Elle saisit un carré d'essuie-tout et se moucha.

— Ce n'est pas juste, bon sang ! s'exclama-t-elle d'une voix altérée. Marla n'aurait pas dû mourir ! Ce n'est même pas à elle que le paquet était adre…

Elle se tut tout à coup. Si Dan apprenait qu'elle avait été visée par l'attentat, il se mettrait dans tous ses états. Il exigerait qu'elle soit protégée vingt-quatre heures sur vingt-quatre par des gardes du corps, que l'appartement soit envahi de chiens renifleurs, et cetera, et cetera !

— Parle, Jess, marmonna-t-il. Qu'as-tu donc décidé de ne pas me révéler ?

— Oh, heu… rien. Rien d'important, en tout cas, répondit-elle d'un ton désinvolte.

— Tu n'as jamais su mentir, et visiblement tu n'as pas fait de progrès de ce côté-là depuis notre divorce.

— Chez certaines personnes, c'est une qualité, observa-t-elle avec un sourire fin.

— Tu étais en train de dire qu'il était injuste que Marla ait été tuée, d'autant que le colis piégé ne lui était même pas adressé, insista-t-il, implacable. Qui devait le recevoir, en ce cas, Jess ?

Elle poussa un profond soupir.

— Bon, si tu veux vraiment le savoir, c'est à moi que ce fichu paquet avait été envoyé.

Elle se racla la gorge pour refouler le nœud d'angoisse qui s'y formait.

— C'est horrible de penser qu'un fou furieux m'envoie des bombes emballées dans des paquets-cadeaux. Pour tout avouer, ça me fiche carrément la frousse.

Dan devint blanc comme un linge. Il se leva, la prit dans ses bras et l'étreignit doucement.

— Que fait la police ? demanda-t-il. Comment compte-t-elle te protéger ?

— Dan, ce n'est pas parce que j'ai reçu un colis piégé qu'il y en aura d'autres…

— Oh, tu as raison ! Ce serait vraiment stupide d'envisager une suite ! l'interrompit-il d'un ton sarcastique, avant de taper sur la table avec le plat de la main. Reviens sur terre, Jess ! Si quelqu'un t'a envoyé une bombe, il faut prendre très au sérieux la menace qui pèse sur toi. La police doit absolument intervenir.

— Je prends cette menace très au sérieux, crois-moi. Mais le CBI m'a assuré que les fous qui envoient des bombes par la poste ne s'attaquent presque jamais deux fois de suite à la même personne.

— Je préférerais que le CBI jette ses statistiques à la poubelle et s'occupe de te faire protéger.

— Ils ont déjà pris de nombreuses précautions. Par exemple, ils vont faire examiner mon courrier privé avant qu'il ne soit déposé dans ma boîte aux lettres, et Will Ackroyd, l'Agent Spécial chargé de l'affaire, mène des investigations approfondies auprès de tous les groupuscules extrémistes connus, notamment chez ceux qui sont susceptibles de vouer une haine particulière aux personnes travaillant dans mon secteur d'activité.

— Tu veux me faire croire qu'il existe des groupuscules qui détestent les *représentants gouvernementaux du tourisme d'affaires* ? demanda Dan d'un ton incrédule.

— Je sais que ça paraît fou, mais le FBI possède même une liste de fanatiques qui détestent à la fois les femmes et les agences gouvernementales. De nos jours, les gens se purgent de leurs pulsions agressives de façon plutôt étrange, tu ne trouves pas ?

— Hum, fit Dan, songeur. Bon, et comment le CBI explique-t-il que ces cinglés aient envoyé la bombe à ton nom plutôt qu'à celui de Marla ? Elle avait autant le profil que toi !

— Pas tout à fait. En tant que directrice adjointe du service, je suis plus en vue que Marla. Mon nom apparaît sur les documents officiels, et je me rends très souvent à des réceptions et des congrès dans le cadre de mon travail. Quoi qu'il en soit, Ackroyd semble considérer pour le moment que c'est par pur hasard que le terroriste m'a choisie pour cible.

Dan lui caressa les cheveux en la couvant d'un regard tendre, puis il lui prit le visage entre les mains.

— C'est lui le spécialiste, et je n'ai aucune raison de douter de son jugement, dit-il. Mais franchement, j'ai du mal à croire à cette hypothèse.

— Dan, tu ne comprends donc pas ? protesta-t-elle. Il *faut* que le paquet m'ait été envoyé par hasard. Sinon, je devrai penser qu'un fou furieux cherche à me tuer, et alors c'est moi qui vais perdre la tête ! Je ne peux pas vivre en permanence dans la terreur.

Dan hocha la tête, puis souffla bruyamment.

— Excuse-moi, Jess, j'ai été maladroit. C'est... c'est juste que hier, pendant que j'attendais de savoir si tu étais vivante ou morte, j'ai été obligé de faire face à mes sentiments pour toi, et... j'ai du mal à mettre de l'ordre dans tout ça.

Il la regarda fixement. L'éclatant soleil de juin qui filtrait par la fenêtre illuminait son beau visage, faisant briller ses yeux clairs.

— Est-ce que tu te souviens du soir où je t'ai demandé de m'épouser ? murmura-t-il.

Jess ne put retenir un sourire mélancolique. La scène lui revenait tout à coup avec une netteté déconcertante. Ils avaient dîné dans leur restaurant français préféré, à Greenwich Village. Pour le dessert, Jess avait commandé la spécialité maison, une tarte aux trois chocolats. La portion que le serveur lui avait apportée était coupée en forme de cœur. A côté du gâteau, il y avait une fleur de gardénia dont les pétales renfermaient une bague de fiançailles en diamant et émeraude.

— Comment pourrais-je jamais oublier ce jour, répondit-elle d'une voix émue. Quand je t'ai répondu oui, tout le restaurant a applaudi.

Dan plongea ses yeux dans les siens. Un voile d'incertitude mêlée d'anxiété passa sur son visage.

— Cette fois, il n'y a ni bague ni dîner romantique, mais je te jure que je sais exactement de quoi je parle, alors que je ne peux pas en dire autant de la première fois...

Sa voix se fit plus profonde.

— Je t'aime, Jess, et je désire vivre avec toi. Je désire que tu sois la mère de mes enfants, la femme auprès de laquelle je vieillirai. Veux-tu m'épouser, Jess ?

Elle se dit confusément que cette question aurait dû lui poser un problème redoutable. Jessica Zajak était une femme pragmatique, raisonnable et prudente. Vu leur échec passé, n'aurait-il pas mieux valu poser au moins quelques règles de base entre eux avant que leur relation ne reprenne ? Voir comme la situation évoluerait, sans précipitation ? Peut-être même demander conseil à un psy ? Exiger une longue période d'amitié préalable, sans aucun engagement réciproque ? Après les terribles blessures qu'ils s'étaient infligées l'un à l'autre, pourquoi avait-elle tant de facilité à lover sa joue au creux de la main de Dan, à poser un baiser au creux de sa paume ? Curieusement, l'explosion du colis piégé semblait lui avoir permis d'évacuer toute sa colère. Et elle regardait à présent sous un autre jour l'amertume et la rancune qui l'avaient habitée pendant trois ans : en fait, elle s'en était servie pour nier sa part de responsabilité dans l'échec de leur mariage.

Elle releva les yeux vers Dan. Tout à coup, un sentiment merveilleux et exaltant l'envahissait : elle avait la certitude que c'était lui, Dan, l'homme de sa vie, celui qui saurait la combler et la rendre heureuse jusqu'aux derniers instants de son existence.

— Moi aussi, je t'aime, murmura-t-elle en lui caressant la joue. Et… Oui, j'accepte de t'épouser.

Pendant environ cinq secondes, Dan resta pétrifié devant elle, le regard vide. Puis il cilla, poussa un cri de joie et la prit dans ses bras pour l'embrasser avec ardeur.

— Cette fois, Jess, nous y arriverons, s'écria-t-il lorsqu'ils mirent fin à leur baiser. Je te le promets.

Jess avait souvent songé que jamais elle ne serait capable de se sentir plus proche d'un homme qu'elle l'avait été de Dan au début de leur mariage, lorsqu'ils avaient emménagé dans leur minuscule appartement de SoHo. Mais elle se rendait compte à présent que leur relation était devenue plus profonde et plus riche qu'autrefois — car elle avait survécu au chagrin de la trahison et à la douleur de la séparation. Et elle fut surprise par la force du désir qui l'assaillit tandis qu'ils s'embrassaient de nouveau. Elle se mit à rire. Elle éprouvait une immense jubilation à la pensée de retrouver la source de vie qui lui avait tant manqué pendant les trois longues années de sécheresse qui venaient de s'écouler.

Ils s'embrassèrent encore et encore, avec une passion brûlante et tendre à la fois. Entre deux baisers, Jess reculait vers la chambre, baissant la fermeture Eclair de son short tout en marchant. Elle se sentait sexy, provocante, excitante — toutes choses qu'elle ne s'était pas autorisée à être depuis trop longtemps. Dan la suivait, et il ôtait son jean, son T-shirt, ses sous-vêtements tout en la couvrant de caresses fiévreuses.

Ils tombèrent à la renverse sur le lit, riant, haletant, retirant précipitamment les derniers bouts de tissu qui les séparaient. Le bonheur de Jess était d'autant plus intense qu'à la lisière de sa conscience rôdait l'ombre de l'attentat de la veille.

— Seigneur, Jess, tu es vraiment la femme la plus belle que j'aie jamais vue, murmura Dan en couvant ses formes d'un regard ardent. Je t'aime, Jess, je t'aime à la folie.

Elle laissa échapper un petit soupir de plaisir.

— Je parie que tu dis ça à toutes tes maîtresses, le taquina-t-elle.

— Non, Jess, répondit-il. Rien qu'à toi. Rien qu'à toi, mon amour.

Il était déjà midi lorsqu'ils se relevèrent enfin. Redouchés et rhabillés, ils retournèrent dans la cuisine. Dan prépara de nouveau du café pendant que Jess mettait des toasts dans le grille-pain.

— Jess, il faut que nous parlions, déclara-t-il.

Il alluma la cafetière et s'adossa au comptoir.

— Avec tout ce qu'il y a eu entre nous depuis… depuis cette nuit, reprit-il, certaines questions très importantes sont un peu passées à la trappe. Pendant que tu étais dans la douche, j'ai fait une découverte stupéfiante. Tu te souviens de l'ami journaliste dont je t'ai parlé ? Celui qui travaille au *New York Times ?*

— Tu veux dire M. heu, Martin Kupfer ?

— Pas Kupfer, mais Kaiser. Martin Kaiser. Je devais lui téléphoner pour savoir s'il avait essayé de me joindre depuis hier, tu te rappelles ?

— Hum…

Jess voulut sortir les toasts du grille-pain. Hélas, ils étaient collés aux grilles. Elle tira dessus, mais sans succès.

— Je l'ai eu au bout du fil il y a quelques minutes, ajouta Dan.

Il se pencha vers l'appareil et en sortit sans difficulté les tranches de pain.

— Comment as-tu fait ça ? demanda Jess d'un ton bougon.

— Eh bien, j'ai décroché le téléphone…

— Non. Comment as-tu extirpé les toasts de cette fichue machine ?

— J'ai juste évité de tirer dessus comme si j'essayais d'arracher un agneau de la gueule d'un alligator. C'est du pain, Jess, pas un adversaire à terrasser.

— C'est bizarre comme ta façon de me parler change, maintenant que j'ai été assez bête pour accepter de t'épouser une seconde fois.

— Quoi ? fit Dan, sourcils froncés.

Il s'aperçut qu'elle souriait et poussa un soupir de soulagement. Il lui prit la main, l'étreignant doucement.

— Dis, nous allons bientôt nous marier, non ?

— Je pense que oui. Je n'ai pas envie d'attendre. Et toi ?

— Je suis fou d'impatience, répondit-il simplement. Réglons au plus vite les formalités administratives, et nous pourrons enfin commencer notre vraie vie conjugale.

Il posa un baiser sur ses lèvres.

— A présent que cette question est réglée, pourrais-tu me passer la confiture ?

Elle s'esclaffa et fit glisser le pot en travers du comptoir.

— Tiens, sers-toi.

— Que dirais-tu de manger assis ?

Jess hocha la tête. Ils posèrent sur la table les tasses de café, les toasts et tout ce qu'il leur fallait pour ce petit déjeuner tardif, puis s'assirent l'un en face de l'autre.

— Maintenant, parlons sérieusement, commença Dan. Martin Kaiser vient de me fournir des renseignements stupéfiants, et il faut que je te dise de quoi il s'agit.

— Arrête ça, Dan, s'il te plaît. Ton petit air solennel me donne la frousse.

— Oh… pardonne-moi, je ne voulais pas t'inquiéter. Mais voilà : nous savons peut-être qui sont tes parents.

Jess cligna des yeux, plusieurs fois. Les muscles de son ventre se contractèrent violemment. Elle déglutit, se forçant à avaler sa bouchée de pain grillé.

— Tu veux dire que Martin a découvert quelque chose dans les archives du journal, déclara-t-elle. C'est ça ?

— Oui. Je lui avais demandé de chercher si une petite fille n'avait pas disparu à New York entre juin et décembre 1969, tu te souviens ? Il en a trouvé plusieurs, mais aucune d'elles n'avait moins de cinq ans, et aucune ne s'appelait Liliana.

Jess fronça les sourcils. Son sang battait si fort à ses tempes qu'elle avait de la peine à comprendre les propos de Dan.

— Alors… où est le problème ? balbutia-t-elle.

— Martin m'a appris tout à l'heure qu'en décembre 1969, il y avait eu une autre petite fille disparue. C'est une affaire extrêmement célèbre. Mais les premiers articles qui y ont trait n'ont été publiés que le 12, soit trois jours après que tu as été retrouvée à Cleveland sous la voiture accidentée des Pazmany.

— C'est donc que cette enfant n'a rien à voir avec moi.

— Si. Nous aurions dû nous rappeler que dans les affaires de kidnapping, la police n'informe pas toujours les médias immédiatement, de peur de mettre la vie de la victime en péril. Parfois même on n'en parle pas du tout. Ce doit être pour cette raison que les journaux n'ont pas mentionné ton nom dès les premiers jours de décembre.

Le souffle de Jess s'accéléra.

— Dan, si Martin Kaiser a découvert quelque chose au sujet de mes parents, dis-moi tout de suite ce dont il s'agit. Cesse d'essayer d'amortir le choc. Même si la vérité est dure à avaler, elle ne peut être pire que ce que j'imagine en ce moment. Mes parents étaient tous les deux des assassins tortionnaires, ou encore…

— Loin de là, l'interrompit Dan avec un sourire rassurant. La semaine dernière, Martin a participé à la rédaction d'un article concernant le juge Victor Rodier, pour le supplément week-end du journal. En faisant des recherches, il est tombé sur tout un dossier de presse qui traitait de la Fondation Liliana Rodier.

Jess humecta ses lèvres, qui étaient sèches et râpeuses comme du papier de verre.

— Liliana Rodier ? Il existe une fondation qui porte ce nom-là ? demanda-t-elle d'une voix fêlée.

Dan hocha la tête.

— C'est une institution privée, subventionnée par le juge Rodier lui-même. Elle est loin d'être aussi célèbre que les fondations de certains richissimes mécènes, mais d'après ce que Martin m'a dit, elle jouit d'un immense respect dans le monde médical. Elle a, entre autres, beaucoup œuvré pour les enfants souffrant de maladies mentales.

Le regard de Dan se fit plus intense.

— Ecoute bien, reprit-il. Le juge Victor Rodier a créé cette fondation en souvenir de sa fille, Liliana Elizabeth Rodier, qui a disparu en décembre 1969 et n'a jamais été retrouvée.

Liliana Elizabeth Rodier.

Jess retourna ce nom dans sa tête. *Liliana Elizabeth Rodier…* Elle avait le sentiment que c'était la dernière pièce du puzzle de son existence — une pièce qui trouvait sa place en elle, dans une zone d'ombre qu'elle n'avait jusque-là jamais soupçonnée. D'instinct, elle sentit qu'elle avait enfin retrouvé sa véritable identité.

Liliana Elizabeth Rodier. Tout à coup, aussi clairement qu'elle savait ce nom sien, elle entendit sa mère l'appeler : « Lili, où es-tu ? Lili, viens que je t'embrasse, ma chérie… Lili, mon petit sucre, donne la main à maman pour traverser la rue… » La voix de sa mère était enjouée, douce et chaleureuse. Et, tandis qu'elle résonnait à son esprit comme un carillon angélique, Jess comprit qu'elle avait refoulé ces souvenirs tout simplement parce qu'ils étaient trop douloureux.

Jess sentit les doigts de Dan lui effleurer la joue. Elle se rendit compte qu'elle pleurait.

— Bien sûr, il reste de nombreuses questions à élucider, expliqua-t-il. Mais… ce serait vraiment une coïncidence incroyable si Liliana Rodier, âgée d'environ quatre ans, avait disparu à Manhattan en décembre, et que Jessica-Liliana, quatre ans également, avait été retrouvée à Cleveland à la même période, sans qu'il s'agisse de la même fillette.

Jess se força à répondre d'un ton posé.

— Les coïncidences de ce genre existent.

— Il y a encore un élément très surprenant que je ne t'ai pas appris. Les arrière-grands-parents de Liliana étaient des gens extrêmement riches qui s'appelaient M. et Mme Wendell P. Grant.

Elle écarquilla les yeux.

— Ce sont eux qui ont payé les soins médicaux de Jessica Marie ! s'exclama-t-elle.

— Exactement. Et ce sont aussi les employeurs de la mère d'Elena Pazmany. Voilà le lien que nous cherchions entre toutes ces personnes.

Jess ne put garder plus longtemps son calme.

— Les Pazmany m'auraient donc kidnappée ? demanda-t-elle d'un ton angoissé.

— Non, je pense simplement que ces indices mis bout à bout montrent que tu es selon toute probabilité Liliana Rodier, répondit Dan avec un sourire apaisant. Nous avons découvert d'où tu viens, Jess.

Ne sachant quoi faire de ses mains, elle les crispa sur ses genoux.

— Si je suis Liliana Rodier, où est ma mère ? demanda-t-elle. Est-ce qu'elle a d'autres enfants ?

Elle ne put réprimer un petit cri de stupeur.

— Oh, mon Dieu, imagine que j'aie toute une brochette de frères et sœurs !

— Pour ta mère et pour tes frères et sœurs, je n'en sais pas plus. Mais si tu es vraiment Liliana Rodier, tu as un père qui va devenir juge à la Cour Suprême, répondit Dan. Pour un début, ce n'est pas si mal.

Jess plissa les yeux. Le gentleman si distingué qu'elle avait vu à la télévision devant un parterre de journalistes était peut-être son père ? Elle essaya de faire surgir de sa mémoire une image le concernant : tout ce qu'elle vit, ce fut Ralph et Lena lui répétant qu'elle devait fuir papa. Jess décida de se concentrer sur le présent. Dans quelques jours, son père serait l'un des neuf juges de la Cour Suprême des Etats-Unis. Matt et Todd allaient bien rigoler, quand elle leur apprendrait ça !

Elle gloussa, puis se ressaisit en voyant la mine inquiète de Dan.

— Ne te fais pas de souci, je ne vais pas craquer. C'est juste que la situation m'a paru tout à coup extrêmement comique.

— Tout ça doit être dur à avaler pour toi, je m'en rends bien compte. Maintenant, il faut tout de même décider de la suite des opérations. Martin m'a pressé de questions, inutile de te le cacher. J'ai éludé, mais je crois qu'il a senti qu'il frisait le scoop. Comme je suppose que tu n'as aucune envie que tes retrouvailles avec tes parents aient lieu sous les feux des médias, je vais faire de mon mieux pour qu'il patiente avant de fourrer son nez dans ta vie et celle des Rodier. D'un autre côté, vu que nous avons besoin d'un maximum de renseignements, j'ai pris la liberté de communiquer ton numéro de fax à Martin. Sans lui donner ton nom, rassure-toi. Je lui ai demandé de m'envoyer tout ce qu'il pourrait trouver sur Liliana Rodier et les circonstances de sa disparition.

— Mes parents me croient morte ? demanda Jess, perplexe.

Elle leva les yeux au ciel.

— Bien sûr que oui, reprit-elle. Quelle question idiote !

— Je pense qu'au bout de quelques années, tes parents n'ont eu d'autre solution que de supposer que tu avais été enlevée et assassinée. Martin m'a précisé que Liliana Rodier avait été officiellement déclarée morte en 1976. Juste après, le juge Rodier a demandé à la justice l'autorisation d'utiliser la fortune léguée à Liliana par ses arrière-grands-parents, les Grant, pour créer la Fondation Liliana Rodier.

Jess eut un petit rire nerveux.

— Jessica Marie est morte pour de bon, mais tout le monde pense qu'elle est en vie. Et maintenant, j'apprends que tout le monde croit Liliana Rodier décédée, alors qu'elle est vivante, puisque c'est moi !

Elle se massa le front en soupirant.

— Je trouve tout ça un peu déboussolant, murmura-t-elle.

— Courage, ma chérie, répondit Dan en lui prenant une main dans les siennes. Evidemment, je ne vais pas te mentir en te disant que ça va être facile. Il n'est pas certain, par exemple, que les Rodier acceptent de te reconnaître comme leur fille. Quant aux tribunaux, ils seront peut-être encore plus méfiants qu'eux. Au minimum, on va te poser des centaines de questions gênantes, et le juge Rodier exigera probablement des analyses génétiques. Prions pour que tout ça se fasse *avant* que les médias n'aient vent de l'affaire !

— Pourquoi s'intéresseraient-ils à moi ? C'est de la vieille histoire…

Jess se tut en se rendant compte que Dan la regardait fixement.

— Tu plaisantes ? s'exclama-t-il d'un air médusé. La fille du nouveau juge de la Cour Suprême, disparue depuis plus d'un quart de siècle et considérée comme morte, refait tout à coup surface, et tu ne vois pas en quoi ça peut intéresser les médias ?

Elle hocha la tête à contrecœur.

— Hum, si, j'imagine…

— Il vaut mieux que je sois franc, Jess. Mon boulot ne simplifie pas la situation. Si les gens d'Allied Artists entendent parler de ça, ils vont se battre comme des loups pour mettre la main sur les droits d'adaptation cinématographique, et ça risque de faire du remue-ménage. Nous devons vraiment être très, très prudents.

Jess grimaça à l'idée de retrouver ses parents devant les objectifs de vingt caméras de télévision.

— D'accord, mais nous ne pouvons rien décider avant d'avoir davantage de renseignements sur la disparition de Liliana, observa-t-elle.

— Le fax de Martin est peut-être arrivé. Ça fait un moment que je ne suis pas allé voir.

Jess se leva d'un bond et courut jusqu'à la chambre d'ami, qu'elle utilisait comme pièce de travail. Dan la suivit.

— Il y a un énorme fax qui vient d'être imprimé, annonça-t-elle en regardant avec fascination les feuilles amassées sur l'appareil. Ça doit être Martin !

— Voyons de quoi il s'agit, répondit calmement Dan.

Jess lui fut reconnaissante de brider son propre enthousiasme pour essayer de l'aider, elle, à garder la tête froide. Cependant, force lui était de constater que la tranquillité de Dan n'avait guère d'effet sur le foisonnement d'émotions qui la secouaient de toutes parts. Elle saisit plusieurs feuilles sur le fax, s'assit à son bureau et se mit à lire — si vite qu'elle parcourut six pages avant de se rendre compte qu'elle n'en avait pas saisi un seul mot.

Dan, lui, avait pris l'une après l'autre les feuilles qu'elle posait à côté d'elle. Son expression demeurait si impénétrable que Jess s'inquiéta.

— Qu'y a-t-il ? demanda-t-elle.

Il lui jeta un regard intrigué.

— Tu n'as pas lu ça ?

— Je n'ai rien compris, avoua-t-elle. Mon cerveau est au point mort.

Il lui tendit un long article de journal.

— Lis ça lentement, Jess. Ça explique toute l'affaire.

La fille Rodier n'a toujours pas été retrouvée.

Jess regarda fixement le titre, puis la photo qui l'accompagnait. On y voyait une fillette souriante, aux joues rondes et aux cheveux bouclés. La mauvaise qualité de la transmission par fax ne permettait pas de distinguer le détail de ses traits, mais il semblait qu'elle avait de grands yeux clairs.

Etait-ce une photo d'elle-même ? Jess n'aurait su le dire. Elle ne se sentait aucunement liée à cette photographie. Mais bon ! Jusqu'à ces dernières semaines, elle avait toujours vécu avec la fausse conviction de se reconnaître dans le bébé qui reposait entre les bras d'Elena Pazmany. Tout cela ne prouvait rien, sinon qu'elle n'arrivait plus à éprouver la moindre émotion pour des images couchées sur du papier glacé.

Elle recommença à lire l'article, en se forçant à le déchiffrer assez lentement pour le comprendre.

Le FBI n'a toujours pas retrouvé Liliana Rodier, la fille de M. et Mme Victor Rodier. Mme Rodier, née Constance Elizabeth Howington, est la petite-fille de M. et Mme Wendell P. Grant, de Hatterington, Long Island, et la fille de Mme Hillary Howington Nussbein, de San Francisco.

Tenant compte de l'immense fortune des Rodier, le FBI avait d'abord supposé que Liliana avait été enlevée. Néanmoins, les enquêteurs ont annoncé aujourd'hui que sa famille n'avait reçu aucune demande de rançon, et on craint que la fillette n'ait été victime d'un tragique coup du sort.

A New York, le FBI a reçu des centaines d'appels d'anonymes offrant de l'aide ou des renseignements, lesquels n'ont donné jusqu'à présent aucun résultat. Les autorités mènent désormais des recherches en dehors de New York, tandis que, parallèlement, la police locale concentre ses efforts sur les pédophiles connus. Aujourd'hui même, l'inspecteur Yarrow, chargé de l'enquête, a déclaré que « plus les jours passent, plus les chances diminuent de retrouver Liliana Rodier en vie ».

Victor Rodier a offert une prime de dix mille dollars en échange de tout renseignement permettant de retrouver sa fille.

Mme Rodier, pour sa part, souffre d'une très grave dépression ; les médecins ont décidé de la mettre sous calmants. Dans une déposition enregistrée par le FBI, la gouvernante des Rodier aurait précisé que Mme Rodier est la dernière personne à avoir vu Liliana en vie. Et hier soir, au cours d'une conférence de presse, M. Rodier a insisté sur le fait que sa femme est tellement bouleversée par la disparition de sa fille qu'elle est absolument incapable de livrer la moindre information susceptible d'expliquer ce qui est arrivé à Liliana.

Arrivée à la fin de l'article, Jess releva les yeux et constata que Dan l'observait attentivement. Ils se regardèrent pendant de longues secondes, dans un silence qui devint de plus en plus pesant.

— Tu n'as pas eu une impression bizarre en lisant ce papier ? demanda-t-elle finalement. On dirait presque qu'ils soupçonnent ma mère…

— Je crois même que c'était l'hypothèse préférée du FBI, acquiesça Dan en lui tendant une autre page de fax. Lis ce deuxième article, Jess. Il date du 15 janvier 1970. Peu après ta disparition, ta mère a été placée dans un établissement spécialisé.

— Dans un quoi ?

— Internée en hôpital psychiatrique, précisa-t-il. Tiens, lis ça.

Le ventre noué, Jess saisit le fax.

Mme Rodier entre à l'hôpital psychiatrique St Jude.

Le FBI a annoncé aujourd'hui qu'après plus de trois semaines de recherches intensives, il ne restait que très peu de chance de retrouver Liliana Rodier en vie. D'autre part, les autorités concentrent désormais leur attention sur certains événements qui se seraient produits dans la période du drame.

Constance Howington Rodier, qui a été mise sous sédatifs dès la disparition de sa fille, souffrirait de graves troubles psychologiques. Son médecin personnel a révélé aujourd'hui dans un communiqué qu'elle vient d'être internée à St Jude, un hôpital psychiatrique privé situé près de Rochester, dans le nord de l'Etat de New York.

L'inspecteur Yarrow, du FBI, a longuement interrogé Mme Rodier juste avant qu'elle ne soit hospitalisée. Il n'a pu obtenir d'elle aucune réponse précise, si ce n'est le discours qu'elle répète inlassablement depuis le début de l'affaire, à savoir : elle a quitté son appartement de Park Avenue le 7 décembre 1969 avec son enfant, et l'a emmenée dans un lieu où Liliana serait en « sécurité ». Mme Rodier insiste sur le fait que la petite était saine et sauve lorsqu'elle l'a quittée. Cependant, elle refuse de dire où ce lieu se trouve, de même qu'elle affirme que la vie de sa fille est menacée par ses « ennemis », et qu'elle est elle-même régulièrement droguée par des substances illégales déposées dans sa nourriture.

L'inspecteur Yarrow a reconnu que, pour le FBI, Liliana était sans doute décédée. Mais en l'absence de toute preuve formelle permettant de conclure à un assassinat, et tant que son corps n'a pas été retrouvé, le procureur refuse d'engager des poursuites contre Mme Rodier. L'inspecteur Yarrow a en outre précisé que, si Mme Rodier était accusée du meurtre de sa fille, elle serait probablement déclarée irresponsable pour cause de grave maladie mentale, et ne serait donc pas jugée.

Dans un bref communiqué, M. Rodier a déclaré qu'il était désormais préférable que sa femme demeure dans un hôpital où elle pourrait être dûment soignée.

A San Francisco, Mme Hillary Nussbein, mère de Mme Rodier, a exprimé sa tristesse devant cette situation dramatique, tout en précisant que sa fille avait toujours été une enfant difficile, qu'elle avait fait plusieurs fugues au cours de l'adolescence, et qu'elle se droguait depuis longtemps.

M. et Mme Wendell P. Grant, pour leur part, ont fait savoir par l'intermédiaire de leurs avocats qu'ils espéraient encore retrouver leur arrière-petite-fille bien-aimée. Ils n'ont fait aucun commentaire sur la possibilité que leur petite-fille soit responsable de la disparition de Liliana.

Jess était si stupéfaite que, pendant une bonne minute, elle fut incapable de dire un seul mot.

— Ils… ils l'ont enfermée dans un asile, balbutia-t-elle. La pauvre femme ! Elle a été accusée du meurtre de sa fille sans même avoir droit à un avocat.

— Quelle ironie, quand on pense qu'il n'y a même pas eu de meurtre ! renchérit Dan. Dire qu'au moment où cet article était rédigé, la petite Liliana Rodier se trouvait dans une famille de Cleveland, saine et sauve !

— Non seulement saine et sauve, mais aussi adorée et choyée par ses parents adoptifs. Sans parler de Papy Gene !

Jess poussa un petit rire rauque, qui se brisa sur un sanglot.

— Pour une raison que nous ignorons, ma mère m'a emmenée chez les Pazmany, et les Pazmany m'ont emmenée à Cleveland. Mais ils sont morts avant d'avoir pu apprendre à quiconque où je me trouvais.

— C'est aussi comme ça que je vois les choses.

— Quelle horreur ! Mais… mais comment allons-nous faire pour remettre de l'ordre dans cette histoire ?

— D'abord, je crois que nous devrions joindre le juge Rodier, répondit Dan.

Puis il secoua la tête, en fronçant les sourcils.

— Non, peut-être vaut-il mieux éviter de l'appeler maintenant. Si je me souviens bien, l'audition de la Commission judiciaire sénatoriale pour sa nomination à la Cour Suprême a lieu dans très peu de temps…

— Je ne sais plus, admit Jess. Mais je dois avouer que cela me met mal à l'aise de m'imaginer téléphonant à un futur juge de la Cour Suprême pour lui annoncer de but en blanc que je suis peut-être la fille qu'il a perdue il y a vingt-six ans. « S'il vous plaît, monsieur le juge, Pourrions-nous faire des analyses de sang pour nous assurer que je suis bien votre petite Liliana ? » Tu vois le tableau !

Dan eut un sourire désabusé.

— Si nous procédions de cette façon, je crois que nous nous ferions rembarrer, en effet. Nous aurions plutôt intérêt à approcher Constance Rodier en premier. Tout en gardant à l'esprit que ce sera probablement une rencontre assez difficile. Si elle est enfermée dans un asile, elle ne doit pas être très équilibrée.

— Si cette femme est ma mère, je veux la voir, quel que soit son état de santé. Et dans le cas contraire… hmm, je crois que j'y penserai une fois là-bas. D'abord, nous devons trouver Constance Rodier. A supposer qu'elle soit encore en vie.

— Elle est vivante, et je sais où elle réside, annonça Dan en fouillant parmi les pages de fax. Il y a quelques jours, le juge Rodier a donné une interview au *Washington Post.* Martin nous en a envoyé une copie.

Il sortit une feuille de la liasse.

— Voilà. Le juge Rodier est très éloquent sur le problème des malades mentaux, et il chante les louanges des professionnels de santé qui prennent soin de son ex-femme et des autres « malheureux » dans son genre. Constance Rodier vit aujourd'hui à Merton House, une clinique psychiatrique qui se trouve en Caroline du Nord.

Jess se rendit compte que ses mains étaient moites, que son cœur battait à tout rompre, qu'elle respirait par à-coups.

— Cherchons tout de suite le numéro de cet établissement, bredouilla-t-elle. J'aimerais parler au psychiatre de Constance le plus tôt possible.

16.

Novembre 1969

Constance n'en croyait pas ses oreilles. Décontenancée, elle embrassa rapidement du regard le bureau lambrissé en noyer, puis posa de nouveau les yeux sur son grand-père, qui était assis derrière sa grande table de travail à dessus de cuir. Ce lieu et cet homme, elle les connaissait depuis son enfance. Elle ne pouvait rien imaginer qui lui soit plus proche, plus familier. Et pourtant, elle avait tout à coup l'impression d'avoir été catapultée sur une planète étrange, surréaliste.

— Mais, grand-père, tu ne comprends donc pas ! protesta-t-elle avec vigueur. Victor a pris le contrôle de tout mon argent. A la banque, on m'a barré l'accès au compte de mes fonds de placement. C'est comme si j'étais dépossédée de ma propre fortune. Est-ce que cela t'est égal ? C'est l'argent de notre famille, l'argent de mon père, et Victor a mis la main dessus !

— Il n'a aucun contrôle sur le capital, ma chérie, répliqua Wendell Grant. Il gère simplement les revenus de tes différents placements. Et je t'assure qu'il fait ça très bien.

— Qu'en sais-tu ?

— J'ai vu les registres de compte, expliqua son grand-père d'un ton patient.

— Et l'argent nécessaire à la vie quotidienne ? La somme qui se trouve sur mon compte personnel ne suffit même pas à payer les factures d'épicerie de ce mois-ci !

— Tu sais bien qu'il n'y a aucun problème de ce côté, ma chérie. Victor tient à se charger de ces dépenses-là lui-même, avec son propre salaire. Il est heureux de contribuer financièrement au fonctionnement de votre ménage.

Le vieil homme sourit.

— Fais preuve de discernement, Constance, et comprends l'attitude de Victor. Tout homme éprouve le besoin de gagner son propre pain et de faire vivre son foyer. Sois reconnaissante de ses efforts, réjouis-toi d'avoir un époux qui prend ses responsabilités au sérieux et qui ne se repose pas sur l'argent de sa belle-famille.

— N'empêche, répliqua-t-elle obstinément, l'argent des fonds de placement n'appartient qu'à moi.

Son grand-père ôta ses lunettes et la dévisagea d'un air solennel.

— Tu es encore une très jeune femme, Constance. Tu as la charge d'une adorable petite fille qui te prend tout ton temps, et c'est bien normal. Victor nous a expliqué que tu avais quelque difficulté à gérer tes fonds de placement. Il nous a raconté notamment comment un courtier peu recommandable t'avait convaincue d'investir un demi-million de dollars dans une affaire très risquée qui s'est soldée par la perte de tout le capital…

— Mais c'est Victor lui-même qui m'a persuadée de le faire ! s'insurgea-t-elle.

Wendell Grant secoua lentement la tête.

— Constance, ton mari m'informe très régulièrement de la façon dont il gère tes finances. Je suis au courant de tout ce qui se passe. Quand tu as acheté ces actions Ramco, il m'a prévenu que tu avais agi sans tenir compte de son avis.

— En même temps qu'il te disait ça, il me poussait à accepter l'offre du courtier ! protesta-t-elle.

— Tu as dû mal interpréter ses conseils, ma chérie. Chaque mois, lui et moi nous passons tes registres en revue. C'est ainsi que nous procédons depuis le premier jour de votre mariage, et je t'assure que je suis très attentif à l'évolution de ta fortune personnelle. Quant à savoir si Victor prend le « contrôle » de tes finances, comme tu dis, je suis sûr d'avoir lu vingt-cinq ou trente documents signés de ta main, au cours des cinq dernières années, dont chacun autorisait Victor à s'occuper d'un nouvel aspect de tes affaires.

— Je n'ai pas lu ce que je signais, répliqua Constance d'une voix empressée.

Elle rougit en prenant conscience de l'aveu désastreux qu'elle venait de faire. Son grand-père fronça les sourcils.

— Après tous les conseils que je t'ai donnés depuis ton enfance, cela me fait de la peine d'entendre cela, Constance. *Il ne faut jamais signer un document légal sans le lire !* J'ai dû te répéter ce précepte cent fois. Maintenant, tout ce que je peux dire, ma chérie, c'est que tu t'es montrée très imprudente et que nous avons de la chance que ton mari soit un homme aussi responsable et aussi honnête. Sais-tu qu'il a réussi à récupérer l'argent que tu avais perdu dans cette lamentable affaire Ramco ? Il a même augmenté légèrement le capital de départ. Crois-moi, il gère magnifiquement tes avoirs.

— Ça, je veux bien le croire, marmonna Constance.

Elle éprouva une immense amertume à l'idée qu'une fois de plus Victor avait été plus rusé qu'elle. Quelque part, pourtant, elle admirait presque l'habileté avec laquelle il l'avait manipulée dans l'affaire des actions Ramco. Elle ne devait se reprocher qu'à elle-même d'être dans un tel pétrin ! Ayant envers l'argent une attitude suprêmement indifférente — comme tous les gens riches de naissance —, elle n'avait prêté aucune attention à la façon dont Victor avait peu à peu pris en main les rênes de sa fortune tout en s'attirant les bonnes grâces de son grand-père. Et aujourd'hui, elle endurait les conséquences terrifiantes de sa négligence. Pour ne pas dire de sa bêtise. Elle aurait dû se douter que son mari était bien trop intelligent pour avancer ses pions sans couvrir ses arrières. Mais son talent ne s'arrêtait pas là ! Non seulement il avait réussi à l'embobiner, elle, mais il avait aussi trouvé le moyen de persuader les Grant qu'il était un époux travailleur et consciencieux qui s'ingéniait constamment à réparer les gaffes de son épouse immature et inconstante.

Un frisson d'angoisse parcourut Constance. Aujourd'hui, elle était venue à Hatterington dans le but d'annoncer à ses grands-parents qu'elle voulait divorcer. La soutiendraient-ils dans cette décision ? Depuis cette soirée fatidique, plusieurs semaines auparavant, où elle avait surpris son mari avec Daphne Lambert, chaque jour qui passait lui apportait une nouvelle preuve de l'intelligence diabolique de Victor. Quoi qu'elle entreprît pour se sortir de ses griffes, elle se voyait bloquée par l'une ou l'autre de ses manigances. Mais c'était seulement cet après-midi qu'elle se rendait compte à quel point il était impitoyable.

Depuis quatre ans, elle n'avait parlé de son mariage à personne — par fierté. Le moment était venu de ravaler son orgueil et de raconter à ses grands-parents les raisons exactes pour lesquelles il fallait qu'elle obtienne le divorce. Tout n'était pas perdu. Heureusement, son grand-père — qui était son garant juridique

— conservait le contrôle ultime de sa fortune. Dès qu'elle lui aurait révélé toute la vérité sur les agissements de son époux, il serait en mesure d'annuler les documents que Victor lui avait fait signer et de lui rendre son argent.

Elle se leva et se mit à faire les cent pas à travers la pièce en se demandant comment exposer la situation à son grand-père sans le choquer. Wendell Grant était un gentleman de la vieille école. Il serait au moins aussi embarrassé qu'elle si elle accusait de but en blanc son mari de l'avoir violée.

— Grand-père, je veux divorcer, déclara-t-elle.

Le regard du vieil homme se fixa tristement sur elle.

— Constance, ma chérie, ce n'est pas raisonnable. Victor est un homme honorable, qui ira très loin dans sa carrière. L'autre jour encore, Chuck Lambert me disait que ton mari est l'avocat le plus brillant et le plus travailleur qu'il ait engagé dans son cabinet depuis dix ans.

Frustrée, Constance décida qu'elle en avait finalement assez de prendre des gants avec son grand-père.

— Chuck Lambert t'a-t-il aussi révélé que Victor a une liaison avec sa femme ?

— Avec Daphne ? Tu penses que Victor a une liaison avec Daphne Lambert ? demanda Wendell Grant d'un ton absolument incrédule.

« Sa réaction n'a rien d'étonnant, pensa-t-elle avec désespoir. Moi non plus, je n'y aurais pas cru si je ne les avais vus de mes propres yeux. »

— Oui. Cette sainte nitouche de Daphne couche avec mon mari.

— Ma chérie, répliqua-t-il d'un ton offusqué, tu te laisses emporter par ton imag…

— Mon imagination n'y est pour rien, l'interrompit-elle. Je les ai vus. J'ai surpris Victor en train d'avoir une relation sexuelle avec elle, chez Chuck, au cours d'une réception.

— Au cours d'une réception ? Une réception dont Daphne était l'hôtesse ? marmonna son grand-père, les joues cramoisies.

D'abord gêné, il finit par secouer vigoureusement la tête.

— Oh, non ! Je ne sais pas ce que tu as vu, mais tu t'es certainement méprise. Même si j'arrivais à croire que ton époux ait pu pousser l'ignominie jusqu'à séduire l'épouse de son patron, il est à coup sûr bien trop raisonnable pour risquer sa carrière en… en… Pendant une réception ? Non, non !

Il se leva en soupirant et lui glissa un bras autour des épaules.

— Constance, ma chérie, Victor nous a confié, à ta grand-mère et à moi-même, que tu ne te sentais pas très bien en ce moment, reprit-il d'un ton radouci. Il nous a expliqué que tu t'escrimes à perdre du poids et que tu es devenue l'esclave de ces abominables pilules amaigrissantes que vantent les magazines féminins. Vraiment, ma jolie, tu es déjà trop maigre. Tu ne devrais pas te laisser convaincre du contraire. Aucun homme ne souhaite que sa femme ressemble à un fil de fer.

— Sauf Victor.

Le vieil homme ignora sa remarque.

— Je sais que tu es très nerveuse et que le médecin t'a prescrit des médicaments pour dormir. Fais-moi confiance, Constance. Ces drogues te fragilisent. C'est le déséquilibre chimique qu'elles produisent dans ton corps qui fausse le jugement que tu portes sur Victor. En réalité, ta situation n'a pas changé depuis le jour de votre mariage. Ou si elle a évolué, c'est en mieux.

Il lui tapota affectueusement le bras, souriant avec confiance.

— Maintenant, je veux que tu me promettes que tu ne feras rien d'imprudent et que tu oublieras cette idée de divorce tant que tu ne seras pas redevenue toi-même.

Constance était en colère — surtout contre elle-même. Ses grands-parents étaient des gens bons et perspicaces. Si elle ne réussissait pas à les persuader, eux, de la duplicité de Victor, qui pourrait-elle convaincre ?

— Grand-père, écoute-moi, insista-t-elle. Il faut que tu saches que je ne prends aucun cachet, ni pour dormir, ni pour maigrir, ni pour rien du tout. Je te le jure. La vérité, c'est que Victor ne m'aime pas. Et qu'il n'aime pas non plus Lili. Tout ce qui l'intéresse, c'est de prendre le contrôle de mon argent. Il m'utilise — et il vous manipule — pour être certain de posséder toute la fortune de ma famille.

Wendell Grant haussa un sourcil.

— Je pense que j'ai suffisamment l'expérience du monde pour ne pas me laisser manipuler, Constance.

— Tu as beaucoup d'expérience, grand-père, mais en ce qui concerne Victor, tu as un gros désavantage : toi, tu es un homme honnête. Pas lui. Il est passé maître dans l'art de la tromperie. Il veut mon argent, et il est prêt à n'importe quoi pour l'obtenir.

— Constance, je ne veux plus entendre cela. Ton mari travaille soixante heures par semaine. Il traite plus de dossiers que n'importe quel autre avocat du cabinet. Même s'il en avait envie, il n'aurait pas le temps de vivre de façon dispendieuse. Et il n'a pas besoin de ton argent, car son salaire couvre largement ses propres frais.

— Mais il ne couvre pas notre appartement de Park Avenue, ni la gouvernante, ni le pressing, ni la Mercedes. Sans parler du traiteur de luxe qui nous livre régulièrement les repas…

— Mais Victor ne convoite pas toutes ces choses pour lui-même, enfin ! Pourquoi commande-t-il parfois les repas chez un traiteur ? Pour que tu ne sois pas obligée de faire la cuisine, tout simplement. Quant à la voiture, c'est toi qui l'utilises, me semble-t-il. Quand Victor conduit-il ? Une fois par mois ? Guère plus, en tout…

— De son point de vue, peu importe qu'il la conduise ou non. Ce qu'il veut, c'est que la voiture soit là, à sa disposition, dans le garage de la Première Avenue que nous louons cent dollars par mois. La Mercedes, pour Victor, c'est un signe de pouvoir, pas un moyen de transport.

— Cela fait cinq ans que j'observe ton mari, déclara patiemment son grand-père. Je suis sûr que c'est un homme aux goûts simples, qui n'exige aucun luxe particulier.

Il lui donna une accolade qui trahissait une certaine inquiétude.

— Je t'aime très fort, Constance, et je ne veux que ton bien. Cela me briserait le cœur de te voir suivre l'exemple désastreux de ta mère. Reste avec Victor, ma chérie. Essaie de réussir ton mariage. Cesse de te causer du souci en croyant que les gens ne s'intéressent à toi que pour ton argent. Regarde le gâchis que ta mère a fait de sa vie, et dis-toi que tu ne dois pas répéter ce schéma destructeur.

— Si je veux divorcer, ce n'est pas pour suivre l'exemple de ma mère. Je ne suis pas du tout comme elle.

— Je sais, répondit son grand-père, les yeux brouillés de larmes. Je sais, ma chérie. Aie confiance en toi, Constance. Crois-moi, quand je te dis que Victor n'en veut pas à ton argent. Dieu sait si j'ai assez vu de coureurs de dot aux basques de ta mère pour les reconnaître d'un simple coup d'œil.

Il lui donna une bise sur le front.

— Maintenant, ma chérie, rentre à New York avec ta petite Lili, et prends la décision d'arranger les choses avec son père. Promets-le-moi, Constance. Pour le bien de ta fille comme pour le tien.

Elle promit, bien sûr, car elle n'avait pas le choix. Pour la simple raison qu'elle n'avait jamais désobéi à son grand-père. Mais pour la première fois de sa vie, elle n'avait nullement l'intention de tenir sa promesse. Hélas, elle ne savait absolument pas comment elle obtiendrait la garde de Lili si elle engageait une procédure de divorce. Et pendant le trajet de retour, elle ressassa avec amertume toutes les erreurs qu'elle avait commises depuis son mariage.

Elle laissa la Mercedes au garage et prit un taxi pour regagner l'appartement. Dans l'ascenseur, elle eut une inspiration soudaine. Elena ! Elle pourrait sûrement l'aider. Les Pazmany manquaient peut-être d'expérience en ce qui concernait les fonds de placement et les batailles juridiques, mais ils avaient les pieds sur terre, et ils pourraient témoigner en sa faveur. Et, plus important encore, ils n'avaient jamais caché qu'ils n'aimaient pas Victor.

Constance entra dans l'appartement avec Lili et appela la gouvernante en s'avançant dans le hall :

— Je suis rentrée, Eva.

Lili se mit à sautiller sur le dallage en marbre.

— Ne marche pas sur les rainures, maman, sinon le tigre va te manger.

— Ah, d'accord.

Constance se hissa sur la pointe des pieds et passa prudemment d'une dalle à l'autre. Au bout de trois pas, elle fit exprès de poser le bout du pied à cheval entre deux carrés de marbre.

— Hou là là ! T'as raté, maman. Maintenant, le tigre va te manger tout cru !

Lili gloussait, mais dans ses yeux écarquillés de bonheur brillait une petite lueur d'effroi. Elle avait tant d'imagination, sa petite chérie ! Constance s'émerveillait toujours de constater à quel point elle « vivait » les histoires qu'elle s'inventait.

— J'entends le tigre qui approche, murmura-t-elle.

— Oooh !

Les lèvres de Lili dessinèrent un cercle de terreur ravie. Constance sourit, décidant de la rassurer avant que son petit jeu ne l'effraie pour de bon.

— Ou bien c'est juste Eva qui vient nous faire coucou. Hum, je crois que pour cette fois nous avons fait fuir le tigre.

— C'est pas Eva, annonça Lili. C'est une autre dame.

Constance redressa brusquement la tête. Comme elle avait oublié qu'elle se trouvait encore sur la pointe des pieds, elle vacilla un instant sur ses jambes avant de reprendre son équilibre. Devant elle se tenait une femme revêche entre deux âges, dont les cheveux châtains étaient attachés en chignon derrière la nuque. Elle tenait les mains jointes sur le devant de sa salopette grise. Constance se dit qu'elle ressemblait à une directrice de pénitencier.

— Qui êtes-vous ? demanda-t-elle d'un ton autoritaire.

La femme ne semblait pas dangereuse, mais Constance se sentait tout de même un peu mal à l'aise en sa présence.

— Bonsoir, madame Rodier. Je m'appelle Maureen O'Leary.

Elle pinça les lèvres comme si la réponse qu'elle venait de formuler suffisait pleinement à justifier sa présence dans l'appartement.

— Je vous connais ? insista Constance en songeant que cet agréable nom irlandais convenait mal à une personne aussi austère.

— Je suis votre nouvelle gouvernante, madame Rodier.

Maureen O'Leary jeta un regard un tantinet réprobateur en direction de Lili.

— Souhaitez-vous que je donne son bain à votre fille ?

Constance sentit la main de Lili se saisir de la sienne. Elle éprouva un absurde pincement de culpabilité en songeant que son enfant était un peu échevelée. Oh, oui, vraiment absurde. Après une journée au bord de la mer, cela n'avait rien d'étonnant !

— Merci, mais je pense qu'il y a une erreur, madame… O'Leary. C'est bien votre nom, n'est-ce pas ?

— Oui, madame.

— Je n'ai pas engagé de nouvelle gouvernante, affirma Constance. Où est Eva ? Pourquoi ne m'a-t-elle pas téléphoné quand vous êtes arrivée ici ? Vous deviez pourtant savoir que je ne vous avais pas engagée.

— On m'a laissé entendre que vous aviez renvoyé votre précédente gouvernante, madame Rodier, répondit Mme O'Leary avec une pointe de lassitude dans la voix. Elle n'était déjà plus ici quand j'ai pris mon service.

— Renvoyée ? Moi, j'aurais renvoyé Eva ? s'insurgea Constance, les yeux écarquillés. Qu'est-ce que vous me chantez là ? Eva était ici ce matin quand je suis partie. Nous sommes convenues hier soir qu'elle préparerait une tourte au poulet pour le dîner…

Lili tira nerveusement sur sa main.

— Maman, où elle est, Eva ? demanda-t-elle d'une voix vibrante d'anxiété. On la connaît pas, cette dame, hein ?

— Certainement pas, affirma Constance.

Quoi qu'il en soit, elle se doutait de la raison pour laquelle cette femme se trouvait ici. Elle se mordit la langue afin de s'empêcher de hurler contre Mme O'Leary, qui n'avait rien fait pour s'attirer ses foudres.

— Est-ce mon mari qui vous a engagée ? demanda-t-elle.

Mme O'Leary eut peine à cacher que la conversation l'ennuyait.

— Eh bien, j'ai cru comprendre que c'était vous qui aviez contacté l'agence de recrutement, madame Rodier. Mais c'est M. Rodier qui m'a reçue…

— Quand ? l'interrompit Constance. Quand vous a-t-il reçue ?

— Hier matin, et…

— Ah, Constance, je vois que tu as fait la connaissance de Mme O'Leary, notre nouvelle et formidable gouvernante.

Victor sortit de son bureau et s'avança dans le hall d'un air enthousiaste, comme s'il se réjouissait de leurs retrouvailles.

Constance n'avait nullement l'intention d'entrer dans son jeu.

— Où est Eva ? demanda-t-elle d'un ton ferme. Qu'as-tu fait d'elle ?

— *Qu'as-tu fait d'elle ?* Oh, quelle curieuse façon de s'exprimer, ma chérie, se récria Victor.

Il poussa un petit gloussement et échangea un regard de connivence avec Maureen O'Leary.

— Je vais reformuler ma question, grommela Constance. Ecoute bien, Victor : où est Eva ?

— Je te comprends bien, ma chérie, répondit-il d'un ton apaisant. Tu te souviens sans doute que tu étais très en colère contre elle, la semaine dernière, et que tu l'as même sommée de quitter la maison au plus tard ce matin…

— Jamais je n'ai agi de la sorte. Si tu l'as renvoyée, Victor, tu ferais bien de la rappeler illico. Où est-elle allée ? A Brooklyn, chez son fils ? J'exige qu'elle réintègre cet appartement immédiatement.

Constance se tourna vers l'impassible gouvernante de substitution. Malgré la fureur qui l'envahissait, elle réussit à s'exprimer avec calme.

— Je regrette, madame O'Leary, mais la situation vous a été mal exposée. Dites-moi quel salaire mon mari vous a proposé, et je vous donnerai deux semaines de dédommagement. J'appellerai aussi l'agence de recrutement dès demain matin pour expliquer qu'il y a eu une erreur…

— Il n'y a pas d'erreur, l'interrompit Victor. Tu ne te souviens manifestement pas de l'incident qui s'est produit la semaine passée, Constance, mais il n'en reste pas moins que tu as renvoyé Eva et qu'elle s'est envolée ce matin pour la Californie, où elle va s'installer chez sa sœur. J'ai engagé Maureen pour la remplacer.

Victor sourit affablement.

— Maureen est prévenue des circonstances particulières auxquelles elle devra faire face chez nous, reprit-il, et elle pense que ses qualifications d'infirmière lui permettront de nous aider à surmonter les moments difficiles.

— Quelles circonstances particulières ? s'exclama Constance. Qu'est-ce que tu racontes ? Nom de Dieu, pourquoi diable aurions-nous besoin d'une infirmière ?

Il la considéra d'un air outré.

— Surveille ton langage, je t'en conjure. Par pitié, évitons les jurons devant notre enfant !

— Je veux voir Eva, maman, gémit soudain Lili. Où elle est ? Elle est partie ?

Elle éclata en sanglots. Constance voulut se pencher pour la réconforter, mais Victor fut plus rapide qu'elle. Il s'accroupit devant la petite, la couvant d'un regard attendri.

— Pas de larmes, mon sucre d'orge, ordonna-t-il. Tu sais comme papa a du chagrin quand il te voit pleurer.

Il sortit un mouchoir immaculé de sa poche et lui essuya les yeux, puis la gratouilla sous le menton. Les sanglots de Lili cessèrent.

— Je crois que pour le souper, Mme O'Leary t'a préparé un délicieux hot dog, reprit-il. Maintenant tu vas aller avec elle dans la cuisine, car ta mère et moi nous devons avoir une discussion sur des choses qui n'intéressent que les grandes personnes.

Constance sourit à Lili, qui levait vers elle de grands yeux incertains.

— Maman ? fit la petite. Est-ce que j'y vais ?

— Oui, ma chérie. Ne te fais pas de souci. Nous téléphonerons à Eva demain, et elle reviendra le plus vite possible. Va souper, maintenant.

Malgré son air peu avenant, Maureen O'Leary tendit la main et s'adressa à Lili sur un ton relativement agréable.

— Viens, chère petite. Voyons si je t'ai préparé ce hot dog comme tu l'aimes.

— Avec du ketchup, précisa Lili.

Elle fit un petit bond en avant en glissant sa main dans celle de la gouvernante. Lili était une petite fille tellement pleine d'amour qu'elle considérait d'emblée chaque nouvelle personne qu'elle rencontrait comme sa meilleure amie.

— Tu aimes le ketchup, toi ? demanda-t-elle. Moi, j'adore le ketchup. Eva aussi elle aime le ketchup.

— Avec les hot dogs, je préfère la moutarde, répondit Mme O'Leary. Mais le ketchup, c'est bon avec les frites.

Constance attendit qu'elles aient disparu derrière la porte de la cuisine, puis soutint le regard de son mari.

— Aurais-tu la bonté de m'expliquer à quoi rime cette comédie ridicule ? demanda-t-elle. Qu'espères-tu donc, en affirmant que j'ai renvoyé Eva ?

— Je t'apprends à te tenir à ta place, répliqua-t-il froidement.

— En licenciant ma gouvernante et en mentant à son sujet ?

Constance résolut de ne pas laisser voir à Victor à quel point son comportement hautain et dominateur la bouleversait.

— A part punir ta fille, je ne vois pas ce que tu espères obtenir, ajouta-t-elle.

— Peut-être vas-tu enfin comprendre que je n'accepte plus de te suivre dans ta folie et que j'en ai assez d'essuyer les plâtres à ta place, répondit-il d'un ton las. Tu as trop souvent menacé Eva de la renvoyer. Cette fois, j'ai décidé que je ne voulais plus m'acharner à l'apaiser et à l'implorer de rester en dépit de ton tempérament maussade et de tes violentes sautes d'humeur. J'ai décidé de la laisser partir. Et je l'ai payée grassement, de façon qu'elle accepte de s'en aller sans faire de scandale. Il n'était pas question, tu comprends, qu'elle se précipite chez tes grands-parents pour leur raconter des histoires scandaleuses.

Constance eut soudain la chair de poule.

— Qu'est-ce que c'est que ces salades, Victor ? répliqua-t-elle. Jamais, de toute ma vie, je n'ai dit un mot de travers à Eva. Cette femme est une perle.

— Je refuse de me disputer avec toi, Constance. Au fil des ans, j'ai appris que, chaque fois que j'essaie de te faire entendre raison, je perds mon temps. Or, mon temps est précieux. Maureen O'Leary, qui est une femme compréhensive, sait que tu n'es pas très en forme en ce moment, et que certains jours tu n'arrives même pas à te tirer du lit.

Constance eut l'impression que son sang se glaçait dans ses veines.

— Le seul jour où je n'ai pas quitté mon lit, depuis deux ans, c'est celui où tu m'as violée ! s'insurgea-t-elle. Et c'est uniquement parce que après que Lili et moi avons pris notre petit déjeuner, tu m'as enfermée dans la chambre en affirmant à Eva que je ne voulais pas être dérangée.

— Si c'est l'illusion que tu souhaites nourrir ce soir, Constance, qu'il en soit ainsi. Tant que tu refuseras de consulter le médecin dont tu as besoin, Lili et moi n'aurons pas d'autre solution, je le crains, que de supporter tes humeurs. Tu es ma femme, tu es la mère de Lili, et il faut que tu te souviennes en toutes circonstances que nous t'aimons. Et nous comprenons que si tu mens si souvent, c'est parce que tu ne peux pas t'en empêcher.

Elle eut peine à se retenir de se jeter sur lui et de lui arracher les yeux.

— Espèce de salopard ! Monstre ! Oh, je te déteste ! Tu as renvoyé Eva parce que tu n'arrivais pas à lui faire voir les choses à ta façon. Mes grands-parents la connaissent depuis toujours, et si elle leur avait dit que tu m'enfermes à clé dans ma chambre, ils l'auraient crue. Tu l'as virée parce que tu avais peur d'elle ! Salaud !

— Eva est une femme respectable, Constance, répondit-il avec une douceur horripilante. De grâce, ne la mêlons pas à tes hallucinations paranoïaques.

— Je n'ai pas d'hallucinations paranoïaques ! se récria Constance d'une voix vibrante de colère. Ne crois pas t'en tirer aussi facilement, Victor, parce que ça ne marchera pas. Sûrement pas ! Tu as choisi la mauvaise femme pour jouer à ce petit jeu.

— Quel petit jeu, ma chérie… ? Oh, madame O'Leary, je ne vous avais pas entendue approcher. Ma fille a-t-elle terminé de souper ?

— Bientôt.

Constance frémit en voyant la gouvernante la dévisager d'un air outré. Qu'avait-elle entendu ? Probablement sa repartie la plus édifiante, quand elle avait traité Victor de salopard après qu'il lui avait dit à quel point il l'aimait.

— Si je suis revenue, monsieur Rodier, c'est pour vous informer que Lili a des taches rouges derrière les oreilles, expliqua Maureen O'Leary. Il me semble qu'elle a attrapé la varicelle. J'ai entendu dire qu'il y avait une épidémie en ville, en ce moment.

Bien des années plus tard, quand elle eut tout le temps du monde pour repenser à cette période de sa vie et essayer de comprendre comment elle aurait dû s'y prendre pour que la situation évolue différemment, Constance songea souvent que si Lili n'avait pas eu la varicelle, Victor n'aurait peut-être pas pu la terrasser de façon si absolue. D'un autre côté, elle avait la certitude qu'il aurait quand même été capable de profiter d'un autre événement pour asseoir sa domination sur elle.

La maladie de Lili ne fut pas bien grave. La petite dut garder le lit deux jours, puis rester à la maison pendant encore une semaine, jusqu'à ce que les boutons, qui la démangeaient beaucoup, disparaissent complètement. Constance avait l'esprit occupé par tant de problèmes — la santé de sa fille, la nécessité de retrouver Eva, la présence de Mme O'Leary dans l'appartement et son projet de divorce — qu'elle oublia totalement que Lili était contagieuse et risquait de lui transmettre son virus. Et lorsque, un matin, elle se réveilla le corps en sueur, le crâne labouré d'élancements épouvantables, elle ne comprit pas immédiatement ce qui lui arrivait.

Victor ne tarda pas à la renseigner.

— Ton visage est couvert de boutons rouges, déclara-t-il sans se donner la peine de dissimuler son dégoût. Je vais faire venir le médecin.

— Non, c'est moi qui irai au cabinet, répondit-elle.

— Tu es trop mal en point pour sortir d'ici, rétorqua-t-il. Je vais téléphoner moi-même au Dr Armon et lui expliquer la situation. Il sera là dans peu de temps.

La gouvernante apparut sur le seuil de leur chambre.

— Ah, madame O'Leary, dit Victor. Comme vous pouvez le constater, ma pauvre épouse a succombé à la varicelle. Peut-être pourriez-vous l'aider à porter ses affaires dans une autre chambre de l'appartement ? Pour se rétablir, il faut qu'elle puisse se reposer beaucoup, sans être dérangée par quiconque.

— Bien, monsieur. Je m'en charge tout de suite.

— Ma femme semble fiévreuse, expliqua Victor. Je vais demander au Dr Armon de passer l'examiner. Il vaut mieux qu'elle ne sorte pas de l'appartement. Peut-être faudrait-il aussi empêcher Lili de venir la déranger. Quand on est malade, il est épuisant d'avoir un petit enfant qui gigote autour de soi.

— Oui, bien sûr, monsieur. Ne vous faites aucun souci. Je prendrai bien soin de votre épouse.

— J'en suis certain, madame O'Leary. Vous n'êtes parmi nous que depuis peu, mais je chéris de tout cœur le jour où j'ai pu vous persuader de vous joindre à notre famille.

— Merci, monsieur. J'ai plaisir à tenir votre maisonnée, et Lili est une enfant adorable.

Constance ferma les yeux. Elle se sentait trop mal pour supporter de voir la gouvernante minauder devant son mari. Etrange — stupéfiant, même — comme les femmes semblaient ne jamais sentir à quel point Victor était un monstre de froideur et de méchanceté. Mais après tout, n'avait-elle pas mis près de quatre ans pour prendre la pleine mesure de cet homme ? Peut-être était-il normal, se dit-elle confusément, que Mme O'Leary soit encore fascinée par lui au bout de deux semaines.

Malgré sa rudesse extérieure, la gouvernante se révéla une infirmière plutôt douce et gentille, qualités que Constance apprécia à leur juste valeur pendant toute la durée de sa maladie. La varicelle, qui avait à peine dérangé Lili, faillit avoir raison d'elle. Dès qu'elle essayait de soulever la tête de l'oreiller, elle avait l'impression qu'on lui frappait le crâne avec un marteau. Quand elle se levait, elle tenait à peine sur ses jambes, elle était prise de vertige, elle avait la nausée. Et les boutons… Seigneur, les boutons ! Elle en avait jusque sur le nez, les paupières, la plante des pieds et le nombril. Rien n'apaisait les démangeaisons qui la tenaillaient, au point qu'elle se réveillait parfois les doigts couverts de sang parce qu'elle s'était grattée dans son sommeil.

Pendant toute une semaine, elle fut à peine capable de se lever pour se rendre aux toilettes. Si Mme O'Leary ne lui avait patiemment fait avaler des flocons d'avoine à la petite cuiller et boire de grands verres d'eau minérale, elle serait restée des jours entiers sans se nourrir. Un soir, Constance remercia même Victor d'être rentré plus tôt du travail pour emmener Lili à Hatterington. Elle était contrainte d'admettre que sa petite fille chérie avait besoin de beaucoup plus d'énergie qu'elle ne pouvait lui en offrir pour le moment.

Un matin, enfin, elle se réveilla en ayant de nouveau l'impression d'être une vraie personne, et non plus une loque humaine. Elle décida aussitôt de prendre une douche. Après des jours et des jours passés à manger comme un moineau, elle était encore si faible qu'elle dut s'accrocher aux meubles pour aller du lit à la salle de bains !

Mais la douche récompensa ses efforts. Ragaillardie, satisfaite d'elle-même, elle passa en revue les quelques vêtements que la gouvernante avait déposés dans le placard. Deux robes de chambre, des chemises de nuit, des sous-vêtements et des chaussons. « Comme si je devais rester alitée jusqu'au déluge », songea-t-elle avec une pointe d'agacement.

Elle nouait la ceinture d'une robe de chambre autour de sa taille, lorsque la gouvernante entra dans la pièce.

— Madame Rodier ! Je suis heureuse de voir que vous avez pu vous lever !

Mme O'Leary posa sur le lit un plateau où reposaient un bol de flocons d'avoine et un verre d'eau minérale.

— Vous avez même pris une douche, observa-t-elle. J'en conclus que vous vous sentez mieux.

— Bien mieux, en effet.

En réalité, Constance payait déjà le prix de ses efforts : le vertige la reprenait, et elle avait l'impression d'être accablée de fatigue.

— Mangez donc, suggéra la gouvernante. Vous avez besoin de récupérer.

Constance fit la grimace.

— Les flocons d'avoine ne me tentent pas. J'en ai trop avalé, depuis une semaine ! Seriez-vous vexée si je n'en prenais pas, aujourd'hui ?

— Il faut tout de même que vous vous nourrissiez.

— Ce qui me ferait très plaisir, ce serait une ou deux tranches de pain de mie grillées.

— Je peux vous préparer cela. Voudriez-vous aussi une tasse de thé ?

— Oh, ce serait formidable.

Constance n'en crut pas ses yeux : Mme O'Leary souriait !

— Des toasts et du thé, madame. Je vous apporte cela tout de suite.

Après le petit déjeuner, Constance dormit la plus grande partie de la journée, ne se réveillant que pour se nourrir. L'appétit lui était revenu tout à coup. En début de soirée, elle se sentit assez en forme pour dîner dans la cuisine en compagnie de la gouvernante. Mme O'Leary était brusque, pour ne pas dire brutale, mais elle faisait parfois preuve d'une grande douceur, surtout en tant que garde-malade. Tandis qu'elle terminait sa soupe de poulet, Constance se dit qu'il ne lui semblait plus impossible de s'entendre avec cette femme jusqu'à ce qu'Eva revienne de Californie. Après tout, ce n'était pas la faute de Mme O'Leary si Victor l'avait engagée sous un faux prétexte !

A 8 heures, lorsqu'elle retourna se coucher, son mari n'était toujours pas rentré. Tant mieux, se dit-elle en se glissant entre les draps. Maintenant que sa santé revenait, elle pouvait de nouveau réfléchir à son projet de divorce, et elle n'éprouvait aucun désir de voir Victor. Elle décida qu'à la fin de la semaine elle serait suffisamment en forme pour se rendre en voiture à Hatterington, où elle récupérerait Lili. Après quoi elle rendrait visite à Ralph et à Lena pour leur demander conseil. A eux trois, ils seraient sûrement capables de trouver une solution. On était en 1969, pas au Moyen Age ! Même un homme comme Victor ne pouvait enchaîner sa femme si celle-ci souhaitait le quitter !

Revigorée par cette pensée, Constance sombra dans un sommeil paisible et profond, comme elle n'en avait pas connu depuis plus d'une semaine.

Elle fut réveillée par des voix dans le couloir, derrière sa porte. Victor et Maureen O'Leary étaient en train de discuter. Constance jeta un coup d'œil sur le réveil : 10 h 30.

— Maintenant que ma femme est rétablie, vous devrez la surveiller de près, dit Victor.

— Je comprends, monsieur, répondit la gouvernante. Cependant, je dois admettre qu'aujourd'hui elle m'a paru très calme. Elle n'a pas eu l'air de chercher d'alcool, ni quoi que ce soit d'autre. Pour tout dire, elle m'a semblé vraiment normale. Elle avait hâte de retrouver sa petite fille, et elle s'est montrée très polie envers moi.

— Ma femme est une victime, madame O'Leary, pas un monstre. Bien sûr qu'elle a hâte de revoir Lili ! Elle aime beaucoup sa fille, et elle s'efforce d'être une mère digne de ce nom. Comme je vous l'ai expliqué lors de notre premier entretien, mon épouse connaît de brefs interludes pendant lesquels elle semble réussir à se passer d'alcool ou de drogue. Puis elle replonge. Souvenez-vous de votre premier jour ici, et vous comprendrez à qui nous avons affaire. Rappelez-vous comme elle a réagi en vous trouvant dans l'appartement. Elle a tout nié, refusé d'assumer la responsabilité de ses actes…

— Et elle était soûle, je m'en suis rendu compte immédiatement, appuya la gouvernante. Elle le cachait bien, mais j'ai l'habitude de percer les gens à jour. Je l'ai surprise quand elle ne s'y attendait pas. Lorsqu'elle s'est tournée pour me parler, elle a tellement chancelé sur ses hauts talons que j'ai cru qu'elle allait s'écrouler sur le carrelage.

— Vous voyez les choses comme elles sont, madame O'Leary. Demain, veillez à la tenir à l'œil. Ne la laissez sortir de l'appartement sous aucun prétexte, quelle que soit l'excuse qu'elle inventera. Vous avez vu la quantité de comprimés que nous avons découverts et détruits quand nous avons fouillé la maison. Dès qu'elle s'apercevra que sa cachette est vide, elle cherchera désespérément le moyen de s'en procurer d'autres. Il ne faut pas qu'elle y parvienne. Je suis certain que si nous arrivons à la tenir à l'écart de ces maudits cachets pendant quelques mois, le problème se résoudra de lui-même.

— Vous pouvez compter sur moi, monsieur. Bonne nuit, je vous verrai demain matin à 6 h 30.

— Bonne nuit, madame O'Leary. Et merci encore pour tout.

Constance entendit la gouvernante s'éloigner dans le couloir à pas lourds. Paralysée de stupeur, elle ne fit aucun geste, ne dit pas un mot lorsque Victor entra dans la chambre et s'approcha tranquillement du lit.

Il ne devait surtout pas se douter qu'elle avait surpris sa conversation avec Mme O'Leary. Les yeux fermés, elle s'efforça de respirer régulièrement. Quand elle sentit ses paupières papillotter, elle fit exprès de pousser un soupir endormi, puis se tourna sur le côté en enfouissant le visage dans l'oreiller.

Victor resta au pied du lit à la fixer pendant au moins cinq longues et angoissantes minutes. Dieu seul savait à quoi il pensait. Sans doute inventait-il de nouvelles ruses pour convaincre tout le monde qu'elle n'était qu'une alcoolique et une droguée, se dit-elle avec amertume. Jamais il n'avait fait montre d'une affection particulière envers Lili, et Constance ne comprenait pas pourquoi il tramait un plan si élaboré dans le seul but de s'assurer la garde de leur fille. A moins qu'il voulût seulement l'en menacer, pour la dissuader de demander le divorce ?

Elle réfléchit à cela longtemps après que Victor eut quitté la pièce, verrouillant la porte derrière lui. Il avait déjà convaincu ses grands-parents qu'elle était irresponsable et imprévisible. Il ne ménageait pas ses efforts pour persuader Mme O'Leary qu'il ne fallait pas se fier à elle. Si, pendant la procédure de divorce, elle clamait devant un tribunal qu'il l'avait trompée avec Daphne Lambert et avec quantité d'autres femmes, elle aurait du mal à se faire entendre, surtout que Daphne avait énormément à perdre en admettant avoir couché avec lui. Cette jeune femme voulait rester Mme Lambert, une étoile filante du Bottin mondain new-yorkais, et la principale bénéficiaire du testament de Chuck. Elle n'allait pas tout ficher en l'air en avouant qu'elle avait commis l'adultère dans la propre chambre de son mari.

Constance s'agita dans le lit, se retournant en tous sens, n'arrivant pas à trouver le sommeil. Quelque chose lui échappait. Elle avait la certitude qu'il y avait quelque chose qu'elle n'avait pas compris. Même si Victor tournait habilement la situation à son profit, il devait savoir qu'en fin de compte ses machinations ne serviraient qu'à la pousser plus fermement au divorce. Peut-être obtiendrait-il la garde de Liliana, peut-être réussirait-il à ruiner la réputation de sa femme, mais son objectif ultime — prendre le contrôle de l'immense fortune de sa belle-famille —, il ne l'atteindrait pas. Il obtiendrait peut-être une pension de quelques milliers de dollars par an pour élever Lili, mais cela ne serait rien en comparaison de ce qu'il perdrait. Alors pourquoi ne faisait-il pas marche arrière pour se réconcilier avec elle ?

La pâleur grise de l'aube envahissait sa chambre lorsqu'elle trouva enfin la réponse à cette question. Bien sûr, c'était évident. Comment avait-elle pu mettre si longtemps à comprendre ? Victor n'avait pas l'intention de divorcer. Il prévoyait de la tuer !

17.

Décembre 1969

Malgré la gravité de la maladie dont elle avait souffert, Constance sentait ses forces lui revenir rapidement. Cependant, elle se garda bien de le faire savoir à son « infirmière » et à Victor — au contraire ! Elle ne pouvait leur cacher que sa varicelle touchait à sa fin, mais pour tromper leur attention, elle feignit d'avoir encore de fréquentes crises de vertige et de nausée, et affirma être constamment écrasée de fatigue. Elle leur donna l'impression qu'elle ne demandait pas mieux que de rester enfermée dans l'appartement. Son stratagème porta ses fruits. Constatant qu'elle se montrait docile, son mari lui annonça que Liliana reviendrait bientôt de Hatterington. Quant à la gouvernante, qui avait pris son rôle de chien de garde très à cœur, elle relâcha peu à peu sa surveillance, si bien que Constance put échafauder un plan pour s'échapper.

Le vendredi précédant le week-end où Lili devait rentrer à New York, elle déclara après le déjeuner, comme à l'ordinaire, qu'elle avait sommeil et désirait se mettre au lit. La veille, elle avait entendu Victor annoncer à la gouvernante qu'une entreprise de nettoyage viendrait cirer les parquets du salon et de la salle à manger dans l'après-midi. Elle passa donc à l'action pendant que Mme O'Leary était occupée à surveiller les opérations.

Elle avait tout prévu, calculant qu'elle avait entre dix et quinze minutes pour s'esquiver. Tandis que le bourdonnement des cireuses électriques emplissait l'appartement, elle ferma les rideaux de sa chambre, glissa un oreiller sous les couvertures et tourna la lampe de chevet vers la porte. Cette mise en scène n'aurait pas trompé Victor une seule seconde. Constance espérait que Mme O'Leary serait moins sagace que lui.

Elle décida ensuite de sortir par la porte de service. Elle n'avait aucune raison d'avoir peur des portiers de l'immeuble, mais enfin ! Elle ne ferait pas une seconde fois l'erreur de sous-estimer son mari. Qui savait quel mensonge insensé il avait pu inventer pour s'assurer qu'on ne la laisserait pas quitter le gratte-ciel ? Déjà, avait-elle découvert, il s'était permis de fouiller son sac à main, lui confisquant tout son argent liquide, son carnet de chèques et ses cartes de crédit de chez Saks et Bloomingdale. Il ne restait qu'à souhaiter que la tirelire de Lili contienne assez de monnaie pour payer un ticket de métro.

Priant pour que les employés de l'entreprise de nettoyage n'éteignent pas leurs machines au moment où elle ouvrirait une porte ou poserait le pied sur une latte craquante du parquet, elle saisit ses chaussures, son manteau et son sac, et se glissa dans la chambre de sa fille, où elle s'empara de la tirelire. Puis elle courut jusqu'à la cuisine.

Dieu merci, Mme O'Leary ne semblait pas décidée à lâcher la bride aux ouvriers. Constance l'entendit marteler d'un ton autoritaire qu'ils devaient prendre garde à ne pas heurter les meubles avec leurs appareils. Vite, elle n'avait pas un instant à perdre. Elle sortit par la porte de service et prit l'ascenseur des domestiques et des livraisons. La chance lui sourit. Huit minutes exactement après que les cireuses s'étaient mises en marche dans le salon, Constance débouchait sur la 63ᵉ Rue. Elle enfila son manteau et se dirigea à grands pas vers la station de métro de Lexington Avenue, en inspirant de profondes goulées d'air salvatrices. Après trois semaines dans l'appartement, l'air glacial de décembre lui faisait l'effet d'un nectar.

Initialement, elle avait songé à se rendre en voiture à Hatterington, récupérer Lili et aller s'installer quelque part, hors de portée de Victor, jusqu'à ce que le divorce soit prononcé. Le projet paraissait simple, mais il était hélas impossible à réaliser : Constance savait qu'elle ne pouvait plus compter sur la protection et la discrétion de ses grands-parents. En outre, son mari lui avait aussi subtilisé les clés de la Mercedes. La seule solution, c'était d'attendre qu'il ait lui-même ramené Lili de Hatterington. Ensuite… eh bien, elle essaierait de s'échapper de nouveau, avec sa fille, ce qui se révélerait sans doute très difficile.

Elle en était finalement arrivée à la conclusion que son meilleur allié serait le frère cadet de son père, David Howington, qui l'avait toujours beaucoup aimée. Il habitait à Cleveland, une ville où Victor ne connaissait personne. Son oncle était, qui plus est, l'avocat d'une des plus grandes compagnies pétrolières du pays, c'est-à-dire qu'il n'était pas du genre à se laisser intimider par l'impressionnante carrière juridique de Victor. Constance savait qu'il voyageait beaucoup pour son travail et qu'il n'était pas souvent chez lui. Cependant, elle n'avait aucune intention de l'appeler pour lui demander à quelle date ils pourraient se rencontrer. Elle avait appris à ne plus annoncer ses projets à quiconque, de peur que son mari ne les découvre et ne fasse en sorte de les contrecarrer. Elle ne se méfiait pas vraiment de l'oncle

David, mais elle ne pouvait prendre le risque qu'il téléphone à ses grands-parents — ou à Victor lui-même — s'il doutait de ce qu'elle lui aurait raconté.

En entrant dans le métro, elle compta l'argent qui se trouvait dans la tirelire de Lili. Cinq dollars et soixante-sept cents. Juste assez pour acheter un aller simple pour Hatterington. Cela faisait une semaine qu'elle n'avait pas vu Lili ; jamais elles n'avaient été séparées si longtemps. Elle résista à l'envie de se rendre chez ses grands-parents. Il valait mieux qu'elle s'en tienne au plan prévu pour aujourd'hui.

Il lui fallut moins d'une demi-heure pour se rendre dans le Queens, où vivait Elena. Et par chance, son amie était à son domicile. Alors seulement, Constance prit conscience qu'elle était à bout de nerfs. Dès qu'Elena ouvrit la porte, elle se jeta dans ses bras et éclata en sanglots.

— Mon Dieu, que se passe-t-il, Connie ? demanda son amie.

Connie était le surnom affectueux qu'elle lui donnait depuis toujours. Elle l'aida à ôter son manteau, qu'elle accrocha à la patère de l'entrée, et l'emmena dans la cuisine.

— Je préférerais pouvoir te dire que tu as l'air en pleine forme, reprit-elle. Mais pour être franche, tu as vraiment mauvaise mine.

— Ces dernières semaines ont été horribles, répondit Constance en reniflant. Entre autres choses, j'ai eu la varicelle.

— Oh, ma pauvre ! Quand on attrape ce virus à l'âge adulte, c'est toujours plus grave que quand on est enfant. Comment va Lili ? Elle aussi, elle a été malade ?

— Oui, mais elle s'est vite rétablie. Elle est chez mes grands-parents depuis quelques jours.

Constance se sécha les yeux et essaya de sourire.

— Ça me fait plaisir de te voir, Lena.

— Moi aussi, je suis contente que tu sois là, ma chérie. Assieds-toi, sinon tu vas t'écrouler par terre. Tu sembles complètement éreintée.

Constance prit place devant la table.

— Rien que d'être avec toi, je me sens déjà beaucoup mieux, murmura-t-elle.

Elena mit du café à chauffer.

— Ces quinze derniers jours, annonça-t-elle, j'ai essayé de t'appeler dix fois. Mais je tombais toujours soit sur Victor, soit sur cette espèce de dragon qu'il a engagé comme gouvernante.

— Tu as entendu parler d'elle ? s'étonna Constance.

— Oui, j'ai reçu une lettre d'Eva. Je n'arrivais pas à y croire ! Elle me raconte que Victor l'a renvoyée brusquement, en lui donnant tellement d'argent en échange de son silence qu'elle peut vivre sans travailler jusqu'à la fin de ses jours. Elle dit aussi qu'il l'a lui-même conduite à l'aéroport, et qu'elle n'a même pas eu le temps de te dire adieu.

— Elle est en Californie, c'est cela ? Donne-moi son adresse, tu veux ? Il faut que je lui écrive.

— Bien sûr.

Elena ouvrit un tiroir de la commode, en sortit une enveloppe.

— Tiens, lis sa lettre, si tu veux. Son adresse est à l'intérieur.

Elle posa le café et le lait sur la table, avec deux tasses en céramique.

— Raconte-moi ce qui t'arrive, ordonna-t-elle gentiment lorsque le café fut servi. Raconte-moi tout.

Constance saisit sa tasse d'une main tremblante.

— Pour tout te raconter, il me faudrait des heures et des heures, répondit-elle d'un ton las.

— Alors donne-moi une version condensée.

— J'ai besoin d'aide, Lena. J'ai terriblement besoin d'aide.

— Ralph et moi, nous ferons tout notre possible pour toi. Tu nous as tellement aidés, quand Jessica Marie était malade, que nous te le devons bien. Dis-moi quel est ton problème.

Constance prit une inspiration tremblante.

— J-je… je crois que Victor essaie de me tuer, balbutia-t-elle.

Elena, du moins, n'éclata pas de rire. Elle ne lui demanda pas non plus si elle avait perdu la tête. Elle tourna sa cuiller dans sa tasse, ajouta du lait à son café, le remua encore.

— Pourquoi Victor veut-il te tuer ? demanda-t-elle finalement.

— Pour mon argent.

— Je ne vois pas comment il s'enrichirait en te tuant. Si tu mourais, toute ta fortune irait à Liliana, n'est-ce pas ?

— En théorie, oui. Mais Victor serait l'unique responsable légal de Lili. Il pourrait dépenser mon argent comme il le voudrait.

— J'imagine qu'il serait quand même obligé de rendre des comptes. Cela vaut-il la peine de te tuer ?

Constance frissonna.

— Je remarque que tu admets le fait que Victor soit capable de commettre un meurtre, marmonna-t-elle avec un sourire désabusé. Tu te demandes simplement pourquoi il se donnerait cette peine.

Elena garda le silence quelques secondes, l'air songeur.

— Tu sais que je n'ai jamais fait confiance à cet homme. Mais je n'accepte pas pour autant de croire qu'il se prépare à te tuer. Au fond, je ne vois pas en quoi ta mort pourrait lui profiter.

— Ne serait-ce que les quatre ou cinq millions de dollars qui sont au nom de Liliana, c'est un bénéfice plutôt appréciable, tu ne crois pas ?

— Oui, mais en étant ton mari, il a déjà accès à une somme au moins aussi importante, protesta Elena.

Constance fronça les sourcils, cherchant ses mots pour se faire comprendre de son amie.

— Victor n'est pas cupide au sens normal du terme, expliqua-t-elle. Il ne veut pas jouer les riches, il ne prévoit pas, par exemple, d'acheter un yacht luxueux, ni d'avoir des chevaux de course, ni de voyager autour du monde en jet privé. Mais il veut avoir le pouvoir de faire ce qu'il désire, *sans avoir à passer par moi*. Il déteste l'idée que ce soit moi qui possède une grosse fortune. Est-ce que ça te paraît cohérent ?

— Plus ou moins. Mais pourquoi ne te propose-t-il pas tout simplement un pacte ? Pourquoi courir le risque de commettre un meur… ?

Elena secoua tout à coup la tête, l'air stupéfait.

— Dieu Tout-Puissant ! s'exclama-t-elle d'une voix horrifiée. Tu entends ce que je suis en train de dire, Connie ? D'accord, Victor est un salaud de la pire espèce et je ne l'aime pas, mais cette conversation est complètement absurde ! Nous sommes en train de parler de gens normaux, là, de gens qui vivent dans la réalité. On n'est pas au cinéma. Un respectable avocat comme Victor n'a aucune raison de tuer sa femme. S'il veut ton argent, il lui suffit de te proposer un divorce rapide, à l'amiable, en échange d'une somme rondelette.

— Par exemple, j'accepte de lui donner un million de dollars, et lui, il ne s'oppose pas au divorce ?

— Oui, quelque chose dans le genre.

Constance se leva et fit les cent pas dans la cuisine de son amie.

— C'est plausible, admit-elle. C'est pourquoi je me suis longtemps creusé la tête pour comprendre pourquoi je suis convaincue qu'il veut me tuer.

— Et… ?

— Je crois qu'il a peur de moi. Victor veut à tout prix entretenir son image d'homme public honnête et respectable. Or, je suis la seule personne qui puisse dévoiler le pot aux roses à son sujet et le montrer tel qu'il est. Si nous divorçons, il aura peur que je parle de ses aventures extra-conjugales. Et si je cite des noms et des dates, il pourra dire adieu à sa brillante carrière.

Elena lui jeta un regard perplexe.

— Tu sais vraiment des trucs qui peuvent le faire couler ?

— Oui. A plusieurs reprises, pendant des disputes, il m'a fait des aveux qu'il a très certainement regrettés par la suite. D'autre part, non seulement je l'ai surpris en train de commettre l'adultère avec la femme de son patron, mais en réfléchissant à tout ce qui s'est passé depuis le début de notre mariage, en remettant bout à bout certains faits et gestes qui m'avaient intriguée, j'ai réussi à tirer pas mal de choses au clair. Je suis capable de te dire sans me tromper les noms d'au moins six femmes avec lesquelles Victor a couché au cours des quatre dernières années.

Elena fit la moue.

— Ces histoires ne risquent-elles pas de poser plus de problèmes à ses maîtresses qu'à lui ? Tu sais comment ça se passe. Si deux personnes mariées ont une liaison ensemble, la femme est considérée comme une garce intégrale, tandis que l'homme est vu comme un étalon et un bon vivant.

— Ses adultères ne lui feraient courir aucun risque s'il avait couché avec des secrétaires et des vendeuses. Il évolue dans un monde où le social est une forte valeur ajoutée, et je suppose que ses amis, tous ces nobles messieurs du barreau de New York et de la politique, se fichent pas mal qu'il me trompe. Cette idée doit même les faire plutôt rigoler. Mais ils riraient sûrement jaune s'ils apprenaient que Victor me trompe avec *leurs* femmes. Et ses collègues n'aimeraient sûrement pas que la réputation de leur cabinet soit souillée, si on découvrait qu'il couche avec les épouses de leurs clients. Ça, c'est la limite à ne pas dépasser. Enfin ! Victor sait que j'ai le pouvoir de l'anéantir, et il va tout tenter pour que ça ne se produise pas.

— Imaginons que j'accepte de croire qu'il veut te tuer. Comment va-t-il s'y prendre ? demanda Elena. Commettre un meurtre comprend de grands risques.

— Il a déjà posé des jalons très solides, répondit Constance en soupirant. Il s'est débarrassé d'Eva, il a convaincu notre nouvelle gouvernante que je me drogue, il m'empêche de sortir de l'appartement et de voir mes amis. Je pense qu'il compte me faire tomber et me briser le cou dans l'escalier à un moment où je serai censée être soûle. Ou peut-être me poussera-t-il par la fenêtre en racontant ensuite à qui voudra l'entendre que je me suis suicidée alors que j'étais sous l'emprise d'amphétamines…

— Mon Dieu, murmura Elena d'un ton horrifié. Tu es sérieuse, n'est-ce pas ? Terriblement sérieuse. Tu crois vraiment qu'il veut ta mort.

— Oui. J'en suis quasiment certaine.

— Pourquoi ne vas-tu pas expliquer à la police ce qui se passe ?

Constance secoua la tête, en forçant un sourire.

— Il serait sûrement ravi de me voir faire cette démarche, objecta-t-elle. Il a réussi à convaincre mes propres grands-parents que je suis presque folle. Imagine ce qu'il raconterait à la police !

— Veux-tu rester ici ? proposa Elena. Tu ne devrais pas retourner à ton appartement, Connie.

— Je ne peux pas quitter Victor tant que Lili ne sera pas revenue de Hatterington. Si je restais ici cette nuit, il prétendrait que j'ai abandonné le foyer conjugal, que je suis une mère irresponsable qui ne mérite pas d'avoir la garde de notre fille. Et Mme O'Leary confirmerait son témoignage.

— Que comptes-tu faire, alors ?

— Je voudrais m'enfuir et emmener Lili chez mon oncle David, le frère de mon père, pour lui demander de m'aider. C'est un avocat d'affaires. Pas le genre d'homme à se laisser marcher sur les pieds, même par Victor. Mais il se pourrait que j'aie besoin d'un endroit où loger quelques jours avec Lili avant de prendre l'avion pour Cleveland. Si tu voulais bien que je vienne ici, Lena…

— Bien sûr, répondit aussitôt son amie avec un sourire chaleureux. Mais comme nous déménageons dans quelques jours, tu viendras à notre nouvel appartement. Je vais te donner tout de suite l'adresse. Tiens, je te la note là…

Elena lui tendit un morceau de papier. Constance contempla quelques instants les mots qui y étaient inscrits.

— Je préfère mémoriser l'adresse. Il vaut mieux éviter les traces écrites.

L'expression d'Elena s'assombrit.

— Tu ne veux pas que Victor risque de découvrir où nous habitons, c'est cela ? demanda-t-elle.

— Oui. Je ne crois pas qu'il vous ferait le moindre mal, Elena. D'ailleurs je ne t'appellerais pas au secours si j'avais des craintes pour vous. Mais... il vaut mieux qu'il n'ait aucune idée de l'endroit où Lili et moi serons parties.

— Je comprends.

— Et c'est plus prudent que tu ne téléphones plus chez moi, ajouta Constance. Mme O'Leary met Victor au courant de tous les appels que je reçois. Evitons de lui rappeler votre existence.

Elena pâlit.

— Ce n'est pas drôle du tout, Connie. Ne peux-tu donc pas licencier cette femme ? C'est horrible d'être surveillé comme ça !

Constance haussa les épaules avec résignation.

— Victor la remplacerait aussitôt par quelqu'un qui serait peut-être pire. Mme O'Leary n'a pas un mauvais fond. Elle est tout simplement dupe. Il l'a persuadée que je suis une droguée doublée d'une alcoolique. Quand elle lui raconte qui m'a appelée, elle est persuadée d'œuvrer pour mon bien, de me protéger contre moi-même, puisqu'il l'a convaincue que tous ceux qui téléphonent à l'appartement sont soit des dealers, soit des amis avec qui je me shoote à l'héroïne.

— Tu es sûre qu'il faut vraiment que tu retournes là-bas, Connie ? demanda Elena, médusée.

— Je ne le fais pas de gaieté de cœur, crois-moi, admit Constance. Mais comme Lili est encore chez mes grands-parents, je n'ai pas le choix. Je suis obligée de rentrer. Je ne partirai pas sans elle.

Elena se leva et la serra dans ses bras.

— Ralph et moi, nous t'attendrons, murmura-t-elle. Souviens-toi : tu peux venir n'importe quand, à n'importe quelle heure du jour ou de la nuit.

— Merci, Elena, répondit Constance d'une voix cassée. Vous êtes adorables, tous les deux.

Lorsque Constance arriva enfin à l'appartement, les dernières lueurs du crépuscule s'évanouissaient dans le ciel. Elle se doutait que Victor serait en colère. Mais elle ne s'était pas préparée à l'expression de haine et de fureur mêlées qui se peignit sur son visage quand elle entra dans le salon.

— Où étais-tu ? s'écria-t-il.

Il posa d'un geste rageur le dossier qu'il était en train de lire et s'avança vers elle, les mains tendues comme s'il voulait l'agripper. Instinctivement, Constance recula d'un pas.

Elle eut alors honte de sa propre peur, et décida d'affronter son mari. Elle releva le menton.

— Je suis sortie faire un tour, répliqua-t-elle avec fermeté.

Victor se jeta sur elle sans lui laisser le temps de réagir. Il lui arracha son manteau, qu'il lança par terre comme un vulgaire chiffon, puis l'attira sans ménagement vers la cheminée électrique, où de fausses bûches se consumaient avec une belle ardeur. Il lui releva brutalement une manche et palpa son bras.

— Tu es gelée, grogna-t-il. Tu as dû attraper une pneumonie.

Elle frissonna, mais pas à cause du froid : ce qui lui glaçait les sangs, c'était le contact des mains de Victor sur sa peau.

— Je suis fatiguée. Je veux dormir. Lâche-moi !

— Comme tu voudras, ma chérie, répondit-il d'une voix soudain très douce, presque suave.

Constance sentit sa gorge se nouer. Ce changement d'attitude la terrifiait plus sûrement que n'importe quel éclat de voix. Pourquoi Victor devenait-il… ? Elle n'avait pas terminé de formuler sa question qu'il resserra son emprise sur son bras. Elle éprouva alors une douloureuse sensation de piqûre qui irradia dans sa chair.

— Qu'est-ce que tu fais ? protesta-t-elle, hagarde.

Une intense vague de frayeur déferla sur elle. Victor lui avait injecté quelque chose dans le corps ! Elle sentit le sang refluer de ses joues.

— T-tu m'as… empoisonnée ? balbutia-t-elle.

— Cesse de proférer des absurdités, rétorqua-t-il en rabaissant la manche de son pull.

Il saisit un verre à whisky plein qui était posé sur le linteau de la cheminée.

— Non seulement tu es soûle, mais tu es folle, déclara-t-il avec un léger sourire.

Avant qu'elle ait pu esquisser le moindre geste, il lui plaqua le verre sur les lèvres et lui en vida le contenu dans la bouche.

Elle recracha l'alcool et s'écarta de lui, toussant et postillonnant.

— C'est toi qui es fou ! hurla-t-elle. Devant Dieu, Victor, je crois que tu as complètement perdu la raison.

Elle voulut se tourner pour sortir du salon, mais ses jambes refusèrent de lui obéir. Elles ne semblaient même plus capables de supporter son poids. Un violent vertige la saisit, sa vue se troubla : tout devenait flou, les distances changeaient, les couleurs se fondaient les unes dans les autres. Elle bascula en avant et percuta une table basse où se trouvait un vase chinois, qui se brisa sur le parquet avec fracas.

Constance poussa un cri de douleur et s'effondra par terre. Le visage de Victor s'approcha du sien. Il avait des dents immenses, répugnantes, qui jaillissaient d'une bouche vorace. Une vision cauchemardesque du Petit Chaperon rouge surgit du fond de sa mémoire. Elle se força à articuler les mots qui lui venaient à l'esprit.

— Meuu touch' pas, geignit-elle. Va'en, grand mé'hant louh !

Victor se rapprocha encore plus. Elle poussa un hurlement d'horreur.

Au milieu du kaléidoscope brouillé qui dansait devant ses yeux, elle distingua la silhouette de Mme O'Leary. Celle-ci venait de faire irruption dans le salon.

— Oh ! Que se passe-t-il ? s'exclama la gouvernante.

— Ma femme est enfin de retour, répondit Victor d'une voix lasse, pleine de dépit.

— Oh, mon Dieu. Est-ce que… est-ce qu'elle va bien ?

— Je crains que non. Elle a encore bu. Je redoutais une rechute. Pourriez-vous m'aider à la coucher, Mme O'Leary ?

— Oui, monsieur Rodier. Oh, grands dieux ! Elle empeste l'alcool.

— Comme vous dites. Cette fois, je crains qu'elle ne soit allée trop loin.

Constance repoussa faiblement les bras tentaculaires qui l'encerclaient.

— Pa' bu, protesta-t-elle. Dro… guée…

— Seigneur ! se récria la gouvernante d'un ton outré. Elle vient d'avouer qu'elle s'est droguée, vous avez entendu ?

Constance avait l'impression que ses pensées enflaient et refluaient dans son esprit comme des vagues. Elle voulait dire quelque chose à Mme O'Leary, mais elle avait déjà oublié ce que c'était… Ah, si… Victor lui avait injecté de la drogue dans le bras. Oui, c'était cela. Il fallait qu'elle s'explique…

Sa bouche s'ouvrit. Elle s'entendit pousser un gargouillement indéfini. Elle ferma les yeux.

Mardi 18 juin 1996

Ed se dit qu'il était temps que Constance arrête de parler. Sa voix n'était plus qu'un murmure rauque. Elle était presque à bout, physiquement et mentalement. A un certain moment de son extraordinaire récit, il s'était rendu compte qu'il cessait de l'écouter en tant que médecin, que la distance professionnelle qu'il était censé maintenir avec sa patiente s'estompait, et qu'il accordait désormais à Constance l'attention d'un homme aussi fasciné que bouleversé. Il voulait connaître le fin mot de l'affaire, apprendre comment Liliana était morte et comment Constance avait fini par être internée en hôpital psychiatrique. Mais il fallait d'abord qu'elle reprenne des forces. Il remplit un verre d'eau fraîche, qu'il lui tendit. Puis il se leva et lui glissa un bras autour des épaules.

— Buvez, Constance, ordonna-t-il doucement. Vous en avez besoin.

Elle avala une petite gorgée d'eau, en évitant son regard.

— Vous ne me croyez pas, c'est cela ? demanda-t-elle ensuite. C'est bien normal. Parfois, j'ai moi-même du mal à croire ce qui m'est arrivé.

Elle avait prononcé ces mots sur un ton qui exprimait à la fois le chagrin et la résignation, comme si elle s'était habituée à l'idée que personne n'accepterait jamais sa version des faits.

L'espace d'un instant, Ed hésita. Etait-il prêt à se battre pour révéler au monde que Constance Rodier n'était pas folle et que l'honorable juge Victor Rodier avait très certainement traité son ex-femme comme un criminel ? Il était évident qu'il aurait un mal fou à faire gober cette histoire à l'opinion publique et au conseil d'administration de Merton House. Alors quoi ? Devait-il se couvrir ? Se protéger derrière des réponses plates et sans substance ? Attendre d'avoir mené une enquête personnelle sur l'affaire Rodier pour se prononcer devant Constance ? Non, trois fois non. Ed considérait qu'après vingt-six ans de torture psychique, Constance méritait mieux, en récompense de son immense courage, qu'une attitude timorée de sa part.

— Je vous crois, affirma-t-il.

Elle releva tout à coup la tête, l'air stupéfait, et plongea son regard dans le sien. Ed vit qu'elle lisait dans ses yeux qu'il avait dit la vérité. Il la croyait, oui. Totalement, sans l'ombre d'un doute.

Alors, Constance se métamorphosa sous ses yeux. Lentement, avec une certaine maladresse, comme si elle ne savait plus très bien comment s'y prendre après tant d'années d'enfermement dans sa souffrance et son malheur, elle plissa les lèvres en un sourire ravi — rayonnant.

— Vous ne pensez pas que je suis folle, donc, murmura-t-elle.

— Non, répondit-il.

Le sourire de Constance était captivant. Ed eut un mal fou à en détourner les yeux. Cependant, leur séance avait duré beaucoup trop longtemps. Il avait à peine cinq minutes pour se rendre en salle de conférences, où il devait déjeuner avec deux psychiatres de Merton House et un groupe de chercheurs de l'université de Caroline du Nord.

Il prit la main de Constance et l'étreignit entre les siennes. C'était un geste de sympathie qu'il avait accompli des centaines de fois avec ses patients, hommes et femmes, jeunes et vieux, sans distinction. Mais là, l'émotion qu'il éprouva fut différente — plus personnelle, comme si Constance était une amie très proche qu'il souhaitait réconforter de tout son cœur. Déconcerté, il lâcha sa main et se pencha vers le bureau, où il activa l'Interphone.

— Elaine ? Prévenez le Dr Brady et le Dr Green que j'arrive, voulez-vous ?

— Oui, docteur Foster. Vous avez reçu sept coups de téléphone urgents.

— Je m'en occuperai cet après-midi.

Il éteignit l'appareil et se tourna vers Constance.

— J'ai un engagement à l'heure du déjeuner, et je suis déjà en retard, expliqua-t-il. Si je n'y vais pas tout de suite, Elaine va me passer un savon.

Constance sourit de nouveau. Le bonheur qu'elle semblait ressentir la rendait plus belle que jamais. Ed eut peine à cacher son trouble. Il cilla et s'éclaircit la voix.

— Je vais ordonner qu'on vous serve votre repas dans votre chambre, Constance. Je pense qu'aujourd'hui il vaut mieux que vous n'affrontiez pas la salle à manger. Ensuite, j'aimerais que vous passiez l'après-midi au jardin. La journée est splendide, et il ne fait pas trop humide. Marchez un peu, piquez un petit somme si l'envie vous en prend, essayez de vous reposer. Ensuite, nous reparlerons.

— La semaine prochaine ? demanda-t-elle. Nous reparlerons la semaine prochaine ?

— Non, ce soir. Vous avez attendu vingt-six ans pour qu'on vous entende, Constance. Je crois que c'est bien suffisant. Venez ici juste après le dîner, et nous prendrons tout le temps qu'il faudra pour arriver au bout de votre histoire.

Elle détourna la tête.

— Merci, murmura-t-elle d'une voix sourde. Je vous suis très reconnaissante, Ed… docteur Foster.

Ed se sentait triste de penser qu'elle éprouvait de la reconnaissance à son égard alors que tout ce qu'il avait fait, c'était l'écouter. Il lui glissa un doigt sous le menton, l'obligeant doucement à relever les yeux vers lui. Des larmes s'accumulaient au bord de ses paupières. Sa lèvre inférieure tremblait. Ed sentit sa gorge se contracter. Des larmes, la vie de Constance en avait été beaucoup trop pleine.

— Venez, nous allons marcher ensemble jusqu'au couloir des chambres, suggéra-t-il.

Alors qu'ils sortaient du bureau et traversaient la petite salle d'attente où officiait sa secrétaire, celle-ci se leva précipitamment et leur barra le passage.

— Voilà la liste des appels que vous avez reçus ce matin, déclara-t-elle en brandissant plusieurs bouts de papier. Tout est noté là. Je pense que vous feriez mieux de rappeler le maire *avant* qu'il n'ait une crise cardiaque.

Ed saisit les feuilles qu'elle lui tendait.

— Je m'en charge, c'est promis. Je rappellerai tous ces gens avant 17 heures.

Il s'éloigna si vite dans le couloir que Constance dut presque courir pour le suivre.

— Je crois qu'Elaine n'a pas une bonne opinion de moi, observa-t-elle.

— Ne vous tracassez pas. Elle n'en a pas une meilleure de moi.

Elle pouffa.

— Vous croyez qu'elle s'entraîne chaque matin devant son miroir, pour se composer cet air de fine désapprobation qui la caractérise ?

— Non, je suis sûr que c'est un talent inné.

Il s'arrêta à la jonction de deux couloirs. Leurs chemins se séparaient là.

— Prenez soin de vous, Constance. A ce soir.

— Oui, répondit-elle dans un murmure.

Elle tourna les talons et s'éloigna.

Ed prit conscience au bout de quelques instants qu'il fixait ses hanches d'un regard très appuyé. Secouant la tête avec impatience, il se dirigea vers la salle de conférences en passant rapidement en revue la liste des gens qui lui avaient téléphoné. Le maire avait appelé deux fois. Le Dr Fellini, de l'université de Pennsylvanie, voulait lui parler des résultats de ses expériences sur les effets de la privation de sommeil chez les chimpanzés. Une certaine Jessica Marie Zajak avait dérangé Elaine trois fois en trois heures. Elle n'avait pas laissé de message particulier, disant juste qu'elle désirait s'entretenir de toute urgence avec le directeur de Merton House au sujet d'un patient.

Il s'immobilisa devant la porte de la salle de conférences, la main sur la clenche. Quelle étrange coïncidence… Ce matin même, Constance avait mentionné la mort tragique de Jessica Marie Pazmany, et au même moment une femme nommée Jessica Marie Zajak souhaitait lui parler.

Il entra dans la pièce, où il salua distraitement ses collègues. Les cuisines de Merton House n'auraient pas fait honte à un grand restaurant, et le buffet de déjeuner qui se trouvait sur une table au fond de la salle convenait à merveille à cette belle journée d'été. Ed grignota quelques minisandwichs, puis des fraises au sucre, en essayant d'écouter les chercheurs de l'université de Caroline du Nord, qui insistaient sur la nécessité d'effectuer des études précises et fiables sur les effets de certains médicaments expérimentaux chez les malades mentaux.

— Qu'en pensez-vous, docteur Foster ? s'enquit le Dr Green. Croyez-vous que les résultats de l'étude de Howard sur les condamnés à mort puissent être appliqués à une population plus vaste ?

— Quelle est la région du pays dont les numéros de téléphone commencent par le 303 ? demanda Ed en guise de réponse. Ce ne serait pas le Colorado, par hasard ?

Le silence se fit autour de lui. Le Dr Brady se racla la gorge.

— C'est le code de Denver, Ed. J'en suis sûr, parce que mon frère habite là-bas.

Denver. Jessica Marie Zajak lui avait téléphoné de Denver. Elle n'avait pas nommé le patient dont elle désirait lui parler. Il était très peu probable qu'elle ait le moindre rapport avec Constance. Surtout que Jessica Marie Pazmany était décédée depuis des années. Relevant le menton, il s'aperçut que quatre paires d'yeux le fixaient attentivement.

— Excusez-moi un instant, je vous prie, déclara-t-il en se levant. Il faut que je donne un coup de téléphone très urgent. Mais ne m'attendez pas pour continuer. Je reviens dans une minute.

Par chance, le téléphone se trouvait à l'autre bout de la pièce. Ed décrocha le combiné tandis que la discussion reprenait entre ses collègues derrière lui. Comme il composait le numéro de

Jessica Marie Zajak, il s'aperçut que son cœur battait la chamade. C'était ridicule. Absurde !

Un homme lui répondit.

— Allô ?

— Ici le Dr Edgar Foster. Je suis le directeur de Merton House. Je cherche à joindre une certaine Jessica Marie Zajak.

Il sentit une légère tension dans le silence de son interlocuteur. Bah ! C'était probablement son imagination qui lui jouait des tours. Depuis cinq minutes, il se comportait de façon encore plus abracadabrante que la plupart des pensionnaires de la clinique.

— Un instant, docteur Foster, répondit finalement l'homme. Je vous passe Jess.

— Docteur Foster ? fit une voix de femme.

— Oui.

— Je m'appelle Jessica Zajak, docteur. Est-ce vous qui êtes responsable des patients de Merton House ? Je vous demande pardon si je vous dérange à tort, mais j'ai eu un mal fou à savoir à qui je devais m'adresser, et je ne suis toujours pas sûre…

— Je suis effectivement le psychiatre responsable des patients de Merton House, déclara Ed. Si vous me dites la raison de votre appel, je vous mettrai en liaison avec la bonne personne.

— Hmm, c'est un peu délicat, docteur. Je voudrais vous parler de toute urgence d'un de vos patients. Mais la situation est si complexe que je préférerais vous l'expliquer en face, si c'est possible. Je veux dire, pas au téléphone.

— De quel patient souhaitez-vous me parler, madame Zajak ? Est-ce un homme ou une femme ?

Il y eut un long silence.

— La situation est vraiment bizarre, docteur, répondit finalement Jessica Zajak. Je sais que je me répète, mais il m'est presque impossible de vous exposer mon problème au téléphone. La patiente dont je souhaiterais vous parler s'appelle Constance Rodier. La connaissez-vous ?

Ed essaya d'entrevoir les implications de ce qu'elle était en train de lui déclarer : elle voulait lui parler de Constance, et elle s'appelait Jessica Marie. Il répondit avec une extrême prudence.

— Oui, madame Zajak. Je connais Mme Rodier.

— Est-elle… ?

Son interlocutrice déglutit bruyamment.

— Est-elle capable de reconnaître les gens qui lui parlent ? Comprend-elle ce qu'on lui dit ?

— Je regrette, madame Zajak, mais vous devez comprendre que je ne peux vous livrer de telles informations au sujet de mes patients.

— Oui, bien sûr, je comprends. Pardonnez-moi. Tout s'embrouille dans ma tête, en ce moment. Docteur Foster, il faut vraiment que nous nous rencontrions. Je sais que vous n'avez aucune raison de me croire, mais je vous jure que c'est très important. Je me suis déjà renseignée auprès des compagnies aériennes. Si nous partons de Denver demain matin, nous serons à Washington vers midi, et nous aurons une correspondance qui nous déposera à Durham dans l'après-midi. En louant une voiture, nous pourrions être à Merton House vers 6 ou 7 heures demain soir. Y aurait-il une chance pour que vous acceptiez de nous recevoir de façon si… précipitée ?

Ed avait conscience qu'il risquait de passer pour un idiot, mais il ne put s'empêcher de poser la question qui lui brûlait les lèvres.

— Madame Zajak, avant que nous n'envisagions de nous rencontrer, pourriez-vous me dire si vous êtes mariée ? Et si oui, quel est votre nom de jeune fille ?

— Zajak. Mon nom de jeune fille est Zajak.

Ed décrispa les doigts sur le téléphone. Bien sûr qu'elle s'appelait Zajak. Que diable avait-il espéré ? C'était ridicule de continuer sur cette lancée. Cependant, il ne put retenir une autre question.

— Encore une chose, madame Zajak, s'il vous plaît. Connaîtriez-vous, par hasard, une famille répondant au nom de Pazmany ? Rudolph et Elena Pazmany, pour être précis.

Il attendit qu'elle réponde non. Seigneur Tout-Puissant, évidemment qu'elle allait répondre non !

— Je les connais, affirma-t-elle. Il y a encore quelques semaines, je croyais même que Rudolph et Elena étaient mes parents.

Avec sa manche de chemise, Ed essuya la sueur qui perlait à son front.

— Il faut que je raccroche, à présent, madame Zajak, car je suis attendu. Mais je suis d'accord avec vous. Il est très important que nous nous rencontrions. J'ajouterais même que j'ai hâte de faire votre connaissance. Je crois en effet que… que nous avons beaucoup de choses à nous dire.

18.

Merton House — Mardi 18 juin 1996

En voyant Constance entrer dans son bureau, Ed se dit qu'elle embellissait et rajeunissait un peu plus à chacune de leurs retrouvailles. Ce soir, ses joues étaient joliment fardées, et ses cheveux avaient un éclat superbe. Elle était très mince — presque maigre, en fait — et de taille plutôt inférieure à la moyenne, mais cela n'amoindrissait en rien son charme. Avec sa jolie robe verte qui soulignait ses formes sensuelles, elle dégageait une féminité extraordinaire. Ed se rappelait qu'autrefois sa femme lui affirmait malicieusement qu'elle pouvait bien se maquiller avec de l'eye-liner orange et du rouge à lèvres bleu, il n'en remarquerait rien. Ce soir, pourtant, il voyait bel et bien que Constance avait retrouvé ce mystérieux talent qui permet aux femmes de se rendre éminemment désirables.

Il tiqua un instant sur ce dernier mot. Constance était-elle… *désirable* ? Oui, il ne pouvait nier que c'était le terme qui s'imposait à son esprit. Il essaya de refouler cette pensée, de s'attacher à des réflexions plus prosaïques. Quel revirement, si l'on y songeait, depuis le jour où il avait vu Constance pour la première fois, à peine quelques semaines plus tôt ! Cependant, aussi séduisante fût-elle, il n'oubliait pas qu'elle était sa patiente et qu'il devait adopter avec elle un mode de comportement strict.

Il l'invita à prendre place dans l'un des fauteuils qu'il avait disposés autour d'une table basse dans un coin de la pièce — afin de créer une atmosphère un peu moins formelle que celle à laquelle était habituée Constance durant les séances de psychothérapie.

— Voulez-vous du café ? demanda-t-il.

— Non, merci. J'en ai déjà pris deux tasses après le dîner.

Constance s'assit en tirant gauchement sa jupe sur ses genoux. Puis elle croisa les mains sur ses jambes et eut l'air de chercher très fort quelque chose à dire. Ed lui offrit un sourire rassurant. Il la sentait nerveuse. Mais quoi d'étonnant à cela, si l'on songeait que ce rendez-vous nocturne, en dehors des heures normales de consultation, était sans doute le seul événement social qu'elle eût connu depuis près de vingt-six ans ? « Et pendant tout ce temps, elle a côtoyé des malades mentaux sans sombrer elle-même dans la folie, pensa-t-il pour la énième fois. Cette femme possède une force de caractère incroyable. Tout simplement incroyable. »

Il se servit du café, posa sa tasse sur la table basse et sourit de nouveau à Constance avec chaleur, projetant dans son regard toute l'admiration qu'il lui portait.

— Constance, commença-t-il d'une voix douce, la situation est un peu délicate pour nous deux. Je veux que vous sachiez que tout ce que vous allez me confier, je ne le répéterai à personne tant que vous ne m'en donnerez pas l'autorisation. Mais je dois aussi vous assurer que, en ce qui me concerne, je ne vous parle plus seulement en tant que psychiatre, mais aussi en tant qu'ami.

— Merci.

Elle détourna les yeux en se mordant la lèvre.

— Dans ma vie, j'ai eu très peu d'amis, Ed, murmura-t-elle. Croyez-moi, votre amitié me touche beaucoup.

— Ce soir, vous allez vivre un moment difficile, affirma-t-il. Je suppose que lorsque vous me direz ce qui est arrivé à votre fille, vous aurez à affronter des souvenirs redoutables.

— Je... je sais.

Pendant quelques instants, son visage devint tout pâle. Ses joues se creusèrent. Ses yeux s'emplirent de frayeur. Puis elle secoua la tête, chassant quelques mèches de cheveux qui lui tombaient sur le front, et carra les épaules avec courage.

— Très bien, allons-y, dit-il en lui prenant la main. Quand vous êtes rentrée de votre visite chez les Pazmany, Victor vous a injecté une drogue dans le bras, vous avez commencé à délirer et vous vous êtes évanouie. Que s'est-il passé ensuite ?

— Le lendemain, mes grands-parents ont ramené Lili à la maison, comme promis, répondit vivement Constance.

Ed sentit qu'elle se lançait de tout son être dans son récit, comme si elle craignait de ne plus être capable de parler si elle s'arrêtait pour réfléchir.

— Victor s'en est brillamment tiré, poursuivit-elle. Il a convaincu mes grands-parents qu'il était le meilleur des maris, tout en insinuant que plus ça allait et plus je passais mes journées dans un état second à cause de la drogue et de l'alcool. Ma grand-mère a suggéré qu'on m'envoie dans un centre de désintoxication. Bien sûr, Victor ne voulait pas d'une pareille solution. Il a donc aussitôt fait marche arrière en affirmant qu'avec l'aide de Mme O'Leary il ne doutait pas de réussir à me guérir.

— Avez-vous essayé de convaincre vos grands-parents que vous ne buviez pas et que vous ne vous droguiez pas ?

Constance secoua la tête.

— Non. J'avais décidé que le meilleur moyen de m'en sortir, c'était de me taire et d'attendre une occasion de m'enfuir avec Lili.

Elle eut une moue désabusée.

— Je sais qu'à vos yeux, c'était là encore une façon de fuir mes problèmes, reprit-elle, mais même aujourd'hui, je ne vois toujours pas ce que j'aurais pu faire d'autre. Je pensais que dès que Lili et moi serions chez mon oncle David, loin des griffes de Victor, je n'aurais pas trop de mal à convaincre ma famille que j'étais une bonne mère, et que je ne prenais ni pilules amaigrissantes, ni drogue, ni quoi que ce soit.

— Fuir n'est pas toujours une mauvaise solution, précisa Ed. Quand on croise un ours dans la forêt, il vaut mieux rebrousser chemin que l'affronter.

— D'autant que Victor avait des griffes longues et acérées, renchérit Constance en souriant, puis son expression redevint sérieuse. Quoi qu'il en soit, que j'aie eu tort ou raison, j'avais abandonné l'idée d'essayer de convaincre mon entourage que Victor mentait. J'étais décidée à m'enfuir, à quitter l'appartement avec Lili. Evidemment, ça n'a pas été facile, mais j'y suis quand même parvenue.

— Comment ?

Une lueur malicieuse apparut dans les yeux de Constance.

— J'ai enfermé Mme O'Leary dans le débarras où Victor entreposait les bouteilles de vin. C'était la seule pièce de l'appartement munie d'une serrure qui ne s'actionnait que de l'extérieur. Vu que j'étais censée être une alcoolique, j'ai trouvé qu'il y avait une certaine forme de justice poétique à boucler ma geôlière là-dedans. Pour être sûre de mon coup, j'ai même barricadé la porte avec des meubles. Ensuite, j'ai mis sa combinaison molletonnée à Lili, parce qu'il neigeait et qu'il faisait un froid glacial, puis nous avons déguerpi. Nous sommes arrivés chez Elena et Ralph sans la moindre embûche.

— Mais alors, que s'est-il passé ? s'étonna Ed. Pourquoi votre plan n'a-t-il pas fonctionné ?

— A cause de l'argent, répondit Constance d'un ton dépité. Plus précisément, à cause du *manque* d'argent.

— L'argent ? répéta-t-il, perplexe.

— Eh oui ! Il y avait un énorme grain de sable dans mon plan. J'avais complètement négligé le problème de l'argent, marmonna-t-elle avec un sourire amer.

Ed vit dans son regard qu'elle se méprisait encore d'avoir commis une erreur aussi fatale.

— Quand l'argent ne vous a jamais manqué, reprit-elle, vous finissez par ne plus y penser. Mes grands-parents avaient essayé de m'apprendre à être économe et à montrer de la compassion envers les gens moins bien lotis que nous, mais leurs leçons n'étaient pas ancrées dans ma réalité quotidienne. Avec la vie que j'avais menée jusque-là, il m'était aisé d'oublier que j'avais besoin d'une somme assez importante pour acheter des billets d'avion pour Cleveland. Je savais que Ralph et Elena avaient eu du mal à payer les frais d'hospitalisation de Jessie, mais j'avais bêtement supposé que leurs problèmes financiers étaient réglés…

Elle fronça les sourcils.

— Non, c'est faux, rectifia-t-elle. La vérité, c'est que je n'avais même pas réfléchi à la façon dont je paierais mon voyage. Je devais sans doute me dire inconsciemment que mes amis me prêteraient de l'argent et que je les rembourserais dès que je serais arrivée chez mon oncle David.

— Ils ont refusé de vous prêter de l'argent ? demanda Ed.

Constance parut outrée par cette question.

— Oh, non, ce n'est pas ça ! Bien sûr qu'ils voulaient, et plutôt deux fois qu'une. Mais pendant le dîner, j'ai compris qu'ils ne *pouvaient pas* me prêter d'argent. Ils venaient juste de débourser la caution et le premier mois de loyer de leur nouvel appartement. Il leur restait moins de deux cents dollars sur leur compte, alors inutile de parler des mille dollars dont j'avais besoin ! Toute la soirée, nous avons réfléchi au moyen de trouver de quoi payer le trajet en avion. Nous nous sommes longuement interrogés sur l'opportunité d'appeler mon oncle pour lui demander de m'envoyer un mandat, puis nous sommes arrivés à la conclusion que c'était trop risqué. Rien ne nous assurait qu'il ne préviendrait pas Victor.

— Qu'avez-vous fait, finalement ?

— J'avais au moins trois mille dollars sur mon compte personnel. Victor m'avait confisqué mon chéquier, mais Ralph m'a fait remarquer que du moment que j'avais une pièce d'identité, je pouvais retirer de l'argent directement au guichet de la banque. Nous avons donc décidé d'un plan tout simple, à appliquer dès le lendemain matin. D'abord, j'allais à mon agence chercher mes trois mille dollars, ensuite je revenais chercher Lili chez les Pazmany, et de là je filais aussitôt à l'aéroport, où je prenais le premier vol pour Cleveland.

— Ça m'a l'air d'un bon plan, observa Ed.

— C'est aussi ce que nous pensions tous les trois, et face à un autre homme que Victor, cela aurait pu marcher. Mais bon… il est vrai qu'avec un autre homme la nécessité d'un tel plan ne se serait même pas imposée !

Constance se leva en inspirant profondément. Elle lui tourna le dos.

— Ed, je... je ne sais pas si je peux continuer, balbutia-t-elle. J'ai le ventre noué, je tremble, et j'ai l'impression d'avoir un poids énorme sur les poumons.

Il se leva à son tour, lui posa les mains sur les épaules et l'obligea doucement à se tourner vers lui.

— Je vais vous aider, Constance. Vous avez parlé superbement, jusqu'à maintenant. Essayez de tenir encore un peu.

— Je ne sais pas, murmura-t-elle en levant vers lui des yeux baignés de larmes. Ça me fait tellement mal...

Devant la détresse de Constance, Ed sentit sa gorge se contracter. Il lui effleura la joue du bout des doigts. Cette femme faisait naître en lui des émotions bouleversantes — et terrifiantes. Il laissa retomber son bras, reculant d'un pas.

— Croyez-moi, Constance, vous vous sentirez bien mieux quand vous m'aurez tout raconté, affirma-t-il. N'oubliez pas les raisons pour lesquelles vous avez décidé d'affronter votre passé. Non seulement vous désirez quitter Merton House, mais vous souhaitez démasquer Victor Rodier aux yeux de l'opinion publique. Et je suis d'accord avec vous : il ne faut pas le laisser accéder à la Cour Suprême ; mais si je dois aller devant la Commission judiciaire sénatoriale, je ne peux pas me contenter de vagues accusations. Il ne suffira pas de prétendre que Victor est un vilain bonhomme pour le couler. Si nous voulons faire échouer sa nomination, il me faut des éléments tangibles, du concret.

— Je ne suis pas certaine de pouvoir vous donner des éléments tangibles, répondit-elle d'un air las.

Elle prit une inspiration tremblante. Ed fut soulagé de constater qu'elle se ressaisissait.

— En définitive, ce sera ma parole contre la sienne, ajouta-t-elle. Et qui aura le dernier mot, à votre avis ? Me croiriez-vous, Ed, si vous étiez à la place des sénateurs ?

— Peut-être, répondit-il. Disons carrément ce qu'il en est, Constance. Pour vous, l'enjeu est énorme. Victor a détruit votre vie dans le seul but d'assouvir ses ambitions. Vous avez passé plus d'un quart de siècle enfermée dans un asile, tandis qu'il menait l'existence de ses rêves — avec votre argent ! Répondez-moi franchement : fouiller votre mémoire pour trouver le moyen de vous venger, cela ne mérite-t-il pas amplement d'avoir la nausée pendant un petit moment ?

Elle eut un sourire hésitant.

— Vu sous cet angle…

— Bravo, approuva-t-il. Maintenant, revenons-en à votre plan pour échapper à Victor. Laissez couler vos souvenirs. Racontez-moi ce qui s'est passé chez les Pazmany.

Constance prit une profonde inspiration.

— Nous avons beaucoup discuté, Ralph, Lena et moi, pendant que Lili jouait sur le tapis du salon, expliqua-t-elle. Compte tenu de la situation, nous avons eu une soirée plutôt agréable. J'ai dormi sur le canapé. Le simple fait d'être loin de Victor m'a permis de prendre un repos comme je n'en avais pas eu depuis des mois. Le lendemain matin, nous nous sommes tous levés tôt. Ralph est allé travailler. J'ai aidé Lili à s'habiller, ce qui a pris un temps fou car elle voulait tout faire elle-même, ma petite chérie, y compris boutonner son gilet et attacher ses lacets.

La voix de Constance se brisa. Une expression torturée se peignit sur son visage. Ed lui prit les mains et lui massa doucement les doigts.

— Vous n'avez pas emmené Lili à la banque avec vous ? demanda-t-il.

— Non. Je lui ai donné un bisou et je lui ai dit au revoir, répondit Constance dans un murmure rauque. Elle a mis ses bras autour de mon cou… elle m'a embrassée. Et… et elle m'a chuchoté qu'elle m'aimait très fort.

Sa voix se fêla de nouveau. Elle cligna des yeux plusieurs fois avant de réussir à poursuivre son récit.

— Je lui ai demandé d'être gentille et d'obéir à tatie Lena, balbutia-t-elle. Et c'est… c'est la dernière fois que je l'ai vue. A ma connaissance, du moins.

Ed éprouva un désir violent de prendre Constance dans ses bras pour la réconforter. Il le refoula, car il n'était pas certain qu'il ne s'agirait que d'une étreinte purement thérapeutique. Plus il connaissait Constance, moins il était capable de se comporter envers elle comme un simple psychiatre. Il s'efforça de s'exprimer sur un ton à la fois compatissant et détaché, ce qui ne fut pas chose aisée :

— Si ce… cette séparation est le dernier souvenir que vous avez de votre fille, cela signifie que vous ne vous rappelez pas avoir été auprès d'elle quand elle est morte, n'est-ce pas ?

— Non, je ne me souviens ni de sa mort, ni de ce qu'il est advenu de son corps.

Constance était livide. Chaque mot qui sortait d'entre ses lèvres semblait lui procurer une douleur indicible.

— J'ai des visions de cauchemar dans lesquelles je vois Liliana baignant dans son propre sang. Je suis complètement incapable de la secourir, et je ne sais pas ce que je lui ai fait. Je… j'ignore même si c'est moi qui l'ai tuée.

— Les souvenirs que vous avez des périodes qui précèdent sa disparition sont extrêmement précis, observa Ed. A votre avis, pourquoi vous rappelez-vous si mal les derniers moments de la vie de votre fille ?

— Je suis sûre, aujourd'hui, que si je ne me souviens pas de ce qui est arrivé à Lili, c'est que Victor m'avait droguée. Quels que soient les événements qui se sont produits, que ce soit Victor ou moi l'assassin, je peux en tout cas affirmer que j'étais complètement, totalement… inconsciente au moment du drame.

— Manifestement, en tout cas, Lili et vous n'avez pas pris l'avion pour Cleveland.

— Oh non ! répondit Constance avec une pointe d'ironie dans la voix. Je n'ai même pas pu franchir l'étape de la banque. Voilà ce qui s'est passé : parvenue au comptoir, je remplis un formulaire de retrait. Le guichetier est gentil comme tout. Il m'explique avec de grands sourires qu'il n'y a aucun problème pour que je retire mon argent, puisque j'ai mon permis de conduire sur moi, mais qu'en raison de l'importance de la somme que je réclame il faut que je passe voir le directeur pour signer un formulaire particulier. Quand je me présente devant le bureau du directeur, on m'annonce qu'il est avec un autre client et on me demande d'attendre « un petit moment ». Je patiente un quart d'heure, puis le directeur se présente enfin à moi, encore plus souriant, encore plus affable que le guichetier. Je suis très nerveuse, car je ne leur fais pas totalement confiance, mais bon, je n'ai pas le choix ! Une banque, c'est un peu comme une église. On ne s'y sent pas vraiment à l'aise pour protester et critiquer les règles établies. Pourtant il leur en fallait, du temps, pour me donner mon argent !

— L'avez-vous eu, en définitive ?

— Non.

Elle haussa les épaules, le regard sombre.

— Vous imaginez ce qui était en train de se passer, bien sûr. Victor savait que j'aurais besoin d'argent pour quitter la ville. Il avait donc tout simplement alerté le directeur de la banque en lui affirmant que j'étais psychologiquement instable, que j'avais une propension fâcheuse à me droguer, et que son unique désir était de me ramener à la maison pour m'épargner des ennuis. Quand j'ai demandé à retirer du liquide, le guichetier a supposé que j'en avais besoin pour acheter de la drogue parce que j'étais en manque, et qu'en alertant mon mari il me sauvait de moi-même. Et on m'a fait patienter jusqu'à ce que Victor vienne me chercher.

— N'avez-vous pas protesté auprès du directeur de la banque ? Aujourd'hui, son comportement serait considéré comme illégal. Il n'avait pas le droit de vous refuser de prélever de l'argent sur votre propre compte.

— Dans les années soixante, les femmes n'étaient pas aussi bien protégées contre leur époux que maintenant, répondit Constance avec un sourire triste. Quoi qu'il en soit, croyez bien que du point de vue juridique Victor maîtrisait tous les aspects de la question. C'est son métier, après tout ! Naturellement, dès que Victor est arrivé, j'ai protesté, je me suis même débattue pour ne pas rentrer à l'appartement. Et plus je m'opposais à lui, plus le directeur de la banque était convaincu que j'étais aussi hystérique et déséquilibrée que mon époux le prétendait. Vous imaginez la scène : Victor, impeccable dans son costume trois-pièces, qui m'exhortait à me calmer sans même hausser la voix, et moi qui hurlais qu'il essayait de me tuer. Evidemment, je n'étais pas très convaincante. Victor avait amené sa secrétaire, qui devait l'aider à me « rasséréner », comme il disait. Dès que nous sommes arrivés à l'appartement, il a commencé à me tancer vertement devant Mme O'Leary et la secrétaire. Une vraie comédie ! Où était Lili ? demandait-il avec des larmes dans la voix. Qu'avais-je fait de sa petite fille chérie ? Etait-elle saine et sauve ?

Constance écarta les doigts sur ses genoux en soupirant.

— J'ai refusé de lui répondre. Il n'était pas question que je révèle où j'avais emmené Lili, ajouta-t-elle sur le ton de l'évidence. Alors je me suis contentée de répéter que je l'avais cachée quelque part et qu'il ne la retrouverait jamais. Mon obstination l'a rendu ivre de fureur. Il est devenu… terrifiant.

Ed remplit un verre d'eau fraîche, le lui tendit, et la regarda boire en réfléchissant.

— Comment se fait-il qu'il n'ait pas pensé à appeler les Pazmany ? demanda-t-il enfin. Elena était tout de même votre meilleure amie. Pourquoi ne l'a-t-il pas contactée immédiatement ?

— Il ignorait que j'avais encore des relations avec elle. Je veux dire, il ne savait pas que nous continuions à nous voir régulièrement. Elena était la fille de la *domestique* de mes grands-parents, souvenez-vous : du point de vue de Victor, donc, c'était une moins-que-rien. Elle n'existait pas. Quoi qu'il en soit, je ne pense pas qu'il s'intéressait réellement au sort de Liliana. Elle lui servait juste d'excuse pour tempêter contre moi devant sa secrétaire et Mme O'Leary.

— Il n'aimait pas sa fille ?

Constance parut songeuse pendant quelques instants.

— Franchement, je ne saurais l'affirmer avec certitude. Mais je ne crois pas. Je suis à peu près sûre que Victor est incapable d'éprouver de l'amour pour quiconque, sauf quand cela sert ses envies, ou ses intérêts, expliqua-t-elle. De toute façon, n'oubliez pas qu'il n'avait aucune raison de penser sérieusement que Liliana était en danger, et donc aucune raison de s'inquiéter. Il supposait — à juste titre, d'ailleurs — que je l'avais confiée à des amis de manière à entamer la procédure de divorce en toute sécurité, sans craindre de représailles de sa part. Mais ce jour-là, son comportement envers moi n'avait guère de rapport avec Lili. Il était simplement déterminé à me réduire au silence, et pour cela, plutôt que de me tuer, il préférait prouver au monde entier que j'étais folle.

Ed se servit de nouveau du café et fit quelques pas à travers la pièce avant de revenir auprès de Constance.

— Ce que vous me racontez me paraît parfaitement sensé, sauf sur un point, déclara-t-il. Un point assez crucial. Ce que je ne comprends pas, c'est comment nous passons de ce jour-là à aujourd'hui. Le 7 décembre, nous laissons Lili avec votre meilleure amie. Elle joue en toute sécurité dans un appartement du Queens. Le 11 janvier, vous vous trouvez dans un état de grave dépression, avec hallucinations et autres symptômes alarmants, et vous êtes internée à l'hôpital St Jude. Que s'est-il passé entre ces deux dates ? Non seulement de votre côté, mais aussi du côté de Lili ?

— Je ne sais pas, répondit tristement Constance. Ce sont des réponses bien peu satisfaisantes, n'est-ce pas, docteur Foster, pour des questions aussi importantes ? Victor m'a droguée pour faire croire aux gens que j'étais folle, et comme j'étais sous l'emprise de la drogue, je n'arrivais plus à réfléchir de façon cohérente. J'étais totalement obsessionnelle. Je me suis accrochée à l'idée que la seule manière de protéger Lili, c'était de ne révéler à personne où elle se trouvait. Je ne pense pas que Victor avait l'intention de lui nuire. Mais il se retrouvait dans une situation à double tranchant : s'il continuait de me droguer, il ne retrouvait pas Lili. Et s'il arrêtait, je recouvrais ma lucidité et je le dénonçais devant tout le monde. Or, ce qu'il voulait par-dessus tout, c'était, je vous le rappelle, me réduire au silence, pas retrouver notre fille. Mais bien évidemment, face à la société, il ne pouvait ignorer le fait que son enfant avait disparu. Au bout de plusieurs jours, alors que j'étais murée dans mon silence et dans mon délire, alors que personne n'avait appelé pour dire où se trouvait Lili, mes grands-parents ont insisté pour alerter la police. Victor a été contraint d'accepter.

— Savez-vous quelle drogue Victor vous faisait absorber ?

— Je ne suis sûre de rien, mais je crois qu'il me donnait du LSD, avec du Valium de temps en temps pour me maintenir dans un état comateux.

— Comment a-t-il pu vous administrer ces substances sans être démasqué ? Pourquoi vos grands-parents ne protestaient-ils pas ?

— C'est très simple : tout le monde supposait que je faisais une dépression nerveuse à cause de la disparition de Lili, répondit-elle avec une pointe d'ironie amère. Le Valium m'avait été prescrit par notre médecin de famille ! Enfin… Ce qui est sûr, c'est que toute la période qui va de l'épisode de la banque à mon internement à St Jude, je la vois comme un immense trou noir entrecoupé de brefs sursauts de conscience et de cauchemars atroces dans lesquels Lili m'apparaît morte.

Constance baissa les yeux.

— Ou bien… peut-être ne s'agit-il pas d'un cauchemar, murmura-t-elle. Un soir, paraît-il, on m'a retrouvée en chemise de nuit et en chaussons dans le métro. Dieu seul sait comment je me suis échappée de l'appartement, cette fois-là. Moi, en tout cas, je n'en ai pas la moindre idée ! Peut-être ai-je réellement tué Lili pendant un accès de folie. Mes grands-parents m'ont dit un jour que je leur avais confessé avoir commis ce crime pour protéger ma fille des griffes de Victor. C'est tout à fait le genre d'ineptie qu'une folle peut raconter, non ?

Ses lèvres esquissèrent un sourire pitoyable.

— Voulez-vous changer d'avis et revenir sur votre impression que je suis saine d'esprit, docteur ? demanda-t-elle d'une voix entrecoupée. Ne vous demandez-vous pas soudain si, dans toute cette histoire, je ne refoule pas les souvenirs de ce meurtre tout simplement parce qu'ils sont trop abominables pour que je les affronte ?

— Ça demeure une possibilité, répondit Ed. Cela dit, ce que vous avez pu faire ou ne pas faire autrefois sous l'influence de drogues puissantes n'a rien à voir avec votre condition psychologique d'aujourd'hui. En termes simples, je ne crois pas que vous soyez folle. Vous devez aussi garder à la mémoire que le LSD a pour effet, entre autres, d'altérer la frontière entre réalité et fantasme. Si, au moment où vous avez commencé à prendre du LSD, vous vous êtes fixée sur l'idée de la mort de Lili, il se peut très bien que vous ayez eu des hallucinations hyperréalistes qui vous donnaient l'impression de revivre un meurtre que vous auriez commis. Mais rien ne permet d'affirmer qu'elles correspondent à un événement qui aurait effectivement eu lieu.

— Et si Victor m'a donné une dose de LSD lors de chacune de ses visites depuis vingt-six ans…

— Quand on réagit mal au LSD la première fois, on y réagit mal à chaque nouvelle prise. Vous revoyez donc les mêmes images, vous vous repassez le même scénario terrifiant…

— Je hais cet homme, déclara-t-elle calmement.

— En tant que psychiatre, je soutiendrais que votre réaction est normale. En tant qu'ami, je dirais que vous êtes bien en dessous de ce que vous pourriez éprouver envers lui.

Elle sourit timidement.

— Merci.

— Je vous en prie, répondit Ed en lui rendant son sourire. Maintenant, revenons-en au mois de décembre 1969, si vous le voulez bien. J'aimerais savoir ce que trafiquaient les Pazmany, pendant cette période. Je comprends pourquoi vous n'avez raconté à personne que Lili était chez eux, mais comment se fait-il que, de leur côté, ils aient gardé le silence ? Pourquoi Elena et Ralph ne se sont-ils pas présentés à la police pour déclarer que vous leur aviez confié votre enfant ?

— Parce qu'ils étaient morts.

— Quoi ? s'exclama-t-il.

Ed écarquilla les yeux, médusé. Combien d'autres surprises de ce genre Constance lui réservait-elle encore ?

— Les Pazmany sont morts ? reprit-il d'une voix blanche. Quand ? Comment ?

— Ils ont été victimes d'un accident de voiture quelques jours après que j'ai emmené Lili chez eux. Je n'en sais pas plus.

Ed se renfrogna. Son esprit partait dans cent directions à la fois. Il fallait qu'il se concentre, qu'il fasse le tri parmi toutes les hypothèses qui se présentaient. Victor avait-il éliminé les Pazmany ? Si c'était le cas, cela signifiait qu'il savait depuis le premier jour où Constance avait caché sa fille — ce qui n'avait pas de sens ! Et puis, il y avait cette femme, Jessica Marie Zajak, qui avait téléphoné dans la matinée, affirmant qu'elle venait de découvrir que Rudolph et Elena n'étaient pas ses parents. Et elle voulait lui parler de Constance Rodier. Il ne fallait pas s'appeler

Sherlock Holmes pour deviner que, si cette jeune femme était prête à sauter dans le premier avion en partance de Denver pour le rencontrer, elle devait avoir de très, très bonnes raisons de le faire.

— Qui vous a appris que les Pazmany étaient morts ? demanda-t-il. Ce n'est pas Victor, je pense, puisqu'il ne savait même pas que vous les fréquentiez encore.

— Ce sont leurs voisins qui me l'ont dit. Enfin… pas exactement leurs voisins. Les gens qui avaient repris leur nouvel appartement.

— Comment les avez-vous rencontrés ? Ils sont venus vous voir à l'hôpital ?

Constance pouffa.

— Allons, docteur Foster ! le railla-t-elle gentiment. Quand vous êtes interné en hôpital psychiatrique, même vos propres amis ne viennent pas vous rendre visite. Alors des inconnus ! La vérité, c'est que j'ai appris la mort de Ralph et Lena parce que je me suis rendue chez eux, dans le Queens.

— Quoi ? s'étonna-t-il. Mais… vous étiez internée à St Jude, non ?

— Peu après mon hospitalisation, j'ai commencé à aller mieux. Ce qui n'a rien d'étonnant, puisque Victor n'était plus à mon chevet pour me bourrer de LSD et de Valium. Il y a même un jeune médecin qui a conclu que je n'étais absolument pas folle et que je n'avais aucune raison de rester à St Jude. Il m'a fait installer dans une chambre individuelle, à l'écart des fous dangereux, pendant que les grands pontes de la psychiatrie discutaient de mon cas pour déterminer si on pouvait me libérer sans risque. Quand j'ai enfin recouvré toute ma lucidité, j'ai découvert avec horreur le temps que j'avais perdu sous l'emprise des drogues de

Victor. Mais je me répétais qu'Elena et Ralph avaient pris soin de Lili, et je pensais qu'il me suffisait juste de retourner dans le Queens pour la récupérer. J'ai même envisagé de l'emmener chez mon oncle, à Cleveland, comme je l'avais prévu initialement.

— C'est donc qu'à ce moment-là vous ne pensiez pas que votre fille était morte ?

Constance fronça les sourcils.

— Eh bien… heu, non, en effet. C'est curieux, n'est-ce pas ?

— Plutôt ! acquiesça Ed. D'autant que vous étiez censée être avec elle quand elle a été tuée.

Si elle a été tuée, faillit-il ajouter.

— Continuez, dit-il. Comment vous y êtes-vous prise pour vous rendre dans le Queens ?

— Grâce à Victor, répondit Constance d'un ton sarcastique, j'étais devenue une experte en évasion. Je me suis enfuie de St Jude en me cachant sous un tas de linge sale, dans une camionnette de pressing. Ce n'était pas très original — on voit ça tout le temps au cinéma —, mais j'ai réussi. Comme je n'avais pas d'argent, bien sûr, il m'a fallu deux jours pour aller en stop de Rochester jusqu'au Queens. Là, je suis allée droit à Elm Street, chez les Pazmany.

Elle se tut, crispant les mains sur sa robe.

— Continuez, Constance, murmura-t-il d'un ton apaisant.

— Elena et Rudolph n'étaient plus chez eux. L'appartement était occupé par un jeune couple, qui venait d'emménager. Après avoir passé deux jours sur la route, j'étais dans un sale état. Ils ont été vraiment gentils…

De grosses larmes se mirent à rouler sur les joues de Constance, comme si elle s'autorisait à pleurer pour Elena et Rudolph alors qu'elle se l'interdisait pour son propre enfant.

— Ils m'ont expliqué que les Pazmany étaient morts dans un accident de voiture, poursuivit-elle. Cela s'était passé dans l'Ohio au début du mois de décembre.

— Et Lili ? Ils ne vous ont pas dit si Lili était avec eux ?

— C'est la première question que j'ai posée, bien sûr. Ils n'étaient pas au courant. Tout ce qu'ils savaient, c'était que les Pazmany étaient décédés dans un carambolage.

Constance sécha ses larmes, puis reprit d'une voix monocorde :

— On était déjà la première semaine de février 1970. Ils étaient morts depuis deux mois. Et pendant tout ce temps, personne n'avait retrouvé Lili. On n'avait pas la moindre idée de ce qu'elle était devenue. Ça a été un choc terrible. Vu que je n'avais quasiment rien mangé depuis deux jours, j'étais à bout de forces. Je me suis évanouie dans la rue devant l'immeuble de Ralph et Lena. Quand je suis revenue à moi, j'étais dans une ambulance. Une demi-heure plus tard, Victor avait tout arrangé pour que je sois réintégrée d'office à St Jude. Jamais plus je n'ai essayé de m'échapper. A quoi bon ? Lili était morte. Rudolph et Elena étaient morts. Mes grands-parents me considéraient comme une meurtrière. Ma mère, qui habitait en Californie, ne venait même pas me rendre visite…

Elle haussa les épaules.

— Désormais, tout m'était égal, continua-t-elle. Je me fichais bien d'être internée dans un hôpital psychiatrique. L'un dans l'autre, je préférais même rester à St Jude plutôt que de retourner chez Victor.

Ed soupira. Jusque-là, il s'était obligé à ne pas laisser ses impressions personnelles influencer son jugement. Mais maintenant, la réalité s'imposait de façon trop évidente pour qu'il la taise.

— Constance, pour l'amour du ciel, rendez-vous compte de ce que vous venez de dire ! Réfléchissez ! Vous êtes certaine que, quand vous avez quitté Lili, elle était chez les Pazmany, saine et sauve. Quelques jours plus tard, ils sont dans l'Ohio. Quelle raison pouvaient-ils bien avoir de faire ce voyage au début du mois de décembre, alors que vous veniez de leur confier Lili ? Pour ma part, je n'en vois qu'une.

— Laquelle ? demanda Constance dans un murmure rauque.

— Ils emmenaient Lili chez votre oncle à Cleveland ! s'exclama-t-il. C'est parfaitement logique ! Vu que vous ne reveniez pas chercher Lili, Elena et Rudolph ont compris que vous étiez retombée entre les griffes de Victor. Ils se sont débrouillés pour trouver de l'argent, et ils se sont rendus à Cleveland. Mais comme ils ont péri dans un tragique accident de voiture, ils ne sont jamais arrivés chez votre oncle — lequel ne s'est pas inquiété de ne pas les voir arriver, puisqu'il n'attendait même pas leur visite !

Constance leva les yeux vers lui, une lueur d'espoir illuminant son regard.

— Vous voulez dire que… que je n'ai peut-être pas tué Lili ? demanda-t-elle d'une petite voix. Et que mes cauchemars n'existent… qu'à cause du LSD ?

— D'après ce que vous m'avez raconté, tout porte à croire que vous n'êtes pas responsable du décès de votre fille.

Constance fut secouée par une violente convulsion. Puis elle s'avachit dans le fauteuil, le visage entre les mains. Lorsqu'elle le regarda de nouveau, son visage était ravagé par le chagrin.

— Oh, mon Dieu, Ed ! Comme c'est horrible d'éprouver tant de soulagement à l'idée que Lili est peut-être morte dans un accident de voiture. Quelle source de joie atroce, quel réconfort pervers. Mais je ne peux pas m'en empêcher… Si je sais que Lili n'est pas morte à cause de moi, je pourrai peut-être de nouveau apprendre à supporter la vie.

L'espace d'un instant, Ed faillit lui dire que Lili n'était probablement pas morte du tout, puis il repoussa cette idée. Constance n'était pas folle, certes, mais sa résistance psychique avait une limite. Même les gens les plus forts ne pouvaient pas tout endurer. Il n'avait pas le droit de semer dans son esprit un germe d'espoir qu'il lui faudrait peut-être arracher dans les jours à venir.

Il saisit une de ses mains et l'étreignit affectueusement.

— La soirée a été longue et épuisante, déclara-t-il. Je vais vous raccompagner à votre chambre et vous aider à vous coucher.

— Je ne veux pas de calmants, Ed. J'ai avalé assez de cachets pour deux vies entières.

— D'accord, pas de calmants. Mais il faut vous reposer, Constance. Ne ressassez pas indéfiniment ce dont nous avons parlé aujourd'hui. Ça, c'est un ordre formel de votre médecin.

— Oui, docteur Foster, répondit-elle en souriant. Je vais essayer d'être une patiente docile.

— Bien. Un dernier point, à présent. Jeudi, c'est-à-dire après-demain, j'ai décidé de prendre un jour de congé. J'ai pensé que je pourrais vous autoriser à quitter la clinique pendant quelques heures et vous inviter chez moi pour un petit déjeuner tardif. Et cela n'a rien à voir avec ma fonction de médecin. Je serais juste heureux d'avoir votre compagnie.

Elle le regarda fixement, l'air stupéfait.

— Vous m'autoriseriez à sortir ? demanda-t-elle d'une voix entrecoupée. Je veux dire… à quitter l'enceinte de Merton House ?

— Oui. J'aimerais discuter davantage avec vous, réfléchir à vos projets d'avenir, ce genre de questions, répondit-il d'un ton faussement détaché. Et si vous veniez jeudi… heu, chez moi… ce serait une bonne occasion pour mieux nous connaître. Je fais d'excellentes crêpes, vous savez. Enfin, c'est ce que disait ma femme autrefois.

Constance se racla la gorge.

— Je ne suis pas sortie de Merton House depuis quinze ans, balbutia-t-elle. Je serais ravie de venir chez vous, Ed. M-merci.

Il éprouva soudain un intense frisson de rage au nom de Constance — d'autant plus intense, sans doute, qu'elle avait dû pour sa part oublier qu'elle avait le droit d'être en colère. Il songea à tout ce dont elle avait été privée en vingt-six ans d'internement abusif, et sa rage se mua en un irrépressible désir de vengeance. Lui qui se targuait d'être un homme plutôt pacifique, il découvrait avec stupeur qu'il ressentait contre Victor Rodier une haine comme il n'en avait jamais connu. Et il se jura qu'il trouverait le moyen d'empêcher ce salopard d'atteindre son objectif ultime, la Cour Suprême.

Constance lui tapota doucement le bras.

— Vous avez l'air mécontent, Ed, observa-t-elle. Vous n'êtes pas obligé de m'inviter chez vous, si cela vous pose un problème.

Il baissa le regard sur elle. Ses pommettes étaient délicieusement rosées. Ses yeux pétillaient. Ses lèvres étaient charnues et tendres.

— Je tiens beaucoup à ce que vous veniez, affirma-t-il. Pour tout vous dire, mon jeudi serait gâché si vous refusiez.

« Et je suis vraiment, vraiment sincère », ajouta-t-il en pensée.

— Alors c'est un rendez-vous galant, précisa Constance en rougissant.

Ed sourit largement.

— Oui. C'est un rendez-vous galant, acquiesça-t-il. Maintenant, il ne reste qu'à espérer que je ne ferai pas brûler les crêpes.

19.

Merton House — Mercredi 19 juin 1996

Jess n'était jamais entrée dans un hôpital psychiatrique, mais d'après ce qu'elle avait vu au cinéma sur ce genre d'établissement, elle était prête à endurer le pire. Alors, quand Dan et elle pénétrèrent dans le hall de Merton House, vaste pièce lumineuse à la décoration élégante où poussaient de superbes plantes tropicales, elle se demanda s'ils ne s'étaient pas trompés d'adresse.

Non seulement elle ne voyait aucune infirmière à l'air sinistre, aucun aide-soignant à la carrure de gardien de prison, mais la seule personne qui semblait occuper les lieux était un jeune homme vêtu de façon décontractée, assis derrière un comptoir qui ressemblait à la réception d'un palace.

— Bonjour, madame. Bonjour, monsieur. En quoi puis-je vous être utile ? demanda-t-il d'un ton agréable.

Jess, encore déconcertée par le contraste entre l'image qu'elle s'était faite de Merton House et ce qu'elle découvrait ici, ne sut que répondre. Dan se chargea heureusement de parler à sa place.

— Nous avons rendez-vous avec le Dr Foster. Je suis Dan Stratton, et voici Jessica Zajak.

— Merci, monsieur Stratton. Je vais prévenir immédiatement le Dr Foster de votre arrivée. Désirez-vous vous asseoir, en attendant ? suggéra-t-il en désignant un superbe canapé de cuir au fond de la pièce. Sur la table basse, vous trouverez une sélection de magazines, qui sont à votre disposition.

Jess et Dan prirent place sur le canapé.

— Nous avions tort de penser que nous allions arracher Constance au goulag, observa Dan avec ironie.

— Tu as remarqué comme ça sent l'argent à plein nez, ici ? murmura Jess. Ce genre d'atmosphère, c'est typique des milieux fortunés.

— Je suis bien d'accord. La prochaine fois que je chercherai un coin tranquille pour écrire, j'essaierai peut-être de me faire interner ici une semaine ou deux.

Jess frissonna.

— Ne plaisante pas avec ça, Dan. Cet endroit me fiche la trouille.

D'un signe discret de la main, le jeune réceptionniste attira son attention.

— Le Dr Foster va vous retrouver dans quelques instants dans le salon de réception qui se trouve à côté, dit-il. Si vous voulez bien passer par le détecteur de métal, sous le passage voûté que vous voyez ici…

Jess échangea un regard perplexe avec Dan, puis ils s'engagèrent docilement sous l'arche indiquée et entrèrent dans le salon. La porte vitrée se referma derrière eux avec un petit carillon électronique, les faisant se retourner en sursaut.

— Ça me fiche carrément les jetons, marmonna Jess.

Pourquoi diable ont-ils besoin d'enfermer les visiteurs ? Une voix répondit dans leur dos :

— Nous n'enfermons pas nos visiteurs, madame Zajak. Nous verrouillons les portes pour éviter que nos pensionnaires ne quittent l'hôpital sans autorisation.

Jess fit volte-face. L'homme qui se tenait devant elle était grand, bâti comme un athlète, et son visage hâlé semblait illuminé par un sourire remarquablement amical. Lorsqu'il posa les yeux sur elle, cependant, son sourire s'évanouit. Et sa main, qu'il tendait dans sa direction, retomba contre sa hanche. Il la fixa en silence pendant de longs instants, l'air stupéfait.

— Ça… ça ne va pas ? demanda-t-elle, un peu inquiète.

Du coin de l'œil, elle vit Dan se diriger discrètement vers un téléphone mural. Cet homme était-il le Dr Foster, se demanda-t-elle anxieusement, ou l'un des fous de Merton House ?

Il dut remarquer leur trouble, car il reprit contenance, sourit de nouveau et leur tendit la main.

— On a parfois du mal à distinguer les pensionnaires de leurs gardiens, n'est-ce pas ? observa-t-il plaisamment. Je suis Edgar Foster, le directeur de Merton House. Vous êtes sans doute Dan Stratton et… Jessica. Je suis très heureux de faire votre connaissance.

Jess fronça les sourcils. Pourquoi le Dr Foster avait-il paru si surpris en la voyant ?

Et puis… il avait marqué une très brève hésitation avant de prononcer son prénom. Hum, il était sans doute gêné par le regard insistant qu'elle posait sur lui. Elle plaqua un sourire avenant sur ses lèvres.

— Ecoutez-moi, docteur, commença-t-elle. Je vais être franche. Pendant le voyage, Dan et moi avons longuement réfléchi au moyen de vous expliquer de façon simple et précise pourquoi nous voulions vous rencontrer si vite. Nous avons décidé qu'il fallait partir du début de mon histoire et en remonter graduellement toutes les étapes. Mais finalement, je crois que je vais tirer un trait sur ce projet et suivre mon intuition. Quand vous m'avez regardée, il y a un instant, vous avez semblé… choqué. Etait-ce parce que… ?

Elle prit une profonde inspiration.

— … parce que vous vous êtes dit que je ressemblais à Constance Rodier ? conclut-elle.

Pendant de longues secondes, le psychiatre ne répondit rien. Il la fixait d'un regard songeur. Le silence devint pesant.

Puis il hocha lentement la tête.

— Vous mesurez dix centimètres de plus qu'elle, vous pesez sans doute quelques kilos de plus, vous avez vingt ans de moins et votre nez est un peu différent du sien, déclara-t-il d'une voix profonde. Mais vos yeux et votre bouche sont identiques aux siens… Et quand vous souriez…

Il se passa une main dans les cheveux. Il avait l'air de chercher ses mots.

— J'admets que la ressemblance entre Constance Rodier et vous est franchement troublante, acheva-t-il.

Jess frissonna. Dan glissa un bras autour de sa taille.

— Diriez-vous que je peux être sa fille ? demanda-t-elle d'un ton vibrant d'émotion.

Le Dr Foster tapota de son stylo le dossier d'un fauteuil.

— La fille de Constance Rodier a été officiellement déclarée morte il y a très longtemps, répliqua-t-il.

— Mais… je suis en vie, protesta-t-elle doucement. Et je crois que Constance est ma mère.

Le psychiatre marqua de nouveau un long silence.

— S'il s'avérait qu'elle n'est pas réellement décédée, la fille de Constance Rodier deviendrait une personne extrêmement riche, déclara-t-il enfin.

Jess s'empourpra.

— Vous avez dû trop longtemps côtoyer des patients fous et riches à la fois, docteur Foster, objecta-t-elle. Au-delà de ces murs, il y a des tas de gens qui ne considèrent pas l'argent comme la valeur suprême. Je me contrefiche de la fortune des Rodier. Je veux juste que ma mère sache que je suis en vie, m'assurer qu'elle va bien et… qu'on prend soin d'elle.

— Elle vit dans un hôpital psychiatrique, madame Zajak. Ici, tous les patients souffrent de maladies mentales. Que signifie « aller bien », dans de telles circonstances ?

Jess soupira.

— Je ne sais pas, répondit-elle. Tout ce que je souhaite, c'est avoir une chance de dire à ma mère que je suis saine et sauve, que mes parents adoptifs sont des gens merveilleux, qui ont su m'entourer d'amour et me donner une bonne éducation. Et si elle n'a pas le… les facultés nécessaires pour comprendre cela, eh bien, je crois que ça me ferait plaisir de rester simplement assise à côté d'elle pendant un moment en lui tenant la main.

Ed Foster ne répondit rien. Dan posa son attaché-case sur la table et l'ouvrit.

— Docteur, asseyons-nous pour parler de tout cela tranquillement, voulez-vous ? suggéra-t-il. Vu votre position à Merton House, je pense qu'il est normal que vous réagissiez avec circonspection. Jess, nous allons lui montrer les documents de ton adoption et le certificat de naissance de Jessica Marie, et essayer de lui expliquer…

Le psychiatre l'interrompit en levant une main.

— Pourquoi avez-vous été adoptée, madame Zajak ? demanda-t-il. Quand cela s'est-il produit ? Que vous est-il arrivé ?

— Lorsque j'avais quatre ans, j'ai été victime d'un accident de la route, répondit Jess. Les deux personnes qui se trouvaient dans la voiture avec moi sont mortes…

— Comment s'appelaient-elles ? demanda Edgar Foster d'un ton pressant. Quelle est la date exacte de l'accident ?

— Ils s'appelaient Rudolph et Elena Pazmany. Cela a eu lieu à Cleveland, dans l'Ohio, le 9 décembre 1969. Après l'accident, je me suis réfugiée sous la voiture. Un policier m'y a découverte, et sa famille a ensuite décidé de m'adopter.

Le psychiatre s'assit lourdement sur une chaise, prenant une profonde inspiration.

— C'est donc ça, murmura-t-il. On vous a prise pour la fille des Pazmany. On a cru que vous étiez Jessica Marie, n'est-ce pas ?

— Oui.

— Comment est-ce possible ? demanda-t-il, l'air incrédule. Leur fille était morte depuis des mois…

— C'est une longue histoire, intervint Dan.

Le Dr Foster eut un petit rire rauque.

— C'est drôle, j'ai entendu la même expression hier matin. Ça doit être ma semaine des longues histoires. Racontez-moi donc la vôtre, voulez-vous ?

Il fallut plus d'une heure à Jess pour tout lui expliquer : la lettre de Magda Mizensky et les autres documents cachés par Papy Gene, le souvenir soudain que son vrai prénom était Liliana, les recherches infructueuses qu'elle avait menées sur les Pazmany, sa visite à Bartlett House, et finalement les articles du *New York Times* qui annonçaient la disparition, puis la mort présumée, de Liliana Rodier. Le psychiatre l'écouta patiemment, posant de temps à autre des questions destinées à clarifier certains détails. Jess comprenait fort bien qu'il se montrât très prudent avec elle, puisqu'il avait l'obligation de protéger ses patients, mais elle trouvait quand même son attitude un peu frustrante. Que ferait-elle s'il refusait qu'elle rencontre Constance ? Serait-elle obligée de porter l'affaire devant la justice ? Sa requête serait-elle acceptée ? La seule façon de prouver sans l'ombre d'un doute qu'elle était la fille de Constance, c'était une analyse génétique comparative — à laquelle le directeur de Merton House s'opposerait peut-être.

— J'ignore pourquoi je me trouvais dans la voiture des Pazmany ce soir-là, conclut-elle. Je me demande si Dan n'a pas raison. L'explication la plus logique serait le rapt : Ralph et Lena m'ont kidnappée, mais ils sont morts avant d'avoir pu demander une rançon à mes parents. Cette hypothèse m'est en même temps difficile à accepter, parce qu'au fond de moi j'ai le sentiment que je connaissais les Pazmany depuis longtemps et que je leur faisais totalement confiance.

— Peut-être devriez-vous vous fier à votre intuition, répondit le médecin sur un ton amical. Je sais en effet qu'Elena était l'amie intime de Constance.

— Vraiment ? s'exclama Jess. Oh, je suis si heureuse de l'entendre !

Elle ne put résister à l'envie de jeter un regard victorieux à Dan. « Tu vois, je te l'avais bien dit », songea-t-elle en souriant.

— J'ai conscience que tout cela est un peu précipité, docteur Foster, déclara-t-elle, mais serait-il possible que je rencontre ma mère demain ?

— Où avez-vous prévu de passer la nuit ? demanda-t-il en guise de réponse.

— Nous n'avons encore fait aucune réservation, expliqua Dan, mais nous avons vu de nombreux motels sur la route de l'aéroport. Nous ne devrions pas avoir de mal à trouver une chambre.

— Si vous le désirez, vous pouvez venir chez moi, proposa le psychiatre. Ma maison est tout près d'ici. J'ai une chambre d'ami.

— C'est très gentil de votre part, répliqua Jess. Mais nous ne voudrions pas vous déranger…

— Vous ne me dérangerez pas, affirma le Dr Foster en se levant. C'est réglé, donc. Voulez-vous m'attendre une minute, je vous prie ? Je reviens tout de suite.

Il tourna les talons et quitta la pièce sans même leur laisser le temps de protester.

— Zut ! marmonna Jess. J'ai l'impression qu'il nous a invités pour pouvoir nous tenir à l'œil. Tu as remarqué comme il a esquivé presque toutes mes questions ? Est-ce qu'il va me laisser voir ma mère, à ton avis ?

— Je crois que oui, quand il jugera que Constance est prête à affronter le choc. Mais ce ne sera peut-être pas pour demain, Jess.

— Il y a si longtemps que nous sommes séparées ! se récria-t-elle. J'ai l'impression que je ne peux pas attendre un jour de plus.

— Je comprends, mais cet homme m'a paru sensible et intelligent. Je pense qu'il sait ce qu'il fait. S'il te dit d'attendre, c'est sans doute dans ton intérêt et celui de ta mère. Tu étais tellement concentrée pendant que tu parlais que tu n'as pas remarqué à quel point ses questions étaient affûtées. J'ai la conviction qu'il connaissait déjà une bonne partie de ton histoire.

— Comment est-ce possible ?

— Je ne vois qu'une explication. Constance a dû lui raconter certaines choses. Je me demande même si ce n'est pas elle qui t'a mise dans la voiture des Pazmany. Quant à savoir pourquoi… Il faudrait le demander au Dr Foster lui-même.

— Mais pourquoi avait-il l'air si… comment dire… si détaché, si distant ? s'étonna-t-elle.

— N'oublie pas que Constance est une de ses malades. Les confidences qu'elle a pu lui faire relèvent du secret médical. Il n'avait pas le droit de compléter ton récit avec les informations que sa patiente lui avait livrées.

Jess se mit à arpenter le salon.

— Je vois, admit-elle, puis elle soupira. Je suis fatiguée, mais je me sens tellement nerveuse que s'il ne revient pas bientôt, je risque d'exploser. Où est-il parti ? Qu'est-ce qu'il fabrique ?

— Je suis allé chercher quelqu'un qui souhaiterait faire votre connaissance, répondit le Dr Foster en entrant dans la pièce.

Il se tourna vers la porte et tendit la main.

— Venez, Constance. Joignez-vous à nous.

Jess eut la sensation que le monde se figeait autour d'elle. Son regard se riva sur l'embrasure de la porte, cependant qu'à la périphérie de son champ de vision tout devenait flou. Le salon, le psychiatre, Dan lui-même. Une femme menue et fragile s'avança vers elle d'un pas hésitant.

Dans le brouillard qui obscurcissait son esprit, elle entendit confusément la voix du psychiatre :

— Constance, cette jeune femme est votre fille, Liliana Elizabeth. Madame Zajak, voici votre mère, Constance Howington.

Pendant une éternité — une heure, une seconde ou une vie entière, elle n'aurait su le dire —, Jess fut incapable d'esquisser un seul geste. Puis sa mère parla.

— Lili ? chuchota-t-elle.

Elle tendit une main tremblante vers le psychiatre, lui agrippa le bras.

— Lili ? Oh, Seigneur, c'est toi ! Tu es vivante ! Ed m'a dit que tu étais ici… Je… je n'arrive pas à y croire.

Jess sortit tout à coup de sa torpeur. Elle s'élança, des larmes brûlantes ruisselant sur ses joues, et se jeta entre les bras de sa mère. Elles s'étreignirent, mêlant les rires et les pleurs, et le flot de leurs émotions parut ne jamais devoir se tarir.

Pendant un long, un très long moment, Jess ne pensa à rien d'autre qu'à enlacer sa mère et à se blottir contre sa poitrine. Puis elle se rendit compte que Dan et le Dr Foster les exhortaient à s'asseoir. Craignant d'épuiser Constance — les pensionnaires de Merton House n'avaient peut-être pas l'habitude de veiller tard le soir —, Jess l'entraîna vers un groupe de fauteuils disposés autour d'une table basse, dans un coin du salon.

Sa mère tendit timidement une main vers elle et lui caressa la joue.

— Tu étais une petite fille magnifique, murmura-t-elle d'une voix émue. Et tu es devenue une femme splendide.

Jess se sécha les yeux avec le mouchoir que lui présentait Dan.

— D'après le Dr Foster, je te ressemble, répondit-elle.

Constance pouffa doucement, rougissant de plaisir.

— Alors il faut qu'il fasse changer les verres de ses lunettes, protesta-t-elle.

Elle lui prit les mains dans les siennes.

— Je veux que tu me racontes tout, Lili. Où tu as vécu, où tu es allée à l'école, les choses que tu aimes… Est-ce que tu aimes nager ? Tu adorais l'eau, autrefois. Tu voulais aussi tout le temps monter sur ton tricycle. Et tu adorais le beurre de cacahuète et les sandwichs à la banane. Tu en aurais mangé dix fois par jour, si on te l'avait permis…

— Rien n'a changé de ce côté-là, précisa Dan en riant. Mais en cas de force majeure, elle ne dit pas non au champagne et aux fraises.

Constance sourit.

— Vous devez être le mari de Lili, c'est cela ? demanda-t-elle en lui serrant la main. Ed m'a appris qu'elle était mariée. Je suis vraiment heureuse pour vous deux.

— Hmm… Dan n'est pas tout à fait mon mari, expliqua Jess. Enfin… c'est-à-dire que nous avons été mariés, puis divorcés…

— Et maintenant nous allons nous remarier, conclut Dan, les yeux pétillants de joie. Et cette fois, ça va vraiment marcher.

Constance parut perplexe.

— Ne t'inquiète pas, maman, murmura Jess d'un ton rassurant. Dan et moi sommes faits l'un pour l'autre. Le problème, entre nous, ça n'a jamais été les sentiments. Nous nous sommes toujours beaucoup aimés. Mais… il nous a fallu quelques années pour apprendre à vivre ensemble.

Les yeux de Constance s'emplirent de larmes. Au grand étonnement de Jess, Dan parut très affecté par sa réaction. Abandonnant sa réserve habituelle, il déclara d'un ton anxieux :

— Ne pleurez pas, madame Howington, je vous en prie. Nous n'aurions pas dû mentionner notre divorce. Jess et moi nous nous aimons beaucoup, et désormais ça va fonctionner pour de bon. Je prendrai bien soin de votre fille, je vous le promets. Aujourd'hui j'ai la tête sur les épaules, vous savez. Je suis scénariste. Un de mes films va être tourné dans quelque temps, et je gagne très bien ma vie. Je ne suis pas riche, mais nous ne manquerons de rien. Nous prévoyons de nous remarier le week-end prochain. Peut-être pourrez-vous venir à la cérémonie…

Constance gloussa au milieu de ses larmes.

— Arrêtez, Dan, arrêtez ! protesta-t-elle en se tamponnant les yeux avec un mouchoir. Je ne doute pas que vous adoriez ma fille. Ce n'est pas à cause de vous que je pleure.

Elle saisit de nouveau la main de Jess.

— Excusez-moi, mais ce soir je suis un peu… centrée sur moi-même. Si je pleurais, ma chérie, c'est parce que je n'en revenais pas de t'entendre m'appeler *maman*. Tout ça me donne le vertige, tu comprends ?

Elle regarda le psychiatre.

— Dites-moi que je ne rêve pas, Ed, murmura-t-elle d'un air mi-amusé, mi-apeuré. Est-ce que je vais me réveiller dans une minute et trouver Teresa à côté de mon lit, une seringue à la main ?

— Non, vous ne rêvez pas, répondit chaleureusement le Dr Foster en se mettant debout. Mais il faut que vous dormiez. Vous avez enduré assez d'émotions pour aujourd'hui. Je décrète donc qu'il est l'heure du coucher. Ça, c'est un ordre strict de votre médecin.

— Quand te reverrai-je, Lili ? demanda Constance. Est-ce que… est-ce que tu peux rester dans la région encore quelques jours… ?

Jess lui glissa un bras autour des épaules.

— Bien sûr que nous allons rester, répondit-elle. Et je repasserai te voir très bientôt…

— Votre fille et son mari vont dormir chez moi cette nuit, Constance, intervint le Dr Foster. Demain, quand vous viendrez à la maison, vous pourrez lui parler autant que vous le souhaiterez.

Constance secoua la tête, l'air totalement émerveillé.

— Encore une bonne nouvelle, murmura-t-elle. Cela en fait beaucoup, pour un seul jour… Franchement, Ed, je ne sais pas si je vais résister à tant de bonheur.

Pour la première fois, Jess prit conscience que le Dr Foster regardait sa mère avec une affection sincère et profonde.

— Il faudra vous y faire, affirma-t-il avec un sourire tendre. A l'avenir, nous allons veiller à ce que vous soyez la plus heureuse des femmes.

Jess échangea un clin d'œil discret avec Dan. Ainsi, le directeur de Merton House et Constance avaient de l'intérêt l'un pour l'autre. Tant mieux. Elle déposa un baiser sur la joue de sa mère.

— Bonne nuit, maman. Dors bien. J'ai hâte d'être à demain.

— Moi aussi. Bonne nuit, Lili.

Les yeux brillants de larmes, Constance lui prit le visage entre les mains.

— Tu sais, jamais je n'aurais cru te redire ces mots un jour, chuchota-t-elle. Mais finalement… les miracles existent.

Jess était dans un tel état de bouillonnement émotionnel qu'elle s'attendait à passer une nuit blanche. Mais après s'être retournée deux ou trois fois dans le lit, elle sombra dans un sommeil profond qui dura près de onze heures.

Le lendemain matin, quand elle se réveilla, il lui sembla voir le monde avec des yeux neufs. Ou plutôt, comme elle l'expliqua à

Dan tandis qu'ils prenaient le café, elle avait l'impression d'avoir été atteinte de myopie pendant toute sa vie, sans avoir jamais trouvé les bons verres correcteurs, jusqu'à ce matin. Aujourd'hui, elle avait enfin une image précise d'elle-même, de son entourage et de son existence en général.

Néanmoins, un point la titillait encore depuis la veille. Ne sachant dans quelle partie de la maison se trouvait le Dr Foster, elle aborda la question devant Dan à voix basse.

— Il n'y a pas un truc qui t'a frappé, hier, pendant que nous étions avec Constance ? chuchota-t-elle. Elle a l'air parfaitement normale ! Pourquoi est-elle enfermée dans cet hôpital ?

Dan haussa les épaules, l'air perplexe.

— Ça m'a étonné aussi, je l'avoue. Mais peut-être certaines maladies mentales ne se remarquent-elles pas au premier coup d'œil.

Jess se renfrogna.

— Quand tu parles sur ce ton prudent, je me demande ce que tu me caches. Qu'est-ce que tu as derrière la tête, Dan ? Tu crois qu'à la pleine lune ma mère se transforme en monstre sanguinaire et se promène dans les couloirs de Merton House avec une hache ?

— J'espère que ce n'est pas aussi grave, objecta-t-il en soupirant. Mais il faut voir la réalité comme elle est, Jess. Ta mère est enfermée dans un établissement psychiatrique de haute sécurité. Ça ne présage rien de bon quant à son état psychique. Evidemment, il peut s'agir d'une erreur, mais le Dr Foster ne m'a pas paru le genre d'homme à garder une personne enfermée sans raison valable…

— Cette marque de confiance me va droit au cœur, l'interrompit la voix ferme du psychiatre.

Jess se tourna vers la porte.

— Bonjour, docteur.

— Bonjour. Puis-je me joindre à vous quelques instants avant d'aller chercher votre mère ?

— Bien sûr, répondit Dan. Nous apprécions beaucoup votre hospitalité, docteur. Et merci pour le café chaud que nous avons trouvé en descendant.

— Appelez-moi Ed, je vous en prie, déclara leur hôte en s'asseyant en face d'eux. Vous avez probablement compris que je ne considère pas Constance comme une simple patiente.

Il sourit.

— Je crois aussi qu'à l'avenir nous serons appelés à nous voir assez souvent, ajouta-t-il. Quand vous la connaîtrez mieux, vous vous rendrez compte que Constance est une femme remarquable.

— Mais quel est son problème ? demanda Jess d'une voix anxieuse. Pourquoi est-elle internée à Merton House ?

— Ça, c'est à votre mère de vous l'expliquer, pas à moi. Je veux qu'elle vous raconte elle-même son histoire. Ce que je peux vous dire et que vous ignorez sans doute, c'est que je n'ai pris mes fonctions à Merton House qu'au mois d'avril dernier. J'aime à penser que si j'étais arrivé ici plus tôt, votre mère n'aurait pas subi aussi longtemps les conséquences de l'erreur de diagnostic qui a été faite à son sujet. Malheureusement, il semble que je sois le seul à m'être aperçu qu'elle ne souffrait d'aucune maladie mentale. Ses vingt-six années d'internement forcé ont eu des répercussions énormes sur son psychisme, et elle est encore très fragile, mais il est certain qu'elle n'aurait jamais dû entrer à Merton House. Aussi, dès lundi matin, ai-je l'intention d'engager une procédure administrative visant à la faire libérer. Elle aura besoin de beaucoup d'aide pour se réadapter au monde extérieur.

Mais ne vous inquiétez pas outre mesure. Malgré ses airs fragiles, Constance est très forte, très courageuse, et je suis presque sûr qu'elle se remettra rapidement.

— Donc... elle n'est pas folle ? insista Jess, perplexe. Pas même un tout petit peu ?

— A mon avis, elle ne remplit aucun des critères qui justifient un internement forcé, répondit Ed, avant de lui adresser un large sourire. Je parle comme un livre de psychiatrie, je sais, mais c'est parce que les termes *fou* ou *sain d'esprit* m'effraient un peu. Ils sont définitifs, tranchants, alors que la psychologie humaine est d'une complexité inouïe.

Jess se dit qu'elle commençait à beaucoup apprécier cet homme. Elle but une gorgée de café.

— N'est-ce pas curieux de penser que les papiers que mon grand-père avait cachés dans son grenier ont été découverts juste au moment où vous arriviez à Merton House ? observa-t-elle. C'est comme si les planètes avaient bougé tout à coup les unes par rapport aux autres. Subitement, les astres décrètent qu'il est temps que nos vies à tous prennent une nouvelle direction, et... voilà !

— Hum... un remaniement de l'ordre cosmique qui garantirait une forme de justice immanente, ajouta Ed d'un ton étrangement sinistre. Il faut ajouter qu'en avril un autre événement important s'est produit. L'un des juges de la Cour Suprême est mort, et Victor Rodier a été pressenti par le président des Etats-Unis pour le remplacer.

— Mon père, murmura Jess, puis elle éleva la voix. Nous avons pensé, Dan et moi, que le juge Rodier serait bien trop occupé en ce moment pour nous recevoir. C'est pourquoi nous avons décidé de vous contacter en premier.

Ed garda le silence quelques instants, l'air songeur.

— Dans cette affaire, je ne suis pas complètement impartial, déclara-t-il enfin. Mais je dois vous prévenir qu'à mon avis votre père n'est pas un homme très respectable.

— Que voulez-vous dire ?

Les vagues souvenirs qu'elle avait au sujet de son père confirmaient ce jugement. Pourtant, elle avait espéré qu'elle se trompait — qu'elle interprétait mal les impressions de l'enfance qui avaient resurgi dans sa mémoire.

Ed répondit d'un ton lugubre :

— D'après ce que m'a raconté Constance, je pense que votre père l'a traitée avec une cruauté inimaginable.

Jess se raccrocha encore à son espoir.

— Elle se trompe peut-être…

— J'aimerais que ce soit le cas, croyez-moi. Mais il me semble que vous allez devoir vous faire une raison. Pour retrouver une mère saine d'esprit, il faudra que vous admettiez que votre père est un homme ignoble.

Constance avait l'impression que, hors de Merton House, le soleil brillait plus fort, les oiseaux gazouillaient mieux, les arbres étaient plus verts et l'air plus vivifiant. Embarquer dans la voiture d'Ed fut une véritable aventure. Elle ne savait pas comment attacher la ceinture de sécurité, et pour baisser ou remonter la vitre, elle dut apprendre à manipuler les boutons électroniques logés dans l'accoudoir de cuir de la portière. Le tableau de bord était extraordinaire, lui aussi, avec ses myriades de voyants verts et ses mini-écrans d'ordinateur. Depuis quelques années, elle lisait énormément et regardait la télévision avec intérêt pour suivre l'évolution de la société. Mais ce simple petit trajet en automobile lui rappela qu'on ne connaissait vraiment le monde qu'en le touchant et en le voyant par soi-même, avec son corps et ses cinq sens. Seigneur ! Elle était terrifiée à l'idée de tout ce qu'elle allait devoir apprendre, ne serait-ce que pour se débrouiller dans la vie quotidienne !

— Comme vous devez avoir hâte de retrouver Lili, je prends le chemin le plus court, annonça Ed. Mais en rentrant, nous passerons par le vieux village et la route de campagne. C'est charmant, vous verrez.

Constance hocha la tête, mais elle n'imaginait pas de route plus digne d'intérêt que celle qu'ils empruntaient en ce moment même. « Ça, c'est le monde habituel des gens normaux », songea-t-elle en regardant avec fascination le chapelet de voitures qui s'engageaient sur le parking d'un centre commercial. Elle éprouva tout à coup un désir presque violent d'entrer dans un magasin pour acheter une chemise de nuit de soie ou une jolie trousse de maquillage pour Lili.

— Vous avez l'air triste, observa Ed. Ce matin, la tristesse est bannie.

— En voyant ces boutiques, j'ai repensé à tous les anniversaires de Lili que j'ai manqués, où je n'ai pas pu lui faire de cadeau, expliqua-t-elle. C'est idiot, n'est-ce pas, d'avoir de tels regrets quand on a pour ainsi dire raté la moitié de sa vie ?

Ed lâcha le volant et lui posa la main sur le genou — un instant seulement.

— A l'avenir, vous aurez toutes les occasions que vous voudrez de vous rattraper sur le passé, Constance. Et je parie qu'avant longtemps Jess et Dan vous donneront des petits-enfants que vous pourrez gâter avec des tonnes de jouets dont ils n'auront absolument pas besoin.

— Des petits-enfants ! s'exclama-t-elle avec un sourire radieux. Oh, je n'y avais pas pensé.

Clignant des yeux pour chasser une larme d'émotion, elle se tourna de nouveau vers la fenêtre. Ils passèrent près d'un McDonald's, devant lequel deux bambins jouaient sur un toboggan en plastique jaune vif. Elle s'imagina emmenant ses petits-enfants déjeuner dans un restaurant qui aurait un terrain de jeux comme celui-là. Son cœur chavira de bonheur.

— Merci, Ed, murmura-t-elle. Merci de m'avoir rendu ma vie. Je n'arrive pas encore à croire à tout ce qui m'attend.

— Ne me remerciez pas, Constance. Je n'ai rien fait, moi. C'est vous qui avez regagné votre liberté.

Elle haussa les épaules, un peu gênée par ce compliment.

— Vous me faites passer pour bien plus courageuse que je ne suis, protesta-t-elle doucement. Avez-vous des petits-enfants, Ed ? Avez-vous des enfants, d'ailleurs ? Vous en savez plus sur l'histoire de ma vie que n'importe qui au monde, mais moi, j'ignore presque tout à votre sujet.

— J'ai deux enfants, répondit-il. Et je serai bientôt grand-père. Ma fille Becky s'est mariée environ six mois avant la mort de ma femme, et elle va avoir son premier enfant en novembre, ce qui me fait immensément plaisir. Mon fils Michael est encore à l'université. La dernière fois que j'ai eu de ses nouvelles, j'ai cru comprendre qu'il sortait avec trois femmes en même temps.

— Cela doit lui rendre la vie un peu compliquée, non ?

— C'est invivable, à mon avis ! s'exclama Ed en riant. Mais si j'en juge d'après mes propres souvenirs de jeunesse, Michael obéit au schéma comportemental classique des mâles de vingt à vingt-cinq ans. Et voilà ! ajouta-t-il en arrêtant sa voiture devant une porte de garage. Nous sommes chez moi ! J'ai acheté une maison assez grande, pour que les enfants puissent me rendre visite sans que nous nous marchions sur les pieds.

Comparée à Merton House, la maison semblait minuscule, mais Constance ne fit, bien sûr, aucune remarque. La porte du garage s'ouvrit comme par enchantement devant la voiture. Ed s'y avança, coupa le moteur, puis ils entrèrent dans la cuisine. Lili était assise devant la table, à côté de son ex et futur mari, Dan. Constance songea pour la centième fois qu'ils allaient merveilleusement bien ensemble. Ils semblaient éprouver l'un pour l'autre des sentiments très forts, et surtout ils se faisaient confiance. Du fond du cœur, elle leur souhaitait d'être heureux.

— Maman ! s'exclama Lili en se levant d'un bond. Oh, tu es superbe !

Constance lui rendit son étreinte avec chaleur.

— Tu as bien dormi ? demanda Lili.

— Très bien, merci. Mais je dois dire que je ne m'y attendais pas.

Seigneur, que sa fille était belle ! Constance ne put résister à l'envie de lui toucher les cheveux. Ils étaient presque aussi dorés et bouclés que lorsqu'elle était petite.

— Je me demandais s'ils fonceraient, avec l'âge, murmura-t-elle. Je vois qu'ils n'ont pas changé.

Lili pouffa.

— Ça me fait de la peine de te décevoir, maman, mais mes cheveux ont bel et bien foncé. Cette jolie teinte blonde, c'est à mon coiffeur que je la dois.

Constance était perplexe. Manifestement, Lili se souciait peu que Dan et Ed l'aient entendue admettre qu'elle se teignait les cheveux. D'ailleurs, ni l'un ni l'autre ne semblaient étonnés ou gênés par cette révélation. C'était drôlement surprenant ! Trente ans auparavant, jamais une femme n'aurait évoqué ce genre de sujet devant un homme.

— Tout le monde a faim, j'espère ? demanda Ed en allumant la cuisinière. Car je vais de ce pas vous préparer mes célèbres crêpes.

— Nous allons dresser la table, proposa Dan. Vous pensez qu'il fera trop chaud, dehors, sous la véranda ?

— Non. Il n'y a qu'à mettre en marche les deux ventilateurs.

— Je me charge des couverts, annonça Lili.

— Premier tiroir sur votre gauche, précisa Ed. Les serviettes sont dans le placard près de l'évier.

— Où se trouvent le beurre et le sirop d'érable ? demanda Dan.

— Dans le frigo. Il y a aussi des fraises.

Les yeux écarquillés, Constance les observa en silence tandis qu'ils allaient et venaient à travers la cuisine. Elle recula dans un coin, espérant qu'aucun d'eux ne remarquerait à quel point elle était mal à l'aise. Elle se sentait complètement inutile et impuissante.

Dan lui mit soudain quatre sets de table et une carafe d'eau entre les mains.

— Vous pouvez porter ça à Jess ? demanda-t-il. J'arrive avec le jus d'orange et les verres.

Constance hocha la tête et se dirigea à pas hésitants vers la véranda. Elle ouvrit la porte, la referma, puis s'approcha de la table.

— Dan m'a demandé de te donner ça, expliqua-t-elle.

— Merci.

Lili la débarrassa de son fardeau avec un large sourire. Elle posa la carafe au centre de la table et plaça un set devant chaque fauteuil en rotin. Puis elle disposa en quelques secondes des cuillers, des fourchettes et des serviettes pour chaque convive. Constance, elle, essayait encore de s'habituer à l'idée qu'elle n'était plus dans la cuisine, et qu'elle devait trouver ses marques sous la véranda. Dan apparut alors avec un plateau chargé d'assiettes et de verres, une bouteille de jus d'orange calée sous le bras. Il ferma la porte-moustiquaire avec le pied. Décontenancée, Constance se tourna vers le jardin pour cacher son trouble.

Ed arriva quelques minutes plus tard avec une immense pile de crêpes.

— Voilà, c'est prêt, annonça-t-il d'un ton enjoué.

Aucun d'eux, songea Constance, ne pouvait se rendre compte qu'en les regardant pratiquer ces gestes routiniers, elle avait senti peser sur ses épaules le poids des vingt-six années qu'elle avait passées à l'écart du monde.

Mais à son grand soulagement, Ed fut aussi perspicace et sensible qu'elle pouvait le rêver. Il déposa une crêpe dans son assiette et lui passa le sirop d'érable, que Dan avait réchauffé au micro-ondes — elle connaissait le nom de ce nouveau type de four, mais elle n'avait pas la moindre idée de son mode de fonctionnement.

— Au début, la vie va vous paraître très déroutante, expliqua Ed d'un ton apaisant. Mais faites-moi confiance, Constance. Dès que vous aurez quitté Merton House pour de bon, tout ira de mieux en mieux.

Constance s'aperçut avec bonheur qu'il disait sans doute vrai. Peu à peu, elle réussit à se détendre. Elle n'eut plus la sensation éprouvante de plonger dans un tourbillon sans fond. Elle commença même à prendre part à la conversation. Et lorsque le maître de maison suggéra que le moment était peut-être venu pour elle et Lili de se raconter leurs vies, elle était prête à parler. D'une certaine manière, les confidences qu'elle avait faites à Ed étaient comme une répétition générale qui lui avait permis d'évacuer une partie de sa souffrance. Maintenant, elle ne redoutait plus de détailler à Lili les atrocités dont son père était l'auteur.

Pendant que Jess et sa mère se relataient leurs histoires respectives, Dan ne dit pas un mot. Elles étaient de toute façon trop captivées l'une par l'autre pour prêter attention aux remarques qu'il aurait pu émettre. Cependant, plus Constance progressait dans son incroyable récit, plus il avait peur. Victor Rodier n'était pas seulement un mari infâme, c'était un véritable monstre, rongé par l'ambition, pathologiquement incapable de comprendre les besoins de quiconque — sinon les siens —, et foncièrement dangereux pour la société.

Tout à l'heure, Ed et lui avaient plaisanté sur la destinée cosmique et le nouvel ordre des planètes. Dan était tout prêt à admettre que la vie était pleine d'étranges coïncidences, mais ce mot sonnait faux si l'on songeait à ce que Jess avait enduré ces derniers temps — et notamment à cette histoire de colis piégé qui avait tué sa collègue, Marla Harries. Dan avait beau aborder ce problème sous tous les angles possibles, il n'arrivait pas à se convaincre que cet attentat était dû au hasard. Jess découvrait un beau jour qu'elle n'était pas Jessica Marie Zajak, quelqu'un essayait ensuite de la tuer, et ces deux événements n'avaient aucun lien entre eux ? Dan n'y croyait pas un seul instant.

La bombe avait été placée dans un colis adressé à Jess, présenté comme un cadeau, et estampillé « Personnel », trois précautions censées garantir que Jess serait vraiment celle qui ouvrirait le paquet. Là, pourtant, il y avait un hic : pourquoi l'expéditeur avait-il pris le risque, si minime fût-il, que son plan échoue — c'est-à-dire que la bombe explose au visage de la mauvaise personne ? En d'autres termes, pourquoi n'avait-il pas plutôt envoyé son engin de mort au domicile de sa victime ?

Dan trouva aussitôt la réponse à cette question. Si la bombe était arrivée chez Jess, la police et les médias auraient su que quelqu'un lui vouait une haine personnelle, et cela aurait probablement déclenché une enquête massive sur sa vie privée, ses amis, ses connaissances — et son passé. En expédiant le colis à son bureau, le tueur pouvait logiquement espérer, puisque le paquet serait pulvérisé dans l'explosion, que personne ne se douterait de sa véritable cible. Bien sûr, il y avait le danger que d'autres personnes meurent en même temps que la destinataire. Mais bon ! Quand on était assez fou pour fabriquer des paquets piégés, on n'en était pas à une victime près.

Néanmoins, il y avait un détail que l'expéditeur du colis piégé n'avait pu prévoir : Jess, qui se trouvait à New York et non à Denver, avait téléphoné à Marla et l'avait encouragée à ouvrir le paquet parce qu'elle préférait ne pas être tentée par les chocolats à son retour ! Après quoi tout s'enchaînait. Jess avait survécu, et pu révéler à la police à quoi ressemblait le paquet, à quel moment il était arrivé à son bureau, et à qui il était adressé. Bref, tout cela constituait un enchaînement de conséquences totalement imprévisible, que l'expéditeur devait considérer comme un sérieux revers — et dont il ne se contenterait pas longtemps.

Dan n'essaya pas de refouler les soupçons qui s'insinuaient dans son esprit. Il avait la conviction d'avoir raison. « Il y a un mois, pensa-t-il, la vie de Jess est chamboulée par la lettre de Magda

Mizensky. En cherchant des renseignements sur les Pazmany, elle se rend à la propriété des Grant, qui appartient désormais, d'après Constance, à Victor Rodier. Jess dit à la femme qui se trouve dans la maison qu'elle s'appelle Jessica Marie Zajak. Elle pose des questions insistantes sur les Pazmany. La conclusion de tout cela me paraît hélas évidente... » Dan soupira intérieurement. Etait-ce aller trop loin que de soupçonner Victor de n'avoir pas du tout apprécié l'irruption intempestive de sa fille dans sa vie — au moment même où il s'apprêtait à assouvir sa plus grande ambition professionnelle ?

Et comment voir la situation autrement ? se demanda Dan, lugubre. Contrairement à sa pauvre femme, Victor Rodier n'était pas drogué, lui, au moment de la disparition de Lili. Il était en pleine possession de ses facultés mentales. Aussi, quand il avait retrouvé Constance évanouie devant l'immeuble des Pazmany, avait-il pu se renseigner en toute discrétion — il savait donc forcément où se trouvait sa fille, ce qui lui était arrivé à Cleveland, et sous quel nom elle vivait depuis vingt-six ans.

Et puis il y avait ce soi-disant détective privé qui avait téléphoné à la mère adoptive de Jess. Le fait que ce mystérieux interlocuteur ait demandé à quelle date elle serait de retour à Denver n'était-il qu'une coïncidence de plus ? Et que dire de l'heure à laquelle la bombe était parvenue au bureau, heure de l'arrivée présumée de Jess sur son lieu de travail ?

C'était à croire qu'on cherchait à se débarrasser d'elle. A croire qu'elle dérangeait et qu'elle devait disparaître au plus vite. Et Victor Rodier était sans doute...

La voix du psychiatre interrompit soudain les pensées de Dan.

— Voulez-vous m'aider à débarrasser la table, afin que nous soyons un peu plus à l'aise ? demanda-t-il.

— Je vais le faire, intervint Jess.

Elle se leva et commença à empiler les assiettes sur le plateau.

— Assieds-toi, objecta gentiment Dan en la repoussant vers son fauteuil. Vous avez encore des tas de choses à vous raconter, ta mère et toi. Je vais m'occuper de ranger tout ça avec Ed.

Elle lui décocha un sourire espiègle.

— Hé hé ! Un macho d'un nouveau genre, qui m'ordonne de ne *pas* faire la vaisselle. J'adore ça !

— Profites-en, répondit-il en souriant. C'est peut-être la première et la dernière fois.

Dan remarqua que Constance les regardait se chamailler comme un chercheur en zoologie qui se serait échiné à comprendre les interactions sociales des chimpanzés. Il déposa un baiser sur la nuque de Jess — parce qu'il en avait très envie, mais aussi et surtout pour rassurer Constance.

Dans la cuisine, il aida Ed à charger le lave-vaisselle. Allait-il passer pour un paranoïaque aux yeux du psychiatre s'il annonçait qu'il avait la quasi-certitude que Victor Rodier avait essayé d'éliminer sa propre fille ?

Dan prit conscience qu'il était tellement préoccupé qu'il n'avait pas prononcé un mot depuis qu'ils étaient entrés dans la cuisine. D'un autre côté, Ed ne disait pas grand-chose non plus.

Il venait de décider qu'il devait quand même faire part de ses soupçons à Ed, lorsque celui-ci se racla la gorge et déclara :

— Je crois que nous sommes face à un problème assez sérieux, Dan.

Ce dernier s'appuya contre le plan de travail.

— Je vous écoute, répondit-il.

— Eh bien… je ne sais pas bien comment présenter la chose… Après tout, ce type est quand même sur le point de devenir juge à la Cour Suprême ! Je vais avoir du mal à prouver mes accusations, mais…

Il se racla de nouveau la gorge et ferma la porte du lave-vaisselle.

— Voilà de quoi il s'agit, reprit-il. Je pense que l'autre jour Victor Rodier a essayé de tuer Constance. Du moins, de lui administrer assez de LSD pour lui griller le cerveau de façon irrémédiable. Ce qui ne s'est pas produit, par miracle.

Dan sentit le sang refluer de ses joues. Médusé, il regarda fixement Ed.

— Je vais peut-être vous surprendre, poursuivit le psychiatre, mais je crois que Constance donne à Jess une version très édulcorée des atrocités que Victor lui a fait subir. Sans doute pour lui épargner du chagrin.

— Edulcorée ? répéta Dan, stupéfait. J'ai pourtant du mal à imaginer que la réalité puisse être pire que ce qu'en a dit Constance !

— Elle n'a pas parlé de certains événements. Comme le fait que Victor l'ait violée, par exemple, expliqua Ed. Pour tout vous avouer, elle m'a convaincu que son ex-mari est capable de commettre un meurtre.

— Vous le pensez vraiment ? Parce que je dois vous…

— Oui, je le pense vraiment, poursuivit Ed. La semaine dernière, Victor est venu rendre visite à Constance. Ce qui est assez remarquable, si on songe à l'emploi du temps qui doit être le sien en ce moment. Je doute qu'il ait fait ce déplacement par amour pour Constance. A mon avis, il est venu à Merton House uniquement parce qu'il était inquiet. Quelques jours plus tôt, je lui avais envoyé un rapport l'informant que l'état de santé de Constance s'améliorait nettement. Ça a dû lui faire peur, et il a décidé de régler son compte à son ex-femme.

— Vous pensez qu'il a paniqué à l'idée qu'elle recouvre la mémoire et lui cause des ennuis, c'est cela ? précisa Dan.

— Exactement. Je me suis occupé de Constance quelques minutes après que Victor s'est trouvé seul avec elle. Elle était en proie à de terribles hallucinations. Je suis certain qu'il espérait me faire croire à l'une de ses prétendues crises de démence aiguë. Mais comme cette hypothèse ne me convainquait pas en ce qui la concerne, j'ai cherché une autre explication à son comportement.

Ed inspira profondément.

— Et je suis prêt à parier ma réputation que Victor Rodier l'avait droguée.

Dan eut un petit rire rauque.

— Je ne vois pas ce qu'il y a de drôle dans tout cela, protesta Ed.

— Moi non plus, rassurez-vous, affirma Dan d'un ton morose. Si j'ai ri, c'est parce que depuis tout à l'heure je me demandais comment m'y prendre pour vous convaincre que le colis piégé qui a explosé dans le bureau de Jess lundi matin est le fait du très estimé juge Rodier.

— Quel colis piégé ? s'exclama Ed.

— Vous avez dû voir ça à la télévision. Lundi, en tout début de matinée, une bombe a détruit les bureaux du Département du Tourisme et des Congrès du Colorado. Jess est directrice adjointe de ce service, et c'est à elle que le paquet était adressé. Par le plus pur des hasards, sa secrétaire l'a ouvert à sa place.

Elle est morte. D'ailleurs, nous devons retourner là-bas ce soir, car ses obsèques ont lieu demain midi. Nous reviendrons ici aussitôt après.

— Avez-vous la preuve que c'est Victor Rodier qui a envoyé cette bombe ?

— Non, admit Dan. Et vous ? Avez-vous des analyses à l'appui ?

— Non. Mais de toute façon, ces analyses ne prouveraient pas que c'est Victor qui a injecté la drogue dans le corps de Constance.

Dan se renfrogna.

— Si nous allons voir la police avec de pareilles accusations, on nous fera probablement enfermer avec vos patients.

— Mais si nous ne faisons rien, Victor Rodier va devenir juge à la Cour Suprême des Etats-Unis, rétorqua Ed.

Dan tambourina du bout des doigts sur le plan de travail.

— Il doit bien y avoir un moyen de le démasquer, tout de même, marmonna-t-il. Il faut qu'il paye pour tout ce qu'il a fait à Constance et à Jess.

— Je suis bien d'accord. Mais je ne vois pas comment le piéger.

— Vous savez, j'ai passé trois années à écrire des scénarios de séries télévisées, déclara Dan en souriant. La première règle, dans ce genre de fiction, c'est d'avoir par avance plusieurs idées sur la façon dont les personnages négatifs doivent écoper pour leurs crimes. Et je pense que j'ai une solution toute trouvée pour défier Victor et le forcer à retirer sa candidature.

— Je me demande bien ce que c'est, maugréa Ed. Allez-y, donnez-moi votre secret.

— Nous allons dévoiler le pot aux roses par le biais de l'argent, expliqua Dan. Dès qu'on annonce un gros chiffre, ça intéresse immédiatement les gens.

— Hum, je vois… Mais nous n'avons aucune chance de prouver que Victor a mis illégalement la main sur la fortune de Constance. Nous n'avons même pas le temps d'entamer des recherches !

Ed lança un regard vers la véranda, où Constance et Jess, serrées l'une contre l'autre, étaient encore plongées dans leur conversation. Son expression s'assombrit.

— Mon plus cher désir, c'est de faire tomber ce salopard, reprit-il. Mais pour cela, nous n'avons que quatre jours. Il faut que nous alertions l'opinion publique lundi matin au plus tard. Et je ne sais même pas ce que nous allons raconter.

— Fondamentalement, il faudra dire la vérité toute crue, telle qu'elle est.

Ed ricana.

— Ça ne marchera pas. Personne ne nous écoutera. Sauf, peut-être, si nous avions les moyens de diffuser notre message au pays tout entier.

— J'ai ce qu'il faut, affirma Dan. Ça s'appelle la machine à relations publiques d'un studio de cinéma. Allied Artists, en l'occurrence. Nous allons faire travailler tout ce petit monde. C'est très simple. Je vais leur demander d'organiser une conférence de presse lundi matin à Washington, et de veiller à rassembler un maximum de journalistes.

— Et que leur raconterons-nous ? Que Victor Rodier est un vilain bonhomme et que nous ne voulons pas qu'il soit juge à la Cour Suprême ?

Dan sourit.

— Vous et moi, nous ne dirons rien. C'est Jess qui ira au feu. Et croyez-moi, elle va clouer Victor au mur.

Ed hocha lentement la tête, l'air songeur.

— O.K. Ça me paraît une bonne idée. Mais j'ai peur que votre femme ait un mal fou à le confondre.

Constance et Jess entrèrent à cet instant dans la cuisine.

— Maman et moi sommes convaincues qu'il faut punir Victor Rodier comme il le mérite, annonça Jess. Mais nous pensons aussi qu'il n'est pas homme à prendre ses cliques et ses claques au moindre coup de semonce. Il va probablement faire jouer ses relations, réclamer l'aide de ses bons amis. Et aussi licencier Ed de Merton House, car il en a le pouvoir. Si Ed n'est plus là pour la protéger, maman craint que Victor la fasse enfermer dans un autre hôpital avec des fous dangereux.

— C'est aussi ce que je redoute, admit Ed d'un ton lugubre. Et la situation est d'autant plus critique que Victor Rodier est le responsable légal de Constance. Je peux engager une procédure pour le discréditer, mais entre-temps il risque de nous poser des problèmes énormes.

— Quoi que vous entrepreniez, intervint Constance d'un air anxieux, je vous en prie : ne sous-estimez pas Victor. Si vous l'attaquez, faites en sorte qu'il soit complètement terrassé du premier coup, sinon il répliquera et nous détruira tous. Ça, j'en suis absolument certaine.

Dan lui prit les mains entre les siennes.

— Nous ne le sous-estimerons pas, je vous le promets, déclara-t-il d'un ton rassurant. Grâce à vous, nous savons exactement à quel genre d'homme nous avons affaire. Croyez-moi, il va enfin se trouver confronté à quatre adversaires déterminés.

Constance esquissa un sourire incertain.

— Je suis terrorisée, tout à coup, murmura-t-elle, parce que… j'ai tant à perdre, désormais. Lili… vous…

Elle jeta un regard timide vers le psychiatre.

— Votre affection, Ed…

Celui-ci s'approcha d'elle et lui glissa un bras autour des épaules.

— Victor peut bien sortir ses griffes, mes sentiments pour vous ne changeront pas, Constance, dit-il d'une voix douce. Sauf pour se renforcer, bien sûr.

Elle s'empourpra.

— Merci. Merci à tous. Mais souvenez-vous que Victor est très riche, très puissant, et qu'il a des relations partout. Depuis que je le connais, j'ai appris que la vérité et la justice l'emportent rarement sur l'argent et la corruption.

Jess soupira.

— Ma mère a raison, Dan. L'histoire de sa vie est très complexe, et nous devons tenir compte du fait qu'une femme qui a passé vingt-six ans dans un hôpital psychiatrique ne fera pas un témoin très convaincant contre l'honorable juge Victor Rodier.

Elle sourit à Constance.

— Même si nous savons tous qu'elle est parfaitement saine d'esprit et que Victor n'est qu'un crapaud, ajouta-t-elle.

— Un crapaud en plein soleil, ce n'est pas très beau à voir. Et à mon avis, c'est encore plus laid sous les projecteurs des caméras de télévision, précisa Dan. Mais rassure-toi, Jess. Ce n'est pas ta mère qui va avoir la douloureuse mission de dénoncer les crimes de Victor. C'est toi, Jess, qui vas parler.

— Moi ? s'étonna-t-elle. Mais pourquoi ?

— Primo, parce que ton physique de déesse ne gâche rien.

Elle haussa les épaules.

— Secundo, reprit-il avec un large sourire, parce que tu as une histoire stupéfiante à dévoiler au monde. Tu es Liliana Rodier, qui a disparu il y a vingt-six ans. Tu étais présumée morte, et aujourd'hui tu as miraculeusement retrouvé ta mère. Ça, c'est l'aspect humain de l'affaire. Ensuite, comme bonus, tu es l'héritière d'une fortune de trente millions de dollars, ce qui devrait suffire à capter l'attention de tous ceux dont le cœur n'aura pas palpité à l'évocation de ta soudaine résurrection. Et finalement, cerise sur le gâteau, tu accuses l'honorable juge Victor Rodier, futur sage de la Cour Suprême des Etats-Unis, de t'avoir volé ton héritage et tenté d'assassiner ta mère. Sans parler du colis piégé qui a causé la mort de ton assistante et détruit un immeuble administratif. Et voilà ! Je t'assure que ce cocktail aura assez de punch pour retarder le vote de la Commission judiciaire sénatoriale. Et à partir de là, nous aurons de plus en plus de cartes en main. Plus vite les journalistes commenceront à fouiller dans leurs archives, plus vite ils apporteront la preuve de ce que tu auras avancé. Pour une fois, dire la vérité va suffire à faire triompher la justice.

— Moi, je vais tout de suite appeler mon ami Lewis Brokaw, annonça Ed. C'est un généticien avec qui j'ai fait toutes mes études de médecine. Il me doit deux ou trois services. Je vais le convaincre de réaliser à toute vitesse des analyses de sang qui prouveront que Jess est la fille de Constance. En attendant les analyses génétiques, bien sûr. Si nous ajoutons un élément scientifique au dossier, nous serons encore plus crédibles.

— Génial ! s'exclama Dan.

Jess prit une profonde inspiration.

— Tu sais, Dan, murmura-t-elle, je commence presque à croire que ça pourrait marcher.

— Ça va marcher, affirma-t-il avec confiance. Nous avons vingt-six ans de retard, mais nous allons enfin couler ce salopard.

Constance les regarda tous les trois tour à tour, puis elle eut un large sourire.

— Ça, dit-elle, ça me ferait vraiment plaisir.

20.

Washington — Lundi 24 juin 1996

Victor avait peine à cacher sa joie. Son triomphe était absolu. Son discours devant la Commission judiciaire sénatoriale avait été un véritable tour de force, une brillante déclaration d'intention qui marquerait sans l'ombre d'un doute l'histoire de la Cour Suprême. Dans son magistral argumentaire, où se mêlaient modération politique et compétence juridique, il avait joliment intégré une citation de Shakespeare, deux passages de Platon et trois phrases de la Constitution. Il avait aussi habilement glissé une allusion à John F. Kennedy et à Ronald Reagan, caressant ainsi dans le sens du poil les Démocrates aussi bien que les Républicains. Enfin, pour plaire au vieux sénateur gâteux de l'Idaho qui siégeait à la Commission depuis près de trente ans, il avait ajouté un splendide verset de l'Ancien Testament et un savoureux extrait des Actes des Apôtres.

Tandis que les agents des services secrets l'escortaient à travers les couloirs du Sénat jusqu'aux bureaux qui lui avaient été attribués pendant les auditions, ses conseillers et ses employés se massaient autour de lui pour le féliciter, essayant de lui tendre la main. Ah, comme c'était bon de les sentir aussi enthousiastes, aussi excités ! Mais quoi de plus normal ? S'ils s'accrochaient bien aux basques de leur maître, ils pourraient aussi profiter de sa victoire en voyant leurs carrières progresser à pas de géant !

Cependant, chaque fois que quelqu'un tentait de le toucher, les sbires des services secrets se serraient contre lui pour le protéger comme si leur propre vie dépendait de sa sécurité. Victor jubilait tellement qu'il avait l'impression de flotter au-dessus du sol. Seuls les hommes comme lui, qui avaient grandi en courbant l'échine, en cajolant les riches et en leur léchant les bottes, étaient capables de savourer le bonheur d'être enfin parvenu au sommet du pouvoir.

Il entra d'un pas léger dans le bureau de sa secrétaire, qui lui tendit une grosse liasse de messages téléphoniques dactylographiés.

— Merci, Denise.

A touts moments, il y avait une flopée de gens qui essayaient de le joindre. Victor adorait cela. Une personnalité publique mesurait son prestige — entre autres critères — au nombre d'appels qu'elle recevait en une seule journée.

— Félicitations, monsieur le Juge, votre discours était extraordinaire, déclara Denise en désignant la télévision. Ils sont déjà en train d'en repasser les passages les plus marquants.

Victor jeta un regard désinvolte vers l'appareil, puis détourna très vite les yeux. Il poussa un petit soupir modeste.

— Vu que je le connais par cœur, je pense que je vais m'épargner la corvée de le réécouter, observa-t-il finement.

Une vague d'hilarité envahit la pièce. Il sourit à son entourage, tandis qu'une nouvelle poussée d'ivresse s'emparait de lui. Il était leur unique source de bien-être, leur centre d'intérêt exclusif, l'homme sublime qu'ils admiraient et enviaient tous !

— Merci de l'aide et des encouragements que vous m'avez apportés, déclara-t-il à la cantonade. Comme vous pouvez l'imaginer, j'aurais à présent besoin de me détendre un moment, avant l'interrogatoire que me réserve la Commission cet après-midi. Je crois donc que je vais me retirer, seul, dans mon bureau et manger un sandwich. Denise, vous ferez en sorte que personne ne me dérange pendant une heure, n'est-ce pas ?

— Certainement, monsieur. Vous avez bien mérité un peu de repos.

Victor trouva la réplique plutôt impertinente de la part de cette misérable gratte-papier. Bah ! Il était dans un bon jour. Et puis Denise était une gentille fille par bien des aspects. Elle était également assez laide pour n'offrir aucune tentation. Bien qu'il fût homme à contrôler parfaitement ses pulsions sexuelles, il tirait une fierté toute particulière de sa prévoyance. Une secrétaire sexy, c'était le risque de commettre une énorme gaffe. En fin de soirée, par exemple, le cocktail de la fatigue et de la proximité d'une femme alléchante se révélait quelquefois fatal. Or Victor Rodier ne pouvait se laisser avoir aussi bêtement. Il avait trop souvent vu ce genre de faiblesse nuire gravement à ses semblables.

Il entra dans son bureau. Le mobilier était à la fois élégant, luxueux et confortable, comme son statut l'exigeait. Mais le plus important, en l'occurrence, c'était l'appareil encastré dans le mur lambrissé : la télévision à écran géant ! Victor referma la porte, se laissa choir dans son magnifique fauteuil de cuir, saisit la télécommande et alluma d'une main fébrile la chaîne d'informations continues, CNN.

Aaah, oui ! Il était là, en gros plan, sur l'écran ! Lui, Victor Rodier, juge à la Cour Suprême à partir de ce soir. Seigneur, comme il avait le profil noble !

Soupirant de plaisir, il posa les pieds sur un pouf et savoura le bonheur de se contempler — si beau, si intelligent, si éloquent — à la télévision. Se savoir projeté par satellite dans des millions et des millions de foyers et d'entreprises à travers la planète tout entière le mettait en joie. Ces instants d'extase, bien sûr, il n'aurait pu les partager avec personne. Quel orateur ! Il voulait admirer seul chacun de ses splendides effets de langage, chacun de ses gestes pleins de panache. Si quelqu'un s'était trouvé dans la pièce avec lui, jamais il n'aurait pu se concentrer pour jouir de sa performance.

Profitant de la coupure publicitaire, il se servit une tasse de thé Earl Grey et mordit dans un minisandwich au saumon. Il fut chagriné de découvrir ensuite que CNN ne poursuivait pas la rediffusion de son discours, mais programmait à la place une stupide conférence de presse qui avait eu lieu ce matin. Il coupa le son et remplit de nouveau sa tasse en se remémorant certaines des meilleures phrases de son discours.

Au moment même où il relevait les yeux, son ex-femme apparut sur l'écran de la télévision. Dieu Tout-Puissant ! C'était bel et bien Constance, en effet, mais ce n'était pas la patiente pâle et chétive à laquelle il rendait visite à Merton House. Par quelque phénomène incompréhensible, elle avait perdu trente ans et était redevenue la femme sublime qu'il avait épousée des décennies plus tôt. Comment diable avait-elle fait pour rajeunir à ce point ?

Victor saisit la télécommande, cherchant le bouton du volume. Ses doigts tremblaient stupidement. Enfin, il réussit à appuyer sur la bonne touche. Constance était encore à l'écran, arborant un sourire confiant, mais ses propos étaient couverts par la voix d'un commentateur :

« Tout en admettant que son récit a de quoi surprendre, Mme Zajak affirme qu'elle est Liliana Elizabeth Rodier, portée disparue à Manhattan en décembre 1969, alors qu'elle était âgée de quatre ans. Elle a décidé de porter plainte contre son père, le juge Rodier, et ce avec le total soutien de sa mère, Constance Howington, l'ancienne épouse du juriste. Mme Zajak a précisé que des analyses de sang préliminaires confirmant son identité ont été effectuées, dont les résultats sont à la disposition des médias. En vue du procès que Mmes Zajak et Howington comptent intenter au juge Rodier, des analyses génétiques complémentaires sont en cours dans l'un des laboratoires les plus réputés du pays. »

Le commentateur se tut, et on entendit de nouveau la jeune femme. Victor comprenait à présent son erreur. Bien sûr, ce n'était pas Constance qui était à l'écran, mais sa fille — sa garce de chienne de fille, nom de Dieu ! Et elle regardait droit vers la caméra, l'œil clair et résolu, l'expression vengeresse.

« ... et depuis vingt-six ans, alors que ma mère souffrait le martyre dans un hôpital psychiatrique, me croyant morte, mon père savait que je n'étais pas décédée. Pourquoi Victor Rodier a-t-il caché la vérité ? A cette question cruciale, la réponse est simple, et elle tient en quatre mots : *trente millions de dollars.* Cette somme, c'est l'héritage qui devait me revenir de mes arrière-grands-parents, et que le juge Rodier, mon père, a détourné à son profit. Si l'on avait découvert que j'étais vivante, il aurait tout perdu. Voilà pourquoi il veillait depuis vingt-six ans à ce que je ne retrouve pas ma véritable identité.

» Cette conférence de presse a pour objectif de faire éclater la vérité au grand jour, et aussi d'annoncer à mon père qu'il va être puni pour ses crimes. Je sais désormais en détail ce qui s'est passé autrefois pour ma mère, pour lui, et pour moi-même. Je sais surtout que je suis Liliana Elizabeth Rodier, et j'entends que cet homme soit châtié pour les actes ignobles qu'il a commis contre ma mère, Constance Howington, et contre moi-même, depuis plus d'un quart de siècle. »

Victor fixait toujours l'écran de télévision, mais il ne voyait plus rien : un brouillard de fureur était tombé devant ses yeux. Si, à cet instant, il avait pu tendre les mains vers la gorge de Lili, il l'aurait étranglée avec un plaisir immense.

« Ma vie entière est foutue, songea-t-il froidement. Ma vie vient d'exploser. »

L'Interphone bourdonna discrètement. Victor l'ignora. L'Interphone bourdonna de nouveau. Il fixa l'appareil d'un regard torve, en se demandant comment Denise pouvait être assez bête pour croire qu'il lui répondrait. Dans le bureau voisin aussi, la télévision était allumée sur CNN. Sa secrétaire, les gens des services secrets, ses subalternes, tous avaient vu les mêmes images que lui, entendu le même discours. Qu'espérait-elle, cette imbécile ?

On frappa à la porte. Victor ne répondit pas. On entrouvrit le battant.

— Monsieur... Votre Honneur... Une certaine Liliana Rodier est ici, marmonna Denise. Son... son mari l'accompagne.

— Que les agents de sécurité les jettent dehors, répliqua-t-il. Ils sont là pour ça.

— Heu... oui, monsieur.

Victor risqua un coup d'œil en direction de sa secrétaire, qui passait la tête dans l'entrebâillement de la porte. Son expression lui révéla tout ce qu'il avait besoin de savoir. Elle avait entendu la conférence de presse de Lili, et elle se demandait si l'histoire était vraie. Cet après-midi, il lirait les mêmes questions sur les visages des sénateurs. Bien sûr, aucun d'eux ne poserait la moindre question gênante devant les caméras. Mais dès qu'on quitterait la salle de réunion, les attachés des parlementaires se précipiteraient sur leur téléphone cellulaire pour lui réclamer des explications. Et au lieu de trouver le moyen de couper court aux auditions et d'annoncer sa nomination le plus vite possible, les honorables membres de la Commission judiciaire sénatoriale chercheraient des excuses pour expliquer le lynchage de leur brillant candidat par les médias.

La secrétaire commençait à refermer la porte, lorsque Victor se rendit compte qu'il était en train de commettre une terrible erreur. Il prit sa décision en une fraction de seconde.

— Attendez ! cria-t-il. Denise, j'ai changé d'avis. Faites entrer Lili, voulez-vous ?

Zut ! Il était tellement nerveux qu'il s'était oublié et avait appelé Jessica « Lili », ce qui revenait à avouer qu'elle était effectivement sa fille. Victor sourit. Bah ! Et alors ? Cela n'avait plus aucune importance, à présent.

— D'accord, monsieur.

Victor remarqua que Denise avait dit cela d'un ton joyeux. La crétine ! Elle supposait sans doute que tout allait s'arranger avec une petite discussion. Le père et la fille se réconcilieraient, Lili retirerait sa plainte, et Victor Rodier jouirait de nouveau de l'apothéose de sa carrière. Mais non ! Ça ne pouvait pas se passer ainsi, évidemment !

Il se leva, se posta derrière sa table, ouvrit calmement le tiroir central, puis pressa le bouton qui faisait apparaître le compartiment secret du meuble. Il saisit la crosse de son pistolet, un SIG 9 mm de fabrication suisse, à deux mille dollars pièce. Il acceptait l'idée que sa vie touchait à sa fin, et il n'avait nullement l'intention de se montrer médiocre en essayant de sauver sa peau. Mais une chose était sûre : il emmènerait Lili avec lui en enfer.

Elle entra dans la pièce — jeune, belle, altière, pleine de vigueur et de rage vengeresse. L'homme qu'elle avait épousé puis quitté l'accompagnait. Etrange… En d'autres circonstances, Victor se serait demandé pourquoi ces deux-là s'étaient rabibochés. Aujourd'hui, il n'éprouvait qu'indifférence pour ce mystère anodin.

Preuve de l'extrême tension que Lili avait fait naître en lui, il n'avait pas pensé que les deux agents secrets chargés de sa protection suivraient les visiteurs. Bien sûr, se dit-il avec ironie, ces types devaient honorer leur contrat. Le juge Rodier, ex-futur juge de la Cour Suprême, ne devait courir aucun risque.

Flanquée de son mari, Lili s'immobilisa à un mètre de la table, en face de lui. En dévisageant cette femme à qui il avait donné la vie, Victor éprouva un curieux tourbillon dans le ventre à l'idée de la tuer. Elle était vraiment magnifique ! Et ses yeux bleus — si semblables à ceux de sa mère — pétillaient d'intelligence et de passion. Victor admirait l'intelligence, et il avait toujours aspiré à éprouver de la passion. L'espace d'un instant, il se demanda s'il devait réellement punir Lili, s'il n'y avait pas une possibilité de l'épargner.

La raison lui revint très vite. Cette femme l'avait détruit. Elle l'avait exposé à l'opprobre public. Elle avait annihilé ses chances d'atteindre le rêve, l'objectif suprême de sa vie. Pour un tel crime, la mort était une punition trop légère.

Elle releva fièrement le menton.

— Bonjour, père.

— Bonjour, Lili.

A l'intérieur du compartiment secret, il replia le doigt sur la détente du pistolet.

— Allons droit au fait, d'accord ? déclara-t-elle. Je suis venue te proposer un marché. Si tu renonces à la Cour Suprême et si tu quittes le barreau, ma mère et moi retirerons la plainte que nous avons déposée contre toi. Tu conserveras les trente millions de dollars, mais tu verseras une allocation annuelle à Constance. Ce que tu payais pour t'assurer qu'elle reste enfermée à Merton House devrait largement suffire à la faire vivre confortablement.

Il s'esclaffa, plongeant son regard dans le sien.

— Tu ne penses tout de même pas que je vais accepter un tel marché ? se récria-t-il. Tu ne penses tout de même pas que c'était une question d'*argent* ?

— Ah bon ? fit-elle d'un air dédaigneux.

— Non ! Bien sûr que non !

Quelque part, Victor se demanda pourquoi, au juste, il se donnait la peine de lui dire la vérité.

— L'argent en soi n'a aucun intérêt ! protesta-t-il. Ce qui compte, c'est le *respect* et la *dignité* qu'il permet d'acquérir.

— Le respect et la dignité ne s'achètent pas, rétorqua Lili. Ils se méritent.

— Tu es très jeune, ma chérie, et tu ne sais pas bien de quoi tu parles.

Victor sourit aimablement aux agents secrets.

— J'aimerais être seul un instant avec ma fille et mon gendre, expliqua-t-il. Nous devons aborder ensemble certaines questions délicates, et je n'ai qu'un quart d'heure avant de retourner devant la Commission. Je ne doute pas que vous ayez vérifié si mes visiteurs étaient armés. Ne craignez rien, je ne cours aucun risque.

Les agents secrets, Dieu merci, étaient entraînés à réagir vite, pas à réfléchir. Les deux hommes échangèrent un regard.

— Entendu, dit l'un d'eux. Nous restons derrière la porte. Appelez-nous en cas de besoin.

Mais Dan, le mari, parut se douter de quelque chose.

— Non, ne partez pas ! ordonna-t-il aux deux hommes. *Ne partez pas !*

Les agents hésitèrent un éclair de seconde. Il n'en fallut pas davantage à Victor pour agir. Il sortit l'arme de sa cachette et la braqua sur Lili au moment même où Dan se jetait sur elle, l'agrippant par les hanches et s'effondrant par terre avec elle. La balle manqua Lili, mais l'un des hommes du FBI fit une pirouette en portant la main à son épaule.

Victor ne comprenait pas ce qui s'était passé. Il était un excellent tireur. Se pouvait-il que son inconscient lui eût ordonné de rater Lili ? Non, non ! Il rejeta cette idée ridicule. Non seulement il ne croyait pas à l'inconscient, mais en plus, il voulait bel et bien tuer sa fille.

De toute façon, il n'avait pas le temps de nourrir des regrets. Ni de réfléchir. Le second agent se précipitait déjà vers lui. Victor enfonça le canon du pistolet dans sa bouche. Quand on voulait sérieusement en finir avec la vie, c'était comme ça qu'il fallait s'y prendre.

Un projectile fusa tout à coup dans sa direction et percuta son arme, qui lui glissa entre les doigts. Une balle perdue fit exploser le plâtre du plafond. Le projectile, un presse-papiers en cristal, fut pulvérisé sur le coin de la table. Victor se pencha pour récupérer son arme, mais l'ex-mari de Lili se rua sur lui et l'agrippa par le cou, puis le riva au mur, lui écrasant la gorge avec le bras.

La poitrine haletante, les yeux brillants de rage, Dan grogna entre ses dents :

— Non, misérable salopard, tu ne t'en tireras pas comme ça. Pour une fois, tu vas affronter les conséquences de tes actes. Tu seras jugé pour tentative de meurtre sur ma femme, et si j'arrive à le prouver, je ferai en sorte que tu sois aussi condamné pour l'attentat qui a tué Marla Harries.

Il allait rester en vie… Non ! Victor sentit son corps se convulser de terreur. Il devrait affronter la haine du monde entier. Tous riraient de lui, les sarcasmes iraient bon train dans son dos. On dirait qu'en définitive il n'était que le misérable fils d'Henry Rodier, ce pauvre imbécile qui n'avait pas deux sous à la banque et qui était incapable de réaliser quoi que ce soit de ses dix doigts. Il ne pouvait pas supporter ça. C'était horrible !

Mais Dan le tenait fermement, l'empêchant de faire le moindre geste.

Dans un silence hébété, Victor vit un des agents chargés de sa protection s'avancer vers lui, l'arme au poing.

— Victor Rodier, je vous arrête pour tentative de meurtre sur la personne de Liliana Rodier, votre fille, déclara-t-il. Vous avez le droit de ne rien dire. Vous pouvez faire appel à un avocat, et si vous n'en avez pas les moyens, le gouvernement vous en attribuera un d'office. Tels sont vos droits. Les comprenez-vous ?

Victor éclata de rire. Cet homme demandait au juriste le plus brillant du pays s'il comprenait ses droits ! Il riait encore quand on lui passa les menottes et qu'on le traîna à travers les couloirs du Sénat, où la foule le dévisageait avec des yeux ronds.

Il riait encore quand on lui prit ses empreintes à la prison du comté. Il cessa finalement de rire lorsque deux hommes en blouse blanche remontèrent sa manche de chemise et lui injectèrent un tranquillisant puissant, avant de le soutenir pour descendre jusqu'à l'ambulance qui l'attendait dans la rue.

CNN retransmit le tout en direct.

REMERCIEMENTS

Pour ce livre, plusieurs personnes ont eu la gentillesse de m'apporter leur concours, souvent dans des délais très brefs, et je tiens à les remercier. Le Dr Franklin G. Harris, de La Nouvelle-Orléans, m'a livré mille précieux détails sur la profession de psychiatre. Stanley Deka, lieutenant retraité de la police de Cleveland, père de l'écrivain Constance Laux, m'a expliqué de façon très précise comment un grave accident de la route pouvait être traité en 1969. Mon amie l'écrivain Kay Hooper m'a donné une information abondante sur la flore de la Caroline du Nord. Aucun d'eux, bien sûr, n'est responsable des erreurs que j'ai pu faire en utilisant leurs renseignements.

Je souhaite aussi remercier mes éditrices, Jane Robson, Amy Moore et Ilana Glaun, qui n'ont pas ménagé leur peine pour tirer le meilleur de ce roman.

DANS LA MÊME COLLECTION

Par ordre alphabétique d'auteur

BARBARA BRETTON	*Le lien brisé*
JASMINE CRESSWELL	*La Manipulatrice*
JASMINE CRESSWELL	*Le secret brisé*
WINSLOW ELLIOT	*L'innocence du mal*
LYNN ERICKSON	*Le Prédateur*
TESS GERRITSEN	*Présumée coupable*
HEATHER GRAHAM	*L'invitation*
HEATHER GRAHAM	*L'ennemi sans visage*
HEATHER GRAHAM	*Le complot*
HEATHER GRAHAM	*Soupçons*
GINNA GRAY	*Le voile du secret*
KATHRYN HARVEY	*La clé du passé*
CHRISTIANE HEGGAN	*Miami Confidential*
CHRISTIANE HEGGAN	*L'Alibi*
GWEN HUNTER	*Faux diagnostic*
GWEN HUNTER	*Virus*
PENNY JORDAN	*De mémoire de femme*
PENNY JORDAN	*La femme bafouée*
R.J. KAISER	*Qui a tué Jane Doe ?*
ALEX KAVA	*Sang Froid*
ALEX KAVA	*Le Collectionneur*
ALEX KAVA	*Les âmes piégées*
ALEX KAVA	*Obsession meurtrière*
RACHEL LEE	*Neige de sang*
RACHEL LEE	*Le lien du mal*
CARLA NEGGERS	*L'énigme de Cold Spring*
MEG O'BRIEN	*Le piège*
MEG O'BRIEN	*En lettres de sang*
MEG O'BRIEN	*Pluie de sang*
MEG O'BRIEN	*La déchirure*

…/…

MIRA

Composé et édité par les
éditions Harlequin
Achevé d'imprimer en octobre 2005

par

LIBERDÚPLEX

Dépôt légal : novembre 2005
N° d'imprimeur : 00000 — N° d'éditeur : 11666

Imprimé en Espagne